停屍間日誌

Book of the Dead

女法醫史卡佩塔 Kay Scarpetta 15

Patricia Cornwell

派翠西亞．康薇爾——著 蘇瑩文——譯

康薇爾作品系列 15
停屍間日誌 Book of the Dead

作者 派翠西亞・康薇爾 Patricia Cornwell
譯者 蘇瑩文
封面設計 莊謹銘

業務 陳玫潾、林佩瑜
行銷企畫 陳彩玉、朱紹瑄
總編輯 劉麗真
總經理 陳逸瑛
發行人 凃玉雲

出版 臉譜出版

城邦讀書花園
www.cite.com.tw

發行 英屬蓋曼群島商家庭傳媒股份有限公司城邦分公司
台北市民生東路二段141號2樓
讀者服務專線：02-25007718；25007719
服務時間：週一至週五9:30~12:00；13:30~17:00
24小時傳真服務：02-25001990；25001991
讀者服務信箱E-mail：service@readingclub.com.tw
劃撥帳號：19863813 書虫股份有限公司
城邦網址：http://www.cite.com.tw
臉譜推理星空網站：http://www.faces.com.tw

香港發行 城邦(香港)出版集團
香港灣仔駱克道193號東超商業中心1樓
電話：852-25086231/傳真：852-25789337
Email：hkcite@biznetvigator.com

馬新發行 城邦(馬新)出版集團
Cité(M) Sdn. Bhd.(458372 U)
11,Jalan 30D/146,Desa Tasik, Sungai Besi,
57000 Kuala Lumpur,Malaysia
電話：603-90563833/傳真：603-90562833
Email：citekl@cite.com.tw

三版一刷 2018年12月

ISBN 978-986-235-700-2
定價400元
(本書如有缺頁、破損、倒裝，請寄回本社更換)

國家圖書館出版品預行編目資料

停屍間日誌/派翠西亞・康薇爾 (Patricia Cornwell)
著；蘇瑩文 譯．-- 三版．-- 臺北市：臉譜出版：
家庭傳媒城邦分公司發行, 2018.12
面； 公分. -- (康薇爾作品系列；15)
譯自：Book of the Dead
ISBN 978-986-235-700-2 (平裝)

874.57 107015570

導讀

死亡的翻譯人

唐諾

日前，我個人在Discovery頻道上看過一支有關法醫和刑案的影片。因為豐碩的法醫知識和經驗而成為真實世界神探的李昌鈺博士也在片子裡露了一手，他示範了人體血液從無力滴落到沛然噴洒所造成的不同現場血跡狀態，並由此可重建致死的原因、方式和真確位置，這個絕技他拿來應用在一名警員車內殺妻卻謊稱車外車禍致死的駭人刑案。李昌鈺從噴洒在車前座、儀表板以及車窗上的血跡（該警員宣稱血跡是車禍之後，他把妻子抱入車內所造成的），證實死者當時係坐在駕駛座旁，血液噴洒的出處也全部來自同一個點，相當於死者頭部的高度，而且只有鈍器的用力重擊才足以造成如此大量且強勁的血液噴洒——和我們絕大多數的推理小說結局一樣：他漂漂亮亮的破案了。

該影片一開頭為我們鏗鏘留下這麼兩句話：每具屍體都有一個故事，它只存在法醫的檔案簿裡。

談到這個，我們得再提一下E. M.佛斯特，這位著名的英籍小說家以為，人的一生是從一個他已然忘記的經驗開始（出生），到一個他必須參與卻不能了解的經驗結束（死亡），我們只能在這兩個黑暗之間走動，而兩個有助於我們開啓生死之謎的東西，嬰兒和屍體，並不能告訴我們什麼，「只因爲他們傳達經驗的器官和我們的接收器官無法配合。」

我們當然了解，佛斯特所說的生死之謎是大哉問的文學哲學思辯之事，但他「訊息」和「接收」兩造之間無法配合的俏皮話，卻爲我們留下一個滿好玩的遊戲線索來：是不是其間失落了一個轉換的環節呢？是不是少了一個俗稱「翻譯」的東西呢？

在人類漫長的歷史裡，其實這個翻譯人的角色一直是有的。至少，我們曉得的就有這麼兩個職位，其中較爲古老的一種是靈媒。靈媒不僅較古老，翻譯的野心也較大，他試圖把佛斯特所言「結束那一端的黑暗」裡的一切譯成我們人間的語言，但也許正因爲他宣稱的管轄範疇實在太遼闊了，太無所不能了，因此反而變得可疑，讓人愈來愈不敢相信他譯文的「信達雅」。

另一個歷史稍短的我們今天則稱之爲法醫或驗屍官（但這也不完全是現代的產物，很久、很久之前我們中國人曾叫他「仵作」）。相形之下，這個翻譯人就謙卑踏實多了，原則上他不去瞻量眞正的死後世界種種，他也不強做解人，他關心的只是死亡前的事，尤其是進入死亡那一瞬間的方式和原因，但他是信而有徵的，經得住驗證。

從文學、法醫到警務

派翠西亞．康薇爾所一手創造出來的凱．史卡佩塔便是這麼一位可堪我們信任的死亡翻譯人，維吉尼亞州的女性首席法醫，這組推理系列小說的靈魂人物。

凱·史卡佩塔的可信任，從結果論來看，充分表現在她從質到量的驚人成功上頭，舉例言之，一九九〇年她的登場之作《屍體會說話》，一口氣囊括了當年的愛倫坡獎、約翰·克雷西獎、安東尼獎、麥卡維帝獎以及法國Roman d'Aventures大獎：而又比方說六年之後的一九九六年三月一日，這個系列的六部著作同時高懸《今日美國》的前二十五名暢銷排行之內，分別是第一、第二、第八、第十四、第十五和第廿四。

事情會到這種地步，想來不會是偶然的，必有理由。

我個人的看法是，在這裡，康薇爾成功寫出了一個專業、強悍、實戰派而且禁得住科學挑剔的罪案工作者。身為一個實際上和一具一具屍體拚搏的法醫，而不是抽著板煙夸夸其談的安樂椅神探，這樣的小說基本上有著一翻兩瞪眼的透明性，因為她的揭示工作，不能仰仗語言的煙霧，乃至於「弄鬆」到用人生哲理、人性幽微或那些「扯哪裡去了」的語言自圓其說，檢驗她的不是高度唯心不確定的語言論述，而是冰冷無情、說一是一的一具顯微鏡，這種無所遁逃的特質，使得如此書寫的推理小說只有兩種極端的結果：一是再不聰明的讀者都能一眼瞧出的假充內行失敗之作，另一則是結實可信的真正耀眼之作。

可想而知，這樣的小說也就不是可躲在書房，光靠聰明想像來完成的。

說來，康薇爾的真實生涯，好像便為著創造出凱·史卡佩塔而準備的，她原本是記者，而且前夫還是英國文學的教授，然而，她奇特的轉入維吉尼亞州的法醫部門工作，從最基層的停屍處檢驗記錄人員幹到電腦分析人員，最後，在她寫作之路大開，成為專業小說作家之前，她又轉入了警務工作——就這樣，文學、法醫到警務，三點構成一個堅實的平面，缺一不可。

人的存在

屍體會說話？這是眞的嗎？

我們回過頭來再一次問這個問題，是爲了清理一下某種實證主義的廉價迷思，就像我們經常在生活中聽到，甚至偶然也方便引用脫口而出，數字會說話、資料會說話、事實會說話……云云。這裡，隱藏著某種虛假的客觀，說多了，甚至好像連人都可以不存在似的。

一具屍體，乃至於萬事萬物的存在，的確都不是當下那一刻的冰涼實體而已，它或彰或隱保留了自身在時間裡的記憶刻痕（最形而下比方說某次闌尾炎手術的疤痕或體內的某個器官病變受損），這都可以被轉換理解成某種訊息，可堪被人解讀出來，因此，我們遂俏皮的說，儘管它並不眞正出聲，卻仍然像跟我們說著話一樣——這原本可以是積極的提醒，讓人們在實證的路上更積極更深化，主動去尋求並解讀事物隱藏的訊息，叫出它的記憶。

然而，問題在於：這是怎麼樣的訊息？向誰而發？由誰來傾聽？

從法醫的例子到佛斯特「訊息」到「接收」的說法，我們由此很容易看得出來，這個訊息說的並不是我們人間的普通語言，在通常的狀態之下我們是聽不懂的，我們得仰賴一個中介者，一個能解讀兩種不同語言的專業翻譯人。就像一具客觀實存的屍體擺在我們面前，我們大概只能駭怕的發現，它是死亡的，頂多稍稍猜得出它可能是暴烈或安然死亡而已，然而，在李昌鈺博士或我們的凱・史卡佩塔首席女法醫的操弄解讀之下，這具屍體卻可以像花朵在我們眼前綻開一般，神奇的讓我們看到它的死因、它的死亡細節和眞正關鍵，看到我們並不參與的生前遭遇和記憶，以及其他。

神奇但又可驗證，這樣的事最叫人心折。

這個中介者或翻譯者，必定得是人，一種專業的人——這個「專業」，指的不是他的職業，而是他的知識和經驗，並由此堆疊出來的洞見之力。從這裡我們知道，實證主義的進展，最終並非走向一種人的取消，相反的，它在最根深柢固之處，會接上能動的、思維的人。

所謂強悍

也因著這樣，我個人會更喜歡凱・史卡佩塔多一點，就像我也喜歡當前美國冷硬推理小說的兩位奇特私探，分別是蘇・葛拉芙頓筆下的肯西・梅爾紅和莎拉・派瑞斯基的維艾・華沙斯基一樣，只因爲她們都是女性。

這極可能是我的偏見，但我的想法是，在男女平權尙未完成的現在，女性的專業人員，尤其是存在著粗魯暴力的男性主體犯罪世界之中，不管做爲私探或者法醫，她們都得承受較多的不利和風險，包括先天生物構造的脆弱和後天社會體制形塑的另一種脆弱，但意識到這樣的脆弱在小說的思維裡是好的，就像大導演費里尼所說，「害怕的感覺隱藏著一種精微的快樂。」我們會看到凱在面對屍體的溫柔和面對罪犯的心情跌宕起伏，正如我們會看到梅爾紅和華沙斯基在放單面對並不得不緝捕男性罪犯時的狼狽和必然的害怕，這個確實存在的脆弱之感，引領著小說的思維走向一種精微的、豐饒的層次，而不是那種打不退、打不死、像坦克車一樣又強力、又沒腦袋的無趣英雄。

我個人多少覺得海明威筆下那種提著槍出門找尋個人戰鬥如找尋獵物的男性沙文英雄，以及當代波士頓冷硬大師羅勃·派克筆下的硬漢史賓塞看成是可笑的；對於海明威我寧可喜歡和他同期同名、深鬱細緻的福克納；至於羅勃·派克，他一向以雷蒙·錢德勒的繼承人自居，但老實說，他那位打拳練舉重、一雙鐵拳一枝快槍幾乎打遍天下無敵手的史賓塞，較之於高貴、幽默、若有所思的元祖冷硬私探菲力普·馬羅，實在只是個賣肌肉的莽漢而已。

我稱凱·史卡佩塔是專業且「強悍」的女法醫，正如我們大家仍都同意梅爾紅和華沙斯基仍隸屬於所謂「冷硬」私探一般，我相信，在這裡，強悍冷硬的意義是訴諸於一種專業的知識層面、一種強韌的心智層面和一種精緻的思維層面，在這些方面，並不存在著肉體的強弱和性別的差異，要比的，只是如何更專業，更強韌以及更精緻而已。

讓我們帶著這樣的心情，進入這位專業女法醫所為我們揭示的神奇死亡世界，聽她跟我們翻譯一個個死亡的有趣故事吧。

人物介紹

凱・史卡佩塔	法醫病理學家
班頓・衛斯禮	法醫心理學家
彼德・馬里諾	史卡佩塔的調查員，老搭檔
露西・費里奈利	史卡佩塔的外甥女，電腦專家
蘿絲	史卡佩塔的秘書
賈姬・麥諾	衛斯禮的研究助理
姍蒂・史路克	馬里諾的女友

奧托林諾・波馬（奧托）	義大利國家憲兵隊法醫
保羅・馬洛尼	麥克連醫院醫生
蘇珊・連恩	麥克連醫院醫生
喬西	麥克連醫院核磁共振檢驗室技師
凱倫	麥克連醫院住院病患
費奧拉尼	法醫病理學家，教授
瑪莉蓮・賽爾芙	精神醫學專家，醫生
葛萊蒂・賽爾芙	賽爾芙醫生的母親
奈森・戴伊（奈特）	神經內分泌科醫生
亨利・豪林	驗屍官，當地最大葬儀社業主
湯米・杜金頓	波佛郡警長辦公室調查員
貝琪	犯罪現場調查主任

珠兒．馬丁	十六歲的美國網球明星
吉安尼．盧潘諾	珠兒．馬丁的教練
盧修斯．梅迪	梅迪葬儀社員工
柏魯斯．尤里西斯．S．格蘭特	無名男童屍體發現者，綽號公牛
傑絲	躍馬酒吧老闆
艾德	蘿絲居住大樓的門房
艾許里．朵雷 & 梅莉莎．朵雷	出遊的夫婦
荷莉．偉伯斯特	在游泳池溺斃的小女孩
莉蒂亞．偉伯斯特	荷莉的母親

羅馬

水花潑濺，紅陶地板上嵌著一座灰色馬賽克浴池。

老舊的黃銅出水口水花奔流，暮色湧進窗內，凹凸不平的老舊玻璃外，有個廣場、一座噴泉以及黑夜。

她靜靜地坐在冰塊漸融的水中，眼神黯然，不再透露太多神情。起初，她的雙眼像是向他求助，央求他出手拯救。現在，這雙眼眸呈現出幽暗的瘀青色調，眼底的一切幾乎消失殆盡。很快地，她將沉眠。

「來。」他說，遞給她一只慕拉諾手工平底玻璃酒杯，裡面斟滿了伏特加。

她身上從未在太陽下曝曬的部分，彷彿萊姆石，令他十分著迷。他將水龍頭關到極小，讓流水細細淌下，然後看著她短促地呼吸，聽到她的牙關打顫。她的乳頭受冷而硬挺，猶如粉紅色的花蕾。這時他想到了鉛筆，想到自己還在學校的時候，咬下粉紅色的橡皮擦頭，然後告訴自己的父親，有時也會告訴母親，說自己不需要橡皮擦，因爲他不會犯錯。實情是，他喜歡咀嚼。他無法克制自己，這同樣也是事實。

「你會記得我的名字。」他對她說。

「我不會，」她說，「我可以忘記。」一邊含糊打顫。

他知道她爲何會這麼說。如果她忘記他的名字，她的命運就會如同不入流的戰鬥計畫一樣，重新受到考量。

「是什麼？」他問道。「把我的名字說出來。」

「我不記得了。」她一邊哭泣，一邊發抖。

「說出來。」他說著，端詳她曬成棕色的雙臂，上面冒出雞皮疙瘩，金色的汗毛根根豎立。他看向她年輕的胸脯，和水中雙腿之間的一片陰影。

「威爾。」

「然後呢？」

「藍波。」

「你覺得這名字好笑。」他赤裸著身子，坐在馬桶蓋上。

她猛力搖頭。

撒謊。當他說出名字的時候，她還取笑了一番，放聲大笑，說藍波是虛構的電影人名。他說，這個姓氏來自瑞典；她則回答，他不是瑞典人。他又說，這是瑞典姓氏，否則她以為這姓氏打哪兒來的？這是個眞實的姓氏。「對，」她說，「就像洛基一樣。」她一邊大笑。「去網路上查查看，」他說，「是貨眞價實的姓氏。」對於自己必須爲姓氏做出一番說明，他一點也不高興。這是兩天前的事了，他並沒有因此討厭她，然而卻謹記在心。他原諒她，因爲不管她說了些什麼，她都得承擔難以忍受的痛苦。

「就知道我的名字會有迴響。」他說。「但這不會改變任何事，絲毫不會。只是個已經說出口的聲音罷了。」

「我絕對不會說出這個名字。」一陣驚慌。

她的嘴唇和指甲泛紫，並且無法控制地打著寒顫。她雙眼直瞪。他要她再多喝一些，而她也沒有拒絕。只要稍有不從，她知道接下來就會有什麼遭遇。即使是一聲微弱尖叫，她也知道他會如何處置她。他沉著地坐在馬桶蓋上，雙腿打開，好讓她目睹他的亢奮，並且爲之感到恐懼。她不再開口哀求，或是要他對她爲所欲爲，彷彿她是因爲如此才成爲他的俘虜似的。她不再說這些話，因爲她知道，只要自己開口侮辱他，或者暗示他有法子對她下手，接著便會有事發生；這代表她不肯自發性地付出，而卻又想要。

「你明白，我可是好聲好氣地開口問過你。」他說。

「我不知道。」她的牙關打顫。

「你知道。我要你向我道謝。我的要求不過如此，而且友善地對待你。我好聲好氣地問，然而你卻這麼做。」他說。「你就是得讓我這麼做，看看，」——他起身望向光滑大理石洗手檯上方鏡子裡自己的赤身裸體——「你受到折磨，卻讓我變成這樣。」鏡子裡赤裸的他如此說。「可是我不想要這樣。所以，你這就是傷害我。你知道嗎，害我變成這樣，是嚴重地傷害我？」鏡子裡赤裸的他這麼說。

她說她了解。當他打開工具箱的時候，她渙散的眼神如同四散的玻璃碎片，直盯著美工刀、小刀和細齒鋸子。他拿出一小袋沙，放在洗手檯邊緣，接著掏出小瓶薰衣草膠水，也一併放了下來。

「我會依你，你想做什麼我都依你。」她不停地重複。

他早就命令過她不許再說，但她卻又脫口而出。

他將雙手浸入水中，冰冷的水溫讓他發凍。他抓住她的腳踝，將她往上拉。他拉住她曬成棕色的雙腿，緊握著冰冷發白的腳掌時，感受到驚慌肌肉傳來的恐懼。他拉著她的時間比上一回來得久，她猛力掙扎扭動，不停拍打，冷水高聲地潑出水花。她又喘又咳，發出窒息地哭喊，卻沒有怨言。她學會不去抱怨；花了好一段時間，但終歸學會了。她領悟到這一切都是爲了她自己好，並且感激這個即將改變他生命的犧牲——不是她的生命，是他的——儘管過程並不愉快。絕不可能美好，她應該要感激他的贈與。

他拿起垃圾袋，裡面裝有稍早從吧檯製冰機裡取來的冰塊，接著將最後一些冰塊倒進浴缸裡。她看著他，淚水滑下臉龐。哀傷的陰鬱魔爪油然浮現。

「在那裡，我們都把他們吊掛在天花板上，」他說，「一次又一次猛踢他們的膝蓋側邊，就在那裡。我們每個人都進到小小的室內，踢他們的膝蓋側邊。這種痛苦極端難耐，絕對會造成重大傷害，當然，他們有幾個就這麼死了。但是比起我在那裡見過的其他事，這還算微不足道。你瞧，我可沒有在監獄工作，也沒有必要，因爲這種事的分量多到足以好好分配。人們不懂，錄下這一切、拍照，這些絕對是少不了的。一定得要有的。如果沒有，事情就會像是沒發生過一樣。所以人們會拍照，給他人觀賞。只要一個；一個人看過，等於全世界都看過了。」

她瞥向灰泥牆邊，放在大理石桌面上的攝影機。

「他們自找的，不是嗎？」他說。「他們強迫我們成爲與原來不同的自己。所以是誰的錯呢？不是我們的錯。」

她點頭，發著抖，牙關打顫。

「我並沒有每次參加，」他說，「但是我觀看。剛開始的確很難，我幾乎受不了，無法接受這一切，但是，他們對我們做出那些事。因爲他們的作爲，我們被迫反擊，所以這都是他們的錯、他們逼的，我知道你懂。」

她點頭，一邊哭喊一邊發抖。

「放在路邊的炸彈、綁票，比你聽說的還多。」他說。「你會習慣的。就像你現在適應冰水了，是吧？」

她沒有適應，只感覺到麻木，漸漸進入失溫狀態。到了這個時候，她的腦子裡已經出現轟鳴聲，心臟也好像要爆開來。他將伏特加遞給她，她喝了下去。

「我要打開窗戶，」他說，「好讓你聽到貝尼尼的噴泉聲，我聽了大半輩子了。夜色很美，你應該要看看星星。」他打開窗戶，看著夜裡的星空、四河噴泉，以及這時候空無一人的露天廣場。「你不要尖叫。」他說。

她搖頭，胸腔猛烈起伏，無法遏止地顫抖。

「你在想你的朋友，我知道。他們當然也會想到你，但是眞糟糕，他們人卻不在這裡，到處都看不到人。」他再次看著無人的廣場，聳聳肩頭。「他們怎可能在這裡？離開了，早就走了。」

她涕淚縱橫，不停發抖，雙眼中的光芒與當初兩人相遇時大不相同。他感到厭惡，因爲她毀了對他的意義。先前，在更早的時候，他以義大利文與她交談，因爲這讓他成爲一個陌生人，而這是有其必要的。現在，他對她說英文，因爲這不再有差別。她瞥向他的亢奮，視線在他亢奮的肉體上跳動，猶如飛蛾撲火。他亢奮的部位也感受到她。她懼怕它，但是遠比不上她對其他東西，比方說水、工具、沙袋及膠水的恐懼。她不明白老舊地板上圈起的黑色寬皮帶是做何用途，這是她最該害怕的東西。

他拾起皮帶，告訴她，毆打無法自衛的人是一種原始的欲念。爲什麼？她沒有回答。爲什麼？她充滿驚恐地瞪著他，眼中的光芒遲鈍但卻狂亂，好似在他面前碎裂開來的鏡面。他要她站起身來，她照做，但是打著顫，雙膝發軟。她站在冰冷的水中，接著他關上水柱。她的身軀使他聯想到緊繃的弓，同樣地彎曲、充滿力量。水珠順著她站立的身子往下淌。

「背對著我轉過身去。」他說。「別擔心，我不會拿皮帶打你，我不做這種事。」

她轉身面對著有裂縫的老舊灰泥牆面，以及拉上的百葉窗，水在浴缸裡靜靜地波動。

「現在，我要你跪在水中，」他說，「然後看著牆，不要看我。」

她面牆跪下。他拿起皮帶，將整條皮帶穿過扣頭拉到底。

1

十天之後，二〇〇七年四月二十七日，星期五下午。

虛擬實境戲院裡，坐著十二名義大利最具影響力的執法者和政治家，法醫病理學家凱．史卡佩塔無法完全記清楚這些人的名字。唯一的非義大利人，只有她自己，以及法醫心理學家班頓．衛斯禮；兩人都是國際調查組織的顧問，這個單位是歐洲法醫科學研究中心的專設部門。義大利政府的處境並不單純。

九天前，美國網球明星珠兒．馬丁在度假期間慘遭謀殺，赤裸殘缺的屍首，在羅馬舊城區的納佛那廣場上被人發現。這個案件轟動國際，電視上不停地重播這個十六歲女孩的一生和死亡的細節，螢幕下方的跑馬字幕毫無間斷，頑強地慢慢跑著，重複主播和專家述說的細節。

「那麼，史卡佩塔醫生，讓我們弄清楚，因爲混淆之處似乎不少。根據你的說法，她在當天下午兩、三點的時候，就已經死了。」奧托林諾．波馬隊長這麼說，他是義大利國家憲兵隊的法醫，這個單位是負責調查案件的軍事警察。

「不是根據我的說法，」她說，神經緊繃了起來，「是根據你們的說法。」

他在昏暗的光線下皺起眉頭。「我很確定是你說的，就在幾分鐘之前，你提到她胃裡的殘留物和酒精含量，這些都指出她是在友人最後看到她的幾個小時之後死亡的。」

「我沒有說她是在兩點或三點的時候過世。我想，這麼說的人是你，波馬隊長。」

他年紀輕輕就已經聲名遠播，但卻是毀譽參半。兩年前，史卡佩塔在海牙的歐洲法醫科學研究中心年度會議上第一次見到他，他嘲諷地學著中心負責人說話的模樣，並且還把他模仿得自滿又好辯。波馬隊長十分英俊——老實說，帥極了——對於美女和華服極具品味，今天他身穿藍黑色的制服，披掛寬幅的紅色飾帶和耀眼的銀色飾章，加上一雙閃亮的黑色皮靴。當他一陣風般在這天早晨走進劇院時，還披著紅襯斗篷。

他坐在史卡佩塔的正前方，就在第一排的正中央，視線幾乎沒有離開過她。班頓・衛斯禮坐在他的右邊，大半的時間都保持安靜。每個人的臉上都罩上立體實境眼鏡，同步觀看犯罪現場分析系統，這個傑出的革新系統，使得義大利科學警察暴力犯罪分析小組成爲全球執法單位豔羨的對象。

「我想，我們必須從頭再來一次，好讓大家完全了解我的立場。」史卡佩塔對波馬隊長說，後者雙手撐起下巴，好似正啜飲著美酒，與史卡佩塔親暱對話。「如果她在當天下午兩點或三點遇害，屍體到了隔天早晨大約八點半時被人發現，應當離死亡時間至少有十七個小時之久。她身上的屍斑、死後僵硬程度，以及屍體的冷卻程度，都與這個推論互相矛盾。」

她以雷射筆引導衆人的目光，看向牆面大小的螢幕，上面投射著晦暗的立體架構影像，似乎他們就置身於犯罪現場，瞪視珠兒・馬丁慘遭凌虐的屍首，以及四周的垃圾和挖土機具。紅色的光點順著她的左肩滑向左臀、左腿，然後到了赤裸的左腳；右臀和右大腿的一部分不見蹤影，彷彿歷經鯊魚的攻擊。

「她的青色屍斑……」史卡佩塔開始說話。

「我要再次致歉。我的英文沒有你好，不確定這個字眼的意思。」波馬隊長說。

「我之前用過這個字眼。」

「我那時候也不確定。」

笑聲四起。除了翻譯人員以外，史卡佩塔是在場唯一的女性。她和翻譯一樣，不覺得這有什麼好笑，但是那些男人卻不以爲然。班頓除外，他當天連個微笑也沒出現過。

「你知道在義大利文裡，這字怎麼說嗎？」波馬隊長開口問史卡佩塔。

「用古羅馬的語言來說如何？」史卡佩塔說。「拉丁文。既然大多數的醫學辭彙都源自於拉丁文。」她的語氣並不粗魯，但卻十分嚴肅，因爲她清楚知道，他只有在自認爲恰當的時機，英文才會不甚流利。

他的立體實境眼鏡瞪著她，這讓她連想到蒙面俠蘇洛。「用義大利文，拜託，」他對她說，「我的拉丁文一向不好。」

「我用兩種語文告訴你。拉丁文的livid在義大利文是livido，意思是色斑；mortis是morte，就是死亡。屍斑就是死後出現在屍體上的色斑。」

「用義大利文說，的確有幫助，」他說道，「而且你解釋得眞好。」

她並不打算在這裡說義大利文，儘管她對此遊刃有餘。在這些專業討論當中，她寧願說英文，因爲細小的差異極其微妙，何況翻譯人員無論如何都會逐字翻譯。語言的難處、政治壓力以及波馬隊長的緊迫盯人，和令人難解的譁眾取寵，這些毫不相干的因素全都加諸在這件原本就已經十分不幸的事件上。即使而且在這個案件當中，凶手的手法不但前所未有，還跳脫出常見的犯罪側寫，使得一切混淆不清。即使是科學證據，也成爲爭論當中令人發狂的源頭，並且似乎在挑戰他們、蒙蔽他們，這迫使史卡佩塔不得不提醒自己以及其他人：科學絕不說謊、不會犯錯，不會蓄意領他們誤入歧途，或是尋他們開心。

波馬隊長無視於此。或者他只是假裝，以毫不配合的爭辯語氣談起死去的珠兒，彷彿自己與屍體有某種關係，而只是在和它爭吵，也許他並非當眞。他堅稱珠兒死後屍體的變化代表著一種情況，而血液中的酒精含量和胃部的殘留物又代表著另一種情況，但是他與史卡佩塔看法相左，認為食物和飲酒的資訊絕對足以信賴。至少對於這一點，他是認眞的。

「珠兒生前的飲食揭露出實情。」他重複自己在稍早慷慨激昂的開場演說中的話語。

「揭露事實，沒錯，但不是你所謂的實情。」史卡佩塔回答，語氣比所使用的字眼來得有禮。「你所謂的事實，是經過誤解的事實。」

「我想這些已經都討論過了，」班頓在前排座位的陰影中發言，「我認為史卡佩塔醫生已經表達得非常清楚了。」

波馬隊長的立體實境眼鏡，外加一整排立體實境眼鏡全都盯著她看。「很抱歉，我的反覆檢視讓你感覺厭煩，衛斯禮博士，但是我們必須找出這件事的道理。請遷就我吧。四月十七日，珠兒在十一點半到十二點半之間，在西班牙階梯附近的觀光客餐館吃了不甚美味的義大利千層麵，喝了四杯糟糕透頂的吉安堤葡萄酒。她付了帳後離開，接著在西班牙廣場和兩名友人分開，並且答應兩人，一個小時後在納佛那廣場會合。結果她再也沒有出現。我們確認以上為事實。其餘的一切則仍神秘難解。」他厚重的鏡框看向史卡佩塔。接著他在座位上轉身，向身後的幾排人說話。「這是因為我們這位來自美國、備受尊崇的同事現在說，她不認為珠兒的死亡時刻是在用餐過後沒多久，甚或在當天。」

「我一直都這麼說。我再次解釋原因，因為你們似乎糊塗了。」史卡佩塔說。

「我們必須趕出進度。」班頓說。

但是他們無法繼續。義大利人非常敬重波馬隊長，他又是個知名人士，因此可以爲所欲爲。儘管他是醫生而不是偵探，但是平面媒體仍然稱他爲羅馬的夏洛克·福爾摩斯。每個人——這其中也包括了坐在後面角落，聽得比說得多的義大利國家憲兵隊總指揮在內——似乎都忘了這回事。

「在正常的狀況下，」史卡佩塔說，「珠兒的食物有可能在用餐幾個小時之後才完全消化，而她血液中的酒精濃度當然也不會高到毒物測試的零點二。所以，是的，波馬隊長，她的胃部殘留物和毒物檢測，的確指出她在用過午餐後沒多久就死亡。但是她的屍斑和死後的僵硬程度卻顯示——並且容我加上，『相當明確』地顯示——她可能是在餐館用過午餐的十二到十五個小時之後才死亡，這些死後現象才是我們最該注意的部分。」

「所以我們又回到老話題，屍斑。」他嘆口氣。「我實在不明白這個字眼。既然我對於你所謂的死後現象有這麼多的不解，那麼就請再解釋一次。把我們當成挖掘廢墟的考古學家。」波馬隊長再次把下巴靠在手上。

「色斑、屍斑、死後血液沉積現象，指的都是同一件事。當人死後，循環代謝停頓，由於地心引力的影響，血液開始沉降在毛細血管當中，就像沉船上的沉積物一樣。」她感覺到班頓的立體實境眼鏡看著她，卻不敢回望。他今天的態度異於往常。

「請繼續說。」波馬隊長在筆記上的某處畫了好幾道線。

「如果屍體在死後維持某個姿勢，並且時間夠久，血液便會依照這個姿勢開始沉降，這便是我們稱爲屍斑的死後現象。」史卡佩塔解釋。「最後，屍斑會固定，屍體在這個部位呈現紫紅色，並且會出現擠壓或束壓屍體的物件所造成的白色痕跡。比方說，像是緊身的衣物。請讓我們看一下解剖照片好嗎？」她檢視講台上的一份清單。「第二十一號。」

壁面出現珠兒被放在鐵床上的屍體，地點是托維佳塔大學停屍間。她面朝下俯趴。史卡佩塔移動雷射筆的紅色光點，順著背部，延伸到屍斑造成的紫紅色和白色的痕跡。她尚未提及看似暗紅坑洞的駭人傷口。

「現在，請更換場景，她被放進屍袋的那張照片。」她說。

建築工地的立體照片再次占滿壁面，但是這回出現了身穿特衛強白色防護裝束，戴手套穿鞋罩的調查人員，他們抬起珠兒癱軟赤裸的身子，放進擔架上方襯著裹屍布的屍袋。在四周的其他調查人員撐起了另外幾條裹屍布，以擋住現場周遭好奇人士的圍觀，以及狗仔隊的視線。

「與各位剛才看過的照片做個比較。在她被發現之後的大約八小時進行了解剖，這時候她身上的屍斑幾乎完全定位，」史卡佩塔說，「但是在現場，屍斑顯然還在形成的初期。」紅色光點移到珠兒背上的粉紅色痕跡。「死後僵硬的狀況也才剛形成不久。」

「你排除因爲猝然僵硬，而使得死後屍體提早僵硬的這個可能性嗎？比方說，如果她在死前拚命掙扎？也許她與他搏鬥？你到目前爲止，都還沒有提到這些？」波馬隊長在他的筆記本上畫了又畫。

「沒有道理提猝然僵硬。」史卡佩塔說。你何不再加上些戲劇色彩？她眞想這麼問。「不管她是否拚命掙扎，」她說，「當她被發現的時候，並不是完全僵硬的，所以並沒有發生猝然僵硬的……」

「除非僵硬發生過，然後又褪去。」

「不可能，因爲屍體在停屍間裡已經完全僵硬。僵硬狀況不會發生後褪去，然後再次發生。」

翻譯人員在譯成義大利文的時候，一邊壓抑住自己的微笑；好幾個人卻大笑出聲。

「各位從這裡可以看出」——史卡佩塔將雷射光束指向被抬上擔架的珠兒——「她的肌肉一點也不僵硬，甚至還相當有彈性。我估計，從她死亡到被發現的時間少於六個小時，可能還更短。」

「你身為國際專家，對於這點，怎麼會這麼含糊？」

「因為我們不知道她去了哪些地方，在被丟到工地之前，處於什麼樣的溫度和狀況之下。體溫、死後僵硬狀況、屍斑都會因不同的狀況和不同的個體，而有所差異。」

「根據屍體的狀況，你是說，她不可能在與友人共進午餐之後沒多久，就遭人謀殺？比方說，在她獨自漫步在納佛那廣場上，打算與他們會合的時候？」

「我不認為情況會是這樣。」

「那麼，再請問一次，你要如何解釋她尚未消化的食物，以及零點二的酒精濃度？這些數據意味她在和朋友共進午餐過後沒多久就死亡，而不是過了什麼十五、六個小時之後。」

「也有可能是她離開朋友後沒多久又開始喝酒，並且在受到驚嚇和壓力的狀況下，消化系統暫時停頓。」

「什麼？你這是在暗示她和凶手共度了一段時間，可能長達十、十二或十五小時，並且還和他一起喝酒？」

「他有可能強迫她喝，讓她沒有反抗力，易於控制。好比下毒一樣。」

「那麼，他強迫她喝酒，也許整個下午，整個晚上，一直到凌晨都在喝，然後她害怕到食物都沒有消化掉？這是你所能對我們提出的最合理解釋？」

「我見過這種狀況。」史卡佩塔說。

動畫影像呈現出暮色中的建築工地。附近的商家、比薩店、餐廳全都燈火通明，高朋滿座。汽機車停放在路邊和人行道上。劇院中滿是車流的轟鳴聲以及人們的跫音話語。

突然間，明亮的窗戶暗去，接著是一片沉默。

車聲先到，隨後車子出現。一輛四門蘭吉雅轎車在帕奇諾街和安尼瑪街的轉角停下來。駕駛座車門打開，一名虛擬動畫繪製的男子走了出來。他一身灰衣，五官模糊，臉色和雙手灰濛濛一片，劇院裡的人無法斷定或辨認出凶手的年紀、種族，或是任何身體上的特徵。為了簡單起見，先將凶手當作男性。灰衣男子打開後車廂，抬出屍體，以一條交雜著紅、金和綠色花樣的藍色布料包裹。

「從屍體上以及屍體下方泥漿中所採集到的纖維判斷，包裹她的床單是絲製品。」波馬隊長說。

班頓．衛斯禮說，「屍體上處處都有纖維，包括頭髮，手上腳上都有，更別提傷口上沾黏的。從這裡我們可以得知，她從頭到腳都被包了起來。所以，沒錯，我們顯然得要考慮一幅大尺寸、顏色鮮豔的絲質布料。也許是床單，可能是窗簾……」

「你的重點是什麼？」

「有兩點：我們不該假設那是一條床單，因為我們不該設定任何假設；還有，他用來包裹她的，可能是他居住或工作，或是拘禁場地的原有物品。」

「對，沒錯。」波馬隊長的眼鏡仍然緊盯著牆面大小的影像。「而且我們知道，現場還找到符合二○○五年蘭吉雅車款後車廂的內毯纖維，這同時也與目擊者描述中，大約早晨六點駛離現場地區的車款相符。我所說的證人，是一名附近公寓的女人，她起身察看自己的貓，因爲牠——那個字要怎麼說……？」

「哭號？喵喵叫？」翻譯人員說。

「她因爲貓咪哭號而起身，而又剛好望出窗外，看到那輛深色的蘭吉雅豪華轎車不疾不徐地駛離建築工地。她說，車子在單行道的安尼瑪街向右轉。請繼續。」

動畫影像繼續進行。灰衣男子從後車廂裡抬出色彩鮮麗的屍體包裹，抬著屍體踩上以繩索圍起的鋁製狹小通道，走下通往工地的木材鋪板。他將屍體放在鋪板的一邊，就放在泥漿上，接著蹲在黑暗當中，很快地解開這具稍後辨認出是珠兒·馬丁的屍體。這個部分不是動畫影像，而是立體實境照片。女孩這張著名面孔爲衆人所熟悉，運動員赤裸苗條身子遭到粗暴凌虐的傷口清晰可見。灰衣男子捲起五顏六色的布料，回到車上，以正常的車速駛離現場。

「我們相信他抬著屍體，而並非拖拉，」波馬隊長說，「因爲纖維只出現在屍體和下方的土地上，其他地方並沒有發現。雖然這不足以證明，但是卻足以指出他並非以拖拉的方式運送。容我提醒各位，這個場景使用了雷射繪圖系統製作，各位所見到的透視景深、物件和屍體的位置都完全精準。顯而易見的，只有沒被拍攝下來的人和物品——比方說凶手和他的車子——才是動畫影像。」

「她有多重？」坐在後排的內政部長開口問道。

史卡佩塔回答，珠兒·馬丁體重一百三十磅，接著換算成公制。「他一定相當強壯。」她加上這句話。

動畫再次開始。曙光下的建築工地一片安靜，雨聲出現。這個地區的窗戶依然黑暗，營業場所沒有開張，沒有車流。接著出現了摩托車的嘎吱聲，越來越響。一輛紅色的杜卡迪出現在帕奇諾街上，虛擬的騎士身穿雨衣，頭戴全罩式安全帽。狀似驚愕的騎士跨下機車，猶疑地踏上鋁製小通道，靴子響亮地踏在金屬上。在這張實境照片上，下方泥濘中的屍體和甚爲誇張的虛擬摩托車騎士並列在一起，使得屍體看來更加駭人。

「這時將近八點半，如同各位所見，天氣陰霾並且還下著雨。」波馬隊長說。「請前進到費奧拉尼教授的場景，那是第十四景。現在，史卡佩塔醫生，假如你願意，原本可以和這位今天下午沒有出席的好教授一起在現場檢視屍體的，我得說這眞是遺憾，因爲，你們料想得到嗎？他人在梵蒂岡，一位樞機主教過世了。」

班頓瞪著史卡佩塔身後的螢幕，史卡佩塔發現他如此不悅，竟然不肯看向她，胃部不禁一陣痙攣。

新的影像——立體錄影——占據了螢幕。藍光閃爍，數輛警車和一輛深藍色的國家憲兵隊犯罪現場箱型車出現。數名憲兵隊員手持機槍戒護著建築工地周邊，便衣調查人員在封鎖線的範圍之內蒐集證物、拍著照片。照相機發出按下快門的聲音，人聲話語低沉，街上出現圍觀群衆，一架警用直升機在上方轟隆盤旋。教授——羅馬最受尊敬的法醫病理學家——身上罩著的白色特衛強防護裝束滿是污泥。鏡頭以教授的角度拉近，出現珠兒的屍體。用立體實境眼鏡觀看，屍體眞實呈現在眼前，這種感覺十分詭異。史卡佩塔覺得自己彷彿能夠觸碰到珠兒的血肉，以及她在雨中潑濺到泥土，閃著水光的深紅色裂口。珠兒金色的長髮溼答答地黏在臉上，突起的眼瞼緊閉。

「史卡佩塔醫生，」波馬隊長說，「請你檢驗一下，告訴我們你看到了什麼。你一定已經研讀過費奧拉尼教授的報告，但是你現在以立體實境的方式看到放置在現場的屍體，請說出你自己的看法。如果你與費奥拉尼教授的調查意見相左，我們也不會有所批評。」
衆所皆知，教授的看法，就如同幾年前經過他防腐處理的過世教宗一樣，絕對不會有謬誤。
雷射筆的紅點順著史卡佩塔的動作移動，她說，「屍體的姿勢。左側臥，雙手彎曲放在下巴下方，雙腿微彎。我相信這個姿勢是刻意安排的。衛斯禮博士認爲呢？」她看著班頓透過厚重的眼鏡越過她，看向螢幕。「這該是你發表意見的好時機。」
「刻意。凶手安排了屍體姿勢。」
「似乎在祈禱，是嗎？」國家警察局長說。
「她的信仰是什麼？」國家刑事警察署副署長開口問。
昏暗的戲院中傳出發問和推測的聲音。
「羅馬天主教。」
「據我所知，她並不是虔誠的信徒。」
「的確不太是。」
「也許有某種宗教關聯？」
「是的，我也這麼猜想。建築工地離亞哥尼的聖愛格妮斯蒙難堂非常接近。」
波馬隊長解釋著，「爲不熟悉的人說明一下」——他看著班頓——「聖愛格妮斯是個在十二歲就遭到酷刑謀殺的殉難者，只因爲她不肯嫁給像我這樣的異教徒。」
一串笑聲，有關謀殺案是否與宗教有關的討論聲遍起。但是班頓否決了。
「有性剝削的暗示。」他說。「她被展現在衆人的目光之下，赤身裸體被丟棄在空地上，而且還是她原應要與友人相會的地區。凶手希望有人發現她，想要讓人震驚。宗教不是優先考慮的動機，性慾才是。」

「但是我們並沒有發現她遭到強暴的跡象。」說話的是憲兵隊法醫檢驗室主任。

他透過翻譯繼續說，凶手並沒有留下任何精液、血液或是唾液，除非全都被雨水洗刷乾淨。但是在她的指甲內側卻採集到兩組截然不同的DNA。他解釋道，不幸的，到目前為止，這些資料並沒有用處，因為義大利政府並不允許從罪犯身上採集DNA樣本，認為此舉侵犯了他們的人權。到目前為止，唯一輸入義大利資料庫當中的，只有從證物而非人身上採集得來的DNA樣本。

「那麼，在義大利沒有資料庫可供搜尋，」波馬隊長繼續說，「我們現在只能說，從珠兒指甲下採集的DNA，與義大利境外，包括美國在內，任何資料庫的個人資料都不吻合。」

「我相信你們一定已經證實採集到的DNA樣本，是出自於歐洲血統的男性。換句話說，就是白種男子。」班頓說。

「是的。」檢驗室主任說。

「史卡佩塔醫生？」波馬隊長說。「請繼續。」

「請播放第二十六號解剖照片好嗎？」她說。「外部檢驗中的背面照，傷口的特寫。」

傷口特寫出現在整個螢幕上，深紅色的傷口邊緣呈現鋸齒狀。她用雷射筆指著，紅色的光點在原來右臀所在位置的碩大傷口上移動，接著移向右大腿後側皮肉遭到割除的第二個部分。

「由銳利的切割工具所造成，可能是鋸齒刀刃，鋸穿肌肉，還切割到骨頭的外層。」她說。「根據傷口沒有出現肌肉組織反應，推斷是在死後造成。也就是說傷口泛黃。」

「死後才下手損毀，排除了凌虐的可能性，至少排除切割這項凌虐。」班頓補充。

「那麼應當怎麼解釋？如果不是凌虐？」波馬隊長問他，兩個男人互相瞪視，好像兩頭互為天敵的動物。「還有什麼理由會讓人如此殘酷的切割另一個人？我會稱之為毀屍。告訴我們，衛斯禮博士，在你過去的經驗中，曾經在別的案例中見過這種事嗎？尤其你又曾經是聯邦調查局聲名卓著的犯罪側寫專家？」

「沒有。」班頓簡單地說，任何提及他過去在聯邦調查局的工作，對他來說都算是侮辱。「我看過毀屍，但是沒見過任何類似這個案子的狀況。尤其是他下手處理她雙眼的手段。」

他取出眼睛，在眼眶中塡入沙子，之後再以膠水黏合她的眼瞼。

史卡佩塔以雷射筆指向此處，並且加以說明，班頓再次有種寒心的感覺。這個案子中的每一項細節都讓他寒心、氣餒，而且難以釋懷。這究竟象徵了什麼？問題並不在於他從未見過挖掉眼珠的狀況，而是波馬隊長過於牽強的暗示。

「也許你們聽說過古希臘的搏擊運動，」波馬隊長對戲院裡的人說，「在搏擊當中，選手可以用任何手段來打敗敵人。挖出眼珠，然後刺殺或勒殺，是常見的方式。珠兒的眼珠被挖掉，而且遭到勒斃。」

國家憲兵隊的將軍透過翻譯問班頓，「那麼，也許這和搏擊有關係？也許當凶手挖出她的眼珠、勒斃她的時候，心裡有過這個念頭？」

「我不認為。」班頓說。

「那麼要做何解釋？」將軍問道。他和波馬隊長一樣，一身光鮮的制服，只不過在袖口和高領上有更多的飾章。

「更內心、更私人一點的理由。」班頓說。

「也許從新聞學來的。」將軍說。「虐殺。伊拉克行刑隊下手拔牙挖眼。」

「我只能推測凶手的手法，反應出他本身的精神狀態。也就是說，我不認爲他對她的下手方式會是影射任何事，即便是再細微不過的小事也一樣。藉由她的傷口，我們得以一窺他的內心世界。」班頓說。

「這純屬推測。」波馬隊長說。

「這是基於多年來研究暴力犯罪而得到的心理剖析。」班頓回答。

「但你這是憑直覺。」

「我們在面臨險境的時候，會忽略直覺。」班頓說。

「我們可以看看她在進行外部檢驗之前的解剖照片嗎？」史卡佩塔說。「頸部特寫。」她檢視講台上的清單。「第二十號。」

立體影像浮上螢幕：珠兒的屍體躺在不鏽鋼解剖檯上，沖洗過後的皮膚和頭髮仍然潮溼。

「如果各位看到這裡」——史卡佩塔以雷射筆指著脖子——「就會注意到水平的綑綁痕跡。」光點在前頸上滑動。史卡佩塔還沒接著說下去，羅馬觀光部門的主管便出口打斷。

「事後他才取出她的眼睛。在她死後，」他說，「而非在她還活著的時候。這一點很重要。」

「是的。」史卡佩塔回答。「根據我所讀到的報告，唯一在死前造成的傷害，只有腳踝的挫傷以及頸部勒處的挫傷。麻煩播放她頸部的解剖照片好嗎？第三十八號。」

她等候螢幕上的影像出現。切板上擺放著喉頭及出血的柔軟組織，還有舌頭。

史卡佩塔指出，「由於勒頸造成的柔軟組織和底層肌肉挫傷，加上舌骨斷裂，明白顯示傷害是在生前所造成的。」

「雙眼的點狀淤血呢？」

「我們無法知道結膜是否出現點狀淤血。」史卡佩塔說。「她的雙眼並不在。但是報告上的確指出了眼瞼和臉部出現點狀淤血。」

「他究竟把她的眼睛怎麼了？在你過去的其他經驗中，是否見過類似的狀況？」

「我看過被挖出眼珠的受害者，但是從來沒見過，也沒聽過凶手在眼眶中塡入沙子，然後在這種狀況下用膠水黏住眼瞼。根據你們的報告，膠水的成分是氰基丙烯酸酯。」

「也就是強力膠。」波馬隊長說。

「我十分在意這個沙子。」她說。「沙子似乎並非來自本地。更重要的是，以掃描式電子顯微鏡觀察與光譜儀分析之後，發現看來像是火藥殘留物的痕跡：鉛、銻以及鋇。」

「這絕對不是來自當地沙灘，」波馬隊長說，「除非有一堆人互相射擊，而我們毫不知情。」

現場一陣笑聲。

「如果是來自奧斯堤亞海邊的沙，會有玄武岩，」史卡佩塔說，「以及其他火山活動會帶來的成分。我相信大家手上都有一份資料，採集自屍體的沙子，以及奧斯堤亞海灘地區沙子的光譜分析。」

戲院傳出紙張沙沙作響的聲音，小手電筒紛紛亮起。

「兩者都是以拉曼光譜儀，八毫瓦紅光雷射進行的分析。如同各位所見，奧斯堤亞當地海灘的沙子，和珠兒．馬丁眼窩裡的沙子相比，兩者的光譜分析結果相當不同。以電子顯微鏡掃描檢驗，我們可以看到沙子的形態，反射電子影像則顯示出我們剛剛提到的火藥殘留粒子。」

「很多觀光客喜歡到奧斯堤亞附近的海灘，」波馬隊長說，「但是在每年的這個時候人並不多，不管是當地人或是遊客，通常都會等天氣再暖和一些，比方說五月底，甚或六月。那時候人就多了，特別是從羅馬去的人，因爲車程大概只要三、四十分鐘。我倒不喜歡，」他說這話的方式，像是有人問起他對奧斯堤亞海灘的個人觀感似的，「我覺得海灘上黑色的沙子很醜，而且絕對不會下水。」

「此刻，我認爲沙子來自何處很重要，這似乎還沒得到解答。」班頓說，時間已經將近傍晚了，大家越來越焦躁。「另外就是，爲什麼要用沙子？沙子的選擇——這種特定的沙子，對凶手來說具有某種意義，這有可能可以告訴我們，珠兒是在哪裡遭人謀殺，或者凶手來自何處，在哪裡逗留過。」

「對，沒錯，」波馬隊長帶著不耐煩的語氣說，「眼睛和可怕的傷口對凶手也別具意義。還好民衆還不知道這些細節，我們設法瞞過了記者。所以，如果再次發生類似的謀殺案件，我們可以知道那不會是模仿的結果。」

2

三人坐在杜里歐的燭光角落裡，這是一處頗受歡迎的餐館，整棟建築物的正面以石灰石砌成，離劇院很近，從西班牙階梯出發，步行就可以輕鬆抵達。

燭光餐桌全鋪著淡金色的桌布，三人身後深色的鑲板壁面排滿了葡萄酒。其他的幾面牆上則掛著一幅幅義大利鄉間景色的水彩畫。除了一桌醉醺醺的美國人之外，餐廳裡十分安靜。三人對此不以爲意，而且十分專注；穿著米色外套繫著黑領帶的侍者，態度也相同。沒有人知道班頓、史卡佩塔以及波馬隊長討論的內容。如果有人近到聽得見，他們會改變話題，無傷大雅地閒聊，並且把照片塞回到檔案夾裡去。

史卡佩塔啜飲著昂貴的一九九六年份Biondi Santi Brunello紅酒。一般來說，大家都會請她選酒；而當初如果是由她來選酒，她是不會做此選擇的。她把杯子放回桌上，眼光沒有離開過照片，這些照片就擺在她那盤簡單的帕馬森火腿佐香瓜旁邊，隨後會上的是她點的炭烤鱸魚以及橄欖油浸豆。除非班頓越來越糟的態度使她胃口盡失，否則餐後甜點或許可以來些覆盆子。

「雖然擔心這麼說會流於簡單，」她靜靜地說，「我還是認爲我們遺漏了某件重要的事。」她以食指輕輕點著一張珠兒．馬丁案的現場照片。

「那麼，現在你不會抱怨重複審視某一點了。」波馬隊長說，毫不掩飾地調情。「看吧，美食佳餚讓我們越來越聰明。」他模仿史卡佩塔輕扣照片的動作，敲敲自己的腦袋。

她心煩意亂，每當她找不到頭緒的時候就會如此。

「某件再明顯不過的事，但是我們卻完全看不見，任何人都沒看見。」她繼續說。「通常我們無法察覺，是因爲事情——就像大家所說的——太過明顯。究竟是什麼？她到底對我們訴說些什麼？」

「那好，我們就來找出明顯之處。」班頓說。她鮮少見到他公開地表現敵意，並且如此寡言。班頓沒有隱藏自己對波馬隊長的鄙視；後者現在身穿無懈可擊的條紋襯衫，金質袖釦上鐫刻著國家憲兵隊的飾紋，每當燭光照射，便閃閃發光。

「是的，明顯之處。在她的屍體還沒被發現之前，還沒被任何人觸碰過的每吋肌膚。我們應該要研究那個時候的狀況，還沒被觸碰的時候，與他留下屍體當時的狀況完全相同。」波馬隊長邊說著話，眼睛盯著史卡佩塔。「他棄置屍體的方式還眞是精心布置，不是嗎？在我還沒忘記之前，讓我們先爲在羅馬共度的最後時光舉杯——就眼前而言，我們應該爲此舉杯。」

在一名死去的年輕女子注視下舉杯——赤裸的、受凌虐的胴體攤放桌上，似乎有所不妥。

「敬聯邦調查局，」波馬隊長說，「爲他們把這件事當作恐怖活動的決心致意。最沒有防衛的目標，一名美國的網球明星。」

「你這個暗示簡直是浪費時間。」班頓說，舉杯不是爲了相敬，只是飲用。

「那麼去告訴你們的政府，不要做此暗示。」波馬隊長說。「呃，既然這裡沒有別人，我就直說了。你們政府在幕後散布的這個說法，我們稍早之所以沒有提起這一點，是因爲義大利政府不相信這種荒謬至極的說法。這個案子與恐怖分子毫無關係，聯邦調查局竟然會這麼說，眞是愚蠢。」

「在場的只有我們，沒有聯邦調查局，而我們也不是聯邦調查局人員。把案子和聯邦調查局混爲一談，實在令我厭煩。」班頓回答。

「但是在你辭職、像死了一樣失去蹤影之前，你的工作生涯大半都貢獻給聯邦調查局。這是有原因的。」

「如果這和恐怖活動有關的話，到了這個時候，早已經有人出面表示負責。」班頓說。「我希望你不要再提到聯邦調查局，或是我的私人經歷。」

「這眞是永無止境的宣傳伎倆，貴國現在就是想要恫嚇所有人，並且統治全世界。」波馬隊長爲大家斟酒。「你們調查局在羅馬審訊證人，無視於國際警察的存在，而他們理應要和國際警察合作，更何況國際警察在這裡也有自己的代表人員。調查局還從華盛頓派來一些完全不了解狀況的白癡，更別提知道如何處理複雜的謀——」

班頓打斷他的話。「波馬隊長，如今你早該知道，政治和司法管轄之間的混仗，完全是野獸的本能。」

「請你叫我奧托，我的朋友都這麼喊我。」他把椅子拉近，靠向史卡佩塔，一股古龍水的香氣隨他而來，接著他移開蠟燭。他看向那桌愚鈍狂飲的美國人，然後說，「知道嗎？我們試著去喜歡你們。」

「不必，」班頓說，「沒有其他人試過。」

「我從來不了解，爲什麼你們美國人這麼吵鬧。」

「因爲我們從不聆聽。」史卡佩塔說。「就是因爲這樣，我們才會有喬治・布希。」

波馬隊長拿起她餐盤旁的照片，就像從來沒看過一樣地仔細審視。「我正在看哪裡有明顯之處，」他說。「什麼顯眼的地方也沒有。」

班頓瞪著靠坐在一起的兩人，英俊的臉龐猶如花崗石一般冷硬。

「最好不要假設有顯眼的地方。這不過是個字眼，」史卡佩塔說，從信封裡抽出更多的照片，「個人看法的聯想。而我的看法可能與你不同。」

「就我看，你在國家警察總部的時候，已經將這點表達無遺了。」波馬隊長說話的時候，班頓在一旁瞪眼。

史卡佩塔看著班頓，停留的視線表達出她早已察覺到他的舉止，並且覺得毫無必要。他沒有吃醋的道理。她可沒有鼓勵波馬隊長調情。

「明顯之處。那好。我們何不從腳趾開始？」班頓說道，他幾乎沒吃自己點的摩札瑞拉水牛乳酪，但卻已經開始喝起第三杯酒。

「的確是好主意。」史卡佩塔研究著珠兒的照片，審視珠兒光裸腳趾的特寫。「修剪整齊，才剛塗過指甲油，與她在離開紐約之前修過腳趾甲這點吻合。」她重複說出他們已經知道的資訊。

「這重要嗎？」波馬隊長研究照片，靠向史卡佩塔，手臂與她相接，她感覺到他的體溫和氣味。

「我不覺得。我認為她的穿著比較重要。黑色牛仔褲、白色絲質襯衫，以及絲質襯裡的黑色皮夾克。還有，黑色的內褲和同色胸罩。」他停了下來。「奇怪的是，在她身上找到的纖維，沒有任何來自這些衣物，只來自那張床單。」

「我們並不確定那眞是一張床單。」班頓嚴厲地提醒他。

「同時，我們並沒有找到她的衣物、手錶、項鍊、皮手環，還有耳環。那麼是凶手拿走了這些東西。」隊長對史卡佩塔說。「這是什麼原因？也許當作紀念品。但是既然你覺得重要，那麼我們就來談談她修過的腳趾。珠兒到紐約之後，曾經前去位於中央公園南側的一處水療美容中心。我們拿到那次療程的細節資料，費用記在珠兒的信用卡上——事實上，是她父親的信用卡。根據我得到的資訊，他對她十分溺愛。」

「衆所皆知，她被寵壞了。」班頓說。

「我倒認為用詞要謹慎。」史卡佩塔說。「她付出努力才得到成就，每天練球六個小時，經過嚴格訓練，才剛贏得家庭生活盃，並且備受關注，要……」

「那是你的居住地，」波馬隊長對她說，「南卡羅萊納州的查爾斯頓，家庭生活盃的比賽地點。很奇怪，不是嗎？就在那個晚上，她飛到了紐約，然後來這裡，遭遇這件事。」他指著照片。

「我的意思是，錢買不到冠軍頭銜，被寵壞的人通常也不會有她這般投入的練習。」史卡佩塔說。

班頓說，「她父親寵她，但是沒花精神去教育她；她母親也一樣。」

「對、對，」波馬隊長表示同意，「會有哪種父母，讓一個十六歲的孩子和兩個十八歲的朋友一起出國？特別是她最近的情緒不穩，時好時壞的。」

「孩子越難相處，父母就越容易讓步，而不去抗拒。」史卡佩塔說，想到自己的外甥女露西。當露西還小的時候，天哪，兩人間的爭執就像是戰爭。「她的教練呢？對他們之間的關係，我們有什麼了解？」

「吉安尼．盧潘諾。我跟他談過，據盧潘諾表示，他知道珠兒要來，對此不太高興，因為在接下來的幾個月內有好幾場重要的比賽，比如說溫布頓大滿貫賽。他沒能幫上忙，而且對她似乎頗為生氣。」

「下個月在羅馬還有一場義大利公開賽。」史卡佩塔指出這一點，對於隊長沒提到這場賽事，感到有些不尋常。

「的確。她應該要接受訓練，而不是和朋友跑掉。我不看網球賽的。」

「她遭人謀殺的時候，他人在哪裡？」史卡佩塔問道。

「紐約。我們聯繫過他聲稱停留的旅館，他有當時住宿的登記。同時，他也說珠兒的情緒非常不穩定，時好時壞的，很固執、難相處，而且喜怒無常。他不確定自己還能再和她共處多久，並且說除了忍耐她的言行以外，他大有其他事情可做。」

「我想知道她的家族是否有情緒失控的問題。」班頓說。「我猜你們根本沒去問。」

「沒有。可惜我不夠機靈，沒有想到這一點。」

「去了解她是否有家人不願透露的精神方面病歷，這會很有幫助。」

「大家都知道，她有飲食失調的問題，」史卡佩塔說，「她公開討論過這件事。」

「沒提到情緒失控？她的雙親完全沒提？」班頓繼續冷冷的質問隊長。

「只說她情緒不穩，典型的青少年。」

「你自己有孩子嗎？」班頓伸手拿酒。

「據我所知是沒有。」

「值得注意。」史卡佩塔說。「珠兒有心事，但是沒人願意告訴我們。也許是什麼顯而易見的事？她的舉止有明顯改變，飲酒的方式也是。爲什麼？是不是發生了什麼事？」

「查爾斯頓的那場比賽，」波馬隊長對史卡佩塔說，「也是你執業的地方。他們是怎麼稱呼的？低地？低地到底是什麼意思？」

「幾乎與海平面等高，就是字面上的意思。」

「你們當地警方對這個案子沒有興趣？畢竟她在遭人謀殺的大約兩天前才在當地參加過比賽？」

「我確定警方會好奇——」史卡佩塔開口說話。

「她被謀害與查爾斯頓警方沒有關聯，」班頓插嘴，「他們沒有管轄權。」

史卡佩塔看了他一眼，隊長則看著兩人。他這一整天以來，一直注意著兩人之間緊張的互動。

「沒有管轄權，並不表示他們沒有亮出警徽現身。」波馬隊長說。

「如果你這是在暗指聯邦調查局，我們有聽到。」班頓說。「如果你這還是拐彎抹角地暗指我從前是個調查員，那麼大家也全都懂。如果你是指史卡佩塔醫生和我，我們可是你邀請來的。我們不是就這樣憑空出現，奧托。是你要我們這樣稱呼你的。」

「是我，還是葡萄酒不夠好？」隊長拿起酒杯，彷彿這杯酒是帶有瑕疵的鑽石。

這瓶酒是班頓選的。史卡佩塔比他更懂義大利葡萄酒，但在今晚，他自認有必要彰顯優勢，彷彿他在進化的階梯上剛剛直往下落五十級。她繼續看另一張照片，心裡知道波馬隊長對她有意，暗自感激服務生不打算靠向他們。他忙著招呼那桌吵吵鬧鬧的美國人。

「雙腿的特寫，」她說，「腳踝瘀傷。」

「新近造成的瘀傷，」波馬隊長說，「也許是他抓住她。」

「有可能，因為這不是繩索造成的。」

她希望波馬隊長不要坐得這麼近，但是除了把自己的椅子推到牆邊以外，她無處可移。她同時也希望他伸手拿照片的時候，不要擦過她的身子。

「她才剛除過腿毛。」她繼續說。「我推斷，應該是在死前二十四小時之內。幾乎沒有毛根。即使在和朋友一起旅行的時候，她仍然很注意外貌。這一點可能很重要。她是否期待和某人見面？」

「當然。三個年輕女人尋找年輕男人。」波馬隊長說。

班頓招手要侍者再拿一瓶酒來，史卡佩塔看著他。

她說，「珠兒是個名人。據我所知，她對陌生人很小心，不喜歡受到騷擾。」

「那麼她沒道理飲酒過量。」班頓說。

「不是長期飲酒。」史卡佩塔說。「從這些照片上可以看出來，她的身體強健精瘦，肌肉極為發達。如果她飲酒過量，那麼顯然為時不長，而且她最近的獲勝紀錄也可以證明。我們得再次懷疑最近是否出了什麼狀況。感情變化之類的？」

「沮喪、情緒不穩、飲酒，」班頓說，「都會讓人在掠食者面前顯得更加脆弱。」

「我是這麼想的，」波馬隊長說，「這是隨機發生的事件，她成為容易下手的目標。一個人在西班牙廣場上，碰上了塗著金漆的街頭藝人。」

身塗金漆的街頭默劇藝人表演著一貫的默劇，珠兒在藝人的杯裡丟下另一枚銅板，於是他再次演出，討她歡心。

她拒絕與友人一同離開。她對她們說的最後一句話是：「滿身的金漆下是個義大利帥哥。」而友人們對她說的最後一句話則是：「別以為他是義大利人。」這個說法合情合理，因為默劇演員是不說話的。

她要友人們繼續前行，或許可以去逛逛康多堤街上的商店，並且承諾與她們在納佛那廣場上的四河噴泉旁會合。友人們在此處等了又等。她們告訴波馬隊長，兩人試吃了免費的雞蛋麵粉格子甜脆餅，幾個義大利男孩吹著泡泡求她們買泡泡糖，她們咯咯發笑，結果珠兒的朋友們最後是給自己印了假刺青，並且還要街頭樂師以牧笛吹奏美國歌曲。她們承認，午餐的葡萄酒讓她們微醺，反應有些遲鈍。

她們描述珠兒「微醺」，說她很漂亮，但是自己卻不這麼想。她認爲瞪著自己看的人是因爲認出她的身分，其實這多半是因爲她的美貌。「沒看網球賽的人不一定會認出她來，」她的一名友人告訴波馬隊長，「她就是搞不懂自己有多漂亮。」

主菜上桌，波馬隊長繼續說話。多半的時間班頓都在喝酒。史卡佩塔知道他的想法——她應當避開波馬隊長的誘惑，應當閃躲，最簡單的做法要不是走出餐廳，起碼也要起身離席。班頓認爲隊長一派胡言，因爲把自己當成辦案探員，以法醫的身分偵訊證人，的確是有違常理，而且波馬隊長根本沒提起任何與本案有關的其他人名。班頓忘了一點，波馬隊長是羅馬的神探福爾摩斯，或者應該要說，班頓對這個說法毫無興趣，只因爲他太過忌妒。

波馬隊長重述他與身塗金漆的默劇演員訪談細節，史卡佩塔一邊做著筆記。這名街頭藝人有著看似無懈可擊的不在場證明：一直到當天接近傍晚時分，他依然在西班牙階梯下方表演。這比珠兒的朋友們回頭去找她的時間還要更晚些。他聲稱依稀記得女孩，但是完全不知道她是何許人，感覺上她醉醺醺的，接著她就漫步離開。總之，據他說，他沒太注意她。他表示他是個表演默劇的藝人，整天就是表演默劇，當他收起街頭藝人的身分時，他在班頓和史卡佩塔下榻的賀斯勒旅館擔任夜班門房。賀斯勒旅館在西班牙階梯上方，是羅馬最好的旅館之一，班頓堅持入住賀斯勒的頂樓豪華套房，卻沒有說明原因。

史卡佩塔幾乎沒碰她餐盤裡的魚，以彷彿是初次觀看的方式繼續看著照片。對於班頓和波馬隊長之間，有關凶手為何以怪異手法來布置受害者的爭論，她絲毫沒有評論。當班頓說起性侵害者的快感來自於報紙頭條新聞，或是更甚的，將自己藏身於群衆當中觀看慘案現場，親眼目睹隨之而起的驚慌景象，她也沒有多說。她研究珠兒慘遭凌虐的屍體，看向身體的側面，併攏的雙腿，彎曲的膝蓋和手肘，以及併放在下巴下方的雙手。

她彷彿入睡。

「我不確定這是否是蔑視。」她說。

班頓和波馬隊長安靜下來。

「你看這裡」——她把照片推向班頓——「先不要預設立場，把屍體的擺放方式看成含有性暗示意味，你會不會有其他不同的想法呢？這與宗教也沒有關係，不是對著聖愛格妮斯祈禱，而是她的姿勢，」她繼續說話，他們將注意力轉向她，「幾乎可以說是溫柔。」

「溫柔？你開玩笑。」波馬隊長說。

「彷彿睡著了。」史卡佩塔說。「我不覺得她被刻意擺放的方式有性暗示的意味，比方仰躺、雙臂和雙腿張開等等。我越看就越不這麼想。」

「有可能。」班頓拿起照片說著。

「但是，一絲不掛的展示在每個人面前——」波馬隊長持反對意見。

「仔細看看她的姿態。當然，試著以另一個角度來詮釋，把偏見擺到一旁，不去考慮我自己對『凶手充滿恨意』這個憤怒的假設，也可能是錯誤的。這只是我的一個感覺。會不會有不同的可能性，也許他想要讓人發現她，但是目的卻與性無關。」她說。

「你看不出蔑視或憤怒的意味？」波馬隊長十分驚訝，看來真的無法置信。

「我認爲，他的所作所爲讓自己感覺掌握權力。他需要凌駕在她之上。至於他的其他需要，我們現在無從得知。」她說。「我絕對不是要說這個案子裡沒有性的成分，也不認爲沒有憤怒在內。我只是不覺得那些是驅使他犯案的動機。」

「查爾斯頓有你在，還眞是幸運。」他說。

「我不認爲查爾斯頓會有類似這樣的想法，」她說，「至少當地的驗屍官看法一定不同。」醉醺醺的美國客人越來越大聲，班頓似乎因爲他們的談話而分心。

「有你這樣的專家在身邊，如果我是那個驗屍官，我會覺得十分幸運，而他竟然不受教於你的才華？」波馬隊長說，伸手去拿那些他根本不需再檢視的照片時，又再次觸碰她。

「他把手上的案子送到南卡羅萊納醫科大學去，從來就不曾和私人病理學家打過交道。在查爾斯頓沒有，在別的地方也一樣。與我簽約的多半是某些偏遠地區的驗屍官，他們沒有醫學檢驗機構或是實驗室。」她如此說明。班頓轉移了她的注意力。

他要她注意聽那些醉醺醺的美國人說話。

「……我只是覺得這是秘密，那又不能公開，實在很可疑。」其中一人高聲發表自己的意見。

「她怎麼可能會讓人知道？我不怪她。就像名嘴歐普拉和前花花公子女郎安娜．妮可．史密斯一樣。只要一被人發現，人群就蜂擁而至。」

「眞令人作噁。想想看，在醫院裡……」

「看看安娜．妮可．史密斯，躺在停屍間裡，或躺在該死的地上……」

「……然後一群群的人們站在人行道上，喊著你的名字。」

「我說啊，怕熱就別進廚房。有名有利，是要付出代價的。」

「發生什麼事？」史卡佩塔問班頓。

「看來是我們的老友賽爾芙醫生，在今天稍早爲了某個緊急事件，會有好一陣子上不了節目了。」他回答。

波馬隊長轉過頭去看那桌喧鬧的美國人。「你們認識她嗎？」他問道。

班頓說，「我們和她有過不同的意見。應該說，主要是凱和她之間。」

「我在搜尋你們的時候，應該有讀過她的一些資料。有關佛羅里達州一樁駭人聽聞、手法殘暴的謀殺案，你們全都牽扯在內。」

「眞高興知道你搜尋過我們的資料，」班頓說，「眞是周到。」

「只不過是在你們來到之前，讓自己更進入狀況。」波馬隊長迎視史卡佩塔的雙眼。「我認識一名美女經常收看賽爾芙醫生的節目，」他說，「她告訴我，在去年秋天，曾經看到珠兒上節目。好像是她贏得了某場在紐約的大賽。我得承認，我沒那麼注意網球賽。」

「美國公開賽。」史卡佩塔說。

「我不知道珠兒上過她的節目。」班頓說，皺著眉頭，滿臉不相信。

「她有，我查證過。眞有趣，賽爾芙醫生家中突然有急事。我一直試著要和她聯絡，但是一直沒得到她的回應。也許你可以幫個忙？」他對史卡佩塔說。

「我極度懷疑這會有幫助，」她說，「賽爾芙醫生恨透我了。」

他們順著馬切里街，在黑暗中走回旅館。

她想像珠兒・馬丁走在這些街道上的情境，心中猜想珠兒究竟碰到什麼人。他外貌如何？幾歲？他怎麼贏取她的信任？他們曾經見過面嗎？當時還是白天，街上人潮眾多，但是到目前為止，沒有任何證人挺身提供能讓人信服的資訊，或者出面表示曾經在珠兒離開街頭默劇藝人之後的任何時間裡，看到任何符合她特徵的人。這怎麼可能？她是世上最出名的運動員之一，在羅馬的街上，竟然沒有人認出她來？

「難道是隨機犯案？像是被雷打到？我們似乎無法回答這個問題。」史卡佩塔說著，她和班頓走在宜人的夜色中，影子在古老的石塊上前進。「她一個人，醉醺醺的，也許在某條偏僻的街道迷了路，然後被他相中？接下來呢？他提議帶路，然後把她帶到他能完全掌控全局的地方？比方說，他的住處？或是他的車裡？如果是這樣，他一定可以說一點英文。怎麼可能沒有人看到她？沒任何人看到？」

班頓什麼也沒說，兩人的鞋子在人行道上拖蹭，吵雜的街上滿是從餐廳或酒吧走出來的人，十分喧鬧，駛近的摩托車和汽車幾乎輾過兩人。

「珠兒不會說義大利文，根據我們的資料，她幾乎是一個字也不懂。」史卡佩塔補充。

星光黯淡，月色柔和地映射在紅屋上，詩人濟慈在二十五歲那年，因結核病在這棟灰泥房舍裡過世。

「或者是，他和她說話。」她繼續說。「也許他早就認識她。我們現在不知道，也許以後也不會知道，除非他再次下手並且被逮。班頓，你要回答我嗎？還是我得繼續漫無條理的冗長獨白？」

「我不知道你們兩人之間究竟發生了什麼事。除非說，這是你懲罰我的方式。」他說。

「我和誰？」

「那個該死的隊長，還有誰？」

「問題前半段的回答是，什麼事也沒有。你如果不是這麼認為，就太荒謬了，這點我們等會兒再談。我對你有關懲罰的說法比較有興趣。因為我可不曾懲罰過你，或任何人。」

他們邁步登上西班牙階梯，受傷的感覺加上喝了太多酒，讓這段行程更是費力。階梯上交纏的情侶和喧譁嘻笑的年輕人們，絲毫沒有注意到兩人。燈火通明的賀斯勒旅館看似遠在一哩之外，彷彿凌駕在城市之上的宮殿。

「我絕對不會做的事情之一，」她重新開始，「就是去懲罰別人。我會保護自己和別人，但是不會去懲罰，也絕對不會這樣對待我所在乎的人。最重要的是」——她氣喘吁吁——「我絕不會懲罰你。」

「如果你打算和別人交往，或對其他男人有興趣，我沒辦法怪你。但是，你得要告訴我。我的要求只有這樣。不要像今天這樣，一整天表現個沒完。還有今天晚上也是。少和我玩這種該死的高中生遊戲。」

「表現？遊戲？」

「他黏著你不放。」班頓說。

「我四處閃避，想要離他遠一點。」

「他整天都黏著你，就怕離你不夠近，盯著你看，在我面前就碰起你來了。」

「班頓……」

「我知道他長得帥，那好，也許你會被他吸引。但是我不會忍受的。就在我面前，該死。」

「班頓……」

「和南方那些個該死的什麼人一樣。我哪裡會知道？」

「班頓！」

無聲無息。

「胡扯，從開天闢地以來，你打從什麼時候開始擔心起我背著你故意和別人交往？」

除了踩在石頭上的腳步聲之外，一片安靜。

「故意，」她重複，「因爲，我唯一和某人交往的那一次，是當我以爲你……」

「死了。」他說。「對。有人告訴你，我死了。下一分鐘，你就搞上一個年紀小到足以當你兒子的男人。」

「不。」憤怒開始聚成一團。「你說話要當心。」

他安靜下來。即使自己一個人喝了整瓶酒，他也知道最好不要提起當時被迫成爲證人保護專案的主角，而不得不詐死的這件事。班頓讓她承受這段歷程。他知道，不應該將她視作無情的人來加以攻擊。

「對不起。」他說。

「究竟是怎麼一回事？」她說。「老天爺，這些階梯眞累人。」

「我們無法改變事實。就像你說的屍斑和屍僵狀況，既徹底又完全。接受事實吧。」

「不管這是什麼事實，我不要去面對它。就我所知，『它』並不存在。還有，屍斑和屍僵是發生在死人身上的。我們沒死，你剛剛也說了，你一直都活得好好的。」

兩個人都上氣不接下氣。她的心臟猛烈拍動。

「我很抱歉，眞的。」他說，指的是過去發生的事，他的詐死，與她受到波及的生活。

她說，「他的確太過殷勤、太放肆，那又如何？」

班頓習慣其他男人對她獻殷勤、也一直不爲所擾，甚至還覺得有趣。因爲他知道她——以及自己是什麼樣的人。他知道自己神通廣大，而且她也得面對相同的問題：一些盯著他看、觸碰他、毫無保留想要他的女人。

「你在查爾斯頓給自己建立了新的人生，」他說，「我看不出你有什麼辦法可以抹滅這些事。我簡直不敢相信你會這麼做。」

「不敢相信……？」往上延伸的階梯似乎沒有盡頭。

「你明知我在波士頓，沒辦法搬到南邊。這會讓我們的關係如何演變？」

「讓你忌妒、讓你說出『搞男人』這種話，你從來不這麼說話的。天哪！我恨階梯！」她上氣不接下氣。「你沒道理覺得自己受到威脅，這不像你。你到底怎麼了？」

「我期待太高。」

「期待什麼，班頓？」

「不重要。」

「當然重要。」

他們繼續攀上永無止境的階梯，沒有交談。在無法正常呼吸的時候來談兩人的感情，的確超出負荷。她知道班頓的怒氣出自恐懼，覺得自己在羅馬無法掌控情勢，因爲他身處麻薩諸塞州，更無法掌控兩人的關係。當初他帶著她的祝福移居波士頓，受聘哈佛大學所屬的麥克連醫院，擔任法醫心理學家一職，這是個不容放棄的大好機會。

「我們當初究竟在想些什麼？」她說。階梯終於結束，她拉住班頓的手。「我猜，一如往常抱持著理想主義。你那隻手可以稍微熱情以待，好像你也想握住我的手一樣。十七年來，我們從來沒有住在同一個城市裡，更別提同處一個屋簷下。」

「而你不覺得情況可以改變。」他的手指與她交纏，深吸了一口氣。

「怎麼變？」

「私底下，我心存你會搬來同聚的幻想。哈佛、麻省理工學院，加上塔夫斯大學；我猜想你可能會要教書。也許在醫學院，要不就在麥克連醫院擔任兼職顧問。或者在波士頓的法醫辦公室，當個首席。」

「我絕對不可能回到那樣的生活方式。」史卡佩塔說道。兩人走進旅館大廳，她稱這裡為「Belle Epoque」（美好年代），因為建築時期就是在那段美好的年代。但是他們卻沒有理會大理石雕，來自慕拉諾的古董玻璃、絲製品和雕像，以及來往的人——包括羅密歐在內，這真的是他的本名，白天是塗著金漆的默劇藝人，大多數的夜晚則化身為夜班門房。這個陰沉卻吸引人的年輕義大利男子，不願再為珠兒・馬丁的謀殺案受到更多的質詢。

羅密歐禮貌周到，但是避開他們的眼光，就像個默劇演員般完全不說話。

「我想讓你一切順心，」班頓說，「顯然這也就是當你決定在查爾斯頓自己開業時，我沒有出面阻撓的原因。但是，這件事卻讓我十分困擾。」

「你從來沒告訴過我。」

「我現在不該說出來。你的決定是正確的，而我也知道。這麼多年來，你老是覺得自己不屬於任何地方。就某種層面來說，無家可歸，而且自從離開——對不起，我又喚起你的不快回憶，從在里奇蒙被辭退之後，就可說是悶悶不樂。那個該死的窩囊廢州長。在你生命的這個節骨眼上，那是正確的抉擇。」兩人走進電梯。「但是，我不確定自己可以繼續承受。」

她試圖屏除一種無法形容的恐懼感。「你這是在說什麼，班頓？我們應該要放棄？這是不是你真正想說的話？」

「也許我說的正好相反。」

「也許我不知道這是什麼意思，我也沒有調情。」他們來到下榻的樓層。「我從來不調情，除非是你。」

「我可不知道自己不在你身邊的時候，你會做些什麼事。」

「你知道我不會的。」

他打開通向頂樓套房的門。套房十分壯觀，裡面擺飾著古董與大理石雕，石砌露台大到可以招待一整個小村落的居民。往外看去，只見夜色下的古老城市。

「班頓。」她說。「拜託，我們別吵架。明天早上你就要飛回波士頓，而我要回查爾斯頓。我們不要推開彼此，這樣並不會讓兩人分住兩地的日子好過些。」

他脫掉大衣。

「這是怎麼樣？你這是氣我終於找到個地方安頓，在一個我可以工作的地方重新開始？」

他把大衣扔到椅子上。

「公平點，」她說，「是我得重新開始，白手創業，自己接電話，自己清理該死的停屍間。我沒有哈佛教職，沒有位在烽火丘的百萬豪宅。我只有蘿絲、馬里諾，露西偶爾出現，就這樣。結果我大半的時間都在接電話。當地媒體、求助者，一些要我去做午餐演說的團體，這些人簡直像是終結者。前幾天，該死的商會來問我要訂多少本他們該死的電話名錄，簡直就像是我想要像個乾洗店一樣被列在名錄上。」

「爲什麼？」班頓說。「蘿絲一向會幫你過濾電話。」

「她老了。她是可以，但是沒辦法全部過濾。」

「馬里諾爲什麼不接電話？」

「爲什麼要？每件事都不一樣了。你當初讓大家以爲你死了，讓我們遍體鱗傷。好，我說出口了。爲了這件事，每個人都變了，包括你在內。」

「我別無選擇。」

「這就是選擇的有趣之處——你沒得選，結果其他人也一樣。」

「這是你在查爾斯頓落腳的理由。你不肯選擇我。我可能會再死一次。」

「我感覺自己像是站在一場該死的大爆炸之中，所有的東西都向我飛過來，而我卻只是站著。你毀了我。他媽的，你毀了我，班頓。」

「看看現在誰口出穢言？」

她擦掉淚水。「你現在把我惹哭了。」

他靠向她，伸手安撫她。兩人在沙發上坐下，瞪著外頭聖三一教堂的兩座鐘樓，看著賓西安丘陵上的梅第奇莊園，以及遠處的梵蒂岡。她轉身看向他，再次感受到他臉上的俐落線條、銀色的髮絲，以及與他的作爲互相矛盾的優雅風格。

「現在呢？」她問他。「比起當初，你現在的感覺如何？」

「不同了。」

「聽起來很不祥。」

「不同。因爲長久以來，我們經歷了許多事。眼前對我來說，已經很難記起還沒有認識你之前的日子，或者在我們相遇之前我結了婚這件事。那是另外一個人，某個循規蹈矩的聯邦調查局幹員，沒有熱情、沒有生命，直到那天早晨，我踏進你的會議室爲止。這個舉足輕重、所謂犯罪側寫員的傢伙，被喚來協助處理一樁震撼你那純樸城市的謀殺案。你身穿實驗室罩袍，放下一大疊檔案資料，和我握手。我當時覺得你是我所見過最傑出的女人，我根本沒法子移開雙眼。現在也一樣。」

「不同了。」她提醒他剛剛說的話。

「兩個人之間所發生的一切，每天都會有所不同。」

「這無妨，只要他們感覺仍然相同就好。」

「你覺得呢？」他說。「你還有相同的感覺嗎？因爲，如果……」

「因爲如果什麼？」

「你願意嗎？」

「我願意什麼？願意改變嗎？」

「對，一勞永逸。」他站起身來拿外套，伸手到口袋裡取東西，然後回到沙發邊。

「永逸，與壞事相反。」她說著，被他手上的東西分了心。
「我不是開玩笑的，眞心誠意。」
「這樣才不會爲了什麼愚蠢的調情而失去我？」她將他拉到身邊，緊緊擁抱，手指滑過他的髮絲。
「也許。」他說。「請你收下。」
他張開手，手掌上有一張折起的紙。
「我們像是在學校裡傳紙條。」她這麼說，不敢打開紙條。
「開啊，打開。別膽小了。」
她打開紙條，裡面寫著：你願意嗎？然後是一只戒指。古老的鉑金戒上鑲著鑽石。
「我曾祖母的。」他說，將戒指套上她的指頭，大小正好。
兩人擁吻。
「如果你這是因爲吃醋，這理由就太糟糕了。」她說。
「戒指在保險箱裡躺了五十年，我就這麼剛好拿在手上？我是眞的開口要求，」他說，「請說你願意。」
「那我要怎麼處理？你剛才一直在說我們異地而居？」
「看在老天爺份上，一次就好，放棄理智。」
「好美。」她說的是戒指。「你最好說話算話，因爲我可不打算還給你。」

3

九天之後的一個星期日，海上一艘船隻鳴起哀傷的笛音，查爾斯頓的教堂尖塔穿透烏雲籠罩的黎明，傳出孤寂的鐘聲，不同的鐘樓隨即敲響，彷彿這是某種全球共通的秘密語言。第一道曙光隨著鐘聲到來，豪華主臥房裡的史卡佩塔準備起床。臥室位於十九世紀初期的馬車屋二樓，被她挖苦地稱之爲豪華主臥房。與過去奢華的住處相比，這個轉變的確特殊。

她的臥室兼作書房之用，空間狹小，只要一走動，便很難不去碰撞古董五斗櫃和書架，或是鋪著黑布的長桌。黑布上放著一座顯微鏡、載玻片、乳膠手套、口罩、攝影器材，以及犯罪現場所需要的許多器材——這些東西與背景格格不入。臥室裡沒有可關上門的衣櫃，只有排在一起、貼著雪松木飾板的開放式衣架。史卡佩塔在裡面取出一套深灰色的套裝，一件灰白條紋的絲襯衫，以及一雙低跟便鞋。

她爲這個絕對不會好過的日子打扮妥當，坐在書桌前看向花園，望著陰影與晨光帶來的變化。她登入電子郵件信箱，檢視她的調查員彼德・馬里諾有沒有寄來任何可能會擾亂今天行程的信件。沒有新郵件。她打電話給他，以便再次確認。

「喂。」他的聲音聽來像是喝醉了酒，後面還有個不甚熟悉的女子抱怨著，「媽的，現在又怎麼了？」

「你確定今天會進辦公室？」史卡佩塔向他確認。「我昨天很晚才接到消息，有具屍體從波佛運過來，我以爲你會在場處理，再加上我們下午要開會。我之前留言給你，你一直沒回電。」

「是啊。」

女人的聲音以同樣的語調再次抱怨，「她現在又怎麼了？」

「我是說，一個小時之內。」史卡佩塔堅定地告訴馬里諾。「你得現在就動身，要不然沒有人開門。梅迪葬儀社，我不認識。」

「是啊。」

「我處理完小男孩的事情，大約十一點左右會進辦公室。」

彷彿珠兒．馬丁的案子還不夠糟似的。史卡佩塔從羅馬回到工作崗位上的第一天，就碰到另一件棘手的案子：一個小男孩慘遭謀殺，她甚至連他的名字都還不知道。他之所以會出現，是因爲他無處可去。她在沒有絲毫心理準備的情況下，看到他稚嫩的臉龐、憔悴的身軀和捲曲的棕髮，以及在她處理過後的軀體。經過這麼久的時間，處理過成千的案件，她的內心仍然有所保留，痛恨自己必須在某些人下過手之後，得再去動手處理死者。

「是啊。」馬里諾只會這麼說。

「莽撞、無禮……」她一邊下樓一邊嘀咕，「我眞是受夠了。」惱怒之下終於爆發。

她的鞋跟踩在廚房的紅陶地磚上，發出刺耳的聲響。剛搬進小屋時，她花了好幾天的時間，跪在地上用雙手拼出人字形的圖紋。她將牆壁重新髹上白漆，好捕捉花園的光線，也重新整修了小屋原有的天花板柏木橫樑。廚房是最重要的部分，裡面精心擺放著不鏽鋼設備、銅製鍋罐（永遠和嶄新的銅板一般閃閃發光）、砧板以及主廚必備的德國手工刀具。她的外甥女露西隨時會出現，這讓史卡佩塔十分高興，但卻也好奇。露西甚少打電話，或是表示要共進早餐。

史卡佩塔挑出烹飪所需的鍋具，準備蛋白煎捲，以軟起士和雪莉酒加未過濾的橄欖油煎炒白蘑菇作爲內餡。沒有麵包，連她的testo陶土板鍋上也沒有烘烤拿手的麵包。她大老遠從波隆納把這個鍋子給帶回來，當時機場的安檢單位還沒有將廚具視爲武器。露西嚴格節食，照她的說法是：鍛鍊身體狀況。史卡佩塔總是會問：所爲何在？而露西總是回答：爲繼續一輩子。史卡佩塔忙著以攪拌器打蛋白，一方面全神貫注思考今天要面對的事情，樓上窗戶卻傳來一聲重擊，讓她嚇了一跳。

「拜託，不要。」她沮喪地抗議，放下攪拌器，跑向門口。

她解除警報系統，急忙跑進花園的露台上，看見一隻黃雀無助地在老舊的磚塊上拍動翅膀。她輕柔地撿起鳥兒，鳥頸軟弱無力，左右擺晃，眼睛半開半閉。她出聲安慰，在鳥兒嘗試要平衡身子飛行的時候，她撫摸絲一般的鳥羽，鳥頸卻仍然軟弱無力的左右擺晃。牠只是昏迷，突然醒來，接著又跌下，拍翅，鳥頸軟弱無力的左右擺晃。也許牠不會死。對一個理解程度應該不止於此的人來說，她這個想法不過是一廂情願。她把小鳥帶進屋裡。廚房櫥櫃上鎖的下層抽屜裡有個上鎖的金屬盒，裡面有瓶氯仿。

她坐在磚砌的後梯上，聽到露西駕駛著法拉利跑車發出獨具特色的轟鳴，但是卻不想起身。跑車在國王街轉彎，停在屋前的共用車道，接著露西出現在露台上，手上還拿著一只信封。

「早餐還沒準備好，連咖啡都沒有。」她說。「你人坐在外面，眼睛還紅通通的。」

「過敏。」史卡佩塔說。

「上次你把罪推到過敏上——順道一提，你沒有過敏體質——是爲了撞到窗戶的鳥。你桌上還隨便丟著一條髒毛巾。」露西指向花園裡一張老舊的大理石桌，上面有一條毛巾。旁邊一棵海桐樹下有一堆新挖的並且蓋著陶土碎片的泥土。

「一隻黃雀。」史卡佩塔說。

露西在她身旁坐下說，「看來班頓不會過來度週末。他每次要來，你的長桌上都會有一串購物清單。」

「他沒辦法從醫院抽身。」花園中間淺淺的池塘上飄著茉莉和茶花的花瓣，像是五彩碎紙片。

露西拾起被最近一場雨打下的枇杷葉，扭著葉柄。「我希望這是唯一的原因。你從羅馬帶了個大新聞回來，結果有什麼不同？我是看不出來。他在那裡，你在這裡。你們不打算改變，對吧？」

「你突然變成兩性關係的專家？」

「走下坡關係的專家。」

「你這是讓我後悔把事情說出來。」史卡佩塔說。

「我經歷過這種事。和珍奈之間就是這樣。我們開始要互許承諾，說一旦變態分子的權力多過於狗之後就要結婚的事。突然間，她沒辦法面對自己是同性戀的事實。還沒開始就結束，而且還不是好聚好散。」

「是好散？還是無可原諒的分手？」

「我才該是那個無法原諒她的人，不是你。」露西說。「你又沒經歷過，不是當事人不會懂。我不想講這件事。」

池塘上方有個小天使。史卡佩塔還不知道天使在看護誰，但確定絕對不會是鳥，也許什麼都不是。她起身，伸手撣撣裙子。

「這就是你要找我說話的原因，」她說，「或是說，當我坐在這裡，為自己讓另一隻鳥安樂死而感到難過的時候，你就突然興起這個念頭？」

「我昨晚打電話給你說要過來，並不是為了這個。」露西說，繼續玩弄手上的葉子。

露西將頭髮挽在耳後，櫻桃木般的紅髮上挑染著玫瑰金，既乾淨又耀眼。她身穿黑色恤衫，展現出經過艱苦鍛鍊，並且歸功於良好遺傳基因的美好身軀。史卡佩塔猜想，她可能要到某處去，但是不打算開口問。她再次坐下。

「賽爾芙醫生。」露西瞪著花園看，就像個完全沒在觀看，而是心煩意亂的人。

史卡佩塔完全沒料到她會這麼說。「她怎麼了？」

「我告訴過你要注意她，永遠要密切注意你的敵人。」露西說道。「你沒去注意，也不在乎她為了那個案子，一逮到機會就貶低你，說你是個有辱專業的騙子。你自己上網去搜尋看看。我一直在追蹤她，把她對你的胡說八道轉發給你，但是你幾乎都不看。」

「你怎麼會知道我幾乎沒看？」

「我是你電腦的系統管理員，你最忠實的資訊技術人員。我很清楚你一個檔案開了多久。你可以為自己說話的。」露西說。

「從哪裡開始？」

「從你操控陪審團的指控開始。」

「法庭就是這樣，操控陪審團。」

「這是你嗎？還是我身邊坐的是個陌生人？」

「如果你被綁起來，聽到心愛的人在隔壁的房間裡遭受凌虐，甚至遭人殺害，然後你自我了斷來避免面對他們的命運？那不是該死的自殺，露西，那是謀殺。」

「就法律層面呢？」

「我眞的不在乎。」

「你以前還算在乎。」

「不算是。你不會懂我在想什麼的。這麼多年來處理這些案子，然後發現自己是受害者唯一的辯護人。賽爾芙醫生錯將機密當作盾牌，躲在後面，不透露任何可以避免傷害和死亡的消息。她應該要比現在更慘的。我們爲什麼要講這些？你爲什麼要惹我難過？」

露西迎視她的雙眼。「大家是怎麼說的？君子報仇三年不晚？她又和馬里諾聯絡上了。」

「天哪。上個星期還不夠糟嗎？他失去理智了嗎？」

「你從羅馬帶著大消息回來，你覺得他會高興嗎？你難不成是外星人？」

「顯然是。」

「你怎麼會看不出來？他突然每天都去喝得爛醉，還交了個亂七八糟的女友。他這次還眞挑了個爛女人。還是你不知道？姍蒂．史路克，和辣味薯片同姓？」

「辣味什麼？誰？」

「油膩膩又過鹹的馬鈴薯片，用墨西哥辣椒和紅椒調味。這可讓她老爸大賺了一筆。她大約一年前搬來這裡。星期一晚上和馬里諾在躍馬酒吧相遇，結果一見鍾情。」

「全是他告訴你的？」

「傑絲說的。」

史卡佩塔搖頭，完全不知道傑絲是何方神聖。

「躍馬酒吧的老闆，馬里諾的摩托車友，我知道你聽他說過這件事。她打電話給我，因爲她替馬里諾和他最新的拖車情婦擔心，擔心他太失去控制。傑絲說，她從來沒看過馬里諾這副德行。」

「賽爾芙醫生怎麼會有馬里諾的電子郵件？除非他先和她聯絡？」史卡佩塔問。

「打從他還在佛羅里達，還是她的病人開始，她個人的郵件地址就沒有變過；他的卻改了。所以我們應該猜得出是誰先寫信。我當然可以查清楚，這倒也不是因爲我有他電子郵件信箱的密碼，是說這種小問題從來難不倒我。我只要……」

「我知道你會怎麼做。」

「潛進屋裡。」

「我知道你會怎麼做，而且我不要你這麼做。不要把事情搞得更糟。」

「她寫給他的一些電子郵件現在都在辦公室他的電腦上，全世界都看得到。」露西說。

「沒道理。」

「當然有。讓你生氣、忌妒。當作報復。」

「爲什麼你會注意到他電腦上的郵件？」

「昨天晚上發生一場小小的緊急事件。他打電話給我，因爲他接到通知，說警報器響了，是冰箱故障，但是他離辦公室太遠，要我去看看。他說，如果我要打電話給警報系統公司，電話號碼就貼在他的牆上。」

「警報？」她說，十分疑惑。「沒有人通知我。」

「因為警報器根本沒響。我到辦公室的時候，根本沒有發現異狀，電冰箱好好的。我進到他辦公室找警報系統公司的電話，好確定真的沒事，結果，猜猜看他電腦上是什麼？」

「荒唐。他的舉止簡直像個小孩。」

「他可不是個孩子，凱阿姨。你總有一天要開除他。」

「然後怎麼處理一堆事？我現在幾乎就已經忙不過來了。人手不夠，方圓之內根本沒半個合格人選。」

「這只是開端，他還會更糟，」露西說，「他不再是那個你所認識的馬里諾了。」

「我不相信，而且我絕對不會開除他。」

「你是對的。」露西說。「你不會。這就像離婚，他是你丈夫。天知道你花在他身上的時間，比你和班頓在一起的時間還要多。」

「他才不是我的丈夫。不要激我，拜託。」

露西拿起放在階梯上的信交給她。「六封，全是她寫的。碰巧就從上個星期一，也就是你從羅馬回來的第一個工作日開始。我們在同一天看到你的婚戒，這位大偵探一下就推斷出那枚戒指不是零食的開盒贈禮。」

「有沒有馬里諾傳給賽爾芙醫生的郵件？」

「他一定不想讓你看到他寫的任何東西。我建議你去咬根棍子再看。」她指的是信封和裡面的東西。「他怎麼樣？她想念他、掛念著他。你是個過氣的暴君，他為你工作一定痛苦萬分，她能不能幫什麼忙？」

「他難道永遠學不乖嗎？」沮喪大過其他的感受。

「你當初不該讓他知道的。你怎麼可能不知道他會做何反應？」

史卡佩塔注意到花園北邊牆上攀著墨西哥牽牛花，看來有些乾枯。

「你不打算讀這些該死的東西嗎？」露西再次指著信。

「我不打算現在就讓他們得逞。」史卡佩塔說。「我有更重要的事情要處理。我穿上該死的套裝，在該死的星期天還要進到該死的辦公室，我其實可以在花園蒔花弄草，甚至去散散步。」

「你今天下午要會面的傢伙，我查過他的資料。他最近曾經遭到攻擊，但沒找出嫌犯。與這件事有關的是他被控持有大麻，指控後來取消。除此之外，他甚至不曾超速。但是我不覺得你應該單獨和他碰面。」

「那麼，我停屍間裡那個孤伶伶的受虐男童呢？既然你什麼都沒說，我猜你在電腦上依然搜尋不到資料。」

「他就像是不曾存在過。」

「他確實存在。我從來沒見過這麼殘忍的手法。該是盡可能去做的時候了。」

「做什麼？」

「我一直在想遺傳統計。」

「我還是沒辦法相信沒有人在做。」露西說。「眼前就有這個技術，一直都有。眞是蠢。親人之間有相同的對偶基因，所有的資料庫都一樣，靠或然率。」

「父母、兄弟姊妹配對得分會更高，我們以此為焦點。我認為我們應該要去試。」

「如果我們試了，然後發現這個小男孩是被自己的親人殺害呢？我們把遺傳統計運用在謀殺案裡，在法庭上會怎麼演變？」露西說。

「我們得先查清楚他究竟是誰，才有機會為出庭傷腦筋。」

貝爾蒙市，麻薩諸塞州。瑪莉蓮・賽爾芙醫生坐在自己觀景房的窗前。

斜坡草坪，森林和果樹，加上古老的磚造建築，讓人懷想起古典優雅的年代。在那個年代裡，富有的名人可以離開自己的生活，時間可長可短；或者就某些無藥可救的狀況下，永遠消失，並且尋求符合身分地位、享受極其尊貴奢華的照護。在麥克連醫院裡，經常可以看到大名鼎鼎的演員、音樂家、運動員以及政治家們，在別墅式建築的院區裡散步。整個設計是由名景觀設計師佛瑞克・羅・歐姆斯特操刀，歐姆斯特同時也是紐約中央公園、美國國會大廈公園、畢爾特摩莊園，以及一九八三年芝加哥萬國博覽會的設計師。

在這裡看到賽爾芙醫生，可就沒這麼尋常。但是她也不打算繼續久留，媒體和大眾總有一天會發現實情，她在此地的理由也隱瞞不住。她來此尋求安穩和僻靜，以及她這輩子的唯一故事：命運；也就是她口中注定的宿命。她忘了班頓・衛斯禮在這裡工作。

駭人聽聞的秘密實驗：科學怪人佛金斯坦。

瞧瞧。她繼續寫著首次回到節目後要用的腳本。我以離群索居來捍衛自己的生活，不料卻成為一場秘密實驗的證人——不，更糟，實驗室的白老鼠，並且遭到濫用。這竟是以科學為名。這正如《黑暗之心》書中角色寇茲所說的：「恐怖！恐怖！」我所遭受的對待，是一種以現代手法作爲幌子，其實卻無異於黑暗時代的做法。手無寸鐵的人們被當作次等人類，被當成……被當成……？她稍後會想出正確的比擬。

賽爾芙醫生想像著，馬里諾看到她的回信，因而陷入狂喜。她不由得露出微笑。他可能相信她（享譽全球的精神科醫生）樂於聽聞他的消息。他還以爲她會在乎！她從來未曾關心！即使在她處於佛羅里達那個較不顯赫的時期中，當他還是她的病人時，她也毫不在乎。他只不過比醫療娛樂多了那麼一丁點重要性，而且的確是稍具趣味（這她得承認），因爲他對她的愛慕之情，幾乎就和他對史卡佩塔懷抱的欲念迷戀一樣可悲。

可憐又可悲的史卡佩塔。撥打幾通電話給有力人士，的確效果非凡。

她的思緒奔騰，雖然置身在亭閣院區的房裡，卻禁錮不住她的思潮。亭閣不僅提供飲食，如果有人想要欣賞戲劇、看紅襪隊出賽，或是享受水療按摩，這裡有櫃檯人員提供服務。亭閣院區內這些享有特權的病患，幾乎是要什麼有什麼，以賽爾芙醫生來說，她有個人的電子郵件帳戶，並且剛好就入住凱倫的病房——九年前，這名病患在賽爾芙醫生的安排下入住此地。

當然了，原先令人無法接受的房間安排輕易就處理妥當，不須經過醫院行政單位調解，也不至於延誤賽爾芙醫生住院的首日。天未破曉，她就進到凱倫的房裡，輕輕地對著凱倫的眼睛吹氣，好叫醒她。

「哦！」凱倫發現眼前是賽爾芙醫生，而不是什麼強暴犯，於是放下心來。「我做了一個奇怪的夢。」

「來，我給你帶了杯咖啡。你睡得眞沉，簡直像個死人。是不是昨天晚上瞪著水晶燈看太久了？」

賽爾芙醫生抬頭看病床上方陰暗的維多莉亞水晶燈。

「什麼！」凱倫警覺地大聲說，把咖啡放在古董床頭桌上。

「瞪著任何水晶製品看都得小心，這可能會有催眠的效果，讓你進入恍惚的狀況。你夢到什麼？」

「賽爾芙醫生，是眞的！我感覺到有人對著我的臉吹氣，把我嚇壞了。」

「你知不知道那會是誰？也許是你的家人？或是朋友？」

「我小時候，父親會用鬍子搓揉我的臉，我可以感覺到他的呼吸。多好笑啊！我現在才記起來！也許是我的想像。我有時候分辨不出眞假。」她很失望。

「記憶受到壓抑，親愛的，」賽爾芙醫生說，「別懷疑你的內在自我（賽爾芙醫生慢慢地說）（譯註：「自我」self與賽爾芙醫生的姓氏同字同音）。我都是這樣告訴信任我的人。別懷疑你的什麼，凱倫？」

「內在自我。」

「沒錯。你的內在自我（十分緩慢地說）知道眞相是什麼。你的內在自我明白何者爲眞。」

「有關我父親的眞相嗎？我記不得的眞相？」

「無法承受的眞相，難以置信的事實。瞧，親愛的，每件事都和性有關。我可以幫助你。」

「請幫幫我！」

賽爾芙醫生耐心地帶她回到時間長廊，回到她七歲的那一年，以洞察力十足的引導，帶領凱倫回到心靈原罪發生的場景。在凱倫毫無意義、筋疲力盡的這一生中，她終於首度說出父親和自己一起爬進被窩，裸露勃起的生殖器揉搓她的臀部，他帶著酒氣的氣息呼在她的臉上，接下來她整件睡衣下襬就沾上了一片溼暖的黏稠液體。賽爾芙醫生繼續引導可憐的凱倫，讓她在驚嚇中理解：這並不是一樁偶發事件，因爲除了少數例外，性侵犯通常都是累犯。而她的母親看到小凱倫的睡衣和床單，一定也知情。這也就是說，她的母親坐視自己的丈夫對自己的小女兒痛伸狼爪。

「我記得父親有次拿了熱巧克力到床上給我，但是被我打翻。」凱倫終於說。「我記得睡衣下襬又溼又黏。也許我記得的是這個，而不是……」

「你這樣說，是因爲假想熱巧克力比較安全。那麼接下來的又是什麼呢？」沒有回答。「如果你打翻，是誰的錯？」

「我打翻了，是我的錯。」凱倫說，淚流滿面。

「也許這是你從那時候開始酗酒、染上毒癮的原因？因爲你覺得發生的事情是你的錯？」

「不是從那時候開始的。我到十四歲才開始喝酒吸毒。噢，我不知道！我不要再接受催眠，賽爾芙醫生！我無法忍受這些記憶！就算不是眞的，我現在也會把它當眞！」

「這就和庇特在一八九一年論著的《歇斯底里與催眠術臨床教育》一樣。」賽爾芙醫生說，美麗的森林和草地展現在晨光之下——這個景象很快就會是她的了。她解說何爲妄想和歇斯底里，偶爾還抬頭看向凱倫病床上方的水晶燈。

「我沒辦法繼續待在這個房間裡！」凱倫哭喊。「拜託你，和我換房間好嗎？」她開口懇求。

盧修斯・梅迪彈了彈右手腕上的橡皮筋，把閃閃發亮的黑色靈車停在史卡佩塔醫生住家後方的巷弄裡。

這條巷弄是爲馬匹而設計，而非大型汽車。這算什麼？梅迪的心臟依然狂跳，他是個神經緊張的傢伙。一道高高的磚牆，將巷弄和一排老屋與公共花園隔了開來，車子沒有刮到樹或磚牆算他幸運。這算哪門子磨難？他嶄新的靈車已經開始歪斜，行經顛簸路面時就已經傾向一側，塵土和枯葉隨之飛揚。他爬出車外，沒有關掉引擎，注意到一名年長的女士從自家樓上窗戶往外瞪著他看。盧修斯對她微笑，忍不住想著：要不了多久，老女人就會需要他的服務了。

他按下大鐵門上的對講機，然後通報，「梅迪。」久久的一陣停頓，他只得再次通報。對講機傳來一名女人的強硬聲音：「什麼人？」

「梅迪葬儀社。我運送……」

「你運到這裡來？」

「是的，女士。」

「你留在車裡，我馬上過來。」

盧修斯心想，這個女人有著不輸巴頓將軍的南方魅力，他一邊爬上靈車，心裡覺得有些羞辱，又有些惱怒。他搖下窗戶，想到聽來的故事。史卡佩塔曾經和神探昆西一樣出名，但是當她擔任首席法醫的時候，出了些狀況……他記不得這是在哪裡發生的事了。她遭解聘，受不了壓力。是崩潰還是醜聞？也許都有一點。接下來是幾年前在佛羅里達一樁極受矚目的案子，某個裸女被垂吊在椽木上，慘遭酷刑折磨，最後再也無法承受，於是用綁住自己的繩子自盡。

那是電視談話節目那名心理醫生的病人。他試著去回想，被折磨還有被殺的人好像不只一個。他相當確定，史卡佩塔的證詞，正是促使陪審團判定賽爾芙醫生有某種罪行的關鍵。之後，在他讀到的一些文章當中，賽爾芙醫生指稱史卡佩塔醫生「失格、心懷偏見」，是個「沒出櫃女同性戀」、「過氣人物」。可能沒錯。大多數權力在握的女人就像是個男人，或至少也希望自己是個男人，何況在她剛出道的時候，這個行業裡並沒有太多女性。現在就大約有好幾千個女法醫了。在供需法則下，她不再特別，可不是嗎？來自世界各地的女人——而且還個個年輕——從電視裡學到新想法，從事和她相同的工作。關於她的這些故事，加上其他的因素，絕對可以說明她爲何會搬到低地來，在一個狹小的馬車屋小宅工作——老實說，這從前還是個馬廄——換成盧修斯，他絕對不會願意、不會心甘情願。

他住在葬儀社的二樓，梅迪家族擁有這所位在波佛郡的葬儀社，已經有上百年歷史。這棟三層樓的大宅從前是農莊所在，仍然保留原有的奴隸小屋，絕對不同於古老窄巷底的簡陋馬車屋。令人震驚，眞是令人震驚。在大宅內專業裝備齊全的房裡爲屍體進行防腐處理準備入殮是一回事，在馬車屋裡進行解剖卻絕對不同，特別是處理浮腫屍——他稱之爲綠屍，或者其他極難處理到可以擺放在家屬面前的屍體，不管噴灑多少香粉都很難讓這種屍體不至臭爆教堂。

一個女人出現在自家雙道鐵門的後方，他開始享受自己最喜愛的事：偷窺，從貼著暗色隔熱紙後方的窗戶檢視她。她打開第一道黑色鐵柵門然後關上，接著是第二道門，金屬發出噹噹聲響，外面的這扇門又高又平，兩道弧線中間的鐵條交錯，像個心的形狀，好像她還有顆心似的。到現在，他已經可以確定她沒有心。她穿著表彰權力的套裝，金髮，他估計她大約五呎五吋高，裙子大小應該是八號，襯衫十號。盧修斯推理人們光溜溜躺在處理桌上的模樣幾乎從不曾出錯，大夥兒還會拿他所謂的「X光眼」開玩笑。

既然她如此粗魯地命令他不准下車，他於是留在車上。她敲了敲他深色的車窗，他開始煩躁不安。

他的指頭在腿上抽動，好像自有主張，試圖要移到嘴邊，他告訴指頭：不可以。他用力地拉彈手腕上的橡皮筋，要他的手停下來。他再次拉彈橡皮筋，握住木粒刻紋的方向盤，以免橫生枝節。

她又敲了一下。

他吸吮薄荷圈圈糖，然後搖下窗戶。「你找了個奇怪的地方開業。」他邊說邊露出訓練有素的笑臉。

「你送錯地方了。」她告訴他，這不太像道早安，或是很高興見到你的開場白。「你究竟在這裡做什麼？」

「錯誤的地點、錯誤的時間，這是讓你我這種人忙碌的原因。」盧修斯露齒微笑。

「你怎麼會有這個地址？」她的語氣沒有比較和善，看來似乎十分著急。「這裡不是我的辦公室，更不是停屍間。很抱歉造成你的不便，但是你必須立刻離開。」

「我是波佛梅迪葬儀社的盧修斯．梅迪，波佛就在西爾頓頂岬角外側。」他沒有與她握手。如果可以避免，他盡量不與人握手。「我想，你可以稱呼我們是度假村葬儀社；家庭經營，總共三兄弟，連我在內。好笑的是，你打電話給梅迪（譯註：梅迪原文為Meddick，與英文的醫護人員medic發音相似），並不表示人還活著。聽懂了嗎？」他伸出大拇指，指向靈車後方說道，「死在家中，可能是心臟病。東方女性，年紀一大把了。我想你應該已經有她的所有資料了。你上頭那個鄰居是個間諜之類的嗎？」他抬頭看窗戶。

「我昨天晚上和驗屍官討論過這個案子。」史卡佩塔的語氣不變。「你哪來這個地址？」

「驗屍官……」

「他給了你這個地址？他知道我的辦公室……」

「等等。首先，我是運送屍體的新手，只是因爲看屍體看煩了，也不想和喪親的家屬打交道，才會跑這趟路。」

「我們現在不要說這些。」

噢，偏偏要，他說，「所以我給自己買了這輛九八年的V12引擎卡迪拉克，配備雙化油器、雙排氣管、鋁合金鋼圈、旗杆、紫色指示燈，還有深黑色的棺架。配備再完整不過了，除非碰到某個馬戲團的胖女士才有可能不敷使用。」

「梅迪先生，馬里諾調查員正在前往停屍間的路上。我剛打過電話給他。」

「再者，我從來沒有幫你運送過屍體，所以我根本不知道你的辦公室在哪裡，只好去查。」

「我以爲你剛剛說驗屍官告訴了你。」

「他不是這麼說的。」

「你眞的得離開，不能把靈車停在我的屋子後面。」

「我說啊，這名東方女士的家人要我們處理後事，所以我告訴驗屍官，最好由我來運送屍體。反正，我查出了你的地址。」

「查？在哪裡查？你爲什麼不打電話給我的調查員？」

「我打了，但是他一直沒回電，所以我只好去查你的所在地點，我剛剛說過了。」盧修斯彈了彈橡皮筋。「在網路上找到的，列在商會名錄上。」他咬碎薄荷圈圈糖。

「這個地址沒有登錄，不可能在網路上查到，也從來沒有和辦公室與停屍間有所混淆，我在這裡已經兩年了。你是第一個這樣出現的人。」

「好，別對我發脾氣。網路上的東西與我無關。」他彈彈橡皮筋。「但是話說回來，如果我當初在小男孩被發現的那個星期接到電話，那個時候就可以把屍體運送過來，那麼現在也不會有這個問題。你從我身邊走過，完全沒有注意到我，如果當初那個案子我們一起處理，你絕對會給我正確的地址。」他彈彈橡皮筋，她不甚尊重的態度讓他十分惱怒。

「如果驗屍官沒要求你運送屍體，你爲什麼會去現場？」她越來越嚴苛，瞪著他看的樣子，彷彿把他當作惹是生非的人。

「我的座右銘，是『勇於出現』。你知道嗎，就像Nike的『勇敢去做』。呃，我的是『勇於出現』。你懂嗎？有時候，重點就在於要當第一個出現的人。」

他彈了彈橡皮筋，她銳利地看著他，接著看向靈車裡的警用通訊器。他的舌頭滑過透明牙套。他戴著牙套，以避免自己去咬指甲，接著再次彈橡皮筋。用力拉彈，彷彿鞭笞，痛得難以忍受。

「請你現在就去停屍間，」她抬頭望向往下看的鄰居，「我去確認馬里諾調查員會與你會合。」她離開靈車，突然注意到後面的某個東西。她屈身好看清楚些。「今天越來越精采了。」她說，一邊搖頭。

他爬下車，難以置信。「媽的！」他大喊。「媽的！媽的！媽的！」

4

海岸法醫病理學協會，就位在查爾斯頓大學的邊緣。

這棟兩層樓高的磚造建築，在南北戰爭前就已經存在。房屋稍微有些傾斜，這是因為在一八八六年的一場地震中，地基受損的緣故。這是在史卡佩塔買下這個地方時，房地產經紀人的說詞。彼德．馬里諾至今仍不了解史卡佩塔為何做此決定。

在她的負擔範圍內，其實還有更好更新的選擇。但是基於某種原因，史卡佩塔、露西和蘿絲決定了這個地方，結果讓馬里諾的工作分量比起他當初接下這個職位時的估計還要更重。幾個月來，他們剝除層層的油漆，敲掉牆壁，換上新窗戶，在屋頂上鋪瓷磚。利用從葬儀社、醫院和餐廳尋來的報廢物，終於拼湊出差強人意的停屍間，裡面的設備包括特殊通風系統、化學實驗櫃、備用發電機、人員能夠進出的大型冷藏間和冷凍間、防腐室、推車以及輪床。牆壁和地板都髹上耐沖洗的環氧樹脂漆，露西還架設了無線保全系統和電腦系統，這些對馬里諾來說，正如達文西密碼同樣神秘難解。

「我說，會有哪個該死的傢伙想要闖進這種不入流的地方？」他按下密碼，解除停屍間入口警報系統，一邊對姍蒂．史路克這麼說。

「我猜會有一堆人。」她說。「我們逛一下。」

「不，這裡不行。」他領她來到另一處安裝了警報器的門口。

「我想要看個一、兩具死屍。」

「不行。」

「你怕什麼?眞難想像你會這麼怕她。」姍蒂說，一次踩一級階梯。「你好像是她的奴隸。」

姍蒂經常這麼說，每次都讓馬里諾更加憤怒。「如果我怕她，那麼不管你有沒有把我逼瘋，我都不會讓你進到這裡來，不是嗎?這裡到處都有攝影機，如果我怕她，何必帶你進來?」

她抬頭對著一具攝影機微笑招手。

「夠了。」他說。

「好像還眞的會有人看到?除了我們兩個膽小鬼之外沒別人了。再說，大老闆沒必要看錄影帶，不是嗎?否則我們也不會進來，對吧?你怕死她了。這實在讓我噁心，一個大男人的。你肯讓我進來，是因爲那個葬儀社的呆頭鵝有個輪胎漏氣，而且大老闆不會立刻進來，加上根本不會有人去看錄影帶。」

她再次對攝影機揮手。「我很上鏡頭。你上過電視嗎?我老爸以前經常上電視，幫自己打廣告。我也上過幾次，其實可能大有可爲的，但是有哪個人希望自己天天被人盯著看?」

「除了你之外?」他猛拍她的臀部。

辦公室在一樓，馬里諾從來沒用過這麼漂亮的辦公室：地板、椅子扶手以及花俏的飾板全是松木心材質。「瞧，回到十九世紀，」姍蒂走進來時，他對她說，「我的辦公室過去可能是餐室。」

「我夏洛特家裡的餐室可能有這裡的十倍大。」她說，嚼著口香糖四處張望。

她從未來過他的辦公室，從沒踏進這棟建築裡。馬里諾不敢開口要求，史卡佩塔也不會同意。但是和姍蒂度過一個墮落的夜晚之後，她再度叨絮他再怎樣也不過是史卡佩塔的奴隸，結果使他心情惡劣、滿懷憎恨。接著史卡佩塔又打電話告訴他，盧修斯・梅迪的車子破了個輪胎，會晚些到；姍蒂藉此開罵，責怪馬里諾像無頭蒼蠅一樣四處打轉，不如就答應她整個星期不斷的要求，帶她進來參觀一趟。畢竟她是他的女友，至少也該看看他工作的地方。於是兩人各自騎著摩托車，來到北邊的密丁街。

「這些是如假包換的古董，」他吹起牛皮，「從古董店來的。醫生自己動手重修，眞不差，對吧？我這輩子第一次坐在比我還老的桌邊。」

姍蒂安坐在辦公桌後方的皮椅上，動手拉開上面有鳩尾飾紋的抽屜。

「我和蘿絲花了好些時間四處蹓躂，想弄清楚哪裡是什麼，推論她的辦公室過去應該是主臥房。最大的空間，也就是醫生的辦公室，應該是所謂的起居室。」

「眞蠢。」姍蒂瞪著抽屜裡看。「這裡面怎麼可能找到什麼東西？你根本是懶得整理分類，亂塞一通。」

「我完全清楚什麼東西在哪裡。我自己有一套歸類系統，根據抽屜來存放資料。有點像是杜威的圖書館十進分類法。」

「那好，你的名片冊在哪裡，好傢伙？」

「這裡。」他拍拍自己剃得光溜溜的腦袋。

「你這裡沒有什麼精采的謀殺檔案資料嗎？比方說照片之類的？」

「沒。」

她起身，拉拉皮褲。「那麼，大老闆占用了起居室，我想看。」

「不行。」

「既然你歸她所有，那麼我就有權力看她的辦公室。」

「我不屬於她，我們也不進她的辦公室。反正裡面沒你要看的東西，只有書本和顯微鏡。」

「我猜她那起居室裡一定有精采的謀殺檔案。」

「沒。敏感文件，也就是你所謂的精采案件，全都上鎖收起來。」

「每個房間都可以坐下起身的，對吧？那爲什麼要叫它作起居室？」

「以前，叫作起居室是因爲要和接待室有所區分。」馬里諾開口解釋，驕傲地看著自己的辦公室、牆壁飾板上的證書、一本從來沒翻過的厚重字典，以及史卡佩塔轉給他的一些資料書刊——史卡佩塔一收到新版本，就會把舊版轉給他，但是他從未翻閱。當然，還有他的保齡球獎盃，全都整整齊齊、光光亮亮地擺放在嵌在牆壁的架子上。「接待室是一樓門內的正式空間，可以招待你不打算久留的客人，至於起居室，等於是客廳。」

「聽起來你對她占用起居室還滿高興的，只是你抱怨個不停。」

「這老地方是不錯，但我還是喜歡新房子。」

「你自個兒的老地方也沒多好。」她攫住他，直到他發痛才放手。「事實上，對我來說還滿管用的。帶我去看她的辦公室，看看大老闆工作的地方。」她又出手抓他。「你這麼強硬，是因爲她的緣故，還是我？」

「閉嘴。」他說，撥開她的手，她的俏皮話讓他十分惱怒。

「帶我看她工作的地方。」

「我說過，不行。」

「那帶我去看停屍間。」

「不可以。」

「爲什麼？因爲，媽的，你怕死她了？她會怎麼樣？打電話給停屍警察嗎？給我看。」她不願讓步。

他抬頭望向走廊轉角的攝影機。姍蒂沒說錯，沒有人會去看錄影帶。誰會費那個工夫呢？他的感覺又上來了——夾雜著恨意、侵犯、復仇，這使得他想要犯錯。

賽爾芙醫生的指頭喀噠喀噠地敲著筆記型電腦，新的郵件不斷湧入，其中有她的代理人、律師、業務經理人、電台執行製作、特殊的病患，以及經過精挑細選的仰慕者。

但是她並沒有新的來信。睡魔（譯註：出自童話故事，將沙子撒在人們的眼睛上，讓人昏昏欲睡，亦作「沙人」）。她幾乎無法忍受。他要賽爾芙去設想他做出了令人無法置信的事，並且以焦慮和恐懼，加上讓她想起那件令人不敢想像的事，來作爲對她的折磨。當她在那個命中注定的星期五，於電視台的晨間休息時間中開啓了他寫給她的信之後，她的生命有所改變。至少暫時如此。

別讓事情成眞。

去年秋天，她愚蠢受騙，回覆了他傳到她私人信箱的第一封郵件，但是當時她十分好奇。他怎麼可能取得她個人十分私密的電子郵件地址？她得弄清楚。她回信，並且提出疑問，他卻不願回答。兩人於是開始通信。他異於常人，十分特殊，從伊拉克回國，在那裡受到極大的傷害。賽爾芙將他視爲節目的嘉賓人選，於是開始爲他進行線上治療，完全沒料到他會做出令人不敢想像的事。

請別讓事情成眞。

如果她可以重新來過，未曾回信，沒有試圖幫助他，那就好了。他精神錯亂，這是她很少使用的辭彙。她主張每個人都可能改變。但是他不能，如果他犯下令人無法置信的事。

請別讓事情成眞。

如果他做出令人無法置信的事，他就是個無法拯救、令人厭惡的人。這個睡魔。這是什麼意思？爲什麼她沒有以不再與他聯絡來作爲威脅，讓他及早說出來？

因爲她是精神科醫生，不能威脅自己的病人。

請別讓令人無法置信的事情成眞。

不管他的眞實身分爲何，她或世上的任何人都幫不了他，何況他現在有可能已經犯下了她意料之外的事，有可能做出令人無法置信的事！如果木已成舟，賽爾芙醫生只有一種方式來拯救她的「自我」。在一個絕對無法忘懷的日子裡，當她看見他傳來的照片，意識到自己可能會爲了許多複雜的理由而深陷危機，賽爾芙醫生便下了決定，她告訴節目製作人，家中突然發生不可告人的緊急狀況，必須暫時離開節目，希望時間不會超過幾個星期，他們得找來常備代班主持人（一個還算有趣的心理學家，雖然與她根本無法相比，但卻自我欺騙地如此空想）。這就是她爲何無法離開超過數週的原因——每個人都想取代她。賽爾芙醫生打電話給保羅・馬洛尼（自稱是轉診病人，立刻就與馬洛尼本人通上話），然後（變裝）坐上接送的轎車（不可能用自家司機的車），（依然變裝）登上私人小飛機，秘密住進麥克連醫院。她在這裡既安全又隱密，並且希望自己很快就能知道，令人不敢想像的事情並沒有發生。

這全是變態伎倆，他根本沒下手。老是有瘋子假自首。

（如果不是這樣呢？）

她必須去設想最糟的情況：人們會責怪她。他們會說，就是因爲她，這個瘋子才會盯上珠兒・馬丁。珠兒在去年秋天贏得美國公開賽之後，曾經出現在賽爾芙醫生的節目中。那次的播出效果奇佳，而且是獨家訪問。她和珠兒在節目精采雋永的對談令人難忘，兩人談到正面思考，說起運用適當的工具充實自我，提到痛下決心得取輸贏，以及這一切如何讓珠兒以剛滿十六歲的年齡，就在網球界引起有史以來的超級震撼。賽爾芙醫生這個得過獎的節目《致勝時機》獲得廣大的迴響。

她的心跳加速，回神想到恐怖的一面。她再次開啓睡魔的郵件，好像只要再次閱讀，看得徹底，就可以有所改變。郵件裡沒有文字，只有附件，一張令人驚駭的高解析影像：珠兒赤身裸體坐在深嵌在紅陶土地板的一座灰色馬賽克浴池裡，水深及腰。賽爾芙醫生將照片放大。這不是她第一次這麼做，她清楚看見珠兒手臂上的雞皮疙瘩，泛藍的雙唇和指甲，這代表從老舊銅質出水口流出來的是冷水。她的頭髮潮溼，漂亮臉蛋上的表情難以形容。震驚？令人同情？處於驚嚇狀況？她看來像是服用了毒品。

睡魔在先前的郵件裡告訴過賽爾芙醫生，灌醉裸身的伊拉克犯人是例行程序。加上毆打、羞辱，以及強迫他們在彼此身上撒尿——他寫著，你得做該做的事。過了一陣子之後，一切就沒什麼特別了，他也不在乎負責照相。他不太在乎，直到他做了那件事——他從來沒說出他到底做了什麼事，她確定這是他轉變成怪物的原因。如果他寄給她的東西沒有造假，那麼他應該做了那件令人難以置信的事。

（即使是騙局，他會對賽爾芙做出這種事，依然是怪物才有的行徑！）

她仔細研究圖片，想找出任何假造的破綻，放大影像、旋轉方向，瞪著圖片看。不、不、不，她繼續安慰自己，這當然不會是眞的。

（如果是呢？）

這個想法在她腦裡翻來覆去。如果她得負責，那麼她的事業無異會化作泡影。至少暫時會是如此。她的數百萬名支持者會說，這是她的錯，因爲她早該嗅出端倪，根本不應該和這個匿名病患透過電子郵件討論珠兒。這個自稱是睡魔的人聲稱在電視上看過珠兒，讀過有關她的報導，認爲她外表看來甜美，但卻遭到孤立，這實在令人無法忍受。他確定，他會見到她，而她會愛上他，再也不會有任何痛苦。

如果群衆發現這件事，佛羅里達事件會再次發生，而且狀況會更糟，她會遭受責難，這完全不公不義。至少暫時會是如此。

「我在你的節目中看到珠兒，感受到她有難以忍受的痛苦。」睡魔這麼寫著。「她會感謝我。」

賽爾芙醫生瞪視螢幕上的圖片。她會因爲在九天前接到這封郵件，卻沒有立刻通報警方而遭到大肆撻伐。沒有人會接受她所提出的理由，儘管這說法十分合理——如果睡魔傳來的資料爲眞，那麼做任何事都已經來不及。這根本是變態的把戲（用影像處理軟體製作的合成照），這有什麼好說出來的呢？也許這只會讓其他狂亂分子的腦裡增加更多念頭。

她的思緒悄悄地轉向馬里諾和班頓。

還有史卡佩塔。

史卡佩塔出現在她的腦海裡。

她身穿淺藍色條紋黑色套裝，搭配藍襯衫，將雙眼襯托得更是湛藍；短短的金髮，臉上的妝極淡，搶眼又強硬，挺直坐在證人席上面對陪審團，卻依然氣定神閒。當她開口回答問題並且詳加解釋的時候，陪審團完全被她迷惑。她從來就不需要看筆記。

「幾乎所有的上吊死亡都是自殺，難道不是這樣？因此，她是不是自己解決自己的性命？」賽爾芙醫生的一名律師在佛羅里達的法庭上踱步發問。

賽爾芙已經說完證人的證詞，無法抗拒觀看案子進行的誘惑。觀看史卡佩塔，等著她說錯話，犯下錯誤。

「根據統計，以現代來講，據我們所知的大多數上吊事件的確是自殺。」史卡佩塔回答陪審團，拒絕看向賽爾芙醫生的律師，回答問題的方式彷彿置身於另一個房間內，透過對講機傳話。

「據我們所知？你是說，史卡佩塔女士，這……」

「是史卡佩塔醫生。」她對陪審員微笑。

他們回以笑臉，目光集中在她身上，顯然十分傾倒。賽爾芙備受史卡佩塔折磨，公信力和尊嚴都被她擊垮，然而卻沒有任何人了解到這全是操控和虛假之言。噢，沒錯，就是謊言：這是謀殺，不是自殺；賽爾芙醫生應該爲這起謀殺案間接受罰！這不是她的錯，她沒辦法知道這些人會慘遭謀害。他們從自家消失，並不表示一定會遭遇任何不測。

當史卡佩塔發現一瓶處方藥瓶上標示開藥醫生：賽爾芙醫生的名字，然後打電話來詢問時，她拒絕討論病人——應該說是從前的病人，是絕對正確的做法。她怎麼可能知道竟然有人死亡？死亡是一種令人討厭的形式。這根本不是她的錯。如果是，那麼出現在眼前的不會是貪婪親屬的法律控訴，而會是刑事案件。不是她的錯，史卡佩塔故意讓陪審團產生其他念頭。

（她的腦裡全是法院的場景。）

「你是說，你無法斷言上吊是自殺抑或謀殺？」賽爾芙醫生的律師抬高音調。

史卡佩塔說，「不能，在沒有證人或證物澄清事件經過的狀況下……」

「也就是說？」

「一個人不可能對自己做出這種事。」

「比方說？」

「比方說，被人發現吊在停車場高高的電線杆上，腳下沒有梯子，或是雙手被緊綑在背後等等。」她說。

「這是眞實案例，還是你信口胡謅？」這句話陰險惡毒。

「一九六二年，阿拉巴馬州伯明罕的一場私刑。」她對陪審員說，他們其中有七名黑人。

賽爾芙醫生從恐怖的一面回過神來，關掉螢幕上的圖片。她伸手拿起電話，撥打至班頓・衛斯禮的辦公室，她的直覺立刻偵測到：接電話的陌生女子年紀輕輕，高估自己的重要性，並且有種理所當然的態度；因此她應該來自於一個富裕的家庭，醫院是爲了幫忙才雇用她，並且讓班頓十分困擾。

「賽爾芙醫生，您的名字是？」那名女子問道，好像不知道賽爾芙醫生是何方神聖，然而醫院裡所有的人都知道。

「我希望衛斯禮博士終於進辦公室來了。」賽爾芙醫生說。「他在等我來電。」

「他大約十一點才會進來。」說話的語氣簡直把賽爾芙醫生當作尋常人等。「我方便知道您來電的目的嗎？」

「沒關係。你是哪位？我們應該沒見過面。我上次打電話去，不是你接聽的。」

「換人了。」

「怎麼稱呼你？」

「賈姬．麥諾。我是他的研究助理。」她的語氣傲慢。她可能連博士學位都還沒拿到，更何況她可能永遠拿不到。

賽爾芙醫生以迷人的方式說，「那好，非常謝謝，賈姬。我想你接下這個工作好協助他的研究計畫，他們是怎麼稱呼的？『母親用語對後側前額葉皮質之影響』？」

「『DAMN』（譯註：計畫名原文為Dorsolateral Activation in Maternal Nagging，縮寫後字義直譯為「該死」）？」賈姬驚訝地說，「誰說的？」

「怎麼著，我想是你自己說的。」賽爾芙醫生說。「我可沒想到這個縮寫。這樣說的人是你，還眞夠機智風趣。那個叫什麼名字的偉大詩人……我看看是否可以引用詩句：『機智是一種天賦，得以感知；是一種隱喻，足以表達。』還是這類的句子。我想應該是亞歷山大．波普的詩。我們很快就會碰面的，很快的，賈姬。你可能知道，我也是研究計畫的一分子，那個你稱之爲『該死』的計畫。」

「我就知道一定是有重要人士，要不然衛斯禮博士不會在這個週末留在這裡，並且還要我進辦公室。日誌上滿是貴賓。」

「替他工作一定很累。」

「的確。」

「他聞名全球。」

「就是因爲這樣，我才想擔任他的研究助理。我正在實習，準備成爲法醫心理學家。」

「好極了！非常好。也許哪天我可以安排你上節目。」

「我倒沒想過。」

「呃，你應當要想，賈姬。我一直想要把我的範疇延伸到恐怖的另一面，也就是人們看不見的另一個犯罪層面——犯罪心態。」

「每個人都關心這個。」賈姬表示同意。「打開電視，每個節目都在討論犯罪。」

「我正在想，節目是否需要一名製作顧問。」

「我隨時都樂意與你談談。」

「你有沒有訪談過暴力犯？或是旁聽衛斯禮博士的訪談？」

「還沒有，但是一定會的。」

「我們會再碰面的，麥諾醫生，還是麥諾博士？」

「等我取得資格，找到時間專心寫論文之後吧。我們已經開始計畫我的畢業典禮了。」

「當然了。那會是生命裡最重要的一個時刻。」

灰泥牆面的電腦室，就位於由古舊磚塊砌出的停屍間後方，幾個世紀前，這裡曾經是馬匹和馬夫的住處。

很幸運的，在任何建築評議委員會出面阻止之前，整個建築已被改建成車庫兼儲藏所，也就是現在露西口中，她的代用電腦室。磚砌的空間小到不能再小。庫柏河另一側的大型建築工地正在施工，那裡占地寬廣，而都市區域劃分法就像露西所說的：無牙的老虎。一待她新的鑑識實驗室完工，裡面將會配備所有想像得到的器材和實驗設施。到目前為止，他們僅能進行指紋、毒物、槍枝、某些微物證據和DNA的分析。聯邦調查局還沒機會見識，她會讓那些人無地自容。

這個以磚塊為牆、以杉木當作地板的空間，就是她的電腦天地。此地以防彈且防颶風的窗戶與外界隔離，窗簾永遠拉到底。露西坐在電腦工作站前面，工作站連結到一台六十四位元，六U機架式組態伺服器。作業系統的核心——也就是連接軟體和硬體的操作系統——由她親自設計，以最基本的語言作為架構，如此她才能在建立自己的電腦世界時直接與主機板對話。這個被她稱之為「內在無限空間」的電腦世界是個原型，她將系統以一筆令人咋舌的價錢售出。露西從來不提起金錢。

牆壁上方有一排扁平螢幕，連續播放建築物內每個角落的影像，並且還搭配隱藏式麥克風的無線收音系統。眼前出現的這一幕，讓人無法相信。

「你這狗娘養的笨蛋。」她對著眼前的螢幕大聲說。

馬里諾正帶著姍蒂．史路克閒逛停屍間，螢幕上出現兩人各個不同的角度，他們傳到露西耳中的聲音，讓她猶如親臨現場。

波士頓，在烽火街一棟十九世紀中期建構的高級赤褐砂石建築物五樓，班頓．衛斯禮坐在書桌前，看著窗外公有地上方飄移的熱氣球，地面上歐洲榆樹的歷史和美國一樣長。白色的熱氣球緩緩上升，彷彿鬧區輪廓線上的龐大月亮。

他的手機響起。他用無線耳機接聽，開口說「衛斯禮」，心中企盼這千萬不要是任何與賽爾芙醫生相關的緊急事件，醫院裡眼前這個大患應該是前所未有的災禍。

「是我，」露西在他的耳邊說話，「去登入，我要和你連線。」

班頓沒有詢問原因。他登入露西的無線網路，這個系統同步傳送影音和資訊。她的臉出現在他書桌電腦的螢幕上。露西看來一如往常的清新，活力充沛又美麗，但是雙眼卻閃爍出憤怒的光芒。

「我要試點不一樣的，」她說，「把你接到安全系統，好讓你看看我現在眼前的影像，好嗎？你的螢幕現在應該會切割成四格，出現四個攝影角度或是不同的地點，由我來控制。這應該足以讓你看到我們所謂的朋友馬里諾，正在做些什麼好事。」

「好。」班頓眼前的螢幕影像分割開來，讓他同步看到史卡佩塔那棟建築裡的攝影機拍到的影像。

畫面上是停屍間停車格的警鈴。

螢幕左上角出現馬里諾以及某個身穿騎士皮衣、年輕性感但貌甚低俗的女人，兩人就在二樓史卡佩塔辦公室的走廊上，他對她說，「你留在這裡，等我處理屍體的簽到程序。」

「我爲什麼不能和你一起去？我又不怕。」她的聲音嘶啞，帶著濃濃的南方腔，透過班頓桌上的喇叭清楚傳送過來。

「究竟是怎麼一回事？」班頓透過電話對露西說。

「繼續看，」她回覆，「這是他最新的奇才女伴。」

「從什麼時候開始的？」

「嗯，讓我想想，他們應該是上星期一開始上床的；也就是兩人相遇、酩酊大醉的那個晚上。」

馬里諾和姍蒂搭乘電梯，另一具攝影機傳送出他對她說的話，「好，但如果他告訴醫生，我就慘了。」

「去他媽的醫生，你的小傢伙歸她管哪。」她嘲弄地吟唱。

「我們可以找件袍子蓋住你的皮衣，但是你乖乖閉嘴，不要亂來，別抓狂或亂碰，我是說眞的。」

「我又不是沒看過死人。」她說。

電梯門打開，兩人走了出來。

「我老爸當著我們全家人面前，被一口牛排噎死。」姍蒂說。

「更衣室在後面，左手邊那件。」馬里諾指點。

「左邊？面對哪裡看的左邊？」

「轉彎後的第一間，去找件袍子，快點！」

姍蒂跑過去。班頓在螢幕其中的一個分格看到更衣室裡——史卡佩塔的更衣室——的姍蒂，隨手從置物櫃裡抓出件藍色的罩袍——史卡佩塔的置物櫃和罩袍——匆匆穿上——甚至還穿反。馬里諾在走廊上等，她穿著敞開飄動的罩袍跑向他。

畫面中出現另一扇門。這扇門通往停車格，馬里諾和姍蒂的兩輛摩托車就停在角落上，用錐形路障隔開。停車處有一輛靈車，轟隆隆的引擎在老舊的磚牆上敲出回音。一名葬儀社人員走出車外，他細瘦笨拙，身上黑色的套裝和領帶正如靈車一般閃亮。他舒展活像擔架一樣的皮包骨四肢，彷彿轉變成自己餬口的工具。班頓注意到他奇特的手，這雙手像是緊攫的爪子。

「我是盧修斯．梅迪。」他打開後車廂門。「我們前幾天見過面，就在死去的小男孩被人從溼地找出來之後。」他戴上乳膠手套，露西拉近鏡頭。班頓注意到他戴著矯正用的牙套，右手腕上還套了條橡皮筋。

「近看他的手。」班頓告訴露西。

她再次拉近焦距，馬里諾說話的方式，好像根本無法忍受這個男人。「是啊，我記得。」

班頓注意到盧修斯・梅迪光凸凸的指尖，對露西說：「啃指甲的狀況極度嚴重，一種自殘的表現。」

「有沒有什麼進展？」盧修斯問起遭人謀殺的小男孩，班頓知道，孩子還在停屍間，身分仍然不明。

「不干你的事。」馬里諾說。「如果要大加報導，新聞上會登。」

「天哪，」露西對著班頓說，「他講話的語氣活像東尼・索波諾（譯註：美國影集《黑道家族》的主角人物）。」

「看來你少了個鋼圈。」馬里諾指著靈車的左後輪。

「這個是備胎。」盧修斯態度粗魯。

「破壞了整體效果，不是嗎？」馬里諾說。「打理得這麼光亮，結果輪胎上有這麼醜的螺帽。」

盧修斯怒氣沖沖，打開後車廂門，推出放在靈車後面的擔架推車，折疊式的鋁製支架喀一聲打開來就定位。馬里諾沒有出手幫忙，盧修斯推著放有黑色屍袋的擔架，撞到車門，他出聲詛咒。

馬里諾對姍蒂眨眼，後者身上敞開的手術罩袍搭配上黑色騎士皮靴，顯得十分奇特。盧修斯不耐煩地將裝在袋裡的屍體留在門廊中央，彈了彈手腕上的橡皮筋，用煩躁的語氣高聲說：「我得填寫她的資料。」

「小聲點，」馬里諾說，「你可能會吵醒別人。」

「我沒時間等你要幽默。」盧修斯邁步走開。

「先幫我把她從你的擔架上移到我們的高科技輪床上再走。」

「愛現。」班頓耳邊聽到露西的聲音。「想讓薯片蕩婦印象深刻。」

馬里諾從冷藏間推出一張拼拼湊湊的歪腿輪床，其中一個輪子歪歪斜斜，頗像是小雜貨店裡的破爛輪車。

「你那個女老闆還眞不簡單，」盧修斯說，「讓人想用髒話開罵。」

「沒人在乎你的想法，你聽到有人開口問他嗎？」他對姍蒂說。

她瞪著屍袋，充耳不聞。

「她在網路上的地址混淆不清，又不是我的錯。她表現出來的樣子就好像我會在那裡出現，想做好工作，是我自己的問題。我這個人平常好相處得很。你手邊有沒有哪個特定的葬儀社要推薦給客戶的？」

「自己去電話簿登廣告。」

盧修斯走向停屍間的小辦公室，腳步很快，膝蓋幾乎沒有彎曲，使班頓聯想到一把剪刀。螢幕上的分格內，盧修斯出現在停屍間辦公室裡，手忙腳亂的處理文件，打開抽屜，翻找原子筆。另外一個分格裡，馬里諾對姍蒂說：「當時沒有人知道什麼是哈姆立克急救法嗎？」

「你教的我都學，寶貝，」她說，「任何你教的急救法。」

「我不是在開玩笑。當你父親噎住——」馬里諾開始說明。

「我們以為他心臟病發作或是什麼急症。」她打斷他的話。「好可怕，他抓著自己，跌到地上敲破頭，臉色發青。沒有人知道怎麼辦，根本沒想到他會噎到。就算知道，除了撥打九一一之外，也不會知道該怎麼做。」突然間，她看似即將落淚。

「很抱歉，我得告訴你，其實你們有辦法的。」馬里諾說。「我來教你。來，轉過身去。」

盧修斯塡妥文件，急匆匆地走出停屍間辦公室，經過馬里諾和姍蒂的身邊。他無人陪伴，獨自走進解剖室，兩人卻完全沒有注意。馬里諾用粗大的手臂環住姍蒂的腰，大拇指放在她上腹部肚臍上方的位置，另一隻手握住自己的拳頭，輕輕往上推，讓她明白。接著他把手往上滑，開始撫弄她。

在解剖室裡的攝影機拍到盧修斯走向長桌上方的黑色日誌——蘿絲禮貌地稱之爲「死亡名簿」。他拿著從停屍間辦公桌取來的筆，開始爲屍體登錄簽到。

「他不可以這麼做。」露西的聲音出現在班頓的耳邊。「只有凱阿姨有權動那本日誌，那是法律文件。」

姍蒂對馬里諾說：「瞧，帶我來這裡並不困難。嗯，也許不簡單吧。」她伸手往後抓住他。「你還眞懂得逗女孩子開心。我是說眞的，哇！」

班頓對露西說：「難以置信。」

姍蒂在馬里諾的臂彎裡轉身，親吻他——就在停屍間裡對嘴接吻——有那麼一下子，班頓以爲兩人就要在走廊上開始溫存。

接著，「好，換你在我身上試試看。」馬里諾說。

班頓看著另外一個螢幕分格，盧修斯正在翻閱停屍間日誌。

當馬里諾轉過身子來的時候，勃起的器官明顯可見。姍蒂的雙手幾乎環不住他的身子，開始大笑出聲。他把大手放在她的手上，幫她往下壓，說：「不是開玩笑的。如果你看到我噎住，要這樣壓，用力！」他做給她看。「重點是要把空氣逼出來，好讓卡在裡面的不管什麼東西也一起噴出來。」姍蒂的雙手往下滑，再次捉住他，馬里諾將她推開，在盧修斯走出解剖室的時候轉過身去背對著他。

「她查清楚小男孩的死因了嗎？」盧修斯拉彈手腕上的橡皮筋。「嗯，我猜是沒有，因爲死亡名簿裡記載著『尙待確認』。」

「他被帶進來的時候是尙未確認。你剛剛在做什麼，偷翻那本名簿嗎？」馬里諾十分可笑，仍然背對著盧修斯。

「她顯然沒有能力處理這種複雜的案子。太可惜了，男孩不是我帶進來的，否則可以幫點忙。我比任何醫生都更清楚人體。」盧修斯站到旁邊，往下瞪向馬里諾的褲襠。「嘿，你好。」他說。

「你什麼狗屁都不懂，不必對死掉的男孩發表任何意見，」馬里諾毫不友善，「也不必批評醫生，可以直接滾出去。」

「你說的是前幾天的那個男孩嗎？」姍蒂說。

盧修斯推著擔架，發出咯咯的聲音離開，把剛運進來的屍體留在門廊中間，冷藏間不鏽鋼門前的輪床上。馬里諾打開門，把不願合作的輪床推進去，依然明顯勃起。

「老天爺。」班頓對露西說。

「他吃了威而剛之類的東西嗎？」她的聲音傳過來。

「你們幹嘛不弄個該死的新推車？誰知道你們怎麼稱呼這個東西？」姍蒂說。

「醫生不隨便花錢。」

「所以她也很小氣囉？我敢說，她一定沒付你們多少錢。」

「如果我們需要什麼，她會去處理，但是她不浪費。不像露西，她可以買下整個中國。」

「你老是替大老闆出頭，對吧？但是不像你替我站出來這樣，寶貝。」姍蒂撫弄他。

「我快吐了。」傳來露西的聲音。

姍蒂走進冷藏間，仔細觀看。班頓從耳機裡可以聽到冷風吹出來的聲音。

停車格的攝影機捕捉到盧修斯走到靈車後方的身影。

「她是被謀殺的嗎？」姍蒂問起剛運進來的屍體，接著又看向角落裡的另一個屍袋。「我想要知道那個孩子的事。」

盧修斯的靈車隆隆駛離，他身後的停車場大門鏗然關上，聽來像是發生了汽車事故。

「自然死亡。」馬里諾說。「東方老女人，八十五歲之類的年齡。」

「如果是自然死亡，爲什麼會被送到這裡來？」

「因爲驗屍官想要送她來。什麼原因？我會知道才有鬼。醫生只吩咐我過來，我哪會知道。據我所聽到的，應該是心臟病發。」他扮了個鬼臉。

「我們去看一下。」姍蒂說。「來嘛，偷看一下就好。」

班頓看著螢幕上的兩個人，看著馬里諾拉下屍袋的拉鍊，姍蒂反胃地縮起身子，往後一跳，摀住口鼻。

「活該。」露西一邊說，一邊拉近鏡頭。屍體已經腐爛，脹氣，腹部呈現青色。班頓也知道這個氣味，這種惡臭比任何附著在口鼻的氣味都更糟。

「媽的。」馬里諾出聲抱怨，拉上屍袋。「她躺在那裡大概有好幾天了，該死的波佛郡驗屍官不想處理。臭味衝鼻，是吧？」他取笑姍蒂。「你還覺得我的工作輕鬆？」

姍蒂靠向角落邊孤伶伶的黑色小屍袋。她全身僵直，瞪著它看。

「不要這樣做。」露西的聲音出現在班頓耳邊，但她卻是對著螢幕裡的馬里諾說話。

「我敢打賭，我知道這個小袋子裡裝什麼。」姍蒂說話的聲音清晰刺耳。

馬里諾走出冷藏間。「出來，姍蒂。現在就出來。」

「你要怎樣？把我鎖在裡面嗎？好啦，彼德，打開這個小袋。我知道裡面是那個死掉的男孩，就是你和那個葬儀社的怪胎剛剛說的孩子，我在新聞裡聽到好多關於他的消息。他還在這裡，怎麼會這樣？可憐的小東西，孤孤單單的冰在冷藏間裡。」

「他瘋了，」班頓說，「完全瘋了。」

「你不會想看的。」馬里諾對她說，走回冷藏間。

「爲什麼？小男孩是在西爾頓頂岬角找到的，新聞報個沒完，」她重複說著，「我知道。他爲什麼會在這裡？他們知道誰是兇手嗎？」她在黑色小屍袋旁邊定住不動。

「我們什麼都不知道，就是因爲這樣，他才會還在這裡。走了。」他對她打著手勢，兩人的聲音不太清楚。

「讓我看他。」

「不要這樣做。」露西對著螢幕中的馬里諾說。「別把自己搞砸了，馬里諾。」

「你不會想看的。」他對姍蒂說。

「我承受得起。我有權利看他，因爲你不應該保有秘密，這是我們兩個人的協定。所以，現在就證明你在我面前沒有秘密。」她的眼光無法離開屍袋。

「不行。這種事不算在秘密裡。」

「噢，算。最好快一點，我越來越冷，快要變成跟屍體一樣了。」

「如果被醫生發現……」

「你又來了。怕她怕成那個樣子，好像你是她的所有物一樣。你以爲會有什麼事糟到讓我無法忍受？」姍蒂氣憤地說，幾乎尖叫出聲，她環住自己的身子禦寒。「我敢說，他一定不會比那個老女人來得臭。」

「他的皮膚被剝掉，眼球也被拿掉了。」馬里諾告訴她。

「噢，不。」班頓說著，一邊揉著臉。

姍蒂大聲說：「別唬我！你敢和我開玩笑！你現在就讓我看！我眞是受夠了，只要她要求你做什麼事，你就變成縮頭烏龜！」

「這沒什麼好笑，你沒錯。送到裡面來的都不是笑話，我一直這樣告訴你的。你根本就不知道自己在做什麼。」

「那好，這可了不起了。想想你的大老闆會做哪種事。剝掉小男孩的皮，挖掉他的眼珠。你總是說她尊重死人。」她滿懷恨意。「她聽起來就像是個納粹分子！他們以前就是剝人皮做燈罩。」

「有時候，要判斷黑色或紅色的斑塊是否眞的是瘀青，唯一的方法就是檢視皮下組織，好確認自己看到的是微血管破裂——也就是瘀青，或是我們所謂的挫傷——而不是屍斑。」馬里諾神氣活現。

「這不是眞的，」露西的聲音出現在班頓耳邊，「他現在又成了首席法醫了。」

「並非不是眞的，」班頓說，「而是嚴重缺乏安全感，感覺受到威脅，心懷恨意。過度補償和補償不足。我不知道他究竟怎麼了。」

「你和凱阿姨的事，這就是他的遭遇。」

「不是什麼？」姍蒂盯著黑色的小屍袋。

「當循環停止之後，血液固定在某些部位，讓皮膚看來泛紅，看起來就像是剛出現的瘀傷。其他的因素也會導致屍體看來受損，也就是我們所謂的死後現象。這很複雜，」馬里諾以妄自尊大的語氣說著，「所以，爲了要確定，就得剝開皮膚，你知道嗎，用解剖刀」——他在空中快速劃下一刀——「看看底下是什麼。在這個案子裡，是瘀青沒錯。小傢伙從頭到腳都是瘀青。」

「那又爲什麼要取出他的眼球？」

「進一步研究看看是否有出血狀況，就像在搖晃嬰兒之類的症候群裡會出現的。腦子也一樣，現在就泡在福馬林罐裡，不在這裡，在某個專門做這種研究的醫學院裡。」

「我的天，他的腦子被放在罐子裡？」

「我們就是這麼做，把它放到化學藥劑裡才不會腐爛，才能檢視。有點像是防腐。」

他們在冷藏間裡交談，門大大地開著。

「我做這些事的時間比你的年紀還大。」馬里諾說。「當然啦，我可以去當醫生，但是會有誰想在學校裡待那麼久？誰想要和她一樣？她根本沒有自己的生活，除了死人之外，一無所有。」

「我要看他。」姍蒂開口要求。

「媽的，眞難想像。」馬里諾說。「在該死的冷藏間裡，巴不得能來根菸。」

她伸手去掏罩袍下的皮夾克口袋，拿出一包菸，一個打火機。「眞難相信，會有人這樣對待一個小男孩。我一定得看看。我人都到這裡了，讓我看吧。」她點了兩根菸，兩人抽起菸來。

「操弄，曖昧，」班頓說，「他這回眞的給自己惹了個大麻煩。」

馬里諾將輪床推出冷藏間。

他拉開屍袋，發出窸窣聲響。露西將鏡頭的焦點緊緊對準吐著煙霧、眼睛盯著死去男孩的姍蒂。

憔悴的小屍體從下巴到生殖器、從雙肩到雙手、從臀部到腳趾被乾淨俐落地切開來，胸腔像是個中空凹陷的西瓜般大大敞開。他的器官都不在了，皮膚上有幾處新舊不一、程度各異的深紫色出血，軟骨和骨頭上有幾處撕裂和斷裂傷痕，雙眼現在是空無的凹洞，直接就可以看進頭顱。

姍蒂尖叫，「我恨那個女人！我恨她！她怎麼可以對他下手！開腸剖肚還剝皮，把他當成被射殺的鹿！你怎麼可以為這個瘋賤人工作！」

「安靜，不要叫了。」馬里諾拉上屍袋，推回冷藏間的角落，然後關上門。「我警告過你，沒有人會想要看。看到這種東西，會引起創傷後壓力症候群。」

「現在我一輩子都會在腦子裡看到他那個樣子。有病的賤人，該死的納粹！」

「這件事不可以張揚，聽到嗎？」馬里諾說。

「你怎麼能替這種人工作？」

「閉嘴，我是說眞的。」馬里諾說。「解剖過程我也幫了忙，我可不是什麼納粹。事情就是這樣，人如果被謀殺，就得受到二次傷害。」他拿起姍蒂的罩袍，匆忙摺起。「那孩子可能打從出生開始，就被謀殺了。沒有人關心，這就是後果。」

「你哪懂什麼生命？你們這些人自以為什麼都知道，其實你們看到的，只是自己像屠夫般下手後所留下的殘骸。」

「是你自己要進來的。」馬里諾發起脾氣。「所以，閉嘴，不要張揚，別叫我屠夫。」

馬里諾把姍蒂留在走廊上，把史卡佩塔的罩袍放回置物櫃裡，然後設定警報系統。接著，停車場的攝影機捕捉到兩人，大門發出聲響，喀嚐關上。

露西的聲音出現——班頓必須把馬里諾這段參觀行程告知史卡佩塔，如果媒體發現這件事，這場背叛足以毀掉她。露西要去機場，明天很晚才會回來。班頓並沒有追問。即使露西沒有說出口，他也相當確定她已經知情。露西接著把賽爾芙醫生傳送電子郵件給馬里諾的事情告訴他。

班頓沒有作聲；他不能透露。眼前的螢幕上，馬里諾和姍蒂·史路克騎著摩托車離開。

5

金屬輪壓在瓷磚上，發出噹啷啷的聲響。

大型冷藏間的門百般抗拒地被打了開來。史卡佩塔推動放著黑色小屍袋的不鏽鋼推車，絲毫沒有感受到冰冷的空氣和凍結的屍臭。拉鍊的拉環上繫了張標籤，黑色的墨水寫著：無名氏；日期：二〇〇七年四月三十日；以及負責運送的葬儀社人員簽名。史卡佩塔在停屍間日誌上寫下：無名男性，年齡介於五至十歲，謀殺案，來自西爾頓頂岬小島；這個地方離查爾斯頓車程大約兩小時。男孩有著混種血統，百分之三十四爲撒哈拉沙漠以南的非洲地區血統，百分之六十六是歐洲血統。

日誌一向由史卡佩塔親自登錄，幾個小時之前，在她抵達之後，卻氣憤地發現，今天早上的案子已經登錄完畢，想必是盧修斯·梅迪的傑作。簡直難以置信，他自作主張，認定他所運送的老女人是自然死亡，死因是心臟及呼吸衰竭。眞是個放肆冒失的蠢蛋。所有的人都是因爲心臟和呼吸衰竭才會死亡，不管是槍殺、車禍，或是被球棒毆打致死都一樣，只要心肺功能停止，就會死亡。他無權推斷是否爲自然死亡。她尚未解剖，他既沒有職權，也沒有司法權限去決定任何該死的事。他又不是法醫病理學家，從頭到尾他根本就不該去碰那本停屍間日誌。她實在不了解，馬里諾爲何會讓梅迪進到解剖室裡，並且還沒有在旁緊盯。

她呼出白霧，從推車中拿出紙夾，寫下無名男孩的資料以及日期時間，心裡的挫折和低溫同樣明顯。儘管她盡了全力，仍然無法得知男孩的死亡地點，她懷疑應該離屍體被發現的地方不遠。她不知道男孩確切的年紀，也不知道凶手如何運送屍體，但是她推斷應該利用小船。沒有任何證人出面，她發現唯一的微物證據是白色棉纖，但推斷這應該出自於屍體裝袋前，波佛郡驗屍官用來包裹屍體的床單。

男孩口鼻和皮膚上的沙、鹽，以及少許的貝殼和植物碎屑，都來自本地溼地區，俯趴的裸體腐屍就是在這片滿是泥漿的草原中被人發現。幾天下來，她用盡所有想得到的做法，試圖讓屍體對她說話，但卻只得到極少的痛苦告白。男孩的胃部和消瘦體型道出他挨餓超過數週、也許數個月的事實；略殘的指甲顯示在不同的時間點各有新的指甲長成，代表手指和腳趾重複遭到鈍器所傷，或是其他形態的凌虐；不甚明顯的紅色傷痕訴說男孩被人殘忍毆打，大部分的新傷都是由一條有大型方扣頭的寬皮帶造成。透過傷口、皮膚以及顯微鏡分析可以看出，男孩從頭頂到腳底的柔軟組織全都出血。他的死因是由於內出血——流血致死，沒有任何的外出血狀況——這彷佛是一種隱喻，代表他不曾被察覺的悲慘生命。

史卡佩塔以福馬林保存了他部分的器官和傷處，並且將腦子和雙眼送去進行特殊檢驗。她也拍了數百張照片，並且通報國際刑警組織，以防孩子是來自他國的失蹤人口。他的指紋和腳印已經輸入簡稱為IAFIS的指紋辨識自動整合系統；DNA取樣輸入DNA整合索引系統，所有資料也都輸入了國家失蹤及受虐兒童資訊中心。當然，露西正在全球網路中持續搜尋。但是到目前為止，沒有任何線索和資料，無法證實他是遭人誘拐、走失或逃跑，最後落入殘暴成性的陌生人手中。最大的可能性是孩子被父母、親戚、監護人，或是所謂的看護人毆打致死，然後將屍體丟棄在偏遠地區以躲避刑責。這種事經常發生。

無論是醫療或科學層面，史卡佩塔都已經無計可施，但是她不打算放棄。男孩的屍骨不會送進公墓，除非驗明正身，否則她會留住他，從冷藏間轉到某種聚酯隔溫材質的時間膠囊當中，以攝氏零下六十五度低溫冷藏保存。如果有需要，他可以留在她身邊，放個好幾年。她關上冷藏間厚重的鋼門，踏上色調明亮的走廊，解開藍色的實驗室罩袍，拉掉手套，腳上拋棄式鞋套快速地在潔淨的地板上踏出呼呼低響。

觀景房裡的賽爾芙醫生再次和賈姬・麥諾通話，因爲班頓沒有回電，而現在已經接近下午兩點了。

「他清楚得很，我們得處理這件事。要不然你以爲他這個週末爲什麼會留下來，而且還要你進辦公室？順道一提，你會有加班費嗎？」賽爾芙醫生按捺怒火。

「我只知道突然有貴賓出現。每當有名流人士出現，我們都是這麼聽說的。這裡常有名人。你是怎麼發現我們這項研究的？」賈姬詢問。「我得問出個答案，以便追蹤，好知道最有效的廣告方式是什麼。你知道，報紙和電台廣告、張貼公告，或是口耳相傳。」

「徵人布告就貼在住院大樓。我在登記入住的時候——離現在好像已經很久了——一眼就看到。於是我想，有何不可？我決定盡速離開，盡快。可惜，你的週末泡湯了。」賽爾芙醫生說。

「老實說，這反而好。很難找到合格的自願者，尤其是正常人。多可惜，三個人當中至少有兩個不正常。但是，想想看，如果一個人很正常，何必來這裡，然後……」

「成爲科學實驗的一部分。」賽爾芙醫生替賈姬說完她傻頭傻腦的想法。「我不認爲你能找到正常人。」

「噢，我不是說你不……」

「對於學習新知，我一向抱持開放的態度，而且我來此地的原因並不尋常，」賽爾芙醫生說，「你明白這有多機密。」

「我聽說你是爲了某種理由才躲在這裡。」

「衛斯禮博士這樣告訴你的嗎？」

「是謠傳。我們必須遵從HIPAA醫療保密法案。如果你要離開，一定要夠安全。」

「我們是這樣希望。」

「你對研究計畫的細節清楚嗎？」

「依稀記得徵人布告上面的敘述。」賽爾芙醫生說。

「衛斯禮博士還沒與你詳談？」

「我星期五通知人在義大利的馬洛尼醫生，說我想要自願參與研究計畫，他是事後才被告知的，但是必須立刻處理，因爲我打算離開了。我確定衛斯禮博士打算與我細談，但是不知道他爲什麼沒打電話給我。也許他沒收到你的留言。」

「我告訴過他，但是他非常忙碌，因爲重要人士來訪。我知道他得爲貴賓的母親錄音——也就是你的母親。我想他應該打算先錄音，之後再和你會談。」

「他的私生活必定十分辛苦。這些研究計畫讓他連週末都抽不開身。我想，他應該有個情人，像他這樣英俊又有成就的男人，絕對不可能孤單一人。」

「他在南方有個朋友。事實上，她的外甥女一個月前才來過。」

「眞有趣。」賽爾芙醫生說。

「她來這裡做掃描，叫作露西，一副祕密探員的樣子，要不就是故意擺出那種味道。我知道她是個電腦承包商，和喬西是朋友。」

「與執法界有關。」賽爾芙醫生說。「某種密探，經過嚴格訓練。就我看來，財富自主毫無匱乏。好極了。」

「除了自我介紹，說她名叫露西，和我握個手道聲你好之外，什麼也沒說。她和喬西混在一起，接著在衛斯禮博士的辦公室裡待了好一會兒，還關著門。」

「你對她的印象如何？」

「她非常自戀。是說我也沒有和她共處多少時間，她一直和衛斯禮在一起。門一直關著。」她再次強調。

忌妒，太完美了。「眞好，」賽爾芙醫生說，「他們一定很親近，聽起來她十分特別。漂亮嗎？」

「我覺得她比較男性化，如果你懂我的意思。一身黑衣，肌肉發達，有力的握手方式就像個男人。她直視我的方式，好像眼睛是綠色的雷射光束，讓我很不舒服。現在想想，我不會想和她獨處。那種女人……」

「從你的話裡聽來，她被你吸引，在飛回去之前想和你發生性關係，是嗎？我猜猜，搭的還是私人噴射機？」賽爾芙醫生說。「你說她住哪裡？」

「查爾斯頓，和她阿姨一樣。我認爲她的確想和我上床，老天爺。我那時候怎麼會沒有了解到這一點？她不但握我的手，還直視我的雙眼。還有，對了，她問我工作時間是否很長，好像想知道我的下班時間。她還問我是哪裡人，這些都是私人問題。我當初眞的沒發現。」

「也許是因爲你擔心自己會發現，賈姬。聽起來她既吸引人又有魅力，這種人可以用催眠般的魅力引誘異性戀女人上床，然後在極度火辣的經驗之後……」稍有停頓，「你就會了解，為什麼兩個女人會發生性關係，即使其中一名、或兩個人都是異性戀，這一點都不奇怪。」

「的確。」

「你讀佛洛伊德的論著嗎？」

「我從來不覺得自己被別的女人吸引，即使大學的室友也一樣，我們還住在一起呢。如果有任何潛在傾向，早就發生更多故事了。」

「任何事都與性有關，賈姬；性慾可以回溯到嬰兒時期。什麼是男性與女性在嬰兒時期都能得到，之後卻被女性否認的？」

「不知道。」

「吸吮母親的胸脯來取得營養。」

「我不想要那種營養，也絲毫不記得了。我會關心胸脯，全是因為男人喜歡。胸部的重要性就在於此，這也是我會注意乳房的唯一理由。還有，我記得我是吸奶瓶的。」

「我同意你的說法。但是，」賽爾芙醫生說，「她大老遠跑來這裡，只是為了做個掃描，這相當奇怪。我真心希望她沒什麼問題。」

「我只知道她每年來個好幾次。」

「每年好幾次？」

「聽一名技術人員說的。」

「如果她有什麼不對，還眞不幸。你我都知道，每年來做幾次掃描絕對不是什麼例行行程。根本不可能。有關我的掃描，我還需要知道些別的嗎？」

「有沒有人問到你進磁振室會不會有什麼問題？」賈姬以專家的嚴肅態度問道。

「問題？」

「你知道的，會不會有什麼影響。」

「除非那會讓我在事後弄不清東西南北。你眞的很機靈，眞的。我眞得想想，這對人們會造成什麼影響。我不確定這一點有什麼定論。高頻率的核磁造影並沒有太久的歷史，對吧？」

「這個研究計畫會用到功能性的核磁造影，在你聽錄音帶的時候，我們才能監看你的大腦。」

「對，錄音帶，我母親會樂於錄音的。好，我還要怎麼配合？」

「研究計畫中會使用到結構性臨床訪談工具，我補充說明一下；診斷準則手冊三─R版。」

「我很熟悉。尤其是最新的第四版。」

「衛斯禮博士有時候會讓我來做臨床訪談。在訪談結束之後，我們才會進行掃描。做完一長串問題會花掉很長的時間。」

「等我今天見到他之後，我會和他討論；如果恰當，我會問他有關露西的事。不，也許我不該問，但是我希望她沒出什麼問題，尤其是她對他意義不凡。」

「他和其他病人有約，但是我應該可以排出時間來爲你進行訪談。」

「謝謝你，賈姬。他一打電話來，我就會向他提起這件事。他這項研究計畫有沒有什麼負面反應呢？誰出的專款？我記得你說是你父親？」

「有幾個研究對象患了幽閉恐懼症，在所有的工作做完之後，卻不能進行掃描。想想那個狀況，」

賈姬說，「我費了好大工夫去訪談她們，幫那些母親錄音……」

「我想你們是透過電話錄音吧？短短的一個星期，你做的事還眞不少。」

「這種方式耗費不多，效率倒是不錯，不需要親自去面見這些人。要她們在錄音帶裡說的話，都有標準格式。我不能提研究款項來源，但是我父親的確贊助了很多慈善事業。」

「說到我要做的新節目，我有沒有提起正想要找一名製作顧問？你剛剛說露西與某個執法單位有關？什麼特別調查員之類的？可能可以考慮她。除非她有什麼不對勁。她之前在這裡做過幾次掃描？」

「很抱歉，我不太看你的節目，這是因爲工作時間的關係，我只能看夜間電視節目。」

「我的節目都會重播，早晨、中午和晚間都有。」

「以科學的角度來探索犯罪心態和行爲，對照訪談帶槍追捕罪犯的人，會是很好的想法。你的觀衆絕對會喜歡。」賈姬說。「會非常喜歡，比其他談話節目好太多了。我認爲找個專家來訪談精神異常的性暴力凶手，絕對會讓你的收視率攀高。」

「我可以從這一點引申：會下手強暴、性侵或是殺戮的精神異常者，並不一定有暴力傾向。賈姬，你這個概念眞是獨特，棒極了。接下來我會去思考，比方說是否只有反社會的性侵謀殺犯才會同時具暴力傾向。隨著這個假設之後，我們得問什麼？」

「嗯……」

「嗯，我們得問，強制性侵謀殺適用於哪種狀況。這不是行話嗎？我說『馬鈴薯』，你接下來要說『土豆』。」

「呃……」

「你讀了多少佛洛伊德的著作？你會注意自己的夢境嗎？你應該記錄下來，在床頭放一本日記。」

「當然讀過，在課堂上讀的，嗯，但是沒寫日記也沒有注意夢境。課堂上會做，」賈姬說，「眞實生活中就沒有了。現在再也沒有人熱中佛洛伊德了。」

羅馬時間晚間八點三十分。海鷗在夜色裡撲降尖鳴，彷彿大型的白色蝙蝠。在其他離海岸不遠的城市裡，海鷗通常在白晝四處紛擾，到了夜晚卻消失無蹤。這在美國絕對不假，波馬隊長在那個國家度過了不算短的時光。當他還是個孩子的時候，就經常隨家人進出不同的國家，日後他周遊列國，習得流利的外國語言，禮儀態度無懈可擊，學識涵養傑出傲人。他的雙親說過，這孩子會成就一番事業。波馬隊長看著桌邊窗台上兩隻又肥又白的海鷗瞪向他，也許牠們想要來點魚子醬。

「我問你她究竟在哪裡，」他說著義大利文，「而你的回答是，我該知道有關一個男人的事？但你又不願意說出細節，這簡直讓我沮喪到了極點。」

「我要說的是，」保羅．馬洛尼醫生與隊長相識有數年之久，「賽爾芙醫生邀珠兒．馬丁上過節目，這個你也知道。幾個星期後，某個心理狀況非常不穩定的人便開始發電子郵件給賽爾芙醫生。我之所以會知道，是因爲她將他轉到我這裡來。」

「保羅，拜託，我需要這名心理異常男子的資料。」

「我還希望你已經有所掌握。」

「提起這件事的人又不是我。」

「你是負責處理這件案子的人，」馬洛尼醫生說，「看來我手上的資料比你豐富。眞喪氣，因爲這表示我們沒有任何資料。」

「我可不願公開承認，我們不再是私下辦案了。所以由你來確認有這麼一名精神異常的人存在，非常重要。我還覺得你用一種詭異的方式來玩弄我。」

「如果你要更多資訊，得去問她。他並不是她的病人，她可以自由發言。這還得要先假設她願意合作。」他伸手拿銀盤上的小薄餅。「我甚感懷疑。」

「那麼，幫我找她。」波馬隊長說。「我有種預感，你知道她身在何處，要不然你也不會突然打電話給我，替自己討了頓昂貴的晚餐。」

馬洛尼醫生大笑。他絕對負擔得起滿屋子的上好魚子醬。這並非他與波馬隊長共進晚餐的原因。他知道一些事，再說理由也不單純。他自有計畫。這就是馬洛尼的典型作風。他極能掌握人類的癖性和行事動機，他可能是隊長所認識人當中最有天分的一個。但他是個謎樣人物，對於實情與謊言有自己的一套標準。

「我不能透露她在哪裡。」馬洛尼醫生說。

「這不表示你不知道。你在玩文字遊戲，保羅。不是我懶，也不是我沒認眞去找。我一知道她認識珠兒，就去找過她的員工談，但得到的都是與新聞上相同的故事——她家中有不爲人知的緊急事件，沒人知道她人在哪裡。」

「用邏輯推理，不可能沒有人知道她的去處。」

「對，邏輯是這麼說的。」隊長說，拿了一片薄餅塗上魚子醬，遞給馬洛尼醫生。「我有預感，你會幫我找到她。如同我說過的，你根本就知道，這就是你打電話給我，現在又和我玩文字遊戲的原因。」

「她的職員轉達了你的電子郵件，表示希望能與她見面或至少講個電話？」馬洛尼醫生問道。

「他們是這麼說的。」海鷗飛開，轉到另一張餐桌上。「我沒辦法透過正常管道與她聯絡，她不打算涉入，因爲她最不想要的就是成爲調查的一部分。旁人可能會將責任加諸在她身上。」

「可能會。但是她不需要承擔。」馬洛尼醫生說。

侍酒的服務生爲他們添酒。賀斯勒旅館的屋頂餐廳是波馬隊長最喜愛的餐廳之一，這裡有百看不厭的優美景致，他不禁想起史卡佩塔，不知她和班頓·衛斯禮曾否來此用餐。也許沒有，他們太忙了；他覺得這兩個人忙到沒時間關心生活中的任何事。

「懂嗎？她越是避著我，我越覺得她有什麼隱藏。」波馬隊長補充道。「也許就是她轉給你的那名精神不穩定男子。請告訴我要去哪裡找她，我認爲你知道。」

馬洛尼醫生說，「我有沒有提過美國有些規範和準則，並且拿法律訴訟作爲國民運動？」

「她的職員不願說出她是否是你醫院裡的病人。」

「我也絕對不會告訴你。」

「當然不會。」隊長笑了。現在他明白了，毫不懷疑。

「我眞高興暫時不必待在醫院裡，」馬洛尼醫生接著說，「我們的亭閣院區裡有位十分棘手的貴賓。我希望班頓·衛斯禮能夠好好處理她。」

「我得和她談談，要怎麼說她才不會認爲我是從你這裡得到的消息呢？」

「你可沒有從我這裡打探出什麼。」

「我從某個人口中得知的，她一定會要我告訴她是誰。」

「你不是從我這裡知道的。事實上，是你自己講的，我可沒有確認你的說法。」

「我們來討論假設狀況好嗎？」

馬洛尼醫生喝酒。「我比較喜歡上次的巴貝斯柯葡萄酒。」

「的確，那一瓶要三百歐元。」

「濃厚，卻又十分清新。」

「你說的是酒，還是昨晚共度良宵的女人？」

對於這個年紀，卻又對佳肴美酒毫不忌口的男人來說，馬洛尼醫生外表鮮亮，身邊從來沒缺過女人。這些女人投懷送抱，當他是生殖之神普里亞普斯，然而他卻從未定情於任何人。他到羅馬時，通常將妻子留在麻州，而她似乎也不介意。有人幫她打點一切，而他對她也不再有任何欲求，因爲馬洛尼對她不但失去興趣，也不再懷有愛意。這種命運讓波馬隊長無法接受，他生性浪漫，這時又再次想起了史卡佩塔。她不需要他人的照料，也不會容許這種關係存在。她就像桌上的燭光以及窗外城裡的燈火一樣，出現在他的思緒當中。她打動他的心。

「我可以聯絡醫院，與她接觸，但是她會要我說出如何知道她的落腳處。」隊長說。

「你是說那位貴賓。」馬洛尼醫生將珠母貝小匙探入魚子醬中，舀出足夠搭配兩片薄餅的份量，鋪在一片薄餅上享用。「不要和醫院裡的任何人聯絡。」

「如果我說是班頓·衛斯禮呢？他就在醫院工作，並且與調查有關。現在她又是他的病人。一想到那天晚上當我們提起賽爾芙醫生的時候，他沒有透露這點我就有氣。」

「你說的是那位貴賓。班頓不是精神科醫生，而這位貴賓說來也不是他的病人。技術上說起來，貴賓是我的病人。」

侍者端上第一道菜，蘑菇佐帕馬森起士燉飯，以及羅勒義式蔬菜濃湯。隊長停了一下。

「班頓再怎麼樣都不會透露這些機密資料的，你這還不如開口問石頭。」侍者離開之後，馬洛尼醫生這麼說。「我猜，這位貴賓很快就會離開了。她接下來要去的地方對你才重要，至於她之前去過的地方，重要性只在於動機。」

「賽爾芙醫生的節目都是在紐約錄製的嗎？」

「貴賓們愛去哪裡就去哪裡。如果你弄清楚她目前的所在地和原因，可能就可以發現她接下來要去哪裡了。露西・費里奈利比較可能成爲消息來源。」

「露西・費里奈利？」隊長很是疑惑。

「史卡佩塔醫生的外甥女。正巧，我幫了她一個忙，她也常到醫院來，所以她有可能從醫院員工口中得知一些消息。」

「然後呢？她告訴凱，她再來告訴我？」

「凱？」馬洛尼醫生一邊用餐，「這麼說，你和她十分友好？」

「希望如此。和他就不怎麼樣，我不認爲他喜歡我。」

「大部分的男人都不喜歡你，奧托，同性戀除外，你應該清楚道理何在。讓我們假設，你是從外界人士得到資訊，也就是露西，是她告訴史卡佩塔醫生，然後再告訴你」——馬洛尼醫生起勁地吃著燉飯——「那麼就沒有醫學倫理和法律方面的問題好擔心。你可以循線調查。」

「那位貴賓知道凱和我爲這件案子合作，因爲她才剛來過羅馬，並且也上了新聞，所以貴賓會相信凱間接成爲消息來源，所以沒有問題。很好，太完美了。」

「蘑菇燉飯簡直完美。蔬菜湯如何？我之前喝過。」馬洛尼醫生說。

「好極了。有關這位貴賓，在不違反保密的原則下，你能不能告訴我，她爲什麼會是麥克連醫院的病人？」

「你要知道的是她的理由還是我的？她的理由是人身安全，我的則是讓她利用我。她同時具備了軸向症狀一及二：快速循環的雙極性精神失調躁鬱以及拒絕承認，更別提服用情緒穩定劑。你要我和你討論哪一項人格失調呢？她的狀況複雜。很遺憾，患有人格異常的人，通常很難改變。」

「這麼說，有某件事導致她崩潰。這是這位貴賓首次因爲精神疾病而入院治療嗎？我搜尋過一些資料。她排拒藥物治療，認爲世上所有的問題都可以透過她的輔導來解決，也就是她所謂的工具。」

「這位貴賓在此之前並沒有任何入院紀錄。你的問題很重要。不要問她的所在地。只問原因。我不能告訴你她在哪裡，只能告訴你那位貴賓的所在地。」

「你的貴賓受了什麼打擊？」

「這位貴賓接到某個精神病患寫來的電子郵件。巧的是，這個人正是賽爾芙醫生在去年秋天，向我提起過的同一個精神病患。」

「我一定得找她談談。」

「找誰？」

「好。我們可以討論賽爾芙醫生嗎？」

「我們將話題從貴賓轉到賽爾芙醫生。」

「多說點那名精神病患的事。」

「我說過了，我在這裡的辦公室見過他幾次。」

「我不會問他的名字。」

「很好，因爲我也不知道。他付現金，而且撒謊。」

「你完全不曉得他的眞實姓名？」

「我和你不一樣，我不會調查病患的背景，或是要他提出眞實的身分證明。」馬洛尼醫生說。

「那麼，他的化名是什麼？」

「我不能告訴你。」

「爲什麼賽爾芙醫生會爲了這個人與你聯絡？這是什麼時候的事？」

「十月初。她說他傳電子郵件給她，她認爲最好將他轉給別的醫生，我說過的。」

「那麼她多少有點責任，發現事情超過自己的能力，不足應付。」波馬隊長說。

「這也許就是你不了解她的地方。她絕對不會認爲有自己無法處理的問題。她不願被他所困，她狂亂的自我將病患轉介給哈佛醫學院附設子醫院裡曾經榮獲諾貝爾獎的精神科醫生。給我找來這種麻煩會令她滿足，並且這也不是第一次了。她自有原因。別的不說，其中之一就是她知道我可能會失敗。這名病患根本無法治療。」馬洛尼醫生審視手上的酒，似乎答案就在其中。

「告訴我，」波馬隊長說，「如果他無法治療，那麼你是否同意我的想法？他是個不正常的人，可能會做出極爲不正常的事。他傳送電子郵件給她，可能還傳送了她住進麥克連醫院時對你提起的郵件。」

「你是說那名貴賓。我從來沒說賽爾芙醫生在麥克連醫院裡。但如果她是，那麼你應該去查清原因。看來，這是最重要的事。我講話就像重複播放的破唱片。」

「他可能傳送電子郵件給那名貴賓，讓她心煩意亂，躲進你的醫院。我們得把他找出來，至少去確認他不是凶手。」

「我完全不知道該怎麼做。就像我說過的，我不能開口告訴你他是誰，只能透露他是個美國人，曾經在伊拉克服役。」

「他如何解釋自己大老遠來羅馬找你？約診的路途遙遠。」

「他飽受創傷後症候群所擾，而且在義大利似乎有些親屬。他先前曾經告訴我一個讓人十分難安的故事，有關去年夏天，他和一名年輕女人共度一日的事。在巴瑞曾經發現一具屍體，你記得那個案子。」

「加拿大觀光客？」隊長驚訝地說。「該死。」

「就是那樁。只是她一剛開始並沒有被指認出來。」

「她全身赤裸，屍體遭到嚴重破壞。」

「根據我從你這裡聽來的，還沒有像珠兒．馬丁那麼糟。眼睛沒有遭到毒手。」

「她身上也少了一大塊皮肉。」

「沒錯。剛開始大家以爲她是妓女，從過往的車輛上被推下來；要不就是遭遇車禍，才足以解釋那些傷痕。」馬洛尼醫生說。「解剖結果卻完全相反。雖然設備非常簡陋，但是解剖過程非常仔細。你知道的，偏遠地方經費拮据。」

「特別若是個妓女。她在墳地裡進行解剖。當時如果不是有加拿大觀光客失蹤的通報，她可能會未經查明身分，就直接躺進墳墓裡。」隊長回憶。

「可以確定的是，她的皮肉被某種刀子或鋸子給切割下來。」

「你還不打算把自己所知道的，有關這個付現金用假名的病患的事全說出來？」波馬隊長表示抗議。

「你一定有什麼筆記可以給我看。」

「不可能。他所說的都沒有眞憑實據。」

「如果他就是這次的凶手呢，保羅？」

「如果我有更多的證據，我會告訴你。我只有他歪曲的敘述，以及妓女變成失蹤的加拿大女人之後，警方聯絡我所帶來的不舒服感受。」

「有人和你聯絡？什麼？請教你的意見？我還是第一次聽到。」

「當時辦案的是國家警察，而不是國家憲兵隊。我免費提供意見給許多人。總之，這名病患再也沒出現，而我也沒辦法告訴你他在哪裡。」馬洛尼醫生說。

「沒辦法還是不願意？」

「我不能。」

「你難道還看不出來，他極有可能就是殺害珠兒．馬丁的凶手？賽爾芙醫生將他轉介給你，突然間，她就為了某個瘋子寄給她的郵件，躲進你的醫院。」

「你又開始重談那位貴賓了。我從來沒說賽爾芙醫生是醫院裡的病患。但是躲藏的動機比地點重要。」

「眞希望我能拿把鏟子挖進你的腦袋，保羅。不知道會找到什麼。」

「燉飯和美酒。」

「如果你知道任何可以協助這次調查的資料，我不懂你爲何保持緘默。」隊長說。當侍者朝兩人過來的時候，他什麼也沒說。

馬洛尼醫生要求再看一次菜單，雖說他經常來此用餐，早已嚐過菜單上的每一道菜。隊長不想看菜單，推薦燒烤地中海龍蝦，隨後再上沙拉和乳酪。公海鷗獨自回到桌邊，瞪著窗外，豎起鮮白色的羽翼。外面是燈火通明的羅馬市區，聖彼得教堂的金頂彷彿冠冕。

「奧托，如果我爲了如此薄弱的證據而違反保密協定，然後又犯錯，那麼我的事業等於是毀了。」馬洛尼醫生最後說。「我沒有任何合理的理由，將資訊透露給你或是警方，這是非常不智的。」

「所以你提起這個可能是凶手的人，然後關掉這扇門？」波馬隊長靠向桌邊，絕望地說。

「我從來就沒有打開這扇門，」馬洛尼說，「只是指點給你看。」

三點一刻，埋首於工作的史卡佩塔聽到腕錶的鬧鈴響起，嚇了一跳。

她縫合了老女人腐屍的Y字形切口。根本沒有必要進行解剖，死因正是動脈粥狀硬化斑塊。一如預料，冠狀動脈硬化的疾病。她拉掉手套，丟進鮮紅色的醫療廢棄物垃圾桶，然後打電話給蘿絲。

「我立刻上來。」史卡佩塔告訴她。「如果你聯絡上梅迪葬儀社，告訴他們可以過來領屍了。」

「我正要下來找你，」蘿絲說，「擔心你可能不小心把自己鎖在冷藏間裡。」老笑話了。「班頓打過電話找你。讓我引述他的話——要你在心情沉穩、沒有他人在身邊的時候，去讀取電子郵件。」

「你聽起來比昨天更糟，鼻塞更嚴重。」

「我可能有點感冒。」

「不久前，我才剛聽到馬里諾的摩托車聲。而且有人在下面這裡抽菸，就在冷藏間裡。連我的罩袍都有味道。」

「眞奇怪。」

「他在哪裡？如果他能找時間來下面幫我就好了。」

「廚房裡。」蘿絲說。

史卡佩塔換上新手套，將老女人的屍體從解剖檯拉到輪床上一只襯著床單的高耐力塑膠袋裡，然後推進冷凍間。她沖洗工作檯，把裝有液體、尿液、膽汁、血液的玻璃管，以及一箱切割的內臟放進冰箱，以便稍後進行毒物測試和組織分析。她將血液檢卡放在罩子內乾燥——每個案例都必須做DNA檢測。史卡佩塔擦了地板，清理手術用具和水槽，收拾文件等到稍後再處理，接著準備爲自己消毒清洗。

解剖室後方設有乾燥箱，裡面配備高效過濾器，以活性碳過濾沾血的溼衣服後，才打包作爲證物，送入實驗室。再過去是儲藏區，隨後是洗衣間，最後才是以玻璃分隔的更衣室——一側男用，一側女用。史卡佩塔在查爾斯頓執業尚未太久，在這個階段，馬里諾會協助她處理停屍間的事。他有自己的更衣室，她的則在另一側。當兩人在同一時間淋浴的時候，她會聽到他的聲音，並且透過半透明的綠色厚玻璃看到光線下的人影活動，這總會讓她感覺困窘。

史卡佩塔進到自己這側的更衣室，關門上鎖。她脫掉拋棄式的鞋套、圍裙、頭罩，丟到醫療廢棄物垃圾桶，將手術罩袍丟進籃子裡。接下來沖澡，用抗菌香皀塗抹自己的身體，吹乾頭髮，換回原來的套裝和便鞋。她回到走廊上，一路走向門口。門的另一邊是陡峭的老舊橡木階梯，直接通向廚房，裡面的馬里諾拉開一瓶低卡百事可樂。

他上下打量她。「今天穿得眞花俏。」他說。「你忘了今天是星期天，以爲自己要上法庭嗎？就像你忘了我要騎車去桃金孃海灘一樣。」從他發紅又冒出鬍渣的臉上，不難看出昨夜狂歡的痕跡。

「當作禮物好了，讓你又多活一天。」她討厭摩托車。「而且天氣不好，還會越來越糟。」

「總有一天，我會讓你坐上我那輛印地安酋長Roadmaster，你一定會迷上，還會吵著說不夠過癮。」

想到跨坐在重型摩托車後方，雙手環著他，身體緊貼，就令她倒胃口；他也明白。她是他的上司，就許多方面來說，這二十年來多半的時間也是如此，然而對他來說，這種關係不再行得通。當然了，兩個人都有了改變，他們曾經同甘共苦，但是近幾年來，尤其是最近，他對她的關切和工作表現越來越像是陌生人，而現在又加上這樣的行爲。她想到賽爾芙醫生的電子郵件，懷疑他是否認爲她已經讀過了那些信。她想到賽爾芙醫生如何操控他；他永遠不會懂，也注定吃下敗仗。

「我聽到你進來的聲音。顯然你又把摩托車停在停車隔間。」她說。「如果被靈車或貨車撞到，」她提醒他，「由你負責，而且我不會爲你感到難過。」

「摩托車如果被撞，會有額外的屍體跟著出現，管他是哪個不長眼的葬儀社該死怪胎都一樣。」

馬里諾那輛配備超大排氣管的摩托車，成爲另一項爭執的焦點。他騎著車子到犯罪現場、法庭、急診室、法務辦公室以及證人的家中。他拒絕把車停在辦公室的停車場裡，一定要停到運送屍體專用、而不是爲個人車輛設置的停車隔間內。

「格蘭特先生到了嗎？」史卡佩塔說。

「開著一輛爛貨車來，後面還載著自己的破爛漁船、捕蝦網、桶子，和其他一些亂七八糟的東西，眞是個大個頭的黑鬼。我從來沒見過像這裡這麼黑的黑人，像是沒加一滴奶油的咖啡。不像我們維吉尼亞，湯瑪斯・傑佛遜睡過傭人的那塊快樂地。」

她沒心情回應他的挑釁。「他到我辦公室了嗎？我不想讓他等。」

「我不懂，你何必爲了見他打扮成這樣，好像要和律師、法官會面，還是要上教堂的。」馬里諾說。史卡佩塔暗自懷疑馬里諾是否希望她爲他打扮，也許是因爲她讀了賽爾芙醫生的郵件，心存忌妒。

「與格蘭特先生見面，和與任何人見面一樣重要。」她說。「我們總是表示尊重，記得嗎？」

馬里諾滿身菸味酒臭，這種被史卡佩塔稱之爲「電力釋放」的狀況在這一陣子太過頻繁，根深柢固的不安全感引發惡劣的行徑，身軀的優勢更加深了這個問題的威脅性。馬里諾年約五十五，剃掉了頭頂殘餘的髮絲，老是穿著一身黑色的摩托車騎士服飾搭配大靴子，這幾天開始，還佩戴著一條誇張亮眼的項鍊，上面垂掛一枚銀幣。他對舉重十分著迷，胸肌發達，自我吹噓地表示，如果要拍他肺部的X光片，絕對需要用到兩台機器。史卡佩塔看過馬里諾相當早期的照片，當時他渾身陽剛氣息，十分英俊，即使到了現在，若非他自己的粗俗、邋遢以及眼前放浪的生活方式——這些不能全怪罪於他在紐澤西艱困的成長背景——馬里諾可以說依舊吸引人。

「我不懂，你爲什麼還自以爲可以騙過我，」史卡佩塔轉移話題，不再繼續討論她的穿著及其原因，「昨天晚上，以及稍早在停屍間裡發生的事。」

「騙你什麼？」馬里諾又就著瓶罐喝了一口。

「噴上大量的古龍水遮掩菸味，你這麼做只會讓我頭痛。」

「呃？」他低聲打嗝。

「我猜猜看，你昨天晚上待在蹓馬酒吧。」

「那地方滿是菸味。」他聳聳厚實的肩膀。

「我還可以確定你絲毫沒有貢獻一己之力！你在停屍間裡抽菸，就在冷藏室裡，連我身上的罩袍都有菸味。你到我的更衣室裡抽菸嗎？」

「可能從我的更衣室飄過去的。我是說菸味。我可能把香菸帶到裡面，我那一邊，我不記得了。」

「我知道你不想得肺癌。」

馬里諾移開雙眼，每當談話的主題讓他感覺不舒服，他就會這麼做，並且選擇中止話題。「找了什麼新證據？我不是說那老女人，她根本沒必要送來這裡的，只因爲驗屍官不想處理一具腐爛的屍體。我指的是那孩子。」

「我把他放進冷凍間，我們目前實在幫不上忙。」

「我沒有辦法忍受孩子成爲受害者，我永遠無法接受。等我查清楚是哪個人下的手，我會殺了他，用雙手撕碎他。」

「拜託你不要口出威脅，說要殺人。」蘿絲站在門口，臉上掛著奇怪的表情。史卡佩塔不確定蘿絲在這裡站了多久。

「這不是威脅。」馬里諾說。

「這正是我會這麼說的道理。」蘿絲走進廚房，穿著十分整潔的——她的老式說法——藍色套裝，頭髮往後綰起，梳著法式髮髻。她神情疲憊，瞳孔縮小。

「你又要說教了?」馬里諾邊說邊眨眼。

「你需要好好上個一、兩堂課。或是三、四堂。」她邊說邊替自己倒了杯濃烈的黑咖啡。她大約在一年前戒掉這個「壞習慣」,現在顯然又重新開始。「如果你忘了」——她從馬克杯的上方看著他——「你從前殺過人,所以你不必威脅。」她靠向長桌,深吸了一口氣。

「我剛跟你說了,那不是威脅。」

「你還好嗎?」史卡佩塔問蘿絲。「也許不只是小感冒,你不該進辦公室的。」

「我和露西聊了一下,」蘿絲說,接著對馬里諾說,「我不想讓史卡佩塔醫生和格蘭特先生獨處。一秒鐘都不行。」

「她有沒有提到格蘭特通過她的背景調查?」史卡佩塔說。

「聽到沒,馬里諾?你不可以讓史卡佩塔醫生和那個人單獨留在一起,一秒鐘都不行。我才不管什麼背景調查的。他比你還壯。」蘿絲永遠滿懷保護心,這有可能是出自永遠滿懷保護心的露西所指示。

蘿絲擔任史卡佩塔的秘書幾乎快二十年,從她剛出道一直到獨當一面,一路相隨。她雖然已經七十三歲,依然美麗,令人印象深刻,神采奕奕,敏銳又俐落,每天在停屍間進進出出,以電話留言作爲裝備,任何她決定的事情都不容許延誤,會去提醒——不,應該說是命令——一整天空著肚子的史卡佩塔吃下放在樓上的外帶食物——當然是健康食品,她現在就得去吃,而且不能再喝咖啡,因爲她已經喝過量了。

「他好像歷經了一場械鬥。」蘿絲繼續操心。

「背景調查中有提到,他是受害者。」史卡佩塔說。

「他看來具有暴力傾向，非常危險，體型不小於貨車。他選在週日下午來這裡，讓我很擔心，也許他以爲你會獨自一人。」她對史卡佩塔說。「他搞不好就是殺了那孩子的凶手。」

「我們聽聽他怎麼說。」

「在以前，我們不必這麼做。警察會在場。」蘿絲十分堅持。

「現在不比從前。」史卡佩塔回答，盡量不要說教。「我們是個人執業，不是公家單位，有些地方比較有彈性，其他方面可能就比較少。但是，事實上，在我們的工作當中，本來就有一部分是去會見對案情可能會有幫助的人，不管是不是有警察在場都一樣。」

「還是小心點。」蘿絲對馬里諾說。「不管對孩子下手的是什麼人，都知道屍體在這裡，而且史卡佩塔醫生正在處理。通常只要她去處理，都會找出蛛絲馬跡。他有可能跟蹤她，誰也不知道。」

通常蘿絲不至於過度緊張到這種程度。

「你抽菸。」蘿絲對馬里諾說。

他又喝了一大口低卡可樂。「你沒看到我昨天的樣子，嘴裡叼了十根菸，屁股上夾了兩根，邊吹口琴還一邊挑逗我的新女伴。」

「又在摩托車酒吧裡度過寓教於樂的夜晚，女伴的智商和我的冰箱一樣——零下。拜託別抽菸，我不要你死。」蘿絲走過咖啡壺旁，心神不寧，動手加水，準備重新煮一壺咖啡。「格蘭特先生要喝咖啡。」她說。「還有，不可以，史卡佩塔醫生，你不能再喝了。」

6

人們一向稱呼柏魯斯．尤里西斯．S．格蘭特為「公牛」。他不需任何提示，開口便解釋起自己名字的由來，作為開場白。

「我猜你一定想不通我的名字裡為什麼有S這個縮寫字母。對，就是單一個S。」他坐在史卡佩塔辦公室關起的門邊。「我老媽知道格蘭特將軍名字裡的縮寫S代表辛普森，但是她擔心如果把辛普森這幾個字全放進來，我得要寫太多字，所以她只留下個S。如果你問我的意見，我會說解釋比寫字還累。」

他身穿整燙過的灰色工作服，整潔俐落，球鞋看似剛從洗衣機裡拿出來一樣乾淨。他將印著一條魚的黃色棒球帽放在腿上，兩隻巨掌禮貌地擺在帽子上方。至於外貌的其他部分，臉龐、脖子以及頭皮上，都交錯著粉紅色長傷痕，十分嚇人。他這輩子的容貌等於是毀了，一塊塊瘢瘤讓史卡佩塔聯想起《白鯨記》裡的奎克格（譯註：南太平洋小島上食人族土著，後成為捕鯨手，個性正直）。

「我知道你剛搬來沒多久，」公牛的話讓她十分訝異，「住在密丁街和國王街之間，巷弄底的老馬車屋裡。」

「見鬼了，你怎麼會知道她住在哪裡？這干你什麼事？」馬里諾打斷他，充滿攻擊性。

「我以前曾經替你的一名鄰居工作過。」公牛對史卡佩塔說。「她過世有段時間了，更精確的說，我為她工作了大約有十五年，她的丈夫在四年前左右去世。之後，她辭退大部分的幫傭，我猜大概是財務有問題，所以我得另外找工作。之後，她也過世了。我要說的是，我對你住的地區清楚得就像自己的手一樣。」

她看向他手背上的粉紅色傷疤。

「我知道你那房子……」他補充。

「我說過……」馬里諾又開始說。

「讓他說完。」史卡佩塔說。

「我很清楚你的花園，因爲池塘是我挖的，水泥是我鋪的，還負責清理池塘上的天使雕像，旁邊尖角的白圍籬也是我搭的，但是另一邊的磚砌門柱和鑄鐵就不是我做的了。那是在我之前的事，你買下屋子的時候，那裡長滿了楊梅和竹子，可能根本不知道那裡有這些東西。我栽種歐洲種玫瑰、加州罌粟、中國茉莉，四處打點。」

史卡佩塔大感訝異。

「簡而言之，」公牛說，「我一直在幫你那巷弄附近大半的人打點事務，就在國王街、密丁街、教堂街一帶。打從我還是個孩子的時候就開始了。你不可能會知道，因爲我沒有多說；假如你不想要附近其他人心懷防禦，這是個好方法。」

她說：「就像他們對待我的方式？」

馬里諾輕蔑地看她一眼。她太過友善。

「是的，女士。這附近的人的確如此。」公牛說。「然後你的窗戶又貼上蜘蛛網貼紙，更沒有幫助，再加上你的工作性質。我老實說，你有個鄰居稱呼你是萬聖節醫生。」

「我猜猜看，那一定是葛林寶太太。」

「換成是我，我不會當眞。」公牛說。「她叫我『喔嘿』，因爲大家喊我公牛。」

「貼上蜘蛛網貼紙，是爲了不讓鳥撞到玻璃。」

「嗯。我從來就沒搞懂過，我們怎麼會知道鳥看見的是什麼？比方說，牠們會看到應該是蜘蛛網的東西，然後朝其他方向飛去，是說，我從來也沒看過鳥像蟲子一樣，被蜘蛛網困住。這就像大家都說狗有色盲、沒有時間觀念一樣。我們怎麼會知道？」

「你到她住處附近，究竟要做什麼？」馬里諾說。

「找工作。我小時候也幫忙過韋里太太。」公牛對史卡佩塔說。「好，我確定你一定聽說過韋里太太的花園，整個查爾斯頓最有名的一個，就在我們教堂街上。」他驕傲地微笑，指向約略的方向，手背上的傷痕泛紅。

他的手心一定也相同。史卡佩塔想著，防禦性傷口。

「能爲韋里太太工作，眞的是我的榮幸。她對我眞的很好。她寫了一本書，你知道嗎？查爾斯頓旅館書店的櫥窗有擺，她有次還替我簽名，我留著那本書。」

「媽的，你胡扯這一大串話要做什麼？」馬里諾說。「你是來告訴我們有關那名死掉小男孩的事，還是來應徵工作，或是帶我們來趟記憶之旅？」

「有時候，很多事情都會神秘地兜在一起。」公牛說。「我老媽總是這樣說。也許壞事裡會出現好事，好事會從已經發生的事中出現。沒錯，的確是有壞事發生。我腦袋裡好像一直重播電影，看到小男孩死在泥巴裡，身上爬滿了螃蟹和蒼蠅。」公牛用結痂的食指觸碰自己結痂又布有皺紋的額頭。

「這裡，我一閉上眼睛就會看到。波佛郡的警察說，你這地方還在起步階段。」他環視史卡佩塔的辦公室，慢慢觀察她所有的書籍和學位證書。「在我看來，已經很有規模了，但是我可以讓這裡更好。」他的注意力轉移到新近安裝的櫃子，裡面放著敏感案件，以及尚未出庭處理的案子。「像那扇黑色的胡桃木門，就和旁邊的門沒有齊平，沒掛正。我輕輕鬆鬆就可以修好。你在那馬車屋裡看到哪扇門是歪斜的嗎？不會的，女士，絕對不會有。當我還在那裡幫忙的時候絕對沒有。我幾乎什麼都會，如果有不懂的地方，也很樂意學習。所以我告訴自己，也許可以直接開口問問看，反正又沒什麼壞處。」

「那麼，也許我可以問，」馬里諾說，「是你殺了男孩嗎？屍體會被你找到可還眞巧，不是嗎？」

「不，先生。」公牛看著馬里諾，直視他的雙眼，下巴肌肉收縮。「我到那地方去挖芷草、釣魚蝦、挖蛤蜊還有撿牡蠣。我問你」——他迎視馬里諾的目光——「如果我殺了男孩，我何必找到他，然後打電話給警察？」

「你說呢，爲什麼？」

「我才不會。」

「這倒讓我想起來，你怎麼打電話的呢？」馬里諾說，坐在椅子上往前靠，膝上的雙手猶如熊掌。「你有電話嗎？」這話好像是在說，窮困的黑人不可能有手機。

「我打九一一。就像我剛剛說的，如果我是兇手，何必打電話？」

不會是他。再說，儘管史卡佩塔沒打算說出來，但是孩子遭人虐殺，並且有陳年的傷痕，明顯地沒有進食。也就是說，除非柏魯斯．尤里西斯．S．格蘭特曾經照料過孩子、身爲孩子的父親或是綁他，並且還讓他存活了數個月或數年之久，否則他不可能是兇手。

馬里諾對公牛說：「你打電話來，說想要告訴我們上週一早上發生的事，這離現在幾乎剛好一個星期的時間。但是你先說你住在哪裡？因為據我了解，你並不住在西爾頓頂岬。」

「噢，不，先生，我當然不住那裡。」公牛笑了。「那地方有點超過我的能力範圍。我和家人住在這裡西北方的一個小地方，從五二六州際公路下去。我常去那些地方釣魚什麼的。我把小船抬到貨車後面，載著到處跑，然後才下水。就像我說的，釣魚蝦，挖牡蠣，看季節而定。我有艘平底小船，和羽毛一樣輕，可以溯溪，我只要懂得潮汐，別在漲潮時和蚊蟲困在一起就好了。還有鱸魚，但是牠們多半出現在長有樹林的河渠溪流和鹹水區。」

「你說的小船，就是停車場裡那輛卡車後面的船？」馬里諾問。

「沒錯。」

「鋁材，還有呢？五馬力的引擎？」

「沒錯。」

「你開車離開之前我想看一下。你同意讓我察看船和車子嗎？我想警察應該看過了。」

「沒有，先生，他們沒看。他們抵達後，聽完我說的話，就讓我走了，所以我就回頭把船放回車上。但是後來那裡來了一堆人。你儘管去看，我沒什麼好隱瞞的。」

「謝謝，但是這沒有必要。」史卡佩塔瞪了馬里諾一眼。他清楚得很，他們無權搜索格蘭特先生的貨車或船，或任何物品。那是警察的工作，而他們並不認為有此必要。

「你六天前在哪裡下水？」馬里諾對公牛說。

「老屋溪。那裡有停船的地方，還有間小店，如果魚獲好可以直接賣一點，尤其是蝦子和牡蠣。」

「上星期一你停車的時候，有沒有看到什麼可疑的人物？」

「說不上有，但是我怎麼會看到呢？在我發現男孩的時候，他已經在那裡有好幾天了。」

「是誰說有好幾天？」史卡佩塔問道。

「停車場裡那個葬儀社的人。」

「運屍體過來的那個嗎？」

「不是，女士。另一個。他開著大型靈車，我實在不知道他在那裡做什麼，只是一直說個沒完。」

「盧修斯・梅迪？」史卡佩塔問。

「梅迪葬儀社，是的，女士。根據他的想法，在我找到小男孩的時候，他至少已經死了兩、三天。」

該死的盧修斯・梅迪，老愛大放厥辭，偏偏還出錯。四月二十九日和三十日的氣溫大約介於攝氏二十四度和二十七度之間。如果屍體在溼地上放置超過一天，不但會開始腐爛，而且還會遭到掠食動物和魚類的啃食。蒼蠅在夜裡不會有動靜，但是在白天便會在屍體上產卵，如此一來屍體上就會出現蛆。事實上，當屍體運到停屍間的時候，屍僵雖然已經形成，但是並不完全，雖說屍僵的變化有可能因爲營養不良和隨之而起的肌肉發育不良而較顯輕微，或有所延後。屍斑不太明顯，尙未完全形成，也沒有因爲腐爛而產生的變色狀況。耳朵、鼻子和嘴唇上才剛開始出現蝦蟹之類的生物。以她的估計，孩子死亡不會超過二十四小時。也許還要更短。

「繼續說，」馬里諾說，「確切說明你是怎麼發現屍體的。」

「我下錨停船，穿著靴子戴著手套走下去，還帶著籃子和一把榔頭……」

「榔頭？」

「敲雙殼。」

「雙殼？」馬里諾嘻笑出聲。

「雙殼長牡蠣老是結成一串，得解開來，敲鬆死掉的牡蠣。通常找到的都是雙殼長牡蠣，找不到特選品種。」他停一下，然後說：「看來你們不太了解牡蠣的養殖。我來解釋一下。特選牡蠣就是你們在餐廳裡吃到的半殼牡蠣，這種你們喜歡的牡蠣不好找。先不管這些，我大約中午的時候開始採牡蠣，潮水不算高。就是在那個時候，我瞄到草叢中有東西，看來像是沾了泥巴的頭髮，我靠近一些，就看到男孩。」

「你有沒有碰他，或是移動他？」史卡佩塔問。

「沒有，女士。」他搖頭。「我一看到，就立刻回船上，打電話報警。」

「低潮的時間大約在凌晨一點，」她說。

「是這樣，大約七點就開始到達滿潮，來到最高點。我出去的時候，潮水相當低。」

「如果是你，」馬里諾說，「想要用船去丟棄男孩的屍體，你會在滿潮還是低潮的時候出去？」

「不管動手的是誰，應該都是在潮水相當低的時候，把他放在小溪旁的草地和泥巴裡。否則，如果碰到滿潮，屍體早就被水流給帶出去了。但是，若把屍體放在我發現的地方，可能會一直留在原處，除非碰到滿月的春潮，水才會漲到十呎高。如果是那樣，他會被帶出去，有可能流到任何地方。」

史卡佩塔查過，屍體被發現的前一晚，月亮不過是弦月，天色多雲。

「棄屍的好地方。再過一個星期，他大概就只剩下零散的骨頭了。」馬里諾說。「他會被發現，還真是個奇蹟，你說是吧？」

「在那外頭，要不了多久就會只剩下一把骨頭，很可能根本不會有人發現，這是真的。」公牛說。

「事實上，我之所以會提到潮水高低，並不是要你猜測其他人會怎麼做。我是問你會怎麼做。」馬里諾說。

「在低潮的時候用吃水不深的小船出去，去到水深不及一呎的地方。換成是我就會這麼做。但是我沒有。」他再次直視馬里諾的雙眼。「除了發現那孩子，我什麼也沒做。」

史卡佩塔再次瞪視馬里諾，這番審問和恫嚇眞是夠了。她問公牛，「你還記得其他什麼事嗎？在那個地區有沒有看到什麼人？任何會引起你注意的人？」

「我一直在想，我唯一能想到的，是一星期前，在同一個停船處——老屋溪，我去市場賣蝦子，離開的時候看到一個人繫上小船，一艘釣艇。我之所以會注意，是因爲上面沒有任何用來捕蝦、採牡蠣或釣魚的裝備，所以我猜那個人只是喜歡開船出遊，不在乎釣魚之類的活動，只想出海，你知道的。我承認，我一點也不喜歡他瞪著我看的樣子。這讓我有種奇怪的感覺，好像他在哪裡看過我似的。」

「可不可以形容一下？」馬里諾問。「有沒有看到他開的車？我猜是貨車，用來載船？」

「他把帽簷拉得很低，還戴著太陽眼鏡。看來個頭不太大，但是我沒辦法確定。我沒什麼理由去注意他，更不想讓他以爲我在看他。事情都是這麼起頭的，你知道。我記得他穿著靴子、長褲、長袖恤衫，非常確定，因爲我記得自己很納悶，因爲天氣很熱，還出太陽。我沒有看到他開什麼車，因爲我比他早離開，而且停車場上有好幾輛卡車，那時候人潮不少。人們來來去去的，忙著買賣現流海產。」

「就你看，如果有人要在那裡棄屍，會不會先去認識地形？」史卡佩塔問。

「天黑之後？老天爺。在我認識的人當中，沒有人會在天黑後進到溪裡。我就不會。但是這並不表示不曾發生。這事不管是誰做的，都不像是正常人。不可能的，沒有正常人會對個小孩下手。」

「你發現男孩的時候，有沒有注意到草叢、泥巴、牡蠣養殖場等，有什麼不對？」史卡佩塔問。

「沒有，女士。但是如果有人在夜裡潮水還低的時候，將屍體棄置在外頭，漲潮的時候，水會淹過泥沼，就像海水淹過沙子一樣，那麼會有一段時間，孩子是泡在水下的，但是由於四周有草，所以沒被移動。還有牡蠣養殖場，根本不會有人想要踏進去，只會跨過或盡量在四周走動。沒有比被牡蠣殼割傷更痛的了。如果踩在裡面，然後失去平衡，可能會被割得很慘。」

「也許你的傷痕就是這麼來的，」馬里諾說，「跌進牡蠣養殖場裡。」

史卡佩塔辨認得出刀傷，於是說：「格蘭特先生，溼地的後面有些房舍，還有長長的碼頭，其中一處碼頭離你發現男孩的地方不遠。有沒有可能孩子被用車子運來，搬過碼頭，然後，這麼說吧，最後到了陳屍地？」

「我無法想像會有人扛著屍體打著手電筒，爬下任何一座舊碼頭的階梯，尤其是天黑之後，而且還要用強光手電筒。人在那片泥地裡，泥巴可能會淹到屁股的高度，鞋子也會被黏掉。如果是這樣，那麼他棄屍後再爬回去，碼頭上會有泥巴腳印。」

「你怎麼知道碼頭上沒有泥巴腳印？」馬里諾問。

「葬儀社那個傢伙告訴我的。我在停車場等他們把屍體帶進來，他和警察在那裡說話。」

「又是盧修斯・梅迪。」史卡佩塔說。

公牛點頭。「他也花了好些時間和我聊天，想知道我會說些什麼。我沒對他說太多。」

有人敲門，蘿絲走進來，在公牛身邊的桌上以顫抖的雙手放下一杯咖啡。「奶精和糖。」她說。

「真抱歉，讓你等這麼久。第一壺咖啡溢出壺外，灑得地上到處都是。」

「謝謝你，女士。」

「還有人需要些什麼嗎？」蘿絲環顧衆人，深吸了一口氣，比稍早更顯得疲憊蒼白。

史卡佩塔說：「你何不回家去？休息一下。」

「我會待在我的辦公室裡。」

門關上後，公牛說了：「如果你們不介意，我想解釋自己的狀況。」

「請說。」史卡佩塔說。

「一直到三個星期之前，我都還有個工作。」他低頭看著自己的拇指，放在腿上的指頭緩緩轉動。「我不打算對你們說謊。我碰到麻煩，這一點，光看我就可以知道。我可沒跌進牡蠣養殖場裡。」他再次迎視馬里諾。

「什麼樣的麻煩？」史卡佩塔問他。

「哈草、打架。我沒有眞正抽大麻，只是正打算要抽。」

「那可好。」馬里諾說。「要在我們這地方工作，剛好有幾項要求：抽大麻、暴力傾向，至少要找到一具謀殺受害者的屍體。我們對私人住處的園丁和雜工也有同樣的規定。」

公牛對他說：「我知道這話聽起來會造成什麼效果。但是，不是這樣的，我以前在港口做過事。」

「做什麼？」馬里諾問。

「我的職稱是重機助手。主要就是督察叫我做什麼，我就做什麼。幫忙照顧載重和搬運設備，能夠透過無線電說話，修東修西，雜七雜八的。呃，有一天晚上，當我簽退下班後，決定溜進放在船塢的那些個舊貨櫃裡。我說的這些貨櫃都已經沒有再使用了，破破爛爛丟在路邊。你們如果開車經過協和街，看看鐵絲網圍籬的另一側，就會知道我的意思了。那天很辛苦，不瞞你們說，我和老婆當天早上吵了一架，心情低落，所以才會決定去抽點大麻。我沒有上癮，根本也不記得上次抽是什麼時候了。還沒點火，突然就有個男人從鐵軌附近冒了出來。他一出手就砍我，下手狠毒。」

他拉起袖子，亮出肌肉發達的手臂和雙手，翻轉一下，讓大家看到更多的長傷痕，深黑色的皮膚上有一道道粉紅色的痕跡。

「他們有沒有抓到下手的人？」史卡佩塔問。

「我不覺得他們認眞找過。警察控告我鬥毆，說我可能在買大麻的時候惹上麻煩。我沒說出賣大麻的是誰，但是我知道不是他下的手，他根本不在港區工作。我從急診室出來之後，在牢裡蹲了好幾天，才被送到法庭，後來案子撤銷，因爲不但沒找到任何嫌犯，連大麻都沒找到。」

「眞的？如果沒有找到，他們要怎麼指控你持有大麻？」馬里諾問。

「因爲我告訴警方，事情發生的時候，我正要抽大麻。我捲了一根正要點燃，那男人就朝我砍殺過來了。也許警察一直沒有找到大麻，但是老實說，我覺得他們也不太起勁。要不就是那個砍我的男人拿走了，我不知道。我再也不碰大麻了，也滴酒不沾。我答應過我老婆。」

「港口開除你，」史卡佩塔如此推斷。

「是的，女士。」

「你覺得你在這裡可以幫上什麼忙？」她問他。

「你們需要什麼我都可以做，沒有什麼不肯的。停屍間嚇不倒我，我對死人沒意見。」

「也許你可以把手機號碼，或是任何可以聯絡上你的方法留給我。」她說。

他從口袋裡掏出一張折好的紙，起身，然後禮貌周到地放在她桌上。「全寫在這裡了，女士。隨時聯絡。」

「馬里諾調查員會帶你出去，十分感謝你的合作，格蘭特先生。」史卡佩塔在桌後起身，小心地與他握手，沒忘記他手上的傷。

離西爾頓頂岬度假旅館西南方七十哩之外，烏雲籠罩，暖風從海邊向陸地撲來。

黑暗中，威爾．藍波走在空無一人的海灘上，朝著目標前進。他帶著一個綠色的裝備箱，隨興偶爾打亮戰火牌野戰手電筒，即使沒有手電筒，他也可以找到路。這把手電筒的亮度，足以讓人爲之眼盲至少幾秒鐘，假如有任何狀況，這就夠了。陣陣風沙刺痛他的臉，打在眼鏡上喀喀作響，打轉的沙子彷彿身披薄紗跳著舞的女孩。

沙塵暴呼嘯捲入雅薩德，彷彿海嘯，吞噬掉悍馬車和他，吞噬了天空、太陽以及所有的一切。羅傑的指縫間湧出鮮血，手指頭像上了鮮紅色的漆，他動手將內臟往腹內塞，狂沙就拍打在他血淋淋的指頭上。他的臉上寫滿驚恐，威爾從未見過這種表情，他無計可施，只能對友人許下承諾：他會沒事的，然後幫他一起把內臟塞回去。

海鷗掠過海灘，威爾聽到羅傑的哀嚎。充滿驚惶和痛苦的尖叫聲。

「威爾！威爾！威爾！」

哀嚎聲、刺耳的嘶吼，加上沙塵的狂吼。

「威爾！威爾！請幫幫我，威爾！」

在那之後，他到了德國，最後才又回到美國本土，駐紮在查爾斯頓的空軍基地，接著被派到義大利，就在幾個他度過童年的不同地區。幾次發病過後，他前去羅馬，面對自己的父親，只因爲時候到了。坐在裝飾有足以亂眞的棕櫚圖案的餐室裡，一切如同夢境，這棟坐落在納佛那廣場的屋子，是他孩童時期的暑期去處。他與父親喝著紅酒，葡萄酒顏色血紅，敞開的窗戶下方傳來觀光客的嘈雜話語聲令他惱怒，這些愚蠢的觀光客不比鴿子聰明，將銅板丟進貝尼尼雕塑的四河噴泉裡還要照相，水花不斷地四處噴濺。

「許下永遠無法達成的願望。如果眞的達成，對你來說還眞可惜。」他對父親道出自己的看法。父親並不了解，但直盯著他看，好像當他是個突變的怪物。

威爾坐在吊燈下的桌邊，從掛在遠遠牆上的威尼斯鏡子中，看見了父親的臉。這不是眞的，父親與威爾十分神似，不像是突變的怪物。他看著鏡中父親蠕動的嘴，一邊敘述，羅傑希望自己從伊拉克回國的時候能夠成爲英雄人物。他的願望實現了，威爾的嘴巴說著。羅傑這個英雄，躺在廉價棺木裡，裝入C5運輸機腹運回家中。

「我們沒有光線感應護目鏡、防護裝備或是防彈背心。」威爾告訴在羅馬的父親，希望他能了解，但卻明白這是不可能的。

「如果你抱怨個不停，那麼何必要去？」

「我得寫信給你，要你寄來我們需要的手電筒。我得寫信給你要求提供工具，因爲所有的螺絲起子都壞了。那些你給我們的爛東西。」鏡中，威爾的嘴巴說出這些話。「除了廉價爛貨之外，我們什麼都沒有，而這全因爲天殺的謊言，政客口中該死的謊言。」

「那麼你何必要去？」

「我接到命令，你這個蠢蛋。」

「你竟敢這樣和我說話！在這棟屋子裡，你得尊重我。我並沒有選擇法西斯戰爭，是你自己的選擇。你只會像個嬰兒一樣抱怨個不停。你在那裡有沒有祈禱？」

當沙子如同一道牆撞上他們的時候，威爾看不到自己眼前的雙手，他祈禱。當路邊炸彈爆炸，震翻悍馬車，他看不見，只聽到耳邊狂風呼嘯，好像置身於C17軍用運輸機的引擎當中，他祈禱。他抱著羅傑一邊祈禱，當他無法忍受羅傑的苦痛時他也祈禱，而那是他最後一次那麼做。

「我們祈禱的時候，其實是在尋求自己——而不是上帝的協助。我們尋求自我神性出現。」鏡子裡，威爾的嘴巴對羅馬的父親說話。「所以我不必對某個寶座上的神祇祈禱。我是上帝的意旨（譯註：威爾一名原文為Will，有意旨、意志之意），我是自己的主宰。我不需要你或上帝，因爲我就是上帝的意旨。」

「你失去腳趾時，是不是也同時失去了神智？」父親對人在羅馬的他這麼說，在餐室說這種話實在譏諷，鏡子下方的鍍金落地櫃有個古董支腳，尖端完整無瑕。但是，威爾卻在那裡看到了自己缺了腳趾的腳。自殺炸彈客開車闖入人潮擁擠的地方，損失幾隻腳趾，比空留一隻腳掌，卻失去其他一切來得好。

「我現在痊癒了，但是你又知道些什麼？」他對羅馬的父親說。「不管我在德國的那幾個月期間，在查爾斯頓，或之前的任何地方，你從來沒探視過我。你從來沒到過查爾斯頓。我來羅馬無數次，不管你是怎麼想的，我從未爲你而來。除了這一次，爲了我要做的事，爲了這項任務，你懂嗎？我存活下來，是爲了解脫他人的苦難。你永遠不會懂，因爲你自私、無用，除了自己之外，絲毫不關心他人。看看你，富有又冷漠。」

威爾在桌邊的身軀站了起來，他看著自己走向鏡子，走向鏡子下方的鍍金落地櫃。窗子下方水聲潑濺，觀光客吵吵鬧鬧，他拿起古董石製支腳。

他帶著裝備箱，肩膀上掛著相機，走在西爾頓頂岬的海灘上，準備執行任務。他坐下，打開裝備箱，拿出一個裝滿特殊沙子的密封袋，以及一小瓶淡紫色的膠水。他用手電筒照亮自己的動作——將膠水擠在兩手的掌心上，接著將雙手同時埋入他的沙袋中。他在風中舉起雙手，膠水迅速風乾，他的雙掌如沙紙。他拿出更多膠水瓶，在赤裸的腳掌上依樣畫葫蘆，仔細地完全遮蓋住自己七個腳趾的腳印。接著將空瓶和沙袋裡剩下的東西，丟回裝備箱裡。

他透過墨鏡四處張望，關掉手電筒。

他的目的地是海灘上的「請勿擅入」看板，就杵在通往別墅圍籬後院，那條長長木板走道的盡頭。

7

在史卡佩塔辦公室後方的停車場裡。

當她選擇在此地執業之後，便成爲衆多爭議的源頭。對於她的任何申請，鄰居幾乎都會提出正式的抗議。她依自己的喜好，以萬年青和金櫻子玫瑰遮住安全圍籬，但也因此阻礙了光線。到了夜晚，停車場一片漆黑。

「目前看來，我們沒理由不讓他來試試。我們的確需要人手。」史卡佩塔說。

蒲葵葉拍動，圍籬邊的植物輕擺，她和蘿絲走向自己的座車。

「就事論事，我的花園沒人整理。我總不能懷疑這個星球上的每一個人。」她補充道。

「別讓馬里諾逼你做出可能會後悔的事。」蘿絲說。

「我真的不信任他。」

「你得和他坐下來好好談談。我不是說在辦公室裡。讓他過去找你，幫他做頓飯。他不是存心傷害你的。」

她們走近蘿絲的富豪汽車。

「你的咳嗽越來越糟，」史卡佩塔說，「明天何不就留在家裡休息？」

「我眞希望你沒告訴他。你會對我們說，我還眞是吃驚。」

「我想，應該是我的戒指透露的消息。」

「你不該加以解釋的。」蘿絲說。

「是時候了。馬里諾該去面對打從我認識他開始，就一直閃躲的事。」

蘿絲靠在自己的車上，好像累到無法靠自己的力氣站穩，要不就是膝蓋疼痛。「那麼，你該早早告訴他。但是你沒有，所以他懷抱一線希望。幻想帶來痛苦。你不能無視他人的感情，這只會使事情……」猛烈的咳嗽使她無法說完這句話。

「我覺得你要感冒了。」史卡佩塔用手背貼著蘿絲的臉頰。「有點熱。」

蘿絲從皮包裡拿出一張紙巾，擦擦眼睛，然後嘆氣。「那個男人。我簡直不相信你會考慮用他。」她又說起公牛。

「業務正在成長，我得找個人在停屍間幫忙，何況我早就放棄希望，不可能找得到受過訓練的人。」

「我不認爲你眞的努力找過，也沒有放棄成見。」富豪轎車十分老舊，蘿絲得用鑰匙才能打開門鎖。車裡的燈光亮起，她滑進座位，拘謹地拉好裙子蓋住大腿，扭曲的臉顯得十分疲憊。

「最合格的停屍間助手，應該要從葬儀社或是醫院停屍間裡去挑。」史卡佩塔把手放在窗框，一邊回答。「而這個地區最大葬儀社的業主剛好就是亨利．豪林，而且他又借重隸屬自己管轄、還有契約關係的南卡羅萊納醫科大學進行解剖，如果我打電話請他推薦人手，你猜他會有什麼反應？我們這位本地驗屍官最不願看到的，就是我的成功。」

「你這種話說了兩年。根本就毫無根據。」

「他躲著我。」

「這正是我要說的：表達你自己的感情。也許你應該找他談。」蘿絲說。

「我的辦公室地址和住家地址在網路上被對調了過來，說不定就是他動的手腳？」

「他何必等到現在才動手？而且還得先假設這件事是他做的。」

「時機。因為這件虐童案，我的辦公室出現在媒體報導上。波佛郡要我處理，卻沒有打電話給豪林。並且我涉入珠兒·馬丁一案的調查，才剛從羅馬回來。剛好可以趁這個時機打電話給商會登錄，把我的辦公室和住家地址互換，甚至還繳交年費。」

「顯然你要他們移除登錄資料了，他們應該有付費記錄的。」

「銀行本票。」史卡佩塔說。「我所聯絡上的任何人，都只能告訴我，打電話的是個女人。感謝老天，資料在網路四處亂竄之前，他們先移除了登錄。」

「驗屍官不是個女人。」

「這不代表什麼。他不必親自操刀。」

「打電話給他。直截了當問他是否要趕你出城。我應該說，把我們全都趕走。看來你得和不少人談，馬里諾排第一。」她又咳嗽，富豪的車內燈猶如接到指令，瞬時熄滅。

「他不該搬過來的。」史卡佩塔瞪著自己老舊磚造的小小建築，只有一層樓，地下室被改裝成停屍間。

「他愛佛羅里達。」她說，這讓她又想起了賽爾芙醫生。

蘿絲調整冷氣的溫度，讓冷風吹拂臉龐，再次深吸一口氣。

「你確定你沒事？我開車跟在你後面，送你回去。」史卡佩塔說。

「沒這必要。」

「明天我們聚一下好嗎？我來準備晚飯。煙燻火腿搭配無花果，還有你最喜歡的醉烤豬排，開瓶義大利托斯卡尼地區的好酒。我知道你愛極了我做的咖啡醬奶酪。」

「謝謝，但是我有其他安排。」蘿絲說，聲音裡帶著一絲哀傷。

小島南端——或是一如其名，人稱的小島尖趾端上，伸手不見五指的黑暗當中，有一座水塔。西爾頓頂岬的外觀就像一隻鞋，像威爾在伊拉克廣場上看到的那種鞋。「請勿擅入」標誌內的白色泥牆別墅，價值至少有一千五百萬美金。電捲簾放了下來，她可能就躺在大房間裡的長椅上，觀賞著升降螢幕上播放的另一部電影，這個螢幕遮去了大半片面海的玻璃窗。從威爾的角度，由外往裡望，看到的是反面播放的電影。他環視海灘，檢視周遭的空屋。陰暗的天空上掛著又低又厚的雲，呼嘯的風掃過星辰。

他踏上木板走道，順著走向分隔後院與外界的柵門。大螢幕上的影像依舊反向播放。一男一女正在私通。他一邊走，脈搏加速，帶著沙的腳步踩在風化的木板上，螢幕上的演員們反向閃著光。在電梯裡私通。音量不大，他幾乎聽不見聲響和呻吟，演員在好萊塢性交，聲響聽似粗暴，接下來是鎖上的木頭柵門。他攀越柵門，進入位在屋側的老地方。

他透過窗戶和簾幕之間的縫隙，斷斷續續觀察了她好幾個月，看著她又踱步、又哭喊，又是扯頭髮。夜裡她從不睡覺，害怕夜晚，擔心風暴。她整夜看著電影，一直到早晨來臨。她在雨天看電影，如果打雷，就將音量放大；如果陽光明亮，她也不會躲閃。通常她就睡在黑色長皮椅上，現在也是如此，墊著幾個皮枕，蓋了一條毯子。她用遙控器將光碟倒轉回葛倫．克蘿絲和麥克．道格拉斯在電梯裡私通的場景。

高大的竹子和樹木圍籬遮去兩旁一片漆黑的屋舍，沒有人在家。空無一人，因爲富裕的業主沒將屋子出租，也從來沒住過此地。這些家庭在孩子們離開學校幾年後，才會開始使用他們昂貴的海濱住宅。她也不會希望此地有其他人，整個冬天鄰居都沒有出現。她想要獨處，又懼怕孤單。她害怕打雷下雨，擔心晴空豔陽，無論何時何地都不願置身於任何狀況之下。

我就是爲此而來。

她再次倒轉光碟。他十分熟悉她的習慣：穿著同一套骯髒的粉紅色運動服躺在那裡，倒轉電影，重播某幾幕場景——通常都是性交的場面。偶爾走到泳池邊抽菸，把可憐的狗從狗籠裡放出來，她從來不收拾善後，草地裡滿是乾掉的狗屎，兩週來一次的墨西哥園丁也從來不撿。當小狗在院子裡遊蕩的時候，她就只是瞪著泳池抽菸。當牠低沉嘶啞地吠叫，她會開口喊牠。

「乖狗，」或是更常出現的，「壞狗，」，以及「來。現在就過來！」，然後拍著雙手。

她從不拍撫狗兒，幾乎無法忍受看到牠。如果沒有狗，她的生命會是難以忍受的。小狗完全不懂，牠不會記得發生的事，在事發當時，牠一樣不能了解。牠只知道洗衣間裡供牠坐臥吠叫的箱子。她狂飲伏特加，吞藥，扯頭髮，當牠吠叫，她什麼也不會去想。日復一日，上演同一齣劇本。

快了，我會將你抱入懷中，帶你穿過內在的黑暗，來到更高的境界，你會脫離眼前如同地獄的肉身。你會感謝我的。

威爾環顧四周，確定沒有人看見自己。他看著她從長椅起身，醉醺醺地走到滑門邊，準備外出抽菸。一如往常，她忘了警鈴早已設定。鈴聲大作，她猛然跳腳口罵髒話，跌跌撞撞來到控制板旁關掉警鈴。電話響起，她的手指滑過日漸稀疏的髮絲，對著話筒先是說話，接著一陣大吼大叫。灌木叢後方的威爾俯低身子，沒有移動。警察幾分鐘內就會到，兩名警員會駕駛波佛郡警車前來。威爾不用看，他知道警員們站在門廊上，連門都沒踏進來，因爲他們認識她。她又忘了密碼，警報系統公司只好再次請員警出動。

「女士，用狗的名字來設定，不是個好主意。」一名員警這麼告訴她，這話她早已聽過。「你應該用別的密碼，闖入者首先就會用寵物名來嘗試。」

她口齒不清。「如果我連那隻該死小狗的名字都記不得，怎麼可能記得別的東西？我只知道密碼是小狗的名字。噢，媽的。奶油牛奶。看，現在我想起來了。」

「是的，女士。但是我還是認爲你應該要換個密碼。如同我剛剛說的，用寵物的名字不妥，而且你從來也不記得。一定有什麼是你會記得的。這附近發生了好幾樁破門竊盜事件，尤其是在每年的這個時候，好多屋子都沒人居住。」

「我記不得新的密碼。」她幾乎無法清楚說話。「警鈴一響，我就無法思考。」

「你確定可以獨處？要不要我們打電話請什麼人過來？」

「我什麼人都沒有了。」

最後，警察終於驅車離開。威爾從藏身處出來，透過窗戶，看著她重設密碼。一、二、三、四。同一組密碼，她能記得的唯一密碼。他看著她坐回長椅上，再次哭泣，並爲自己再倒了一杯伏特加。時機不再，他順著木板步道走回海灘。

8

第二天，太平洋夏令時間早上八點鐘，露西在史丹佛癌症中心前方減速，停下車子。

每當她駕著自己的Citation X型噴射機到舊金山，然後租輛法拉利跑車，駕駛幾個小時來見她的神經內分泌科醫生時，她就感覺自己掌握了一切，有種回到家的感覺。穿上緊貼的牛仔褲搭配上緊身的恤衫，展現自己運動員一般的身軀，讓她覺得生氣勃勃，也就是：回到家的舒適感覺。黑色的鱷魚皮靴和亮橘色錶盤的百年靈鈦金屬救難錶讓她感覺自己依舊是露西，無所畏懼，事業有成。當她不去思考自己身體究竟出了什麼狀況的時候，這正是她的感受。

她降下法拉利F430 Spider跑車的的車窗。「你可以幫我停這輛車嗎？」她開口問身穿灰衣的泊車員，他在這處摩登磚造綜合設施建築的入口處，嘗試性地向她走來。她不認識他，一定是新來的泊車員。「配備一級方程式賽車的換檔控制方式，用方向盤後撥鍵來操作。右邊排入高速檔，左邊排入低速檔，一起則排進空檔，這個按鈕是倒車。」她注意到他焦慮的眼神。「呃，好，我承認這是有些複雜。」她這麼說，是因爲不想傷害他。

他年紀稍長，可能是退休後感到無聊，才會來醫院幫人停車；也可能是他的哪個家人罹患癌症或死亡。但顯而易見的是，他不但從來沒駕駛過，這輩子可能也沒有近看過任何法拉利。他打量法拉利的眼光，彷彿這輛跑車剛從外太空著陸。他碰都不想碰。如果一個人不知道如何駕駛一輛價值超過好幾棟房屋的跑車，這樣反而比較好。

「恐怕不行。」泊車員說，看到眼前馬鞍皮革內裝，以及碳纖方向盤上的紅色「啓動」按鈕，一副目瞪口呆的樣子。他繞到車子後方，瞪著引擎看，一邊搖頭。「呃，眞不簡單，我猜是敞篷車吧。以車子的速度，降下頂棚的時候風一定吹得很厲害，」他說。「我得承認，這車眞不簡單。你何不就停在那裡好了？」他指給她看。「這裡最好的停車位。眞不是蓋的。」仍然在搖頭。

露西停好車，抓起手提箱以及兩個大信封袋，裡面裝的是磁振造影的片子，足以揭露她這輩子最具毀滅性的秘密。她收起法拉利的鑰匙，塞給泊車員一張百元大鈔，對他眨著眼，同時用嚴肅的語氣說，「用你的生命保護這輛車。」

醫學綜合建築設施十分美麗，大扇的窗戶加上又長又光滑的木質地板，不但開闊且採光明亮。此地的工作人員永遠禮貌周到，其中大多數都是志工。上次她來就診的時候，看到一名豎琴家安坐在走廊上，優雅地撥彈《永不止息》。今天下午，這位女士彈奏的是《美好世界》。眞是諷刺。露西迅速地走著，眼光沒與任何人接觸，壓低的棒球帽遮住自己的眼睛，她知道，不管現在彈奏任何音樂，都會讓她感覺虛假和沮喪。

門診是開闊的區域，以大地色系裝潢，牆上沒有懸掛藝術品，而以平面螢幕取代，播放撫慰心靈的自然景色——草原和山巒，秋日紅葉，雪中森林，巨杉，喜多那地區的巨石，搭配潺潺流水、輕拍的雨滴以及微風鳥鳴。桌上擺設盆盆蘭花，光線十分柔和，候診區從來就不顯得擁擠。當露西到達報到櫃檯時，門診D區唯一的病患是名頭戴假髮、埋首於風尚雜誌《Glamour》的女子。

露西靜靜地告訴櫃檯後方的男人，她來找奈森·戴伊醫生。她稱他爲奈特。

「請問你的大名？」男人帶著微笑問。

露西低聲說出自己使用的化名。他在電腦上敲了一下，再次微笑，然後伸手拿電話。不到一分鐘，奈特便打開了門，揮手要露西入內。他擁抱她，一如往常。「看到你眞好，氣色好極了。」他這麼說，兩人一邊走進辦公室。

辦公室不大，完全不是意想中一名系出哈佛、頂尖神經內分泌科醫生辦公室應有的規模。他的桌上雜亂無章，電腦配備的是大型螢幕，書架過於擁擠，在其他辦公室應該開有窗戶的牆上，卻是堆疊的燈箱。辦公室裡面有一張長椅，還有一張椅子。露西將帶來的資料交給他。

「檢驗室資料。」她說。「你上次看的掃描片，還有最新的片子。」

他在辦公桌後坐了下來，她則坐在長椅上。「什麼時候的資料？」他打開信封袋詳讀，沒有任何資料是記載在電腦當中，所有的書面資料都存放在他的保險箱內，必須以密碼才能開啓。她的名字也沒有登錄在任何地方。

「血液檢查是幾個星期之前。最新的掃描大約在一個月前。我阿姨看過，說應該不錯，但是別忘了，她大部分時間看的都是些什麼。」露西說。

「她是說你看來不像死人？眞讓人鬆一口氣。凱最近還好嗎？」

「她喜歡查爾斯頓，但是不確定查爾斯頓喜不喜歡她。我還算喜歡……呃，我總是喜歡挑戰難以相處的地方。」

「也就是說，大多數的地方。」

「我知道，怪胎露西。我相信我們仍然有所不知。就好像我把化名告訴櫃檯那位不知名的先生，而他絲毫沒有多問。儘管民主黨有多數優勢，但是隱私權還是沒有得到尊重。」

「別激我了。」他一邊閱讀她的檢驗報告。「假使這是在能力負擔範圍之內，你知道我有多少病人願意出錢，好保持資料不被輸入資料庫裡？」

「這是好事。如果我想要入侵你的電腦，大概用不了五分鐘。聯邦調查局那些傢伙可能要花一個小時，但是他們可能早就進去看過了，而我沒有。因爲除非有正當理由，否則我不願違反任何人的公民權。」

「他們也是這麼說的。」

「他們說謊，而且愚蠢，尤其是聯邦調查局的幹員。」

「看得出他們仍然位居你的黑名單榜首。」

「他們沒有任何正當理由就開除我。」

「你認爲自己有沒有可能濫用了愛國法案，並且還從中得到利益？嗯，不多。最近你賣些什麼價值上億的電腦玩意兒？」

「數據模組。藉由輸入數據，執行具有智能、基本上可以像人腦一樣運作的一些類神經應用網路。我還拿一些可能會很有趣的DNA計畫自娛。」

「促甲狀腺激素很正常，」他說，「甲狀腺激素T4正常，所以你的新陳代謝運作正常，我不必看檢驗報告就可以告訴你這些。你比我上次看到的時候，好像瘦了些。」

「大概五磅左右。」

「看來多了些肌肉，所以可能減掉了十磅的體脂肪和水分。」

「說得好。」

「你運動健身的時間有多長？」

「沒有變。」

「關於這點，我寫的是例行運動，雖然看來可能有點過度。肝功能指數正常；泌乳激素指數很好，下降了二點四。你的月經呢？」

「正常。」

「乳頭有沒有白色透明，或是乳狀的分泌物？泌乳激素這麼低，我想是不會有分泌乳汁的狀況。」

「沒有。我可不打算燃起你的希望，才不讓你檢查。」

他笑了，寫了更多筆記。

「令人難過的是，我的胸部沒那麼大。」

「外面有不少女人願意付錢來買你所擁有的。而且有人眞的付了錢。」他就事論事。

「恕不出售。事實上，這些日子以來，我連送都送不出去。」

「我知道這不是眞的。」

露西不再感覺尷尬，可以與他談起任何事。一開始，整件事難以啓口，既恐怖又羞辱，良性腦下垂體巨腺瘤——也就是腦瘤——引起雌性荷爾蒙泌乳激素的過度分泌，使得她的身體產生懷孕的自我認知；她的生理週期停頓，體重增加。雖然沒有溢乳或乳汁分泌，但是如果她在當時沒有及時發現身體狀況有異，接下來就會如此發展。

「聽來你目前沒有和任何人交往。」他將她的磁振造影片子從信封裡拿出來，伸手放到燈箱前。

「沒欸。」

「你的性慾如何？」他調暗辦公室內的燈光，打開燈箱，照亮露西腦部掃描片。「有時候，我們會稱Dostinex這種藥物為春藥，你曉得的。嗯，假如你懂。」

她向他靠過去，看著自己的片子。「我不要開刀，奈特。」

她陰鬱地看著出現在下視丘底部，略呈長方形的低信號區塊。每當她看著自己的掃描片，都有一種感覺：這一定是哪裡搞錯了，這不可能是她的腦子。奈特稱之為「年輕的腦」。他說，就解剖學來看，也是個極好的腦子，除了有個小小的故障──約莫半個一分錢銅板大小的腫瘤。

「我不管那些期刊報導怎麼說，沒有人可以把我切開來。我的情況如何？請告訴我一切沒事。」她說。

奈特比較新舊掃描片，並排放著研究。「沒有太大的差別，大小仍然是七到八釐米；視交叉池很乾淨；位置在腦下垂腺柄底部由左略向右移。」他拿筆指出來。「視神經交叉處沒有東西。」他再次指著。「這很好。」他放下筆，舉起兩隻指頭，先是併攏，接著移開，來檢查她的周邊視力。「好極了，」他再次說，「幾乎完全相同。障礙沒有增大。」

「也沒縮小。」

「請坐下。」

她坐在長椅的邊緣。「基本上，」她說，「腫瘤並沒有消失，沒有因為藥物而壞死，將來也不可能，對吧？」

「但是腫瘤沒有變大。」他重複自己說過的話。「藥物的確讓它縮小一點，也有所控制。好，來談談選擇。你想要怎麼處理？我要說的是，不要去想Dostinex和同類藥物可能與心臟瓣膜疾病有關，我不認爲你需要擔心這一點。那項研究針對的病患是服用Dostinex的帕金森症患者。以你的低劑量來說，應該沒有事。比較嚴重的問題是，我可以開給你十來種處方藥劑，但是你在這個國家裡，可能一種都找不到。」

「製造地在義大利，我可以在那裡拿。馬洛尼醫生可以處理。」

「很好。但是我希望你每六個月做一次心臟超音波檢查。」

電話響起。奈特按下一個鍵，簡短接聽，對另一頭的人說，「謝謝。如果處理不了，打電話給警衛。注意不要讓任何人去碰。」他掛斷電話，對露西說，「看來有人開來一輛鮮紅色的法拉利，引起一番騷動。」

「眞諷刺，」她從長椅上站了起來，「完全是個人觀點的問題，不是嗎？」

「如果你不想要那輛車，可以留給我開。」

「不是我不想要，只是感覺不一樣了。不是不好。只是不同了。」

「這就是所謂『一個人所擁有的，不見得都是他想要的』。但是你擁有更多，因爲這可能會改變你看待事情的態度。」他陪她走出去。「在這裡，我每天都能看到。」

「這是當然。」

「你的狀況不錯。」他站在通往候診區的門邊，沒有人聽到兩人的對話，附近只有櫃檯後方那名老是面帶微笑的男人，而他又在講電話。「在我的病人當中，我會將你排名在狀況良好病人的前十名。」

「前十分之一。那是個乙上的分數，我以爲我是個甲等生。」

「你不是。假如不是因爲這些症狀，你可能永遠不知道。你和蘿絲談過了嗎？」

「她不願面對。我試著不要為了這件事去生她的氣，但實在很難，眞的很困難。太不公平了，尤其是對我阿姨而言。」

「別為了蘿絲而感到沮喪，她的這種表現，可能就來自你剛剛所說的理由。她無法面對。」他將手插入醫生罩袍的口袋裡。「她需要你。她當然不會與任何人討論這件事。」

癌症中心的外面，一名女子以圍巾包裹自己的禿頭，兩個男孩在法拉利的四周走來走去。泊車員快步走向露西。

「他們沒靠太近，我一直看著，沒有人靠近。」他的聲音又低又急。

她看著兩個小男孩和那名生病的母親，走向車旁，用遙控器打開門鎖。男孩們和母親往後退，不敢讓人看到自己的臉。那名母親看來有些年紀，但應該沒超過三十五歲。

「對不起，」她對露西說，「我修理了他們一頓，沒靠近車子。」

「這車能開多快？」大男孩問道，他一頭紅髮，大約十二歲。

「嗯，四百九十匹馬力，六段變速，排氣量四千三，V8汽缸引擎，轉速八千五百轉，配備碳纖維後擾流板。零到六十哩的加速時間不超過四秒。大約每小時可以跑兩百哩。」

「不可能！」

「你有沒有開過這種車？」露西對大男孩說。

「我從來就沒有親眼看過這種車。」

「你呢？」露西問男孩的紅髮小弟，他大概只有八或九歲。

「沒有，女士。」小男孩很害羞。

露西打開駕駛座車門，兩個紅色的腦袋往前伸，想要一窺究竟，卻同時憋住呼吸。

「你叫什麼名字？」她問大男孩。

「佛列德。」

「坐到駕駛座上去，佛列德，我讓你看看這車要怎麼發動。」

「你不必這麼做。」那名母親對她說，看似就要哭出來。「寶貝，別弄壞任何東西。」

「我是強尼。」另一名男孩說。

「你排下一個。」露西說。「來我旁邊，注意看。」

露西打開電門，確定法拉利排在空檔上。她拉著佛列德的手指，放在方向盤的紅色啓動鈕上。她放開手。「按幾秒鐘，發動這輛車。」法拉利轟鳴發動。

露西分別載著兩個男孩繞了停車場一圈，他們的母親獨自站在停車場中間，面帶微笑揮著手，一邊擦拭雙眼。

班頓在位於麥克連醫院神經影像實驗室的辦公室內，錄下葛萊蒂・賽爾芙的談話。與她那個知名的女兒相同，這個意義為「自我」的姓氏，十分適合她。

「如果你還在納悶，不懂我那有錢的女兒為什麼沒有把我安頓在某個波喀地區的豪宅，」賽爾芙太太說，「是這樣的，先生，我不想到波喀，也不想到棕櫚灘或其他任何地方，只想留在佛羅里達的好萊塢，待在我木板走道旁的破舊公寓裡。」

「這是爲什麼？」

「報復她。想想看，某天當人們發現我死在這種破爛地方的情景，我們等著瞧，看這對她的名聲會有什麼影響。」她得意地咯咯笑。

「聽起來要你說她的好話恐怕很難。」班頓說。「我需要你讚美她幾分鐘，賽爾芙太太，接下來也會需要你保持幾分鐘的中立，然後幾分鐘嚴苛。」

「她究竟爲什麼要這樣？」

「我一開始就解釋了。她自願參與我主持的科學研究計畫。」

「我那女兒不可能自願，除非她有所企圖。我從來沒看過她會單純爲了協助別人而去做任何事。一派胡言！哈！什麼家有急事。我沒上CNN去告訴全世界她說謊，這是她運氣好。我們來瞧瞧，究竟實情是什麼。來看看手邊的線索。你是某種警方心理學家，醫院叫什麼名字？麥克連？噢，對了。那些有錢名人會去的地方。如果她得找地方去，就會去這種地方，我知道原因何在。如果你知道，可能會大吃一驚。猜到了！她是病患，就是這麼一回事！」

「我之前說過，她參與我主持的研究計畫。」該死。他警告過賽爾芙醫生。如果他打電話給她的母親進行錄音，她可能會懷疑賽爾芙醫生是否是病患。「我不能討論她的狀況，包括她人在哪裡、在做什麼，或是爲了什麼理由。我不能洩漏研究參與者的任何資料。」

「我倒可以透露個一、兩件事給你知道。我知道！她的確値得研究，一點兒也沒錯。有哪種正常人會上電視做出她做的事，扭曲人們的心靈和生活，就像她對那個被殺的網球選手做的事。我敢和你打賭，瑪莉蓮一定得爲這回事負某種程度的責任。安排她上節目，探討她的內在世界，攤在所有人眼前。

眞是難堪，我簡直不敢相信那女孩的家人竟然會容許。」

班頓同樣也看出了這一點。賽爾芙太太沒錯，太多的事情曝光，這使得珠兒既脆弱又容易接近，如果她被盯上，這些都是其中的因素。雖然這不是他打電話的目的，但是班頓忍不住稍加刺探。「我一直不懂，怎麼這麼剛好，你女兒會邀請珠兒．馬丁去上節目？她們本來就認識嗎？」

「瑪莉蓮有辦法找出她要的人。每當她碰到什麼特殊情況打電話給我的時候，大部分就是吹噓名人的故事。只是以她的說法，這些人能見到她，是他們的運氣，而不是她的榮幸。」

「我感覺你們不常見面。」

「你當眞以爲她會費心來探望自己的母親？」

「她並非完全沒有感情，是吧？」

「當她還是個小女孩的時候，個性甜蜜，我知道這很難相信，但是在她十六歲的時候，出了些差錯。她和某個花花公子私奔，結果心碎回家，我們度過了一段難熬的日子。她沒向你提過？」

「沒有。」

「可以料想得到。對於她父親的自殺、我有多難相處等等的其他事情，她可以說個沒完。但是，她自己的錯誤從來就不存在，包括對人的誤判。如果你知道，有多少人因爲對她造成不便而被她排除於生活之外，你絕對會感到驚訝的。如果有人在世人面前揭開她不願被目睹的一面，絕對是該死的過失。」

「這個說法，應該不是字面上的意思吧？」

「看你怎麼定義。」

「我們來談談她的正面性格。」

「她沒說嗎？她要每個人都簽下保密協定。」

「包括你在內？」

「你想知道我這樣過日子的眞正原因嗎？因爲我承擔不起她所謂的慷慨。我靠社會保險和一輩子工作得來的退休金度日。瑪莉蓮從來沒有爲我做過什麼事，竟然還敢要求我簽下什麼保密協定，你知道嗎？她說，如果我不簽，將來不管我多老多病，都得自己負責。我沒有簽，反正我也不會談起她。但是我可以的，絕對可以。」

「你正在和我談她的事。」

「嗯，這可是她要我說的，不是嗎？她把我的電話號碼給你，因爲這切合她現在腦袋裡的自私念頭。而且我是她的弱點所在，她無法抗拒，我口中的每一句話都讓她坐立難安，更證實她對自己的想法。」

「我需要你試想，」班頓說，「你告訴她，你喜歡她的哪些地方。一定找得到的。比方說，『我一向欣賞你的聰慧』或是『你的成功令我驕傲』之類的話。」

「即使我不是眞心誠意？」

「如果你說不出正面的話，恐怕我們無法進行下去。」他反而樂觀其成。

「別擔心，她能撒謊，我也會。」

「那麼，負面的話。比方說，我希望你能慷慨一些、謙虛一點，或是任何你能想到的話語。」

「易如反掌。」

「最後是中性的辭句：天氣、購物、你做了些什麼事情等等。」

「不要信任她。她會造假欺騙，毀了你的研究。」

「大腦沒辦法造假，」班頓說，「就算是她的也一樣。」

一個小時之後，賽爾芙醫生身穿亮眼的紅色絲質褲裝，打著赤腳，靠著枕頭躺在床上。

「我知道你覺得這並不需要。」班頓說，翻動手中淺藍色封面《結構性臨床訪談工具——病症I，診斷準則手冊第四版》的病患手冊。

「你需要劇本嗎，班頓？」

「爲了保持研究的一致性，我們以這本手冊來進行臨床訪談。一次一個主題。我不會問你有明顯答案，或是不相關的問題，比方說你的職業等等。」

「我來幫你。」她說。「我從來沒當過精神病院的病患，沒有服用任何藥物，飲酒不過量，晚上睡五個小時。凱一個晚上睡多久？」

「最近體重有沒有明顯的變化？」

「我的體重一向維持得宜。凱最近的體重呢？她在孤單或沮喪的時候，會不會暴食？南部有那麼多油炸食物。」

班頓翻頁。「身體或皮膚有沒有特殊的感覺？」

「要看和誰在一起。」

「你曾否去嗅或去嚐他人不願意聞或吃的東西？」

「我會很多旁人無法做的事。」

班頓打量她。「我不覺得這個研究有任何意義，賽爾芙醫生，這毫無建設性。」

「由不得你來評斷。」

「你認為有建設性嗎？」

「你還沒有進入情緒週期的問題。你不打算問我有關恐慌發作的問題嗎？」

「你曾經發作過嗎？」

「出汗，發抖，暈眩，心悸。害怕自己會死？」她親切地看著他，彷彿他才是病患。「我母親在錄音帶裡說了些什麼？」

「那麼，你剛抵達這裡的時候呢？」他說。「你似乎為了一封電子郵件而感到驚慌。你剛到這裡時，對馬洛尼醫生提到過那封信件，之後卻再也沒有重提。」

「想想看，你的小助理還以為她可以進行對我的訪談。」她露出微笑。「我是精神科醫生。那就會像是網球場上的初學者迎戰珠兒·馬丁一樣。」

「你對於她的遭遇有什麼看法？」他問。「媒體提到，她曾經上過你的節目。有些人影射凶手之所以會盯上她，可能就是因為……」

「難道就只因為上我的電視節目？很多人都來過我的節目。」

「我剛剛是要說，因為她的高能見度，而不是要說因為她出現在你的節目上。」

「我很可能為了這個系列的節目，而榮獲另一座艾美獎。除非這件事……」

「除非這件事如何？」

「嗯，」賽爾芙醫生說，「如果影藝學院因為她的遭遇而懷有偏見，將事情和我的工作品質混為一談，就太不公平了。我母親說了些什麼？」

「進行掃描之前，不能讓你知道；這一點很重要。」

「我想要談談我父親。我還很小的時候，他就過世了。」

「好。」班頓說，他的座位盡可能遠離她，背抵著辦公桌和放在上面的手提電腦。兩人中間有一張小桌，上面的錄音機正在運轉。「我們就談談你的父親。」

「他過世的時候，我還不滿兩歲。」

「而你可以清楚記得自己感覺遭到他排斥？」

「你應該讀過研究報告——我假設你讀過，非母乳哺育的幼兒，日後較易產生逐漸加深的壓力和痛苦。獄中服刑的婦女，因爲無法授乳，在養育和保護能力上，也會出現嚴重的問題。」

「我不明白其中的關聯何在。你是要說，你的母親一度在監獄裡服刑？」

「她從來不曾將我抱在胸前哺乳，從未以心跳撫慰我，以奶瓶、湯匙，或不管是鏟子、鋤耕機餵食的時候，也不曾與我有眼神的接觸。你幫她錄音的時候，她有沒有全盤承認？你有沒有問過她，有關我們母女之間的事？」

「當我們爲研究對象的母親錄音時，並不需要知道兩人之間的關係。」

「她拒絕與我產生關聯，導致我這種被排斥的感覺以及心裡的憤怒更加複雜，讓我更容易將父親的離開怪罪在她身上。」

「你是說，他的離世。」

「很有趣，你不這麼覺得嗎？凱和我都在幼年時期就失去父親，而兩個人也都成爲醫生，但是我療癒活人的心靈，她卻解剖死人。想想她的職業，這讓我一直很想知道她在床上的表現如何。」

「你將父親的死亡怪罪在母親身上。」

「我當時很忌妒，有好幾次在他們做愛的時候刻意去打斷。我在走廊上看到母親對他敞開整個身軀。爲什麼對他可以，對我則不行？爲什麼是她，不是我？我當時要的是他們互相付出的一切，卻不了解其中的意義，因爲我當然不要像他們倆人當時性愛的發展過程一樣，和我的雙親進行口交或性交。我當時可能還以爲他們身體不舒服。」

「還不滿兩歲，你就不只一次打斷他們，而且還記得？」他把診斷手冊放在椅子下，開始做筆記。

她調整自己躺臥的姿勢，讓自己更舒服，更挑逗一些，並且確定班頓注意到她軀體的所有線條。

「我先是目睹自己的父母生氣勃勃，接著一眨眼之後，他就走了。就另外一方面來說，凱則是度過父親死於癌症的漫長過程。我承受的是失去，而她所承受的是死亡，兩者大不相同。所以，你瞧，班頓，我身爲精神科醫生的目的是去了解病患的生活，而凱則選擇了解人們的死因。這對你一定有某種程度的影響。」

「這裡討論的對象不是我。」

「亭閣院區並不堅持嚴格的規範，眞是好極了，不是嗎？不管我入院的時候發生了什麼事，我們現在不都在這裡嗎？馬洛尼醫生有沒有告訴你，他怎麼進到我的房間裡呢？不是這間，是還沒換房之前的第一間。他怎麼關上門，脫掉我的罩袍，觸碰我？他以前莫非是婦產科醫生？你看來不太舒服，班頓。」

「你現在感覺性慾旺盛嗎？」

「嗯，看來現在進入了躁症發作的情境。」她露出笑容。「讓我們來看看，今天下午可以想出幾種診斷結果。我不是爲這個來的，我知道自己爲何在這裡。」

「你說過，是爲了你在攝影棚休息時所收到的一封電子郵件。時間在兩週前的星期五。」

「我對馬洛尼醫生提過這封郵件。」

「據我的了解，你只告訴他，你收到一封郵件。」班頓說。

「我眞懷疑你們是不是全都施了催眠術，把我引誘到這裡來，而一切就是爲了那封郵件。但如果是這樣，那只可能出現在電影情節，或是精神病患身上，不是吧？」

「你告訴馬洛尼醫生，你極度沮喪，並且擔憂自己的性命安全。」

「然後他違抗我的意願，要我服藥，接著就飛去了義大利。」

「他在那裡也執業，所以總是在兩地來來去去，尤其在每年的這個時候。」

「羅馬大學精神科學系。他在羅馬有一棟別墅，在威尼斯也有，他出身義大利的富有家族，同時也是亭閣院區的門診主任，每個人都得聽他的命令行事，包括你在內。在他出國之前，我們歸納整理過我入住之後的狀況。」

「入住？你這麼說似乎把麥克連醫院看成旅館。」

「現在這麼說已經太晚了。」

「你眞的認爲馬洛尼醫生對你做出不恰當的觸碰？」

「我認爲我說得夠明白了。」

「所以你眞的這麼想。」

「這裡所有的人都會否認。」

「如果是眞的，我們絕對不會。」

「任何人都會否認。」

「當轎車送你到住院登記處的時候，你相當清醒，但是十分激動。你還記得嗎？你記不記得自己和馬洛尼醫生在住院處大樓交談，並且告訴他你需要一個安全的避難所，理由是一封你稍後才要解釋的郵件？」班頓問。「你記不記得，自己在言語和身體上，對馬洛尼醫生十分的挑釁？」

「你的臨床態度還眞糟糕。也許你該回去聯邦調查局，去使用水管和厚厚的書籍，也許還可以侵入我的郵件信箱、我家和我的銀行帳戶。」

「你是否記得自己剛到院時的行爲舉止很重要。我正在協助你回憶。」他說。

「我記得他進到我在亭閣院區的病房裡。」

「那是之後的事——傍晚吧——你突然開始歇斯底里，並且沒有條理。」

「那是藥物引起的。我對任何藥品都非常敏感，從不服用，也絕對不相信。」

「當馬洛尼醫生進入病房的時候，裡面已經有一位女性的神經心理學醫生，和一名女護士陪你在裡面。你當時不停地說，某件事不是你造成的。」

「你當時在場嗎？」

「沒有。」

「噢。你的說法，好像當時在場。」

「我讀了你的病例。」

「我的病例。我猜你大概幻想著要把它賣給出價最高的人。」

「馬洛尼醫生對你提問的時候，護士正在檢查你的生命徵象，當時不得不透過肌肉注射讓你平靜下來。」

「五毫克Haldol，兩毫克Ativan，一毫克Cogentin。惡名昭彰的五二一化學約束注射，法醫專門用來對付暴力犯人用的。想想看！我被當成暴力犯來對待。之後，我什麼也不記得了。」

「你可以告訴我，哪件事不是你的錯，賽爾芙醫生？這件事與電子郵件有關嗎？」

「馬洛尼醫生所做的事，不是我的錯。」

「這麼說來，你精神上的不愉快，與先前提到的，讓你來到麥克連醫院的那封電子郵件無關了？」

「這是陰謀，你們全都串通好的。所以你的好同事彼德．馬里諾才會和我聯絡，對嗎？還是說他想退出，要我拯救他，如同在佛羅里達的時候一樣。你們這些人究竟對他做了什麼事？」

「沒有任何陰謀。」

「我是不是曾見你內在的調查員身分？」

「你來這裡有十天了，完全沒說出這封郵件的性質。」

「因爲這與寄了一堆信件給我的人有關。只說『一封電子郵件』會造成誤解。應該說，是關於一個人。」

「誰？」

「一個馬洛尼醫生本來可以幫上忙的人。一個精神十分狂亂的人。不管他是不是做了什麼事，都需要協助。如果我或別人發生什麼事，那都是馬洛尼醫生的錯，與我無關。」

「哪件事可能會是你的錯？」

「我才說過——沒有。」

「你有沒有任何足以讓我們更了解這個人的郵件，可不可以讓我看看？也許我們可以保護你不受到他的傷害？」他說。

「很有趣，但是我當初忘了你在這裡工作。我在住院處看到你研究計畫的廣告，才想起這回事。接下來，當然了，馬里諾發郵件給我的時候，也說了一些。這不是我說的那封郵件，別高興得太早。馬里諾爲凱工作，不但無聊，而且性生活挫折嚴重。」

「我樂於和你討論任何你收到的郵件，或者是你發出去的郵件。」

「羨慕。一切就是這樣開始的。」她看著他。「凱羨慕我，因爲她的存在非常渺小。無法自拔的羨慕，使她在法庭上說出有關我的謊言。」

「你指的是……」

「主要是她。」她滿懷恨意。「我以完全客觀的角度，看待那件下流的濫權訴訟案件，我從來不認爲你們兩人以證人身分出庭——主要是凱——是衝著我個人而來的。那次的出庭作證，使得你們兩個人——主要是凱——成爲下流濫權訴訟案件的贏家。」冰冷的恨意。「你在我的房裡，門還關著，眞不知道她會怎麼想。」

「當你要求我必須單獨來你的病房，以保護隱私的時候，我們就已經達成協議。除了筆記之外，我還會全程錄音。」

「請錄音，請做筆記。總有一天會派上用場。你在我身上絕對會獲益良多。現在來談談你的實驗。」

「是研究計畫，也就是你自願參與受訪，得到特別許可，而我卻建議不要接受的這項計畫。我們不用『實驗』這個字眼。」

「我很好奇，為什麼你希望把我排除在你的實驗之外呢？除非說你打算隱瞞些什麼。」

「老實說，賽爾芙醫生，我不認為你符合篩選標準。」

「老實說，班頓，這是你最不想要的，是吧？但是你毫無選擇，因為你的醫院太狡猾，不敢歧視我。」

「你曾經被診斷出罹患躁鬱症嗎？」

「除了天資聰穎之外，從來沒有其他的診斷。」

「你家中有沒有任何成員，曾經罹患躁鬱症？」

「這一切到最後終將得到證實，而那是你的工作。在各種情緒的轉變當中，只要給予適當的刺激，大腦的後側前額葉皮質會啓動。那麼這又如何呢？透過正子斷層掃描與功能性磁振造影，可以清楚呈現大腦前額葉區域的異常血流；而出現情緒症狀的人，後側前額葉皮質活躍度減低。你現在又把『暴力行為』加進裡面，你會得到什麼結論，而這又有什麼重要性呢？我知道你的小小實驗並沒有得到哈佛大學人體實驗委員會的同意。」

「我們不會進行任何沒有許可的研究。」

「這些屬於健康對照組的研究對象，事後是否仍然健康？那麼那些較不健康的對象呢？那些飽受憂鬱症、精神分裂症，躁鬱症，或是其他精神失調所苦，並且還已經有自我傷害或傷害他人的病史，或是準備動手，或是妄想下手的可憐蟲呢？」

「我以為賈姬已經為你做過了簡報。」他說。

「不完全。她連後側前額葉皮質長什麼樣子都認不出來。早就有人研究過大腦在母親的批評和讚美下會出現什麼反應，所以你在其中加入暴力因子，你會得到什麼結論，重要性何在？你給大家看暴力傾向者與非暴力傾向者的大腦差異，這又能證明什麼？有什麼用？有辦法阻止睡魔嗎？」

「睡魔？」

「如果你觀察他的大腦，你會看到伊拉克。然後呢？你會像變魔術一樣地抽走伊拉克，然後他就會痊癒嗎？」

「電子郵件是他發的嗎？」

「我不知道他是誰。」

「他就是你轉給馬洛尼醫生，那名精神異常的人？」

「我不懂你在凱的身上能看到什麼。」她說。「她回到家裡的時候，身上會不會有停屍間的味道？話說回來，她回家時你也不在身邊。」

「根據你所說的，你在珠兒屍體被發現後沒幾天，就接到郵件。是巧合嗎？如果你有關於這樁謀殺案的資訊，必須告訴我。」班頓說。「我要你告訴我，這很嚴重。」

「殺害珠兒的人，會再開殺戒。」他說。

她伸長雙腿，沒穿鞋的腳碰到兩人間的小桌。「如果我把錄音機踢下去，它會壞掉，然後呢？」

「如果我踢掉這個錄音機」——她用光裸的腳趾碰觸，稍微移動錄音機——「我們會說什麼，做什麼？」

班頓從椅子上起身。「你想要其他人遭到謀害嗎，賽爾芙醫生？」他拿起錄音機，但是沒有停止錄音功能。「你不覺得這段經歷似曾相識？」

「果然如此，」她躺在床上說，「這就是陰謀。對我的一切，凱會再次說謊，和以前一樣。」

班頓打開門。「不，」他說，「這次會更糟。」

9

威尼斯，晚上八點。馬洛尼重新斟滿自己的酒杯，打開的窗戶外，天色漸暗，運河傳來陣陣刺鼻的氣味。天空低掛著厚重起伏的雲層，第一抹金色的光線順著地平線出現。

「她嚴重狂躁。」班頓．衛斯禮的聲音很清晰，似乎他人就在此地，而非遠在麻薩諸塞州。「我不能保持客觀，無法稱職，沒辦法坐在那裡聽她的操弄和謊言。交給別人吧，保羅，我受不了她，處理也不妥善。感覺上我比較像個警察，而不是臨床醫生。」

馬洛尼醫生坐在自家窗口，品嚐上好的Barolo紅葡萄酒，這番談話卻讓美酒風味盡失。他擺脫不了瑪莉蓮．賽爾芙。她侵入他的醫院，襲入羅馬，現在又一路跟著他來到威尼斯。

「我只要求讓她離開這項研究計畫。我不想幫她做掃描。」班頓說。

「我當然不會告訴你應該怎麼做。」馬洛尼醫生回答。「這是你的研究。但是如果你要我建議，我會說，別惹她，幫她做掃描，讓事情好好過去，但是要確保資料無法採用。接著，她就會離開。」

「你所謂離開，是什麼意思？」

「看來你還沒接到通知。她已經安排好出院，在做完掃描過後就會離開。」馬洛尼醫生說，透過打開的百葉窗，眼前的運河呈現橄欖綠，猶如明鏡一般平滑。「你和奧托談過了嗎？」

「奧托？」班頓問道。

「波馬隊長。」

「我知道奧托是誰。我為什麼要和他討論這件事？」

「昨天晚上，我和他在羅馬共進晚餐。他還沒與你聯絡，我還眞驚訝。就在我們講電話的這個時候，他正搭機前往美國。」

「老天爺。」

「他要找賽爾芙醫生談有關珠兒・馬丁的案子。你懂嗎？他感覺賽爾芙醫生握有一些資料，卻不打算出面澄清。」

「拜託，別告訴我是你說出去的。」

「我沒有，他本來就知道。」

「怎麼可能。」班頓說。「如果她以為我們告訴任何人她來此就醫，你知不知道她會做何反應？」

一艘水上計程車緩緩滑過，水波輕輕拍打著馬洛尼醫生的屋角。

「我以為他是從你這裡得知消息。」他說。「或是從凱那裡聽來的。你們兩人都是國際調查組織的成員，並且都在調查珠兒・馬丁的謀殺案。」

「當然不是這樣。」

「露西呢？」

「凱或露西都不知道賽爾芙醫生人在這裡。」班頓說。

「露西和喬西交情很好。」

「老天爺。她只有來做掃描的時候才會見到他，話題也不過是電腦。他何必告訴她？」

運河對岸的屋頂上有隻海鷗，發出像貓一樣的嗚嗚，某個觀光客朝牠擲去一塊麵包，海鷗叫得更響亮。

「當然是純屬假設。」馬洛尼醫生說。「我會這樣猜，是每當電腦當機，或出現無法解決的問題時，喬西都會打電話給露西。你知道嗎，要喬西擔任磁振造影技術師或是資訊技術人員，可能非他能力所及。」

「什麼？」

「問題是，她接下來要去哪裡，還會引發什麼別的麻煩？」

「我猜是紐約。」班頓說。

「你知道以後再告訴我。」馬洛尼醫生啜飲美酒。「這純屬假設，我是說，有關露西的部分。」

「就算是喬西告訴了她，你還是少了一個階段，她怎麼去告訴完全不認識的波馬隊長？」

「賽爾芙醫生離開的時候，我們必須要監控，」馬洛尼醫生說，「她絕對會惹麻煩。」

「為什麼要講這些隱晦不清的話？我不懂。」班頓說。

「我看得出來，眞可惜。嗯，沒什麼大不了。然後她會離開，你再告訴我她上哪兒去了。」

「沒什麼大不了？如果她發現有人告訴波馬隊長，說出她是麥克連醫院的病患，無異違反HIPAA醫療保密法案。她絕對會找麻煩的，正合她的意。」

「他什麼時候在什麼地方找她談話，我都無權過問。義大利國家憲兵隊負責整件調查。」

「我不了解這整件事，保羅。在我訪談她的時候，她提起一名轉到你這裡的病患，」班頓的語氣出現明顯的挫折感，「我不了解你為什麼沒有告訴我。」

運河邊，建築物的門面染上柔和的色彩，灰泥碎落之處，磚塊暴露在外。一艘拋光的柚木小船穿過磚頭拱橋的下方，船伕站立著，幾乎碰到低低的橋底，用拇指操控油門。

「沒錯，她的確轉了一名病患給我。奧托也問起這件事。」馬洛尼醫生說。「昨天晚上，我把自己知道的都告訴了波馬隊長。至少我對此可以自由發言。」

「如果你早點告訴我，可能比較好。」

「我現在正要告訴你。如果你不提，我還是會說出來。我在為期幾週的時間內，見過他幾次，在去年十一月的時候。」馬洛尼醫生說。

「根據賽爾芙醫生的說法，他自稱睡魔。這聽來是否有些熟悉？」

「我對睡魔這個名字一無所知。」

「她說，他所寄出的電子郵件以睡魔作爲署名。」班頓說。

「去年十月，她打電話到我的辦公室來，要我在羅馬見這個人，當時她並沒有提供我任何電子郵件做參考，也從來沒說過他自稱睡魔，而他來我辦公室的時候也沒這麼說。我記得他來過兩次。我說過，就在羅馬。沒有任何憑據足以讓我做出他會殺人的結論，我也是這麼告訴奧托。我不能說出他的生活背景，以及我對他的評估，我相信你了解，班頓。」

太陽落到運河後方，馬洛尼醫生伸手拿起醒酒瓶為自己斟酒。透過拉開的百葉窗吹進室內的風涼了些，運河的氣味也較不刺鼻。

「你可以告訴我任何有關他的資料嗎？」班頓問。「任何個人經歷？他的長相外貌？我知道他曾經去過伊拉克，也只知道這一點。」

「就算我想說，也沒辦法說，班頓。我沒有把筆記帶在身邊。」

「這是說筆記裡有重要資訊？」

「假設是這樣。」馬洛尼醫生說。

「你不覺得應該要確認一下嗎？」

「筆記不在我這裡。」馬洛尼醫生說。

「你沒帶著？」

「我的意思是，不在羅馬。」置身在這個日漸下陷城市的馬洛尼醫生如是說。

數個小時之後，在查爾斯頓北方二十哩外的躍馬酒吧裡。

馬里諾坐在姍蒂．史路克對面的位子上，兩人吃著炸雞排，搭配薯條、肉汁和粗磨粟米。馬里諾手機響起，他看著上面顯示的號碼。

「是誰？」她問道，一邊用吸管啜飲血腥瑪麗。

「大家就是不能讓我靜一靜嗎？」

「最好不要是我想的那個人。」她說。「現在是該死的七點鐘，我們正在吃晚餐。」

「我不在。」馬里諾按下靜音按鍵，一副不在乎的樣子。

「是啊。」她大聲吸掉最後一點飲料，讓他想起疏通水槽的聲音。「沒人在家。」

酒吧裡，南方搖滾樂團Lynyrd Skynyrd透過喇叭轟然作響，百威啤酒的霓虹燈閃爍發亮，天花板的掛扇緩緩旋轉。牆壁上掛滿摩托車坐墊和簽名，窗台上有摩托車和競賽馬匹模型裝飾著，以及陶瓷製作的蛇，摩托車騎士們環坐在木桌四周。外頭的門廊上還有更多騎士，又吃又喝的，等著參加Hed Shop

Boys的搖滾樂演唱會。

「狗東西。」馬里諾唸唸有辭，瞪著桌上的手機，以及放在旁邊的藍芽耳機。根本不可能視而不見，是她打來的。雖然螢幕上出現的是「未顯示來電」，但是他知道，是她。到這個時候，她也該看到他電腦螢幕上的東西了，只是他既訝異又惱怒：她爲什麼花了這麼久的時間才打電話來？他同時也感受到一股防衛感油然而生。他想像著賽爾芙醫生對他滿懷慾念，就和姍蒂一樣地讓他筋疲力盡。一整個星期了，他完全無法睡個好覺。

「我早就說過，死人不會更糟，對吧？」姍蒂提醒他。「這次就讓大老闆自己去處理吧。」是她。姍蒂不知道，還以爲是什麼葬儀社的人。馬里諾伸手拿自己那杯加了薑汁汽水的波本威士忌，眼睛沒有離開電話。

「這次就讓她自己處理吧，」姍蒂依然怒氣沖沖，「去她的。」

馬里諾沒有回答，搖晃著杯裡最後一些飲料，緊張的情緒高張。不接聽，或是不回覆史卡佩塔的電話，都會讓他備感焦慮。他想到賽爾芙醫生的話，覺得自己遭到欺騙與濫用，熱血於是湧上他的臉龐。二十年來，在多半的時間裡，史卡佩塔總是讓他覺得自己不夠好，然而也許問題出在她身上。沒錯，可能就是她。她不喜歡男人。一點也不喜歡。而這麼多年來，她卻讓他覺得是他的錯。

「讓大老闆去處理新到的屍體。她反正也沒別的事好做。」姍蒂說。

「你一點也不認識她，更不知道她在做什麼。」

「你要是曉得我知道多少，絕對會大吃一驚。你等著看好了。」姍蒂招手，再點了杯飲料。

「等著看什麼？」

「你這樣老是爲她出面，就是爲了要惹我生氣。你老是忘記我在你生命中的地位。」

「才一個星期。」

「記好了，寶貝。你不只是隨叫隨到，根本是任她差遣。」她說。「你何必呢？何必她一下令你就跳？跳！跳！」她輕彈手指，大聲笑他。

「閉上你該死的嘴。」

「跳！跳！」她往前靠，好讓他看進絲質外套的裡面。

馬里諾伸手拿電話和耳機。

「事實上呢，」她沒穿胸罩，「她把你當成呼叫服務，馬屁精，微不足道的人。我不是第一個這麼說的人。」

「我不會容許任何人那樣對待我。」他說。「我們等著瞧，誰才是微不足道的人。」他想到賽爾芙醫生，想像自己出現在國際電視頻道。

姍蒂把手伸到桌下，外套下方一覽無遺，她用手搓揉他。

「不要。」他說，一邊等待，情緒越是焦慮憤怒。

其他機車騎士很快就會找盡藉口走過他們的桌旁，看著靠向桌邊的姍蒂。他看著她動手，接著看向她晃動的胸脯和深深的乳溝。她知道該如何彎身對話，好讓每個有興趣的人去想像她的肉體。一個渾身是膽，皮夾上還繫條鏈子的大個頭慢慢地從吧台起身，慢條斯理走向男廁，好生瀏覽一番，馬里諾開始狂亂。

「你不喜歡嗎？」姍蒂繼續揉搓他。「可是我覺得你喜歡。記得昨晚嗎，寶貝，你好像個青少年。」

「不要，」他說。

「為什麼？我害你挺難過是嗎？」姍蒂，為自己的用辭遣字十分驕傲。

他拿開她的手。「不要現在。」

他回撥給史卡佩塔。「我是馬里諾。」說話的語調簡慢，把對方當成個陌生人，這樣姍蒂才不會知道誰在電話的另一端。

「我得見你。」史卡佩塔對他說。

「是啊，什麼時候？」馬里諾說話的方式像是不認得她，騎士們經過桌邊觀賞他身穿黑衣的女友展露自己身軀，他一方面性致昂揚，同時又深感忌妒。

「看你什麼時候能到，來我家裡。」史卡佩塔的聲音透過耳機傳來，他從來沒聽過這種語氣，並且感受到她排山倒海般的怒意。他很確定，她讀了那些電子郵件。

姍蒂用眼神問：你在和誰說話？

「是啊，我也這麼想。」馬里諾假裝不悅，看著手錶。「半個鐘頭後到。」他掛掉電話，對姍蒂說，「有具屍體要運進來。」

她看他的方式，似乎是想從他的眼中讀出實情，彷彿有某種原因告訴她，他在撒謊。「哪間葬儀社？」她往後靠。

「又是梅迪，眞是過動的傢伙，從早到晚除了開靈車跑來跑去，大概沒別的事好做。我們說，這種人就會追著救護車到處跑。」

「噢，」她說，「眞他媽的。」她的注意力轉向一個頭戴火焰圖紋頭巾、腳套短靴的男人。他走過兩人的桌邊，完全沒有注意他們，向自動櫃員機走去。

馬里諾在稍早到達酒吧的時候，就注意到這個男人。他從來沒有見過這個人。他看著男人從櫃員機裡領出一張可憐兮兮的五塊錢鈔票，帶來的雜種狗就躺在椅子下蜷著身子睡覺。男人完全沒有拍撫他，也沒要求酒保拿點零食給牠，連一盆水都沒有。

「我不懂，爲什麼一定要是你。」姍蒂重新開始，但是她的音調不同，比較安靜、冷靜，怨恨的第一道鋒面冷冷接近。「想想看，你了解這麼多，也付出了這麼多，紅透半邊天的凶殺組警探。老闆應該是你，而不是她，也不是那個蕾絲邊外甥女。」她用最後一片餅掃過紙盤邊上的白色肉汁。「大老闆把你變成個隱形人。」

「我說過，不要這樣子說露西。你什麼都不懂。」

「事實不容否認，我也不需要你說教。酒吧裡的每個人都知道她胯下騎的是哪種墊子。」

「她的事不用你發表意見。」馬里諾怒氣沖沖地喝完酒。「露西的事不要你開口。她還是個孩子的時候，我就認識她了，我教她開車、開槍，我不要聽你說她任何壞話，你懂嗎？」明知在三杯濃烈的威士忌下肚之後不該再喝，但是他需要再來一杯。他點燃兩根菸，一根給姍蒂，一根自己抽。「看看誰是隱形人。」

「事實不會變，在大老闆拖著你到處跑之前，你曾經也有自己的一番事業，何必緊追不捨呢？我知道。」她指控地看著他，吐出一絲煙霧。「你以爲她會想要你。」

「也許我們應該離開，」馬里諾說，「去大都市。」

「要我跟你走？」她吐出更多煙霧。

「紐約如何？」

「在該死的紐約我們不能騎車，我才不去那地方，四處擠滿神氣活現的洋基北佬。」

他用最性感的眼神看向她，將手探到桌下，撫弄她的大腿，擔心自己會失去她。酒吧裡的每個男人都想要她，而他雀屏中選。他揉搓她的大腿，心裡想到史卡佩塔，不知她會做何評論。她讀過賽爾芙醫生的郵件了，也許她現在明白他是何等人物，明白其他的女人對他有什麼看法。

「我們去你家。」姍蒂說。

「我們爲什麼從來不去你家？你是擔心被人看到和我在一起嗎？是因爲你住在一群有錢人當中，我配不上你？」

「我得決定是否要和你定下來。瞧，我不喜歡奴隸制度。」她說。「她會要你像奴隸一樣工作到老死。我的祖父以前是奴隸，但是我老爹不是，沒有人可以指使他。」

馬里諾舉起空杯，對傑絲微笑，她今晚穿了件緊身牛仔褲搭配裹胸，十分迷人。她拿來另一杯波本威士忌和薑汁汽水，放在馬里諾面前。她說：「你打算騎車回家嗎？」

「沒問題的。」他對她眨眨眼。

「也許你應該留在營地裡。我在那裡有頂空帳篷。」她在酒吧後面的林子裡搭了好幾頂帳篷，以備不時之需，讓主顧們在無法安全騎車時可以使用。

「我好得很。」

「再給我一杯。」姍蒂習慣對身分地位不如她的人頤指氣使。

「我還等著你贏得機車組裝賽大獎，彼德。」傑絲沒有理會姍蒂，機械式地緩慢說話，眼睛看著馬里諾的嘴唇。

馬里諾花了好一段時間才習慣傑絲，他學會在說話的時候去看著她，絕不提高音量，也不會刻意誇張。現在，他幾乎忘了她的耳聾，並且對她產生一股特別的親切感，這也許是他們在溝通的時候，必須要彼此互望的緣故。

「第一名可以贏得十二萬五千美金。」傑絲慢慢說出驚人的數字。

「我敢賭，河鼠隊今年一定贏。」馬里諾對傑絲說。他知道她在開玩笑，也許還有些調情的意味。他從來不曾組裝機車，也沒有參加過任何比賽，將來更不可能。

「我押的是閃電車隊。」姍蒂以馬里諾痛恨的方式插嘴。「艾迪・托拉肩他媽的火。他隨時可以到我床上來脫拉。」

「告訴你，」馬里諾把手環在傑絲的腰際，抬頭好讓她看到他說話，「總有一天，我會有大錢，根本就不用去參加什麼機車組裝賽或接什麼爛工作。」

「他應該辭掉那個爛工作的，付出的心力遠遠超過那些錢。」姍蒂說。「根本就是老闆的小妾。何況他根本不需要工作，他有我。」

「噢，是嗎？」馬里諾知道自己不該這麼說，但是醉醺醺又滿懷恨意。「如果我告訴你，有人要請我去紐約上電視呢？」

「做什麼？拍落健洗髮精的廣告嗎？」姍蒂大笑，傑絲則努力地讀唇語。

「賽爾芙醫生要聘請我當她的顧問。」他無法遏止自己，本當換個話題的。

姍蒂十分驚訝，脫口而出：「你撒謊。她才不關心你的死活。」

「我們認識很久了，她要我去爲她工作。我一直在想這件事，想要立刻接受，但是這等於是要立刻搬到紐約，並且離開你，寶貝。」他用手臂環著她。

她抽開身子。「那麼，她的節目看來是要轉型爲喜劇了。」

「那位客人的帳單算我的。」馬里諾大方地說，朝狗兒旁邊，坐在吧台的那名戴著火焰圖紋頭巾的男人。「他今晚不好過。名下只有破爛的五塊錢。」

男人轉過身子，馬里諾看清楚那張布滿青春痘疤的臉孔。他奸險的雙眼，使馬里諾想起蹲過牢房的人。

「我付得起我那杯該死的啤酒。」頭戴火焰頭巾的男人說。

姍蒂繼續對傑絲抱怨，完全沒費心去看後者的臉，這與自言自語無異。

「就我看，你不像負擔得起任何東西的樣子，我爲我這南方式的熱情向你道歉。」馬里諾說話的音量大到酒吧裡的每個人都聽得見。

「我覺得你哪裡都不應該去。」傑絲看著馬里諾和他的酒。

「他的生命裡只容得下一個女人，總有一天他會了解。」姍蒂對傑絲，以及其他豎著耳朵聽的人說話。

「沒有我，他擁有什麼？你們以爲他那條漂亮項鍊是誰送的？」

「去你的，」戴著頭巾的男人對馬里諾說，「去你媽的。」

傑絲走近吧台插起雙手，她對戴著頭巾的男人說：「在這裡說話要有禮貌，你最好離開。」

「什麼？」他大聲說話，把手環在耳朵邊來嘲笑她。

馬里諾的椅子嘎然往後退，大步一邁就插入兩人中間。「你道歉，混蛋東西。」馬里諾對他說。

男人用一雙猶如刺針的雙眼迎視馬里諾，捏縐從自動櫃員機提出來的五塊錢鈔票，丟在地板上，用踩熄香菸的方式踩在靴底。他拍了拍狗兒的屁股，朝門口走去，對馬里諾說：「你何不像個男人站出來外面？我有話對你說。」

馬里諾跟著他和狗兒穿越泥地停車場，來到一輛老舊的摩托車旁，這輛車可能是在七〇年代組裝的，四段變速，腳踩啓動，火焰的烤漆圖樣，牌照看來有些可笑。

「紙板，」馬里諾看清楚之後，大聲地說，「家庭加工的，嘿，眞溫馨。你有什麼話要對我說？」

「我今天來這裡的原因如何？我帶了個口信給你。」戴著頭巾的男人說。「坐下！」他對狗兒大吼，小狗畏縮地趴下。

「下次，寄信來。」馬里諾抓住他骯髒的外套。「會比葬禮便宜。」

「放手，否則你絕對不會喜歡我以後的報復。我來這裡是有原因的，而且你最好聽著。」

馬里諾放開他，注意到酒吧裡的人全都出到門廊上觀看。小狗仍然畏縮地趴在地上。

「你那婊子老闆在這一帶不受歡迎，最好早早回到她原來的地方。」戴著頭巾的男人說。「我只是帶個建議給可以改變這件事的人。」

「你叫她什麼？」

「就這些了，那個大胸脯的賤貨。」他把手圈在胸口，作勢舔著空氣。「如果她不離開這裡，我會嚐嚐她的滋味。」

馬里諾使勁踢向摩托車，車子應聲倒地。他伸手掏出牛仔褲後方的點四〇葛洛克手槍，指向男人的眉心。

「別笨了。」男人說，門廊上的騎士們大聲喊叫。「你對我開槍，你毫無價值的一輩子會跟著結束，你自己也知道。」

「嘿！嘿！嘿！」

「欸，不要亂來！」

「彼德！」

馬里諾盯著男人的眉心，感覺頭重腳輕。他拉開滑套，子彈上膛。

「你殺了我，自己也會沒命。」戴著頭巾的男人說，但是開始害怕。

騎士們站起身子大喊，馬里諾模糊地注意到人們湧進停車場。

「扶起你那垃圾摩托車，」馬里諾說，垂下手槍，「把狗留下來。」

「我才不要把我那笨狗留下來！」

「留下牠，你根本拿牠當垃圾看。滾，否則我會在你臉上開個洞。」

老舊的摩托車呼嘯離開，馬里諾推開滑套清空槍膛，把槍放回腰套，不確定自己剛剛著了什麼魔，心裡感覺到恐懼。他拍拍狗兒，依舊趴坐的小狗舔他的手。

「我們找個好人家來照顧你。」馬里諾對小狗說話。這個時候，一隻手握住他的手臂，他抬起頭看著傑絲。

「好好處理這件事的時間到了。」她說。

「你在說些什麼？」

「你很清楚，那個女人。我警告你，她貶低你，讓你覺得自己一文不值，看看結果發生了什麼事。

短短的一個星期，她就把你變成個野蠻人。」

馬里諾的雙手顫抖。他看向傑絲，好讓她讀唇語。「眞傻，不是這麼一回事的，傑絲。怎麼了？」

他拍撫小狗。

「牠可以留在酒吧，如果那男人回來，絕對不會有好下場。但是你自己最好小心，你讓事件起了頭。」

「你以前看過他嗎？」

她搖頭。

馬里諾注意到姍蒂靠著扶手站在門廊上。他不懂她爲何沒有離開。他差點就殺了人，而她竟然還站在門廊上。

10

天色漸暗，某處狗兒的狂吠越來越大聲。

史卡佩塔聽到遠處傳來馬里諾那輛Roadmaster引擎的咆哮聲，那該死的機車在幾個街區外的密丁街上朝南邊駛來。不久之後，重機轟隆穿過狹窄的巷弄，抵達她的住處。她在稍早的電話中，就已經聽出他喝了酒；眞是令人厭惡。

要進行一番具有建設性的談話，他必須腦袋清醒；這有可能是兩人最重要的會談。她開始準備咖啡，他在國王街左轉，接著再次左轉，進入史卡佩塔和不甚友善的鄰居——葛林寶太太——共用的車道。馬里諾催了幾下油門宣布自己的到來，然後才熄掉引擎。

「你裡面有喝的嗎？」史卡佩塔打開前門，他開口就問。「來點波本威士忌就可以。可不是嗎？葛林寶太太！」他抬頭對著黃色的屋舍說話，上面的窗簾拉動一下。馬里諾鎖上機車前叉，把鑰匙丟進口袋裡。

「現在就進裡面去。」史卡佩塔說，發現他比她原先所料想的還要更醉。「老天爺，你爲什麼要把車子騎進巷弄裡，還要對我的鄰居大吼大叫？」她說，他隨她走進廚房，穿著靴子的腳步聲沉重，進門時頭頂幾乎碰到門框。

「安全檢查。我想要確定後面沒有特殊狀況，沒有迷路的靈車，或是亂逛的流浪漢。」

他拉出一張椅子，重重地靠坐下去，渾身酒臭撲鼻，滿臉通紅，雙眼充滿血絲。「我沒辦法留太久，得回我女人身邊去，她以爲我要去停屍間。」

史卡佩塔遞咖啡給他，沒加牛奶也沒放糖。「你得留到清醒爲止，否則你別想靠近那輛摩托車。我眞的無法相信，你竟然可以把自己搞成這樣。這不像你。你究竟是怎麼了？」

「我是喝了些酒，那又怎麼樣。我好得很。」

「事情嚴重，你一點都不好。我才不管你酒量有多好。每個酒醉駕駛人在死亡或傷殘或進到監獄之前，都以爲自己好得很。」

「我不是來聽你說教的。」

「我也沒要你喝到醉醺醺才過來。」

「你爲什麼要我過來？叫我來挨罵？找我碴？還是有什麼事不符合你的高標準了？」

「這實在不像你會說的話。」

「也許你從來沒仔細聽。」他說。

「我要你過來，原本是希望我們能夠開誠布公的談一談，但是現在看來時機不對。我有間客房，也許你應當去睡個覺，我們明天早上再說。」

「就我看，這時機好得很。」他又是打哈欠又是伸懶腰，沒去碰咖啡。「說吧，要不然我就走。」

「我們去客廳的爐火前面坐。」她從廚房的桌邊起身。

「外面足足有攝氏二十四度。」他也跟著起身。

「那麼我會把裡面的溫度調得涼爽舒適。」她走向開關，打開冷氣。「我老是覺得在爐火前面比較容易談話。」

他跟在史卡佩塔身後，走進她最喜歡的客廳裡，小小的空間裡有座磚砌火爐，地板和裸露的橫樑用的材質是松木心，牆面則砌著灰泥。她在火爐裡放進人造木塊，點燃，然後將兩張椅子拉近，關掉電燈。

他看著火舌捲上人造木塊的包裝紙，「我簡直不相信你會用這種東西。什麼都要維持原貌，結果用塊人造木頭。」

盧修斯．梅迪開車四處繞，心裡的厭惡感越來越強。

他看到那個混蛋調查員醉醺醺地騎著轟隆作響的摩托車前來，打擾鄰居安寧，之後兩人走進屋內。盧修斯心裡想著，每日例行的麻煩事。他因爲受到曲解，才能得眷顧；這是上帝要補償他。盧修斯本來打算給她個教訓，卻沒料到會一石二鳥，兩人都給他遇上了。他將靈車緩緩駛入漆黑的巷弄裡，擔心再次爆胎，怒氣益加高漲，挫折感穿刺而出，他用力拉彈橡皮筋。車上警用通訊器裡，調度員的聲音猶如遙遠的電訊干擾，就算在睡夢中，他也照樣能解讀。

他們沒打電話給他。他駕著車子經過威廉．西爾頓高速公路上的死亡車禍現場，看到屍體裝入競爭對手——算是宿敵了——的靈車裡，又一次，沒有人注意到盧修斯。波佛郡現在已經是她的勢力範圍了，所以沒有人打電話要他服務。就因爲他弄錯她的地址，她就排擠他。如果她認爲這算侵犯她的隱私，那麼她還不了解侵犯隱私的眞正意義。

在夜裡透過窗戶拍攝婦女，已經不是什麼新鮮事了。想想看，多少女性從未費心拉下窗簾或百葉窗，或是拉了，卻留下一、兩吋的縫隙，認爲怎麼可能會有人要看？誰會躲到灌木叢下，或爬到樹上去看？這實在令人吃驚，盧修斯就是會。那個自大的女醫生要是發現自己出現在錄影帶中任人觀看，或是知道有多少人看過影帶，不知會做何感想。更棒的是，他還有可能拍攝兩人的親熱畫面。盧修斯想到對手那輛絲毫比不上自己這輛的靈車，想到剛剛的車禍，以及令人無法忍受的不公不義。

他們叫誰去服務？不是他，不是盧修斯。稍早他透過無線電呼叫調度員，說明自己就在附近，她卻以粗魯簡短的語氣詢問：又沒有呼叫他，他是哪個單位的人？他說自己不是警方單位，她卻長篇大論地要他不要占用警用頻道，或是根本就不要使用無線電。他用力拉彈橡皮筋，疼痛的程度猶如鞭笞。他顛簸行經鋪石路面，經過女醫生馬車屋後方的鐵柵門後，眼前一輛白色的凱迪拉克擋住他的去路。這裡一片漆黑。他拉彈橡皮筋，出聲咒罵，認出凱迪拉克後擋泥板上的橢圓形貼紙。

HH：代表著西爾頓頂岬。

他大可把該死的靈車留在這裡，反正沒別人穿得過這條該死的巷弄，並且還打算通報這輛凱迪拉克，等警察來開單時，站在一旁大聲嘲笑。他興高采烈地想到YouTube影音網站，以及自己即將製造的麻煩。那個該死的調查員和他媽的賤貨正在胡攪，他親眼目睹兩人鬼鬼祟祟地進到屋裡。他有個女友，盧修斯在停屍間看到過那個性感小妞，而且在兩人沒注意到的時候，盧修斯也見到他們互相挑逗。他聽說史卡佩塔醫生在北邊有個男人。眞了不起，不是嗎？盧修斯給自己出了醜，在那個粗魯的調查員面前拉生意，告訴他，如果他和他的老闆願意推薦他——盧修斯．梅迪，那麼自己將十分感激，結果得到的回答是什麼呢？輕蔑和歧視。現在，他們得付出代價。

他熄掉引擎和車燈，走出車外瞪著凱迪拉克。他打開靈車後廂，地板上有個空蕩蕩的擔架，一疊整齊的白色床單，上面放著白色的屍袋。他找出攝影機，和車後工具箱裡的備用電池，然後關上門，瞪視凱迪拉克，從車子旁邊穿過去，思考如何才能更接近史卡佩塔的住處。

凱迪拉克駕駛座上有人移動身子，陰暗的車內有細微的動靜。盧修斯心情愉快地打開攝影機，檢查剩餘的記憶容量，車內的暗影再次移動，盧修斯走到車子後方，錄下牌照號碼。

也許是情人在車裡相好，他越想越興奮。接著，他感到遭人冒犯。車裡的人看到他的頭燈，竟然沒有讓路，這種態度大大不敬。他們看到靈車無法通過，得停在路邊，眞是目中無人。他們會後悔的。他用指節敲打車窗，打算好好把他們嚇一跳。

「我錄下你們的牌照號碼了。」他揚起音調。「我要打電話叫警察。」

燃燒的木塊爆裂開來，地毯上的英式座鐘滴答作響。

「你究竟怎麼了？」史卡佩塔看著馬里諾說。「哪裡不對？」

「這麼問話的人是你，所以我要假設，應該是你有什麼不對。」

「這麼說如何？我們之間出了問題。你看來很痛苦，讓我也難過。過去一整個星期簡直失控。你願不願意說出自己做了什麼事，究竟爲了什麼？」她說。「還是你要我說出來？」

火花啪啪作響。

「拜託，馬里諾，請你和我談談。」

他瞪著爐火看，好一下子的時間過去，兩人都沒有出聲。

「我知道電子郵件的事，」她說，「但是你應該已經知道了，因爲那天晚上是你要露西去察看那場虛構的火警。」

「所以你要她去窺探我的電腦，還眞是信任我。」

「噢，我認爲你如果要提起信任這回事，恐怕不妥。」

「我高興說什麼就說什麼。」

「你女朋友的觀光之旅，全都被拍下來了，我也看了。從頭看到尾。」

馬里諾臉孔扭曲。他當然知道攝影機和麥克風的存在，但是她看得出來，他並不知道有人監看著姍蒂和自己。他絕對明白兩人的一舉一動，以及所有的言語都會被錄下來，但是看來他以爲露西沒理由去觀看錄影帶。他其實沒錯，露西的確沒理由看。他十分確定自己不會被發現，結果卻讓事情更糟。

「到處都有攝影機，」她說，「你當眞以爲不會有人發現你做了什麼事？」

他沒有回答。

「我以爲你會在乎，以爲你關心被謀殺的小男孩。然而你卻拉開屍袋，和女友玩起看圖說故事。你怎麼能這麼做？」

他不願正視她，也不肯答話。

「馬里諾。你怎麼能這麼做？」她再次質問他。

「不過是恰好想到罷了。影帶上應該看得出來。」他說。

「沒有我的同意就帶人進去已經夠糟了，但是你怎麼能讓她觀看那幾具屍體？尤其是小男孩？」

「你看的錄影帶，是從露西監看我後才開始的那個部分。」他怒眼相視。「雖然我拒絕，但是姍蒂堅持要看。她不肯走出冷藏室，我盡力了。」

「這不是藉口。」

「我痛恨有人暗中偷看。」

「背叛就是不敬，我最不能忍受這種行爲。」史卡佩塔說。

「反正，我打算要辭職。」他以充滿敵意的語氣繼續說。「如果你偷看了賽爾芙醫生寫給我的郵件，你應該知道，除了在這裡陪你度過餘生之外，我還有更多更好的發展。」

「辭職？還是你希望我辭退你？在你做出這些事之後，我的確該這麼做。我們根本不該帶人參觀停屍間，還展示被送來這裡的可憐人。」

「老天爺，我眞恨女人們對每件事都過度反應，既情緒化又毫不理性。好啊，開除我。」他刻意咬字，但卻發音含糊；就像所有醉酒的人們一樣：過於努力地讓自己狀似清醒。

「事情這樣發展，正好讓賽爾芙醫生稱心如意。」

「你忌妒她，因爲她比你有分量。」

「這不是我所認識的彼德·馬里諾。」

「你也不是我所認識的史卡佩塔醫生。她還寫了其他有關你的事，你讀了嗎？」

「她說了不少。」

「你的謊言。你爲什麼不乾脆承認？也許露西的學習對象就是你。」

「我的性別偏好？這是你最想知道的事？」

「你不敢承認。」

「如果賽爾芙醫生所指屬實，我當然勇於承認。恐怕會害怕的人，是像她、像你這種人。」

他往後靠著椅背，有那麼一會兒看似就要落淚，隨後他的表情再次強硬起來，瞪著爐火看。

「你昨天做的事，」她說，「不像是我認識這麼多年的馬里諾。」

「也許，那是因爲你一直不想認清事實。」

「我知道不是這樣的，你究竟怎麼了？」

「我不知道自己怎麼會走到這步田地。」他說。「回頭看看過往，只見到這傢伙當了好一陣子優秀拳擊手，但是當時我不想讓自己的腦袋被打成泥漿。後來，我厭倦了在紐約當警察的日子，卻和最後厭倦我的桃麗斯結了婚，家裡有個過世的瘋兒子，卻仍然整天在外面追著混蛋瘋子跑，我實在不確定原因何在。我從來也沒弄懂，你爲什麼要從事現在的工作。你可能也不會告訴我。」馬里諾繃著臉。

「也許在我成長的環境當中，沒有人曾經對我說出我所需要聽的話，或是讓我感覺有人了解我，重視我；也許是因爲我親眼看著父親死去。我們所有的人，每天看的就是這一幕。我花了此後一輩子的時間，試圖去了解在我孩童時期就擊潰我的事件：死亡。我不認爲可以簡單又有邏輯的解釋我們爲什麼會從事現在的工作，或是爲什麼會做這些事。」她看向他，但是他卻沒有回視。「也許也沒辦法簡單或有邏輯地解釋你的舉止。但是我眞的希望可以。」

「過去，我沒有爲你工作。這就是差別所在。」他站起身來。「我得來杯波本威士忌。」

「你需要的不是更多酒。」她氣餒地說。

他不聽，而且知道酒吧在哪裡。她聽到他打開櫃子，拿出酒杯，接著又打開另一個櫃子，再來是一瓶酒。他走回客廳，一隻手上拿著一杯酒，另一隻手上則是酒瓶。她的胃開始出現不舒服的感覺。她想叫他走，但卻無法讓他醉醺醺地在半夜離開。

他把酒瓶放在咖啡桌上，說道：「我們在里奇蒙市的那幾年相處得不錯，當時我還是警探，而你是首席法醫。」他舉起杯子，不是啜飲，而是一口下肚。「接下來，你被開除，我也辭職。從那時候起，所有的轉變都與我所料想的不同。我愛死了佛羅里達，我們有一流機構，我負責調查，坐擁高薪，甚至還找名人心理醫生諮詢。倒不是說我有需要借助心理醫生，但是我成功減了些體重，體態健壯。沒有見她之後，才開始走下坡。」

「如果你繼續找賽爾芙醫生，她絕對會毀了你。我簡直不相信你竟然還不明白，她與你通信，就是為了要操控你。你知道她的為人，親眼看到她在法庭上的表現，也聽到她說的話。」

他又吞了口威士忌。「就這麼一次，一個比你強的女人出現，而你卻無法忍受。也許你受不了我和她之間的關係，無計可施之下，只好詆毀她。現在你被困在這個蠻荒地帶，準備去當個家庭主婦吧。」

「不要侮辱我，我不想和你吵架。」

他喝著酒，潛藏的敵意完全浮現。「我們之所以會從佛羅里達搬過來，可能就是為了我和她的這段關係。我現在懂了。」

「我確定威瑪颶風才是我們離開佛羅里達的原因。」她說，覺得胃部的疼痛越來越嚴重。「颶風，加上我需要再次有一個真正的辦公室，真正的業務。」

他飲盡杯中的威士忌，伸手再倒。

「你喝夠了。」她說。

「這你就對了。」他拿起杯子，又吞了口酒。

「我該叫輛計程車送你回去了。」

「也許你該去別的地方另起爐灶，離開這裡比較好。」

「我在哪裡比較好，由不得你來判定。」她說，小心翼翼地看著他。火光在他的臉上跳動。「請你不要再喝了，眞的夠了。」

「我的確受夠了，沒錯。」

「馬里諾，請不要讓賽爾芙醫生夾在我們之間。」

「她根本不必這麼做，是你自己造成的。」

「不要這樣。」

「就是要。」他口齒含糊，坐在椅子上的身軀略顯搖晃，發亮的雙眼令人十分不安。「我不知道自己還能活多久，會有哪個人能預知未來。所以，我不打算把時間和生命浪費在我厭惡的地方，更不想爲不尊重我應有價值的老闆工作，好像你比我優秀似的。那麼，告訴你，你沒有。」

「你剛剛說不知道自己還能活多久，這話是什麼意思？你這是在告訴我，你生病了嗎？」她說。

「我是在告訴你，我受夠了。」

她從未見過他如此之醉，搖搖晃晃地潑灑出更多威士忌。她想要將酒瓶拿開，但是他眼中的神情讓她不敢有所動作。

「你獨居，這樣不安全。」他說。「你獨自住在這棟小屋子裡不安全。」

「這麼說吧，我一向獨居。」

「是啊。去他媽的班頓會怎麼說。祝你們兩個萬事如意。」

她第一次看馬里諾醉到這種程度，並且充滿恨意。這讓她不知所措。

「我現在的情況是必須做出選擇。所以我老實告訴你。」他說話邊吐口水，手裡歪斜地拿著威士忌酒杯。「在你手下工作，我眞是受夠了。」

「如果你真是這麼想，我樂於聽你說出口。」但是她越是安撫他，他就越是光火。

「有錢的勢利鬼班頓．衛斯禮博士。就因為我不是博士、律師，或是印地安酋長，所以就配不上你。告訴你一件該死的好事，我就配得上姍蒂，她可不是你想的那種人。她的家庭比你的要好多了。她可不是成長在邁阿密的窮苦家庭，家長還是個剛下船的藍領階級雜貨店移民員工。」

「你醉透了，可以去我的客房休息。」

「你的家庭沒比我的好。剛下船的義大利移民，一無所有，一個星期裡有五天光是吃廉價的番茄醬加義大利麵。」他說。

「我幫你叫輛計程車。」

他把手上的酒杯啪一聲放到咖啡桌上。「我覺得我該要上馬就騎。」他抓住椅子，穩住自己的身體。

「你別想騎摩托車。」她說。

他邁開大步，卻撞到了門框，史卡佩塔扶住他的手臂。她試圖拉住馬里諾，請他不要離開，卻幾乎被一路拖到前門。他伸手探入口袋裡掏出摩托車鑰匙，她一把搶了過去。

「鑰匙還我，我這是對你客氣。」

她把鑰匙握在手中，藏到身後，兩人就站在前門內的小玄關。「不准騎車，你連路都走不好，要是不搭計程車，你就留下來。我不會放你去自殺或是撞傷別人。拜託你聽我的話。」

「鑰匙給我。」他瞇起眼睛瞪著她看，史卡佩塔覺得眼前龐大的陌生男人彷彿會動手傷害她。「給我。」他伸手捉住她放在身後的手腕，她既驚又怕。

「馬里諾，放開我。」她掙扎著想要甩開他的手臂，但卻得到反效果。「你弄痛我了。」

他伸手抓住她另一隻手腕，當他俯身靠向史卡佩塔時，她滿心的害怕轉變成恐懼，他用龐大的身子將她抵向牆邊。她飛快盤算，應該要怎麼做，才能阻止他跨越雷池。

「馬里諾，放手，你弄痛我了。我們回客廳去坐下。」她試圖隱藏音調中的恐懼，背後被攫住的雙手十分疼痛。他使力擠向她。「住手，馬里諾，你不會想這麼做的，你完全醉了。」

他親吻她，對她上下其手，而她把頭轉開，試著推開他的手，猛力掙扎，開口阻止他。馬里諾親吻全力抗拒、試圖勸說的史卡佩塔，摩托車鑰匙喀噠一聲掉到地上。他扯開她的襯衫，她要他住手，企圖阻止他撕扯她的衣服，並且推開他的手，告訴他，他弄痛了她。接下來她停止掙扎，因爲他儼然已經是個陌生人。他不是馬里諾。在他跪下雙膝，用雙手和嘴巴對她展開攻擊的時候，她看到他插在牛仔褲後面的手槍。

「馬里諾？你眞想這麼做？強暴我？馬里諾？」她的聲音鎭定，毫無畏懼，似乎來自身軀之外。「馬里諾？你當眞想強暴我嗎？我知道你不想這麼做，我知道你不想。」

他突然停下動作，放開她，空氣開始撫過她的皮膚，他的唾液沾溼她的皮膚，粗暴的動作和鬍子也造成多處擦傷破皮。他用雙手遮住自己的臉，往前蹲俯，環住她的雙腿，像孩子般開始啜泣，這時她抽走他後腰上的手槍。

「放手。」她試著離開他的身邊。「讓我走。」

馬里諾跪著，用雙手摀住自己的臉。她褪下手槍的彈匣，拉回滑套，確定槍膛裡沒有子彈。她把手槍塞進門邊小桌的抽屜裡，然後撿起摩托車鑰匙，將鑰匙和彈匣藏在雨傘架裡。她扶起馬里諾，帶他離開廚房，走向客房。床很小，她協助他躺下時，馬里諾塡滿了整張床鋪。她拉掉他的靴子，幫他蓋上被子。

「我馬上回來。」她說，沒關上燈。

她在客房浴室裡裝了一杯水，從藥瓶裡倒出了四顆止痛錠Advil。她披上袍子，手腕疼痛，皮膚因擦傷而產生灼熱的疼痛，想起他的雙手和唇舌便令她作嘔。她俯向馬桶嘔吐，然後靠向洗手槽，深呼吸，看向鏡子裡自己泛紅的臉龐，鏡裡的倒影猶如陌生人，就好像陌生的馬里諾一樣。她用冷水潑洗，清洗自己的嘴，洗淨他觸碰過的每一吋肌膚，也洗掉了眼淚。幾分鐘之後，她才恢復自制。她回到客房裡，馬里諾正在打呼。

「馬里諾，醒醒，坐起來。」她將他扶起，在他身後塞了幾個枕頭。「來，把藥吞了，整杯水都要喝掉，你得多喝點水。明天早上，你會嚴重頭痛，但是這會有幫助。」

他喝了水，吞下Advil藥錠，當她端第二杯水過來的時候，他把頭轉向牆面。「把燈關掉。」他對著牆壁說。

「我要你保持清醒。」

他沒有答話。

「你不必面向我，但是請保持清醒。」

他還是沒有看她。他渾身散發出烈酒、香菸和汗水的臭味，這股氣味讓她不由想起剛剛的遭遇，於是她感覺渾身酸痛，更憶起他的觸碰，再度作嘔。

「別擔心，」他啞聲說話，「我會離開的，你永遠不必再見到我。我會就此消失。」

「你非常非常醉，根本不知道自己在做什麼。」她說。「但是我要你記住這件事。你得要足夠清醒，到明天才會記得這件事。這樣我們才能不再掛記。」

「我不知道自己怎麼了。我幾乎殺掉他，我眞的很想，眞的不知道自己在做什麼。」

「你差點殺了什麼人？」她說。

「在酒吧裡。」他因爲酒醉而口齒不清。「我不知道自己怎麼了。」

「告訴我，酒吧裡發生了什麼事？」

他瞪著牆壁，沒有說話，呼吸又開始沉重。

「你差點殺了誰？」她大聲問話。

「他說，有人派他來。」

「派他來？」

「威脅要對你不利，我差點就射殺他。接著我來這裡，和他做出一樣的舉動，我該殺了自己。」

「你不會自殺。」

「我應該要。」

「那會比你剛剛做的事還要糟，聽懂了嗎？」

他沒有回答，也不願看她。

「如果你自殺，我不會爲你感到遺憾，也不會原諒你。」她說。「自殺是自私的舉動，我們全都不會原諒你。」

「我配不上你，永遠不可能。說吧，讓我們一次解決。」他咬字含糊，彷彿嘴裡含了塊破布。

桌旁電話響起，她拿起話筒。

「是我。」班頓說。「你看到我傳給你的東西了嗎？你還好嗎？」

「沒事，你呢？」

「凱？你還好嗎？」

「沒事，你呢？」

「老天，是不是有人在那裡？」

「我們明天再談。我決定留在家裡整理花園，我要公牛過來幫忙。」

「你確定？你確定他沒問題？」

「現在確定了。」她說。

西爾頓頂岬，凌晨四點。海浪拍上岸邊，海灘上四濺的浪花，彷彿大海噴吐的白沫。

威爾・藍波靜靜出現在木板階梯走道上，走過木板走道，攀越鎖上的柵門。這棟仿義大利風格的別墅有著灰泥牆，還有好幾個煙囪和拱門，屋頂則鋪著鮮紅色的桶形瓷磚。後院裡放了幾座銅製電燈，石桌上凌亂擺著幾個菸灰缸和空酒杯，就在不久之前，她的汽車鑰匙也在上頭。她開車次數頻繁，大多是漫無目的遊蕩；鑰匙不見之後，她也只好使用備用鑰匙。他靜靜地移動身子，棕櫚樹和松樹隨風搖擺。

樹枝彷彿魔杖狂飛亂舞，咒語降至羅馬。紛落的花瓣，猶如沿著塔匹歐街飄下的細雪。罌粟紅似鮮血，瘀青般的紫藤攀附在古舊的磚牆上。鴿子在階梯上快步來去，女人們將貓食和蛋放在廢墟下方的塑膠盤上，餵食野貓。

這是個散步的好天氣，觀光客不多；微醺的她自在地與他同行，心情愉快。他知道，她絕對會幸福快樂。

「我想帶你見我父親。」他對她這麼說，兩人坐在牆上看野貓。她不停地說：可憐，應該要有人出面拯救這些近親交配生下的畸形造物。

「流浪貓和野貓大有不同。這些野貓寧願留在這裡，還會狠狠攻擊出手相救的人。牠們不是那種遭到拋棄或受傷的絕望流浪貓，除非被人抓去安樂死，否則只好在屋舍旁垃圾桶之間衝竄覓食。」

「爲什麼會有人抓牠們去安樂死？」她問。

「就是會。如果牠們被帶離自己的避難處，淪落到不安全的場所，有可能被車撞、被狗追，經常處於險境，受傷且難以治癒，這種事就是會發生。野貓不同，獨來獨往的，除非牠們願意，否則沒有人可以靠近。牠們就是想留在這裡，在廢墟底下過活。」

「你眞古怪。」她用手肘輕擠著他。「我們見面時我就有這種感覺，但是你實在可愛。」

「走。」他說，扶著她起身。

「我好熱。」她如此抱怨。儘管天氣不冷，太陽也不大，他還是要她披上他的黑色長大衣，戴上他的便帽和深色眼鏡。

「你的知名度太高，人們會瞪著你看。」他如此提醒她。「這你也知道的，我們不想讓人瞪著看。」

「我得去找我的朋友們，免得她們以爲我被人綁架了。」

「走啦，你得看看那個寓所，很壯觀的。你看來有點累，我會開車載你去，然後，如果你想，可以打電話給你的朋友們，請她們過來會合。我們可以品嚐好酒和乳酪。」

隨後是一片漆黑，他腦中光線頓失。醒來時，他眼前盡是明亮的碎片，彷彿碎裂的彩繪玻璃——一度訴說著眞實故事，如今卻已粉碎不堪。

別墅北側的樓梯沒有打掃，自從管家上次來過之後，洗衣間的門就沒有打開過。那是將近一個月之前了。樓梯兩側都栽種了木槿樹叢，透過樹叢後方的一扇窗戶，他看見警鈴設備和亮著的紅燈。他打開自己的裝備箱，拿出鞍柄的合金材料玻璃刀。他劃開一片玻璃，放在樹叢後方沙地上，狗窩裡的狗兒開始吠叫，威爾雖然稍有猶豫，卻依然鎮定。他伸手到窗內拉開門栓，拉開門後警鈴大作，他按下密碼，鈴聲於是停止。

他進到這棟監看超過數個月的屋子裡，歷經漫長的想像和縝密策畫，雖然終於輕而易舉完成這項工作，卻感覺到些許失望。他蹲下身子，將沾滿沙子的手指探進鐵絲狗籠裡，對巴吉度獵犬輕聲低語：「沒事的，一切都很好。」

巴吉度獵犬停止吠叫，威爾讓狗兒舔舐自己沒有沾上膠水和特殊沙子的手背。

「好孩子，」他低語，「別擔心。」

他踩著帶沙的腳步穿過洗衣間，朝著再次傳出電影聲音的主屋前進。每當她走到外面來抽菸，總是忘了順手關上門。她坐在階梯上，瞪著游泳池裂了縫的黑色池底抽菸，煙霧便隨之飄入室內。菸味滲透一切，他嗅到停滯的惡臭，這股味道在空氣中劃下明確的邊界，正如她周遭苦難灰澀的氛圍：病態，近乎死亡的氣味。

赭紅色的四壁和天花板呈現大地色調，石材地板則是一片海藍。每個出入口都設計成拱門，一盆盆高大的芼莨欠缺適度的水分，不但葉片低垂，並且泛著棕色，石材地板上有她深色的髮絲。她踱步時有時會裸著身子，拉扯頭髮，頭髮及陰毛隨著動作落下。她背對著他，睡在長沙發上，頭頂上光禿的部分彷佛一輪皎皎圓月。

他沾了沙子的裸足安靜移動，電影仍在播放。麥克．道格拉斯和葛倫．克蘿絲在立體音響播放的蝴蝶夫人詠嘆調中共飲美酒。威爾站在拱門下，觀看熟悉的《致命的吸引力》。他看過許多次了，在窗外，在她毫無所知的情況下，與她共同觀賞了許多次。劇中角色還沒開口，他就可以在腦子裡聽到對白，接下來，麥克．道格拉斯打算離開，葛倫．克蘿絲憤怒難當，撕去他的襯衫。

撕、扯，急於探至深處。他的雙手沾滿鮮血，已經看不清皮膚的顏色。他試圖塞回羅傑的內臟，在狂風飛沙的襲擊之下，兩人幾乎連對方都看不見，也聽不到。

沙發上，她依然熟睡，過量的酒精和藥物讓她聽不見他的靠近，也沒有感受到他貼近身邊，等著要帶她離開。她會對他滿心感激。

「威爾！救我！求你幫幫我！噢，求求你，上帝！」他哀嚎。「太痛苦了！請別讓我死！」

「你不會死的。」他抱住他。「我在這裡，就在你身邊。」

「我受不了！」

「上天不會將超過你容忍範圍的痛苦，加諸在你身上。」打從威爾還小的時候，他的父親就經常如此說。

「這不是眞的。」

「什麼不是眞的？」兩人在羅馬家中的餐室裡喝酒，父親這麼問他。這時威爾握住古董櫃的石腳。

「我滿手滿臉都是。我嚐得到，我嚐到他的味道。我飽嚐他的味道，也盡全力不讓他死去。因爲我答應過，他不會死。」

「我們得出去，我們出去喝杯咖啡吧。」

威爾轉動牆上的控制鈕，調大環繞音響的音量。電影發出刺耳的聲音，接著她坐起身子，開始尖叫。他向她傾下身子，電影的聲響幾乎蓋去她的叫聲，他將一隻沾沙的手指放在她的唇上，慢慢搖頭，要她不要作聲。他在她的杯子裡倒入伏特加，遞給她，點頭示意她喝下。接著他將裝備箱、手電筒和照相機放在地毯上，在她身旁的長椅上坐下，深深地望入她朦朧、驚慌、布滿血絲的眼底。她沒有睫毛，全被她扯個精光。她並沒有嘗試著起身，或是逃跑。他點個頭，要她飲下伏特加，她乖乖喝下。她已經打算接受即將發生的一切，將來，她會感謝他。

電影震撼著屋子，她的嘴唇吐出：「請不要傷害我。」

她一度擁有美麗的容顏。

「噓。」他搖頭，再次用沾沙的手指將她的雙唇壓靠在牙齒上，要她安靜下來。沾沙的手指打開裝備箱；箱裡裝著許多瓶膠水和除膠劑，一袋沙子，一把黑色握柄的六吋雙刃牆板鋸和替換鋸片，以及各式收藏刀。

他腦中的聲音接著出現。羅傑哭喊哀嚎，口中吐出帶血的泡沫。只是，哭喊的並不是羅傑，而是女人帶血的嘴唇苦苦哀求：「求你不要傷害我！」

葛倫．克蘿絲開口要麥克．道格拉斯滾蛋，音量震撼了主屋。

她驚慌失措，開始啜泣，全身像是病發一般地打顫。他盤起雙腿，坐在長椅上。她瞪著他沙紙般的手掌，殘缺赤裸的腳底黏滿沙子，地板上的裝備箱和照相機，布滿斑點的肥胖臉龐上出現了解的表情：即將來臨的遭遇將無可避免。他注意到她髒亂的指甲，一股感覺油然而生，每當他以心靈擁抱遭受無盡苦難折磨的人們，帶他們解脫苦痛的時候，都有同樣的感受。

他感受到自己骨骼深沉的震顫。

她出血的嘴唇扭動。「求你不要傷害我，求求你。」她哭喊，涕淚縱橫，舌頭濡溼帶血的雙唇。「你要什麼？要錢嗎？請你不要傷害我。」出血的嘴唇扭動。

他脫去自己的襯衫和卡其褲，折疊整齊地放在咖啡桌上；隨後再脫掉內衣褲，放在其他的衣物上方。他感覺到一股力量，猶如電波般刺穿他的腦子，接著，他猛力攫住她的手腕。

11

破曉時分。今日看來應該會下雨。

蘿絲在她坐落於邊間的公寓裡看向窗外，大海輕柔地拍打著與慕瑞大道相接的海堤。她居住的這棟建築物，在過去曾經是華麗的旅館，往外望去，可以看到查爾斯頓最昂貴的幾棟宅邸，她爲這些壯觀的濱海住宅拍下許多照片，貼在剪貼簿裡，偶爾會拿來瀏覽一番。眼前的際遇讓她難以置信，她同時身處於夢魘和美夢之中。

當她搬來查爾斯頓時，開口要求一處離海不遠的住處，她的說法是：「近到讓我知道海的存在。」「我想，這應該是我最後一次跟著你跑了。」她對史卡佩塔這麼說。「在我這把年紀，我不想弄個庭園來找罪受。我一直想住在水邊，但千萬不要有泥沼或臭雞蛋的味道。大海；如果能靠海邊，至少走路就能到，那我就滿意了。」

她們花了不少時間看屋。蘿絲最後選擇這處離亞胥黎河不遠的舊公寓，史卡佩塔、露西以及馬里諾還費了一番工夫翻修整理。蘿絲非但沒有花費任何修繕費用，史卡佩塔還幫她加薪。沒有這筆薪水，蘿絲不可能負擔得起租約，但是從來也沒有人說起這件事。史卡佩塔只說，比起他們曾經居住的城市，查爾斯頓消費昂貴；但就算沒有這個理由，也理當爲蘿絲加薪。

她煮了咖啡，看著新聞，等待馬里諾來電。過了一個小時，她納悶地不知馬里諾身在何處。另一個小時過去，仍然沒有任何消息，挫折感越來越重。她留給他好幾個留言，表示她今天早晨無法去上班，請他過來一趟，幫忙挪動沙發。此外，她也得和他談談。她是這麼告訴史卡佩塔的，「現在」就是最好的時機。將近十點了，她再次撥打他的手機，電話直接轉到語音信箱。她透過打開的窗戶往外看，海堤後方吹來清涼的空氣，海面的波浪起伏，萬象多變，海水的顏色彷彿白鑞。

她知道不該獨自搬動沙發，但是滿心不耐，煩到決定自己動手。她一邊咳嗽，一邊回想過去的瘋狂舉動。她疲倦地坐下，放任自己沉溺在昨晚的回憶當中，就在這張沙發上的聊天，牽手，與親吻。她感受到自以爲不可能再發生的感情，卻懷疑事情將會如何發展。她不能放棄，但又無法持續，一股深沉黑暗的憂傷湧上心頭，毋需嘗試詳細探究。

電話響起，是露西。

「怎麼樣？」蘿絲問她。

「奈特向你問好。」

「我比較有興趣的，是他對你的狀況有什麼說法。」

「老樣子。」

「這是好消息。」蘿絲走到廚房的長桌邊，拿起電視遙控器。她深吸了一口氣。「馬里諾本來應該來幫我搬沙發的，但是，照例……」

露西停頓一下，然後說，「這是我打電話給你的原因之一。我本來要順道去看凱阿姨，告訴她我和奈特見面的狀況。她不知道我去了醫院，我總是事後才告訴她，省得她擔心。結果，我看到馬里諾的摩托車停在她的屋前。」

「她本來是在等你過去嗎？」

「沒有。」

「這是什麼時候的事？」

「大概八點鐘。」

「不可能。」蘿絲說。「八點鐘，馬里諾應該還在昏睡中。至少這幾天都是這樣。」

「我去了趟星巴克，接著在九點左右往她家的方向回去，你猜怎麼樣？我和他那個開著BMW轎車的薯片女友擦身而過。」

「你確定是她？」

「你要牌照號碼嗎？還是要她的出生年月日？或是銀行存款——順道一提，數字不大。看來她的錢花得差不多了，而且還不是從她的富爸爸手上得來的；她老爸沒留給她半毛錢。但是她倒是有些來源不明的存款，出手和進帳的速度差不多。」

「真糟糕。你從星巴克回頭的時候，她有沒有看見你？」

「我開法拉利，除非她這個千人騎還瞎了眼。抱歉……」

「不必，我知道那是什麼意思，也絲毫不懷疑其真實性。馬里諾配備了特殊導向系統，直接帶他找上這種賤貨。」

「你聽起來不太對，好像呼吸有點困難。」露西說。「我等一下過來幫你搬沙發好嗎？」

「我哪裡都不會去。」蘿絲說，掛掉電話，一邊咳嗽。

她打開電視，正好看到一顆網球落在紅土球場上，珠兒．馬丁發球速度快到連對手都懶得去接。CNN播放去年法國公開賽的鏡頭，有關珠兒的新聞依然持續播報。網球賽，她的生與死，一次次重播，越來越多的賽事鏡頭，以及古老的羅馬，接下來就是警方以封鎖線圍起的建築工地，和閃爍的緊急照明。

「目前我們有沒有更多的資訊？是否有任何新發展？」

「羅馬官員依然三緘其口。顯然沒有發現任何線索或嫌犯，這樁慘案仍然是一團迷霧。此地的人們極想了解原因，鏡頭上可以看見，人們來此，在發現屍體的建築工地旁獻上花朵。」

又是重播。蘿絲試著不要去看。這些鏡頭她全都看過，而且不只一次，但卻仍然爲之蠱惑。

珠兒反手擊球。

珠兒上網，猛力擊出高吊球，球高彈到看台上。觀衆們跳起身來高聲歡呼。

珠兒漂亮的臉蛋出現在賽爾芙醫生的節目裡。她說話速度很快，思緒從一個主題跳到下一個，剛贏得美國公開賽，這使得她興致高昂。人們稱她爲網球界的老虎伍茲。賽爾芙醫生切入訪問話題，提出了不該問的問題。

「你是處女嗎，珠兒？」

她大笑，用雙手遮住自己羞紅的臉。

「沒關係啦。」賽爾芙醫生微笑，該死地對自己志得意滿。「這就是我要說的，各位。」她面向觀衆。「羞愧感。爲什麼我們一提起性這件事，就會感覺羞愧？」

「我十歲失去童貞，」珠兒說，「掉在我哥哥的腳踏車上。」

群衆瘋狂鼓譟。

「珠兒．馬丁，在甜蜜的十六歲過世。」主播說話。

蘿絲設法將沙發推過起居室，靠在牆邊。她坐在上面，忍不住哭泣，然後她起身踱步，一邊掉淚一邊咕噥說著：死亡是一種錯誤，暴力令人難以承擔。她恨死亡。恨所有的一切。她在臥室裡找出處方藥瓶，到廚房爲自己倒了一杯葡萄酒，用酒呑下一顆藥，一會兒之後卻咳嗽到幾乎無法呼吸，她隨後呑下第二顆藥錠。電話響起時，她已經無法穩下雙手接聽，話筒掉到地上，然後笨拙地撿了起來。

「喂？」

「蘿絲嗎？」史卡佩塔的聲音。

「我不該看新聞的。」

「你在哭嗎？」

房間開始打轉，她眼前一片模糊。「不過是個小感冒。」

「我馬上過來。」史卡佩塔說。

馬里諾把頭靠在椅背上，墨鏡遮住雙眼，大手就放在腿上。

他身上穿著和昨晚相同的衣服，看得出他就穿著這些衣服睡覺。他的臉色泛紅，散發出尙未洗澡的宿醉酒臭。馬里諾和這股氣味，喚回史卡佩塔的惡劣回憶，昨日糟糕透頂的際遇簡直難以形容。他以前從未看過或碰觸過的皮膚刺痛，肌肉酸疼。她穿上層層觸感柔細的絲棉衣物，襯衫扣到領口，外套拉鍊也拉到頂，好遮住傷處，也藏起受辱的感覺。在他身邊，她感覺自己既無力又毫無遮掩。

她開著車子，一片沉默令人難受。車內充滿大蒜和濃烈的乳酪香氣，他搖下自己這邊的車窗。

他說：「眼睛看到光好難過，我簡直不能相信光線會這麼刺眼。」

這句話他已經說了好幾次，這無異是主動回答未曾提出的問題：儘管天色陰霾又飄著雨，他依然戴著墨鏡，不願望向她。大約一個小時之前，她將咖啡和吐司端到床前，他坐起身來，抱著腦袋呻吟抱怨，滿腔疑問地問道：「我在哪裡？」

「你昨天晚上醉得一塌糊塗。」她把咖啡和吐司放在床頭桌上。「你還記得嗎？」

「我要是吃東西，一定會吐出來。」

「你記得昨晚發生的事嗎？」

馬里諾說，他只記得騎著摩托車來到她家，之後就完全沒印象了。然而他的行爲卻說明自己記得一切。他繼續抱怨自己不舒服。

「眞希望你沒有在車後放那些食物，我現在一聞到味道就不舒服。」

「沒辦法。蘿絲感冒了。」

她把車停在蘿絲住的大樓旁邊。

「我可不想感冒。」他說。

「那你就留在車裡。」

「我想知道你到底把我的槍放到哪裡去。」他這句話也說了好幾次。

「我告訴過你，放在安全的地方。」

她停好車。車後座有個籃子，裡面裝著加蓋的食物。她徹夜沒睡，下廚料理，準備了足以餵飽二十個人的義大利細扁麵佐風堤納乳酪醬、波隆納千層麵，以及蔬菜湯。

「以你昨晚的狀況，不適合佩戴上膛的手槍。」她補充說。

「槍在哪裡？你把槍怎麼了？」

他走在她前方，根本沒有費心詢問是否需要幫忙提籃子。

「我再說一次。昨天晚上，我拿了你的槍和摩托車鑰匙。我會拿走你的鑰匙，是因爲你連站都站不好，還堅持要騎車。你記得嗎？」

「你家那瓶波本威士忌，」他一邊走向雨中的白色建築，「原品博士。」好像這是她的錯。「我可買不起那種好酒。入口滑順，我都忘了它酒精濃度超過百分之一百二。」

「所以是我的錯。」

「搞不懂，你幹嘛在家裡放那麼烈的酒。」

「因爲那是你在除夕夜帶過來的。」

「就像有人拿撬胎鐵棒敲我的腦袋一樣。」他一邊說話，一邊登上階梯，門房讓兩人入內。

「早安，艾德。」史卡佩塔說，注意到大廳後方的辦公室裡傳出電視的聲音。她聽到新聞深入報導珠兒・馬丁的謀殺案。

艾德看向辦公室，搖頭說道：「可怕，眞是可怕。她是個好女孩，眞是個不錯的孩子。就在被殺之前還來過這裡，每次進門就給我二十塊錢小費。這麼好的孩子，一點也不擺架子，你們知道嗎？」

「她以前住過這裡？」史卡佩塔說。「我以爲她一向住在查爾斯頓廣場旅館，每次她到這附近來，新聞多半是這樣報導。」

「她的網球教練在這裡有間公寓，很少來住。」艾德說。

史卡佩塔不懂，爲什麼自己從來沒有聽說過這件事。現在不是詢問的時機，她十分擔心蘿絲的狀況。艾德按下電梯開關，然後按下蘿絲所住的樓層。

電梯門關上，馬里諾的墨鏡直視前方。

「我偏頭痛。」他說。「你有沒有治偏頭痛的藥？」

「你已經服用了八百毫克的止痛藥，至少五個小時不能再用別的藥。」

「那藥對偏頭痛沒有用。我眞的希望你家裡不要放那種烈酒，好像有人趁我不備的時候給我下藥。」

「唯一趁你不備時動手的人，就是你自己。」

「我眞不相信，你竟然眞的打電話給公牛，如果他有危險性怎麼辦？」

經過昨晚的遭遇，她無法相信他仍能說出這種話。

「我可不希望接下來你會要他來辦公室幫忙。」他說。「他懂什麼？只會礙事。」

「我現在沒辦法思考這件事，我現在想的是蘿絲。除了自己，也許你也該想想別人。」怒氣開始浮現，史卡佩塔快步向前，走廊上鋪著老舊的地毯，牆壁的白色粉刷也有段時日了。

她按著蘿絲公寓的電鈴。沒人回應，裡面除了電視，沒有別的聲音。她把籃子放在地板上，再次按門鈴，接著又按了一次。她撥打蘿絲的手機，也撥打座機，聽到門內的電話鈴聲，以及隨後出現的語音留言。

「蘿絲！」史卡佩塔用力拍門。「蘿絲！」

電視聲音傳出來，沒有別的動靜。

「我們得去拿備用鑰匙。」她對馬里諾說。「艾德有一把。蘿絲！」

「去他的鑰匙。」馬里諾用力踢門，木片碎裂，防盜鏈扯開來，整扇門撞上牆壁，銅製的鏈條鏗然落地。

蘿絲躺在沙發上，毫無動靜，雙眼緊閉，臉色灰敗，長長的銀白髮絲沒有梳理。

「打電話叫救護車！」史卡佩塔拿枕頭墊高蘿絲的後背，馬里諾則打電話叫救護車。

她測量蘿絲的脈搏：六十一。

「救護車馬上到。」馬里諾說。

「去車上拿我的急救袋，在後車廂裡。」

他轉身跑出公寓，史卡佩塔發現地上有個酒杯和一個處方藥瓶，幾乎被沙發罩遮住。她驚訝地發現蘿絲服用了Roxicodone，這種含有羥考酮溴化氫的藥物屬於鴉片類止痛劑，很容易上癮。處方單是十天前的，共開了一百顆藥片。她打開藥瓶，裡面只剩下十七顆十五毫克的綠色藥片。

「蘿絲！」史卡佩塔搖著她，蘿絲身體溫熱，並且還出汗。「蘿絲，醒醒！你聽到我說話嗎？蘿絲！」

史卡佩塔到浴室拿來一條冷毛巾，貼放在蘿絲的前額上，握住她的手，和她說話，試著要讓她恢復清醒。隨後，馬里諾回來，他看來既狂暴又害怕，把史卡佩塔的急救袋交給她。

「她搬動沙發，我本來應該來幫忙的。」他說，墨鏡瞪向沙發。

遠處傳來救護車的聲響，蘿絲稍微轉醒；史卡佩塔從急救袋裡拿出量血壓的壓脈帶和聽診器。

「我答應過她，會過來搬沙發的。」馬里諾說。「她自己搬了，沙發本來在這個位置。」墨鏡看著窗邊的空間。

史卡佩塔拉高蘿絲的袖子，放上聽診器，然後在手臂上扣緊壓脈帶，暫阻血液流通。

救護車的笛音響亮。

她壓著球管，將空氣打入壓脈帶中，然後鬆開氣閥，讓空氣慢慢流出來，好聆聽血液在動脈流動的聲音。壓脈帶洩出空氣，發出安靜的噓聲。

笛音停止，救護車到了。

收縮壓八十六，舒張壓五十八。她再將聽診器移到蘿絲胸前和後背。蘿絲的呼吸很淺，血壓也不高。

蘿絲醒過來，頭部開始移動。

「蘿絲？」史卡佩塔大聲說。「你聽得見嗎？」

她張開眼睛。

「我要幫你量體溫，」她把電子體溫計放到蘿絲的舌下，幾秒鐘之後，體溫計就發出嗶的聲響。攝氏三十七點三。她拿起藥瓶。「你吞了幾顆藥？」她問。「喝了多少酒？」

「只是個小感冒。」

「你自己搬動沙發嗎？」馬里諾開口問她，好像這是眼前最重要的事。

她點點頭。「太累了，就這樣而已。」

走廊上傳來快速的腳步聲，以及救護人員和擔架的聲響。

「不要。」她抗議。「叫他們走開。」

門口出現兩名身著藍色連身衣的醫護人員，正要把擔架推進來。擔架上還放著電擊器和其他設備。

蘿絲搖頭。「不要，我很好。我不要去醫院。」

艾德出現在門口，擔心地往內張望。

「哪裡不舒服，女士？」一名金髮碧眼的醫護人員來到沙發旁，觀察蘿絲的狀況。他近距離地看著史卡佩塔。

「不要。」蘿絲固執無比，揮手要他們離開。「我是說眞的！請離開。我只是昏過去而已。」

「不只這樣。」馬里諾對她說，但是墨鏡卻瞪著金髮的醫護人員。「我不得不破門而入。」

「在你離開之前，最好先把門修好。」蘿絲咕噥。

史卡佩塔自我介紹，解釋著蘿絲把止痛藥搭配葡萄酒喝下，在他們到達的時候，完全不省人事。

「女士？」金髮醫護人員靠向蘿絲。「你喝了多少酒、吃了多少止痛藥？什麼時候吃的？」

「比平常多一顆，總共三顆。酒只有一點點，半杯。」

「女士，你必須得老實說，這非常重要。」

史卡佩塔把處方藥瓶遞給醫護人員，然後對蘿絲說：「每四到六小時服用一顆，你吃的不只兩倍，已經用藥過量了。我要你去醫院，好確定一切沒問題。」

「不要。」

「你有沒有先壓碎或咬碎藥片？還是整顆吞下去？」史卡佩塔問，因爲藥片如果壓碎，就更容易釋放藥效，被身體吸收。

「整顆吞下去，一直都是這樣。我的膝蓋痛得不得了。」她看著馬里諾。「我不該去搬沙發的。」

「如果你不願意和好心的救護人員走，我帶你去。」史卡佩塔說，注意到金髮救護人員的眼光。

「不要。」蘿絲固執地搖頭。

馬里諾注意到金髮救護人員瞪著史卡佩塔看，卻沒有如同以往一樣，靠上前去保護。史卡佩塔並沒有開口詢問最惱人的問題：爲什麼蘿絲要服用Roxicodone。

「我不要去醫院。」蘿絲說。「不去，我說眞的。」

「看來，我們可能不需要你們的協助了。」史卡佩塔對醫護人員說。「非常感謝。」

「我幾個月前聽過你演講。」金髮醫護人員對她說。「在國家法醫學院，兒童死亡事故的課程。你有一場演說。」

他的名牌上寫著：T・杜金頓。她對他沒有印象。

「你在那裡做什麼？」馬里諾問他。「國家法醫學院是警察去的。」

「我在波佛郡警長辦公室當調查員，他們派我去國家法醫學院，我是那裡的研究生。」

「這可就怪了。」馬里諾說。「那你來查爾斯頓幹什麼？開救護車逛大街？」

「我在休假日，兼差擔任救護人員。」

「這裡又不是波佛郡。」

「我需要外快，而且緊急醫護人員對我的工作來說，也是個很好的額外訓練。我在這裡有個女友，應該說，以前有個女友。」杜金頓對這點不太矜持。他對史卡佩塔說，「如果你確定沒問題，我們就離開。」

「謝謝，我會注意她的。」史卡佩塔回答。

「順道一提，很高興能再見到你。」他的藍眼盯著她看，接著就和夥伴一起離開。

史卡佩塔對蘿絲說，「我要帶你去醫院，確認沒別的問題。」

「你哪裡都不必帶我去。」她回答。「你去幫我找扇新的門好嗎？」她對馬里諾說。「或是新鎖，修修你闖下的禍。」

「你可以用我的車，」史卡佩塔說，把鑰匙丟給他，「我走路回家。」

「我得去你家。」

「那得等一等。」她說。

太陽在灰濛濛的雲朵間躲躲藏藏，海水拍打岸邊。

在南卡羅萊納州土生土長的艾許里・朵雷脫掉防風夾克，將衣袖綁在自己的大肚腩上，手上嶄新的攝影機對準妻子梅莉莎。沙丘上有一片海生野麥，旁邊突然出現一條黑白相間的巴吉度獵犬，他關掉攝影機。小狗慢步向梅莉莎跑來，下垂的長耳朵在沙灘上拖拖拉拉，接著就氣喘吁吁地靠在她的腳邊。

「噢，你看，艾許里！」她蹲下身子拍撫小狗。「可憐的小寶貝，牠在發抖。怎麼了，寶貝？別害怕。牠還只是隻幼犬。」

狗兒都愛她，老遠就可以發現她，從來沒有狗兒對她吠叫，除了愛她之外，從未有其他的舉動。去年，小飛盤罹患癌症，他們不得不讓牠安樂死。梅莉莎一直沒能克服傷痛，也無法原諒艾許里；他爲了費用的理由而拒絕爲牠治療。

「過來這邊。」艾許里說。「如果你喜歡，我可以把狗一起拍進去，還要一起拍下後面這些漂亮的房子。老天爺，看看那棟別墅，很像歐洲建築。會有誰要住這麼大的房子？」

「眞希望我們能去歐洲。」

「告訴你，這個攝影機眞不錯。」

梅莉莎無法忍受他說起攝影機的樣子，他可以負擔一千三百塊美金的攝影機，卻捨不得爲小飛盤花一毛錢。

「看看，房子的陽台和紅屋頂。」他說。「想想看，住在這種房子裡是什麼感覺。」

如果我們住得起那種房子，她心想，那麼我就不會介意你花大錢買花俏的攝影機和電漿電視，而且我們還可以負擔小飛盤的醫藥費用。「我沒辦法想像。」她說，在沙丘前方擺出姿勢，小獵犬就坐在她腳邊喘氣。

「聽說，再過去一點，有一棟價值三千萬的豪宅。」他往前指。「微笑，你臉上那不叫微笑。笑開一點。好像是什麼名流人士的房子，可能是沃爾瑪百貨的創辦人。那隻狗爲什麼喘得這麼厲害？外面又不熱，而且牠還在發抖。也許牠病了，可能是狂犬病。」

「才不，親愛的，牠發抖的樣子好像是因爲害怕。也許牠口渴。我早說要帶水出來的。沃爾瑪百貨的創辦人死了。」她補充，一邊安撫巴吉度獵犬，一邊環視海灘，附近沒有任何人，只有遠處幾名釣客。「我想，牠可能迷路了，」她說，「這附近沒有看來像是飼主的人。」

「我們來找找看，順便拍一些畫面。」

「找什麼？」她問道。小狗靠在她的腿上，又是喘氣又是發抖。她檢視小狗，發現牠該要洗個澡，剪剪趾甲。「噢，老天爺，我想牠是受傷了。」她摸著狗脖子上方，看到手指上沾到血跡，於是撥開狗毛找傷口，但是什麼也沒發現。「嗯，這就怪了。牠身上怎麼會有血跡？這裡也還有一些。但是牠又沒有受傷，眞噁心。」

她在短褲上擦手。

「也許牠啃了什麼屍體之類的東西。」艾許里痛恨貓。「我們繼續走吧。兩點鐘有網球課程，而我得先吃點午餐。家裡還有沒有剩下的蜜汁火腿？」

她回頭看。巴吉度獵犬坐在沙灘上喘氣，瞪著兩人看。

「我知道你有一副備用鑰匙，就在你的花園內，埋在樹叢後面那堆磚頭下面的小盒子裡。」蘿絲說。

「他宿醉得一塌糊塗，我不想讓他牛仔褲後插著一把該死的點四〇手槍騎摩托車。」史卡佩塔說。

「一開始，他是怎麼會去你家裡的？是什麼事？」

「我不想討論他的問題，想要討論你的事。」

「你何不從沙發上站起身子去拉張椅子過來？你根本就是坐在我身上，這樣叫我怎麼討論？」蘿絲說。

史卡佩塔搬了一張餐椅過來，坐下之後開口說：「你的藥。」

「我可沒有去停屍間偷拿藥品，如果你心裡有這種念頭。裡面那麼多可憐人帶了那麼多藥瓶，這是爲什麼？因爲他們就是不吃藥。其實藥丸治不了什麼病痛的，如果治得了，那些人也不會進到停屍間。」

「你的藥瓶上有名字，也有開劑醫生的名字。好，我可以去把他查出來，不然你來告訴我他是什麼醫生，你又爲什麼要去找他。」

「腫瘤科醫生。」

史卡佩塔覺得自己好像胸口被人踢了一腳。

「拜託你，不要爲難我。」蘿絲說。「我本來一直是希望，除非到了選骨灰罈的那一天，否則你不會發現。我知道我不該這麼做。」她舒緩自己的呼吸。「我的狀況這麼差，又非常沮喪，還全身疼痛。」

史卡佩塔握住她的手。「眞是滑稽，人就是會被自己的感覺給打倒。你太堅強了，還是，你容許我用固執這個字眼？如今你得要承認。」

「我快死了。」蘿絲說。「我痛恨如此對待身邊的人。」

「什麼癌？」她依然握住蘿絲的手。

「肺癌。你先別去想到早期你在辦公室吞雲吐霧時，我受到的二手菸害……」蘿絲開始說話。

「眞希望我當時沒有抽菸，我眞心誠意這麼希望。」

「要害死我的病因與你無關。」蘿絲說。「保證無關，我躲過了。」

「非小細胞，還是小細胞？」

「非小細胞。」

「腺癌還是細胞癌？」

「腺癌，我的阿姨也是死於相同的原因。她和我一樣，沒抽過菸。她的祖父死於細胞癌，過世前有菸癮。我再怎麼想，也沒料到自己會罹患癌症，也沒想過自己會死。眞荒唐。」她嘆口氣，臉色漸漸恢復，眼神也有了光彩。「我們每天都面對死亡，卻仍然無法接受。你是對的，史卡佩塔醫生。怎麼說呢，今天眞的是沒料到，眞是沒想到。」

「也許，該是你直呼我凱的時候了。」

她搖搖頭。

「有何不可？難道我們不是朋友？」

蘿絲說，「我們一直相信人與人之間的距離，並且因而獲益良多。我的老闆是我尊敬的人，她的名字是史卡佩塔醫生。或是，首席法醫。」她面帶微笑。「我絕不可能直呼她凱。」

「現在你把我物化了。除非你說的是別人。」

「她的確是別人，某個你並不真正認識的人。我覺得，你對她的評價沒有我對她的評價高，特別是在最近這些日子裡。」

「眞抱歉，我不是你所形容的這個英勇女人，但是，讓我盡微薄的能力來幫助你，帶你去國內最好的癌症醫院就醫；史丹佛癌症中心，露西去的地方。我帶你去。我們幫你找出一切可能的治療方式……」

「不，不要。」蘿絲再次慢慢地左右搖頭。「好了，安靜下來聽我說。我去找過各種專家。你記得嗎？這個夏天我請了三個星期的假，去參加渡輪之旅？那是騙你的。我只是從一個專家的診所旅行到另一個專家的診所，然後，露西帶我到史丹佛去，我就是在那裡找到這個腫瘤科醫生。我唯一的選擇是化療和放射性治療，但是我拒絕了。」

「我們要試遍所有的方法。」

「我已經到了三B期。」

「已經擴散到淋巴結？」

「淋巴結，還有骨頭。即將進入第四期，已經不可能開刀了。」

「化學療法加上放射性療法，或甚至是單純只用放射性療法。我們得試試看，不能就這麼放棄。」

「首先，這不是我們，只有我。接下來，不要。我不要接受這些治療。我知道自己反正會死，才不要掉頭髮，成天噁心，淒慘不堪。這是遲早的事。露西甚至說要弄些大麻給我，化療時才不至噁心想吐。想想看，我抽大麻。」

「顯然，你一得病，她就知道這件事了。」史卡佩塔說。

蘿絲點點頭。

「你早該告訴我的。」

「我告訴了露西，她的秘密比任何人都多，多到我都不知道什麼是眞什麼是假。我最不想要的就是這樣，害你難過。」

「告訴我，我可以做些什麼。」悲傷緊緊攫住史卡佩塔。

「盡力去改變，千萬不要以爲你不能改變。」

「告訴我。我會盡力達成你的希望。」史卡佩塔說。

「人要一直到將死才會了解，其實我們有能力改變生命中的一切。然而這一點不能改變。」蘿絲拍拍自己的胸口。「你有能力去改變幾乎所有的一切。」

昨夜的影像浮現，有那麼一會兒，史卡佩塔想像自己又聞到他的氣味，感受到他。她掙扎地不願顯露自己的疲憊。

「怎麼了？」蘿絲捏捏她的手。

「我怎麼可能不難過？」

「你剛剛在想事情，與我無關的。」蘿絲說。「馬里諾。他看起來糟透了，而且舉止怪異。」

「就因爲他板個臭屎臉，又喝醉酒。」史卡佩塔語氣中充滿憤怒。

「『臭屎臉』。嗯，我從來沒聽過你用這種字眼。但是話說回來，我近來說話也越來越粗魯。今天早上和露西講電話的時候，我甚至說出『賤貨』，當時我們正在討論馬里諾人在何方。八點鐘左右，露西剛好經過你住家附近，看到馬里諾的摩托車停在你家前面。」

「我幫你帶來一箱食物，還在門口，我去收進來。」

一陣咳嗽，蘿絲拿開嘴邊的面紙，上面有點點鮮紅的血漬。

「拜託，讓我帶你回史丹佛癌症中心。」史卡佩塔說。

「告訴我昨晚發生了什麼事。」

「我們談了些話，」史卡佩塔感覺到臉開始漲紅。「後來他醉得一塌糊塗。」

「我從來沒看過你的臉這麼紅。」

「太熱的關係。」

「對哦，我還感冒呢。」

「告訴我，我能幫你做些什麼。」

「讓我一切如舊。我不要急救，也不要死在醫院裡。」

「你何不搬來和我一起住？」

「那可不像是一切如舊。」蘿絲說。

「至少，你願意讓我和你的醫生談談嗎？」

「沒有其他你需要知道的細節了。你問我要什麼，我正在告訴你：我不要積極的醫療，我希望安寧照護。」

史卡佩塔說，「我家裡有個客房，很小。也許我該換個大一點的地方，」

「別這麼忘我，這會讓你變得自私。如果你使我覺得罪過，還覺得自己傷害到身邊所有的人，你這就是自私。」

史卡佩塔猶豫了一下，然後說，「我可以告訴班頓嗎？」

「可以告訴班頓，但是不要告訴馬里諾。我不要你來告訴他。」蘿絲坐起身子，把雙腳放在地上，握住史卡佩塔的雙手。「我不是什麼法醫病理學家，」她說，「但是你的手腕爲什麼會瘀青？」

巴吉度獵犬還在原來的地方，坐在靠近「請勿擅入」標誌旁邊的沙地上。

「瞧，這就不正常了。」梅莉莎大聲說。「牠坐在這裡超過一個小時，等我們回來。來，長耳朵，你這個甜蜜的小可愛。」

「甜心，牠不叫長耳朵。好了，別替牠取名字。看看牠的名牌，」艾許里說，「看看牠的眞名是什麼，住在哪裡。」

她彎下腰，巴吉度獵犬緩緩走過來，靠向她，舔她的雙手。她瞇起眼睛看著名牌，忘了帶老花眼鏡。艾許里也一樣沒帶。

「我看不見，」她說，「看不清楚，沒有，不像有電話號碼，反正我也沒帶電話。」

「我也沒有。」

「嗯，眞是有點笨。萬一我扭傷腳踝或發生什麼事怎麼辦？有人在烤肉。」她說，皺起鼻子用力嗅，四處觀察，注意到那棟有紅屋頂大陽台的白色別墅後方竄起一陣煙，就是掛著「請勿擅入」標誌的別墅中的一棟。「來，跑過去看看他們在煮些什麼東西？」她對巴吉度獵犬說，輕拉牠鬆軟下垂的耳朵。「也許我們可以去外面買個烤架，今晚在戶外烤肉。」

她再次試著去讀狗牌，但是沒戴眼鏡實在太困難。她想像那些有錢人，住在沙丘遠處高大松樹後方別墅裡的那些百萬富翁，在露台上烤肉。

「向你的老處女姐姐問好。」艾許里一邊說一邊錄影。「告訴她，我們的豪華公寓就在西爾頓頂岬百萬別墅的後面。告訴她，下次我們要住在有後院可以烤肉的別墅裡。」

梅莉莎看向海灘後方兩人公寓所在之處，但是濃密的樹木遮住了視線。她的注意力轉回到小狗身上，說：「我敢打賭，牠一定是住在這棟房子裡。」她指著有人正在烤肉的白色歐式別墅。「我們過去問問看。」

「去啊，我在這裡晃一下，到處攝影。我剛剛看到幾隻海豚。」

「來，長耳朵，我們去找找看你家在哪裡。」梅莉莎對小狗說。

牠坐在沙灘上，不願跟過去。她拉著牠的頸鍊，但是牠一動也不想動。「好吧，」她說，「你別動，我去看看你是不是從大房子過來的。也許他們不知道你跑了出來。但是我可以確定，一定有人想死你了。」

她抱著狗親了一下，然後越過粗沙，來到細沙海灘，雖然她知道不能私自穿越沙丘，但仍然直接走過海生野麥。她在「不得擅入」的標誌前猶豫了一下，然後勇敢踏上木板步道，朝著白色大別墅走去，裡面住的有錢人——可能還是個名人，正在烤肉。她猜，應該是午餐。她回頭看，希望小獵犬不要跑掉，但是由於中間隔了個沙丘，她沒辦法看見小狗。海灘上也看不到獵犬的影子，只看到艾許里小小的身影，正在拍攝海裡翻滾的海豚，豚鰭劃過波浪，然後又沒入水中。木板走道的盡頭是一扇木頭柵門，她驚訝地發現門並沒有上鎖，也沒有完全關上。

她走過後院，四處張望，大聲喊：「有人在嗎？」她從來沒見過這麼大的泳池，這種所謂的黑底池，還鋪著花俏的瓷磚，應該是來自義大利、西班牙，或某個遙遠異鄉的進口貨。她環顧四周，喊著：「哈囉！」她看到一個冒煙的瓦斯烤爐，好奇地停下腳步觀看，烤爐上有一塊切割得參差不齊的厚厚肉片，面火的一面烤焦了，另一面卻仍是血紅一片。她覺得肉塊十分奇怪，看起來既不像牛肉也不像豬肉，當然更不可能是雞肉。

「請問！」她大聲喊。「有人在家嗎？」

她拍打玻璃走道的門，沒人回應，於是繞到屋子的另一側，心裡猜想，不管是在煮些什麼東西，一定就在那裡，但是側院空無一人，雜草叢生。她透過百葉窗和大窗之間的縫隙往內看，只看到空蕩蕩的廚房，裡面的設備全是石材和不鏽鋼。除了雜誌上的介紹之外，她從來沒看過這種廚房。她注意到，砧板附近的墊子上，放了兩個狗兒用的大碗。

「嗨！」她喊著。「我知道你的狗在哪裡！有人嗎？」她邊喊邊沿著屋子走動。她登上通往房子的樓梯，旁邊一扇大窗少了一塊玻璃，另一扇窗戶則破掉了。她想趕快跑回沙灘，但是洗衣間裡有個空的大狗籠。

「請問！」她的心跳又猛又快，雖然擅入私有地，但是她找到了巴吉度獵犬的家，也必須幫忙。想想看，如果換成是小飛盤走失，然而卻沒人帶牠回家，她會做何感想？

「請問！」她向前推，門打了開來。

12

橡樹上的水往下滴。

史卡佩塔站在紫杉和木犀的陰影中，將破碎的陶器碎片擺在花盆下方，以利排水，免得植物的根部泡水腐爛。一場突如其來的傾盆大雨豁然停止，引入暖溼的空氣。

公牛將梯子架在一棵橡樹上，史卡佩塔大半個花園就籠罩在這棵樹的枝蔭範圍內。她動手在花盆內填入培植土，然後栽種喇叭花，接著種下荷蘭芹、蒔蘿和茴香，這些植物可以引來蝴蝶。接著又將毛茸茸的銀灰色羊耳石蠶和艾草換到好一點的位置，好讓植物曬到陽光。空氣中有一股氣味，潮溼土壤混合著刺鼻的老磚和青苔。她渾身僵硬地走向長滿蕨葉的磚頭門柱，四肢之所以僵硬，得怪罪於站在停屍間冷硬地板上多年的工作。史卡佩塔開始診斷病因。

「公牛，如果我把蕨葉拉出來，可能會損害到磚頭。你的看法呢？」

「門柱用的是查爾斯頓磚頭，我猜可能有兩百年的歷史了。」公牛站在梯頂說話。「要是我，就會先拉一點出來，然後再觀察看看。」

輕輕一扯，蕨葉就脫了下來。她裝滿灑水壺，盡量不要去想到馬里諾，然而一想起蘿絲，就滿心難過。

公牛說，「你回來之前，有個男人騎車穿過巷子。」

史卡佩塔停下手上的工作，抬頭看公牛。「是馬里諾嗎？」

當她從蘿絲的公寓返家後，看到馬里諾的摩托車已經不在原處。他一定開了她的車回家去拿備用鑰匙。

「不，女士，不是馬里諾。我剛好在梯頂上砍枇杷樹，看到籬笆後面的摩托車騎士，但是他看不到我。應該沒什麼吧。」樹剪劈啪響，蘗枝落下地。「有人找麻煩嗎？你可以告訴我。」

「那個人來這裡做什麼？」

「他轉進巷子裡來，車騎得很慢，騎到一半就迴轉離開了。我看，他好像戴了條頭巾，看來是橘色或黃色之類的。他摩托車的排氣管很破爛，一路鏗鏗作響的，好像就要報銷一樣。如果需要注意什麼，你可以告訴我，我會留意的。」

「你在這附近看過他嗎？」

「沒有，那輛破摩托車很好認。」

她想起馬里諾昨晚說的事——他在停車場遭到一名摩托車騎士威脅，如果她不離開此地，將會遭遇不測。會有誰想要她離開，並且還急切到說出這種話？她想到當地的驗屍官。

她問公牛：「你對本地的驗屍官亨利．豪林，有什麼認識？」

「只知道他經營家傳的葬儀社，從內戰時就開始營業了，那地方規模不小，就在過了高牆後面的卡洪街上，離這裡不遠。有人找你麻煩，我不喜歡這種事。你的鄰居就很好奇。」

葛林寶太太又從窗戶往外看。

「她就像老鷹一樣盯著我看。」公牛說。「這樣說也許有點冒犯，但是她給人的感覺很刻薄，而且根本不管自己會不會傷害到別人。」

史卡佩塔回神去工作。她告訴公牛，有什麼東西啃壞了三色堇。

「這一帶有鼠患。」他如此回答，像是個預言。

她檢查出更多損壞的三色堇。「蛞蝓。」她下了定論。

「用啤酒試試看。」公牛說，長樹剪又劈啪響起。「晚上用盤子裝，放到外面來。蛞蝓會爬進去喝得爛醉，然後淹死在裡面。」

「然後啤酒會引來比以前更多的蛞蝓。我沒辦法動手淹死任何東西。」

橡樹落下更多櫱枝。「這裡有些浣熊的糞便。」他指著長剪。「也許是牠們吃了三色堇。」

「浣熊，松鼠。我什麼辦法也沒有。」

「絕對有辦法處理，只是你不願意。你可不想傷害任何東西。我想到你的職業就覺得有趣。我本來以爲你什麼也不介意的。」他在樹上說話。

「看來我的職業惹來許多麻煩。」

「嗯。知道太多的下場就是這樣。放些生鏽的釘子在你身邊那些繡球花的四周，可以讓花的顏色變藍。」

「瀉鹽（硫酸鎂）也很有用。」

「沒聽說過這招。」

史卡佩塔拿了個放大鏡檢視山茶花的葉片，發現上面有白色的痕跡。「這些得修剪，上面有病變，工具要先消毒，才能去碰別的植物。我得找個植物病理學家來。」

「嗯，植物和人一樣，都會生病。」

公牛修剪橡樹枝蔭，烏鴉開始鼓譟，其中幾隻突然拍翅紛飛。

梅莉莎無法動彈，呆站的姿勢好比《聖經》中不顧勸告，最後被上帝變爲鹽柱的女人。她擅入私有土地，違背法律。

「有人在嗎？」她再次高喊。

她鼓起勇氣走出洗衣間，走進她這輩子所見，最大一棟屋子裡的豪華大廚房，一邊高喊：「有人在嗎？」不確定自己該怎麼做。一股從未感受過的恐懼油然而生，她覺得自己應該要盡快離開。她四處亂走，眼前的一切讓她瞠目結舌，感覺自己像個闖空門的人，擔心被逮——這是遲早的事——然後入獄吃牢飯。

她應當離開，直接走出去。現在就走。她的頸背毛髮聳立，卻仍然繼續呼喊：「喂！」和「有人在嗎？」心裡不禁納悶起來，房子怎麼會沒上鎖，如果沒有人在家，烤架上怎麼會有烤肉？她的想像力開始游移，自己在四處參觀的時候，是不是有旁人窺伺？某種感覺要她盡快離開屋子，跑得越快越好，快快回到艾許里身邊。她無權進到別人家中多管閒事，但是現在人都來了，還能怎麼辦？她從來沒參觀過這樣的房子，更不懂爲什麼沒有人回應，好奇心驅使她繼續前進，或是說，她覺得自己不能回頭。

她穿過一扇拱門，來到奢華壯觀的客廳。藍石地板看來就像是發亮的寶石，上面擺放著東方地毯，天花板上刻意展現出橫樑，火爐大得可以用來烤乳豬。一個下拉式螢幕遮住面海的一大片觀海玻璃，灰塵飄移在投影機投射的光束之間，螢幕上有燈光，但是沒有影像，一片無聲無息。她看著黑皮沙發，十分不解地看見上面疊放整齊的衣服：深色恤衫，深色長褲，還有一件男用內褲。大大的玻璃咖啡桌上雜亂地擺了好幾包香菸，幾個處方藥瓶，以及一瓶幾乎見底的灰雁伏特加。

梅莉莎心想，也許是某個人——可能是個男人——又醉又沮喪，可能還生了病，可能就是這樣，小狗才會跑到外頭。她想，不久之前，這裡還有人喝著酒，不管這個人是誰，他才開始在烤架上準備食物，接著就消失了。梅莉莎的心跳狂亂，無法擺脫遭人窺伺的感覺，心裡想著：上帝，這裡眞冷。

「請問，有人在嗎？」她啞聲問。

她戒愼恐懼，雙腳似乎自有主見地移動，體內流動的恐懼彷彿電流。她應該離開的。她像個闖空門的賊，不請自來，絕對會惹禍上身。她覺得有東西盯著自己看。沒錯，警察一發現有事，絕對會來察看，她開始慌亂，然而又無法控制雙腳。這雙腳帶著她從一處走到另一處。

「有人在嗎？」她呼喊著，聲音嘶啞。

客廳的左後方，有一間房間，她聽到裡面傳出流水聲。

「有人在嗎？」

她猶豫不決地朝水聲走去，雙腳不聽使喚，不停地前進，隨後便踏入一間寬廣的臥室當中，裡面的擺設精緻又氣派，牆上掛著絲質的窗簾和照片：漂亮的小女孩，以及一定是個快樂母親的美麗婦人。小女孩興高采烈地涉水過池，還帶了一條小狗——那條巴吉度獵犬。同一名美麗婦人淚流滿面，坐在沙發上和著名的談話節目主持人——精神科醫生賽爾芙談話，大型攝影機拉近鏡頭。這名美麗婦人和珠兒·馬丁擺姿勢合照，鏡頭中還有一名英俊的男人，一身橄欖色的膚色，深色的頭髮。珠兒和這個男人身穿網球服，站在某處的網球場上，手持球拍。

珠兒．馬丁已經過世，遭人謀殺而死。

床上淺藍色的羽毛被褥凌亂不堪，床頭附近的黑色大理石地板上散落了一些衣服，一套粉紅色的慢跑服、一雙襪子和一件胸罩。梅莉莎的腳步繼續移動，流水聲越來越響，她命令雙腳立刻朝反方向跑，但是完全無法控制。跑，她下令；然而雙腳領她進入一間以黑色縞瑪瑙和黃銅做為建材的浴室。跑！她慢慢地踩著潮溼的地板，黃銅洗手槽裡放著染血的毛巾，沾血的鋸齒刀刃和血淋淋的美工刀就擱在黑色馬桶座的後蓋上，洗衣籃上面有一疊整齊乾淨的淺粉紅色亞麻床單。

虎紋浴簾被扯了下來，落在黃銅浴缸的旁邊，流水潑濺所發出的聲音，不像是落在金屬浴缸上。

13

夜幕低垂，史卡佩塔的手電筒光線照亮一把柯爾特左輪手槍，手槍就躺在屋後的巷弄裡。

她沒有打電話報警。如果驗屍官與這樁最新的惡毒事件有關，那麼報警可能會讓事情更糟。不知還有誰是他的同夥。公牛的故事讓她不知如何看待。他說，一看到烏鴉從她花園裡的橡樹拍翅紛飛，他就知道會有事情發生，所以他對她撒了個謊，說自己要回家，其實心裡卻打算要來個暗中監視——這是他的說法。他藏身在兩道鐵門之間的灌木叢後方，等了將近五小時。史卡佩塔渾然不知。

她逕自處理事務，結束自己在花園裡的園藝工作後，沖了個澡，然後到樓上的辦公室工作。她打了幾通電話，察看蘿絲、露西和班頓是否都安好。這段時間當中，她完全不知道公牛就躲在屋後的兩道鐵門之間。他說，這就和釣魚一樣，除非你去耍弄魚，讓魚兒以為你早已打道回府，否則什麼也釣不到。太陽下山，陰影逐漸拉長，公牛整個下午就坐在兩道鐵門間陰暗冰冷的磚塊上。終於，他看到了巷弄裡的男人。男人直接走向史卡佩塔的外側鐵門，試圖把手塞進來開鎖。嘗試失敗之後，他開始攀爬鐵柵門，就在這個時候，公牛拉開鐵門，和他起了爭鬥。他認為這個人就是稍早騎摩托車的人，但不管這是誰，他的意圖凶狠，就在兩人扭打成一團的時候，男人的槍掉了下來。

「留在這裡。」她在暗巷裡對公牛說。「如果有哪個鄰居或任何人出現，不管藉口是什麼，都不准靠近任何東西。誰都不准碰。還好我不認為有人看得見我們在做什麼。」

她回到屋內，公牛的手電筒光線在參差不齊的磚塊上跳動。她爬上樓梯來到二樓，幾分鐘之內就帶著照相機和犯罪現場用具箱回到巷弄裡。她套上乳膠手套，拾起左輪槍，打開彈筒，取出六發點三六口徑的子彈放入一個紙袋內，接著再把槍放進另一個紙袋。她拿出鮮黃色的證物封條膠帶貼住袋口，用奇異筆寫上註記和自己的姓名縮寫。

公牛繼續搜索，他走動、蹲伏、停頓，再繼續走路，動作十分緩慢。手電筒一邊來回掃動。幾分鐘過去了，接著他說：「這裡有東西，你最好過來看看。」

她走向他，她看到一枚金幣就躺在地上腳踩之處，大約離鐵門一百呎外滿是樹葉的柏油路面上，金幣上還繫著一條斷掉的金鍊子。在手電筒的光束下，金幣猶如明月般閃閃發光。

「你和他扭打的時候，來到離鐵門這麼遠的地方嗎？」她語帶懷疑。「那麼為什麼他的槍會在那裡？」她指向鐵門和花園圍牆的影子。

「很難確定我的位置。」他說。「事情發生得太快，我當時沒有注意自己是否來到這裡，但是我也沒辦法確定。」

她往後看向自己的房子。「從這裡到那裡有段距離。」她說。「你確定在他掉了槍枝後，你沒有追上去？」

「我只能說，」公牛說，「金鍊和金幣在這附近是留不了多久的。這麼說，可能是我追到這裡來，扭打時拉斷了。我是不覺得自己追著他跑，但是生死交關的時候，時間和距離經常會失準。」

「的確如此。」她表示同意。

她換上新手套，拿住一小段鍊子，撿起斷掉的項鍊。她沒帶眼鏡，看不出這是什麼錢幣，只看得清一面是戴著冠冕的頭像，另一面則是花環和數字一。

「可能是我動手拉扯他的時候斷的。」公牛說，似乎要說服自己。「希望他們不會要你把東西全交出去，我是說那些警察。」

「沒什麼好呈交的。」她說。「到目前爲止，沒有發生任何犯罪行爲，只有你和陌生人的一場扭打。除了露西之外，我不打算把這件事對任何人說。明天到實驗室再看看能怎麼做。」

他之前已經惹出了麻煩，不可以再犯，尤其是爲了她的事。

「如果有人在地上撿到槍，應該要報警。」公牛說。

「嗯，我不打算這麼做。」她整理好自己帶到外面來的裝備。

「你是擔心他們會以爲我又惹事，又把我捉走？別爲了我惹得自己一身腥，凱醫生。」

「沒有人會把你關到任何地方的。」她說。

吉安尼・盧潘諾的黑色保時捷911 Carrera長期停放在查爾斯頓，這與他在此地停留的長短毫無關係。

「他人在哪裡？」露西問艾德。

「沒看到人。」

「但是他還在城裡。」

「我昨天和他說過話。他打電話來，要我找人去樓上維修，因爲他的冷氣故障了。所以，我趁他外出的時候，找人來換了濾網。我不知道他什麼時候離開的。他很注重隱私。我會知道他來來去去的，是因爲他要我每星期都要幫他發動車子，以免電池沒電。」艾德打開一個外帶的塑膠盒，辦公室裡充滿薯條的味道。「希望你不介意，我不想讓薯條冷掉。你怎麼會知道車子的事？」

「蘿絲不知道他在這裡有戶公寓。」露西站在門口說話，眼睛盯著大廳，看著走進來的人。「她知道之後，才推想出他是哪個人，並且告訴我她看過他開一輛昂貴的跑車，猜測應該是保時捷。」

「她開的富豪汽車和我家的貓一樣老。」

「我一向愛車，所以蘿絲也懂一點，與她的喜好無關。」露西說。「問她什麼是保時捷、法拉利、藍寶堅尼，她絕對可以說給你聽。這一帶的人不會去租保時捷來開，也許會租輛賓士，但不可能是他開的那輛保時捷。所以啦，我猜到他會把車停在這裡。」

「她還好嗎？」艾德坐在桌子後面，吃著從甜水咖啡屋買來的起士漢堡。「稍早她的情況不太妙。」

「嗯，」露西說，「她身體不是太好。」

「我今年注射過流感疫苗，結果得了兩次流行性感冒外加傷風一次。這好像吃糖防蛀牙，我再也不打了。」

「珠兒・馬丁在羅馬遭人謀殺的時候，吉安尼・盧潘諾在這裡嗎？」露西問。「我聽說他當時在紐約，但這不一定是實情。」

「她在那個月中旬的某個星期日才在這裡贏得一場比賽，」他先拿紙巾擦嘴，然後拿起一大罐蘇打水，用吸管喝。「我知道吉安尼・盧潘諾當天晚上離開查爾斯頓，因爲他要我看顧他的車。他表示，不知道自己什麼時候才會回來，接著突然間又出現了。」

「但是你沒看到他。」

「幾乎從來沒見到。」

「都是透過電話。」

「通常是如此。」

「我不懂。」露西說。「除非珠兒參加家庭盃的比賽，否則他爲什麼會來查爾斯頓？這個比賽的賽程如何？爲期一個星期嗎？」

「你不會知道有多少人在這裡有房子的，連電影明星都有。」

「他的車子有沒有安裝全球定位系統？」

「應有盡有，眞是輛好車。」

「我得借一下鑰匙。」

「噢。」艾德把起士漢堡放回盒子裡。「我不能這麼做。」

「別擔心，我不是要開車，只是要查個東西，我知道你不會說出去的。」

「我不能把鑰匙給你。」他沒繼續吃。「如果被他發現……」

「我只需要十分鐘，最多十五分鐘。不會有問題的。」

「也許你可以在這裡發動一下車子。別弄傷她就好。」他撕開一包番茄醬。

「好吧。」

她從後門出去，找到停放在停車場角落上的保時捷。她啓動引擎，打開置物箱檢查證件。這輛二○○六年的Carrera登記在盧潘諾名下。她啓動衛星定位系統，檢查系統內儲存的目的地清單，然後一一記下。

磁振室內溫度清涼。

班頓在核磁共振檢驗室內，透過玻璃看著賽爾芙醫生蓋在床單下的雙腳。她躺在重達十四噸的磁體孔內一張滑動平台上，下巴貼上膠布，以提醒她不可移動頭部。她的頭就靠在線圈上接收無線電波脈衝，以呈現出腦部的影像。她頭戴梯度阻尼減震耳機，稍後開始進行檢測時，將透過耳機聆聽母親的錄音帶。

「目前為止，」他對蘇珊．連恩醫生說，「除了她耍著大家玩之外，一切還好。非常抱歉，她讓大家久等了。」接著對技術人員說，「喬西？你呢？清醒了嗎？」

「我簡直無法形容自己有多期待這次的檢驗。」操作台後方的喬西說了。「我小女兒吐了一整天。去問我老婆，看她有多想殺了我。」

「除了她之外，我不認識任何能為世界帶來這麼多歡樂的人。」班頓指的是猶如風暴中心的賽爾芙醫生。他透過玻璃看著她的雙腳，瞥到了絲襪。「她還穿著絲襪？」

「她還穿著衣服，算你走運。我帶她進來的時候，她堅持一絲不掛。」連恩醫生說。

「我一點都不驚訝。」他很謹慎。儘管沒有開啓內部對講機，賽爾芙醫生聽不見兩人的對話，但是她仍然看得見。「她徹底抓狂，從住院以後就一直是這個狀況，這次住院還眞有幫助。你自己去問她吧，她的神智和法官一樣清楚。」

「我的確是問過她有沒有佩戴任何金屬，有沒有穿鋼絲襯胸罩，」連恩醫生說。「我告訴她，設備的磁場比地球磁場大上六萬倍，金屬不能靠近，如果胸罩有鋼絲襯，也會有所影響。她說，她的胸罩的確有鋼絲底襯，於是開始滔滔不絕的說起——呃——大胸脯的沉重負擔。當然啦，我請她脫掉胸罩，結果她說還不如乾脆脫個精光，單穿罩袍就好。」

「我無話可說。」

「所以她穿了罩袍，而且我還成功地說服她別脫褲子，留著絲襪。」

「做得好，蘇珊。我們趕緊爲這件事做個了結吧。」

連恩醫生按下對講機按鈕，說：「我們現在要進行的是影像定位，也就是結構性影像，需要大約六分鐘的時間，機器會發出相當吵鬧的奇怪聲響。你還好嗎？」

「拜託，我們開始好嗎？」傳來賽爾芙醫生的聲音。

連恩醫生關掉對講機，對班頓說，「你準備進行PANAS檢測了嗎？」PANAS指的是正負情緒量表。

班頓按下對講機按鈕，開口說話：「賽爾芙醫生，我接下來開始提問，問到你的感受，而且在整個過程當中，同樣的問題會數度出現，可以嗎？」

「我知道什麼是PANAS。」她的聲音傳出了來。

班頓和連恩醫生互視，臉上表情輕鬆，這時連恩醫生語帶諷刺地說，「好極了。」

班頓說，「別計較。我們開始吧。」

喬西望著班頓，準備開始。班頓想起稍早與馬洛尼醫生的談話，他暗指喬西告訴露西有關這位貴賓病患的資訊，然後露西又告訴了史卡佩塔。班頓依然十分不解。馬洛尼醫生究竟想說些什麼？他透過玻璃看著賽爾芙醫生，心中突然有了結論：睡魔的檔案資料不在羅馬，也許就在麥克連醫院裡。

賽爾芙醫生的指上監測器和壓脈帶所傳送的生命徵象，就顯示在一個螢幕上。班頓說，「血壓一一二，七十八。」他記錄下來。「脈搏七十二。」

「她的脈搏血氧？」

他將賽爾芙醫生的動脈血氧飽和度——也就是血液中含氧量——告訴連恩醫生：九十九，正常。他按下對講機按鈕，開始進行PANAS測驗。

「賽爾芙醫生，你可以回答問題了嗎？」

「終於開始了。」她的聲音透過對講機傳出來。

「我來提問，請你由一到五之間選擇一個指數來回答。一表示沒有感覺，二表示略有感覺，三代表程度中等，四代表很有感受，五則是感受強烈。可以嗎？」

「我對PANAS十分熟悉，我是精神科醫生。」

「顯然還是個神經科醫生，」連恩醫生幫她註解，「她絕對會造假。」

「我不在乎。」班頓按下對講機按鈕，開始提問，這些問題在測試當中將會重複出現。她是否感覺沮喪、羞愧、哀傷、敵意、惱怒、罪惡？還是感興趣、驕傲、堅定、積極、堅強、靈感湧現興奮、熱切、警惕？對於每個問題，她皆以指數一作爲回答，表示自己沒有感覺。

他檢視她的生命徵象，記錄下來。這些指數完全正常，沒有改變。

「喬西？」連恩醫生下指示，準備開始。

結構式掃描開始，轟鳴聲響出現，賽爾芙醫生的腦部影像出現在喬西的電腦螢幕上。除非有任何嚴重病變——比方說腫瘤，否則在分析這些磁振造影的影像之前，目前他們什麼也看不出來。

「我們要開始了。」連恩醫生對著對講機說話。「你在裡面還好嗎？」

「是的。」語調顯露出不耐。

「前三十秒，你什麼都聽不到。」連恩醫生解釋。「所以，放鬆，不要出聲。接著你會聽到你母親的錄音，請你光是聽就好，並且保持靜止不動。」

賽爾芙醫生的生命徵象維持不變。

班頓隔著玻璃望著賽爾芙醫生蓋上毯子的雙腳，詭異的聲波讓他想到潛水艇。

「這裡的天氣好的不得了，瑪莉蓮。」葛萊蒂．賽爾芙稍早錄下的聲音出現。「我沒有開冷氣——是說，冷氣機也壞了，像隻蟲子一樣嗡嗡響。我把門和窗戶都打開，因爲這個時候的天氣還不錯。」

雖然這組錄音當中使用的是中性語氣，不誇不貶，但是賽爾芙醫生的生命徵象開始起了變化。

「脈搏七十三，七十四。」班頓一邊說，一邊記錄。

「我敢說，這對她絕不是不痛不癢。」連恩醫生說。

「我想起你以前還住在這裡時，那些漂亮的果樹，瑪莉蓮，就是那些染上柑橘潰瘍，而被農業部砍掉的樹木。我眞想要有個漂亮的小庭院，你會高興知道的：那個愚蠢的計畫後來喊停，因爲根本沒有發揮作用。眞可惜，生命中最重要的就是時機，對吧？」

「脈搏七十五，七十六。血氧飽和度九十八。」班頓說。

「……糟糕的事，瑪莉蓮。這艘潛水艇在離岸大約一哩的地方，整天來來去去的。潛艇上面，在那個不知怎麼稱呼的東西上插了一面小小的美國國旗，就是潛望鏡所在的高塔上。一定是因爲戰爭的關係。來來回回的開，好像是某種演習，小旗子飄來飄去。我對朋友說，有什麼好演習的？難道沒人告訴他們，潛艇在伊拉克派不上用場……？」

第一段中性語氣的錄音到此結束，在三十秒的恢復時間中，賽爾芙醫生的血壓繼續升高，收縮壓一百一十六，舒張壓八十二。接著，她母親的聲音再次出現，葛萊蒂・賽爾芙提到最近自己喜歡在南佛羅里達的哪些地方購物，以及當地沒完沒了的工程，她說，高高的建築物四處冒出來。這些高樓很多都沒人居住，因爲房地產糟得一塌糊塗。主要是因爲伊拉克戰爭的關係，這對每個人都造成影響。

賽爾芙醫生的反應仍然相同。

「哇，」連恩醫生說，「她對某件事情顯然特別關注，看看她的血氧飽和度。」數値降到九十七。

母親的聲音再次想起，先是正面的誇讚，接著是批評。

「……你是個病態的騙子，瑪莉蓮。從你會講話的時候開始，我就沒聽過你說實話。之後呢？接下來是什麼事呢？你的道德觀又是從哪裡得來的呢？絕對不是來自我們家庭。你和你那些骯髒的小秘密，不但可憎，還應該備受指責。你的心究竟怎麼了，瑪莉蓮？如果你的影迷發現這些事會如何反應！你眞可恥，瑪莉蓮……」

賽爾芙醫生的血氧飽和度降到百分之九十六，呼吸更顯短淺，透過對講機都聽得到。

「……那些遭你背棄的人，你知道我在說些什麼。你把謊言當眞話，你的人生當中，最令我擔心的就是這一點，這總有一天會招致惡果……」

「脈搏一百二十三。」連恩醫生說。

「她的頭動了一下。」喬西說。

「設備的裝置軟體可不可以修正？」連恩醫生說。

「我不知道。」

「……而你還以為錢可以解決一切問題，獻上微薄可悲的奉獻金，就可以解除自己的責任。這根本是賄賂。噢，我們等著瞧。總有一天，你會自食惡果。我不要你半毛錢，我和朋友們在提基酒吧裡喝酒，他們根本不知道我們兩人的關係……」

脈搏一百三十四，血氧飽和度降到九十五，她的雙腳動了起來。還剩九秒鐘。母親繼續說話，女兒的腦神經細胞運作活躍。血液流入這些腦細胞當中，隨著血液的增加，掃描機也偵測到更多的缺氧血。功能性影像顯現出賽爾芙醫生在生理和情緒上都出現壓力。這不是造假。

「我不懂，她的生命徵象究竟怎麼了。夠了，不要繼續。」班頓對連恩醫生說。

「我同意。」

他透過對講機說話。「賽爾芙醫生，我們要停止測試。」

露西就在電腦室裡一間鎖上的隔間內。她一邊和班頓說話，一邊取出工具箱、隨身碟，以及一個黑色的小盒子。

「不要發問。」他說。「我們剛剛結束一項掃描。應該說，中止一項掃描。我不能詳細說明，但是我需要某些資料。」

「好。」她在電腦前面坐下。

「我需要你找喬西談，需要你切進來。」

「要做什麼？」

「有個病患透過亭閣院區的伺服器接收自己的電子郵件。」

「然後呢？」

「然後，在同一個伺服器上，還有一些電子檔案，其中有一個檔案，與亭閣院區門診主任的一名病患有關。你知道我指的是誰。」

「所以呢？」

「所以，去年十一月他在羅馬見過一個我們有興趣的人。」班頓透過電話說。「我只知道，這位人士曾經在伊拉克服役，似乎是賽爾芙醫生轉介的病人。」

「接下來呢？」露西登入網路。

「喬西剛結束掃描的工作，就是中止的那件掃描。對象將在今天晚上離開醫院，也就是說，不會再透過伺服器接收電子郵件。時間要把握。」

「人還在醫院裡嗎？這個要離開的病患？」

「現在還在。喬西已經走了，他的小女兒生病，走得很匆忙。」

「如果你把你的密碼給我，我就可以切入電腦網路。」露西說。「這會比較簡單，但是你大概會當機一個小時左右。」

她撥通喬西的手機。他在車上，正打算開車前去醫院。這更好。她說，班頓沒辦法連上郵件信箱，伺服器好像有點問題，她得立刻修復，聽起來應該會花上一些時間。她可以遠端遙控，但是需要系統管理員的密碼，否則他得回醫院來親自處理。他當然不會想回頭，開始說起妻子和孩子。好啊，如果露西能處理，那就太好了。他們經常一起處理技術問題，他想都沒想到，她其實打算侵入病患的郵件信箱，以及馬洛尼醫生的個人檔案。就算喬西曾經有所懷疑，也應該以爲露西會直接侵入系統，而不是開口詢問。他知道她的能耐，老天哪，也知道她的財產是怎麼來的。

她不想侵入班頓的醫院，而且這得耗費太多時間。一個小時之後，她回電給班頓。「我沒時間細看，」她說，「這個工作就留給你了，我把所有的資料都傳送給你，你的郵件大增。」

她離開電腦室，跨上自己的Augusta Brutale重型機車，焦慮與憤怒的情緒交雜。賽爾芙醫生在麥克連醫院裡將近兩個星期了，該死！班頓早就知道。

她知道班頓爲何絕口不提，但這是不正確的。賽爾芙醫生和馬里諾一直在通信，而這段時間她人就在麥克連醫院裡，班頓更是一清二楚。然而他卻沒有警告馬里諾，或者是史卡佩塔。在他和露西一起監看馬里諾帶領姍蒂參觀停屍間時，也沒有告訴露西。他可以大方開口要她侵入機密電腦檔案，卻不能說出賽爾芙醫生每天付三千塊美金置身於極其私密的亭閣院區裡，以病患的身分坐在自己的單人病房內，好生愚弄他人。

她排入六檔，超越奔馳在小亞瑟·拉維尼大橋上的車輛，大橋高聳的支柱和豎立的纜索讓她想起史丹佛癌症中心，想起以豎琴彈奏不合時宜曲調的女人。馬里諾的情況早已是一團糟，但是他可沒有預料到賽爾芙醫生會引起的一場混亂。他太單純，沒辦法了解輻射武器的威力。與賽爾芙醫生相較，他不過是個把彈弓插在後口袋裡的魯鈍大男孩。也許他一開始只是傳送郵件給她，但是她絕對明白要怎麼終結這回事。她知道如何收拾他。

她高速經過停泊在祥姆灣的捕蝦船，越過班·索耶大橋來到蘇利文島。馬里諾在此地的住處，一度被他稱爲夢中小屋：這間釣魚用的架高小屋窄小破舊，搭蓋了紅色鐵皮屋頂，窗內一片黑暗，連盞門燈都沒有開。小屋的後面有一道長長的防波堤，穿過沼澤，通向蜿蜒注入海岸水道的一條小溪。馬里諾搬來此地的時候，也買下了一艘小船，用來探索溪流、釣魚，或是簡簡單單地邊駕船邊喝啤酒。她不知道究竟發生了什麼事。他去哪裡了？住在他身軀裡的究竟是什麼人？

前院的小空地上滿是沙子，零零散散地長了些雜草。露西穿過滿是垃圾的小屋架空層——舊冰櫃、生鏽的烤肉架、螃蟹籠、爛掉的魚網、發出沼澤惡臭的垃圾罐。她登上變形的木頭階梯，伸手去拉油漆斑駁的門。鎖頭並不堅固，但她不打算動手撬開，不如由鉸鏈把整扇門拆下來，直接走進去。只藉助一把螺絲，她就進到馬里諾的夢中小屋。他沒有安裝警鈴系統，老是掛在嘴上，說自己配戴的槍就足以示警。

她扯扯頭頂燈泡的拉繩，在刺眼的光線和雜亂的陰影中四處觀察，想知道自從上次來訪之後，這裡有哪些新的變化。那是什麼時候的事了？六個月前嗎？他什麼也沒改，似乎有好一陣子沒在這裡生活了。客廳光禿禿的地板上擺著廉價沙發，兩張高背椅，一部大螢幕電視，還有家用電腦和印表機。牆邊擺放了簡易的廚具設備，長檯上有空的啤酒罐，還有一瓶傑克．丹尼爾威士忌，冰箱裡則放了不少的冷盤肉片、起士，加上更多的啤酒。

她坐在馬里諾的桌前，從電腦的USB插槽中取出一支連著佩繩的二五六MB隨身碟。她打開自己的工具箱，取出尖嘴鉗、小螺絲起子，以及一把像是珠寶匠使用的迷你電池電鑽。她的黑色小盒中裝了四個單向麥克風，尺寸都不超過八釐米，大約就是小錠阿斯匹靈的大小。她拉開隨身碟的塑膠外殼，拉掉佩繩，裝入麥克風，原來安裝佩繩的洞口剛好遮住麥克風的金屬收音口。電鑽發出低低的聲響，她在外殼上打穿第二個洞，裝上佩繩的小環，重新接回繩子。

接下來她伸手探入身上工作褲的口袋中，掏出另一個隨身碟——這是她從電腦室裡拿來的——插入USB插槽裡。她下載間諜軟體，馬里諾任何一個敲下鍵盤的動作，都會傳送到她的電子信箱。她檢視他的硬碟，尋找檔案。除了從辦公室電腦複製出來，那些賽爾芙醫生的電子郵件之外，幾乎沒有別的東西。她的確也不期待他會坐下來寫工作記錄文件，或是什麼小說之類的東西。他的文書工作奇糟無比。她將他的隨身碟重新插回電腦上，然後快步來回，打開抽屜——裡面有香菸，幾本花花公子雜誌，一把史密斯威森點三五七麥格農加長型手槍，少許鈔票和零錢，收據，以及垃圾信件。

她從來就沒弄懂馬里諾究竟要怎樣擠進臥室，所謂的衣櫥不過是床腳處兩面牆壁之間的鐵桿，衣服凌亂地塞掛在上頭，其他的東西則散落滿地，包括他巨大的四角短褲和襪子。她瞥見紅色的蕾絲胸罩和內褲，一條裝飾著卯釘的黑色皮帶，一條鱷魚皮帶——小小的尺寸絕不可能是他的，一個原本用來裝奶油的塑膠盒裡則塞滿了保險套和陰莖環。床鋪沒有整理過，天知道床單有多久沒洗。

隔壁的浴室和電話亭一般大，裡面有馬桶、淋浴設備加上洗臉檯。露西檢視藥櫃，一如預期地找到化妝品和宿醉藥物。她拿起標示著姍蒂·史路克的一瓶Fiorinal止痛藥，這種藥物含有可待因成分，瓶子幾乎是空的。在另一個架子上，有一瓶Testroderm，她不認得使用人的名字，於是將資料輸入自己的iPhone上。露西將門重新裝回鉸鏈處，踏下昏暗搖晃的樓梯。外面開始刮起風來，她聽到防波堤傳來些微的聲響，於是掏出葛洛克手槍，仔細聆聽，將手電筒照向聲響的出處，但是微弱的光束沒辦法照亮黑暗的深處。

她爬上通往防波堤的階梯，這道木製老梯少了好幾階。臭泥巴的氣味撲鼻，她動手拍打小蚊蟲，想起某個人類學家曾經告訴過她的話：這和血型有關，蚊蟲就是偏愛O型血。她就是，但是她一直無法了解，如果身上沒有出血，這些小蚊蟲怎麼會知道她是什麼血型。它們圍到她身邊進攻，連頭皮都不放過。

她放輕腳步，邊走邊豎起耳朵，接著聽到一聲撞擊聲；手電筒的光線從腐朽的木頭移到彎曲生鏽的釘子上，微風吹動沼澤草地，颯颯低語。在硫磺的氣味和潮溼的空氣中，查爾斯頓的燈火似乎遠在天邊，月娘藏身厚厚的雲間，她站在防波堤的尾端，往下看向令人不安聲響的來處。馬里諾的捕魚船不見蹤影，亮橘色緩衝墊敲打在樁基上，擊出低沉的聲響。

14

夕照下，凱倫和賽爾芙醫生站在亭閣院區的前梯上。

入口處的燈光不甚明亮，賽爾芙醫生從雨衣口袋裡掏出折起的紙張。她攤開紙，然後拿出一枝筆。兩人身後的樹叢傳來昆蟲刺耳的唧嗚，遠處的土狼哭啼響亮。

「那是什麼？」凱倫開口問賽爾芙醫生。

「參加我節目的來賓，都要簽下這份資料，同意讓我在節目上提起他們的事情。沒有人可以幫你，凱倫，這很清楚，不是嗎？」

「我覺得好些了。」

「一定是這樣的，因爲他們讓你依照設定的步驟來表現，他們也是這麼對待我。這根本是陰謀。就是這樣，他們才會要我去聽我母親的錄音。」

凱倫從她手上接過授權書，想要詳讀，但是光線不足。

「我想在節目上分享我們兩人精采的討論及剖析，用來幫助全球上百萬的觀衆。我需要你同意，除非你希望我用假名。」

「噢，不必！我很高興讓你在節目中提起我的問題，使用我的眞名，甚是還可以直接上節目，瑪莉蓮！你剛剛說的是什麼陰謀？你覺得我也被設計了嗎？」

「你得簽字。」她把筆遞給凱倫。

凱倫簽下名字。「你什麼時候要在節目裡說到我，請先告訴我，我才能收看。我是說，如果你眞的決定要談。你眞的會嗎？」

「如果你還留在這裡。」

「什麼？」

「這不會是我回去後的首集節目，第一集要說的是科學怪人和震驚世人的實驗。他們違反我的意願，對我下藥，還把我當作磁振造影的受虐受辱對象。我再說一次，一個巨大的磁振設備，我還得同時聆聽母親說話。他們強迫我親耳聆聽我母親說出關於我的謊言，來責怪我。可能要幾個星期後，節目才會安排到你，好嗎？我希望你到時候還在這裡。」

「你是說，在醫院裡？我明天一早就要離開。」

「我是說，在這裡。」

「哪裡？」

「你還想待在這個世界裡嗎，凱倫？還是說，你曾經想要過嗎？這才是問題的癥結。」

凱倫用顫抖的雙手點燃香菸。

「你看過我爲珠兒．馬丁製作的節目。」賽爾芙醫生說。

「那眞的很悲哀。」

「我應該對所有人揭露她那個教練的眞面目，我曾經試著告訴她。」

「他做了什麼事？」

「你有沒有瀏覽過我的網站？」

「沒有，我應該要的。」凱倫彎腰坐在冰冷的石階上抽菸。

「在上節目之前，想不想先上網站？」

「上網站？你是說，在網站上說出自己的故事？」

「簡單說明就好。網站裡有個分類，名稱是《自我論述》。像是人物誌，大家說出自己的遭遇，互相留言。當然啦，其中有些人的文筆不怎麼樣，我有一組編輯人員，負責修改重寫，或是聽寫和訪問。記得我們第一次見面的時候，我曾經給你一張名片嗎？」

「我還留著。」

「我希望你把自己的故事寄到名片上的電子郵件信箱去，我們會張貼出來。想想看，你可以帶來多少啓發。不像衛斯禮博士那個可憐的外甥女。」

「誰？」

「她其實不是他的外甥女。她長了腦瘤，即使運用我的療程，也沒有辦法治癒這樣的人。」

「噢，天哪，眞可怕。我知道腦瘤會讓人瘋狂，這種人根本就無藥可救。」

「你登入網站之後，就可以讀到她的故事，還有所有的部落格文章。你會感到驚訝的。」賽爾芙醫生在她上方的台階說話，微風拂面，煙霧飄向另一側。「你的故事可以傳達出多少訊息。你住院過幾次？至少十次。那麼爲什麼沒有痊癒？」

賽爾芙醫生想像自己開口問觀衆這個問題，攝影機緊緊盯著她的臉龐——這已然是全球最著名的臉龐之一。她愛自己的姓氏，這個姓氏正是她絕妙命運中的一項因素。賽爾芙：自我。她一向拒絕放棄自我，不會爲任何人改變自己的姓氏，不願分享，任何不想擁有這個姓氏的人都該受到詛咒，因爲世上最令人無法原諒的罪惡，並不是性，而是失敗。

「我隨時可以上你的節目，請你打電話給我。你一通知，我隨時就到。」凱倫繼續說話。「只要別叫我說……我無法啓齒。」

即使當時賽爾芙醫生的幻想和思緒成眞，節目開始預告，她也從來沒有夢想到隨後的發展。

我是瑪莉蓮·賽爾芙醫生，歡迎來到賽爾芙的《自我急救站》。你需要協助嗎？每一集節目都在現場觀衆瘋狂的掌聲中如此開場，全球上百萬的觀衆齊聚收看。

「你不會叫我說出來，對吧？我的家人絕對不會原諒我的。就是這樣，我才沒辦法戒酒。如果你不逼我在電視上或網路上說出來，我會告訴你。」凱倫迷迷糊糊地胡亂說話。

謝謝，謝謝大家。有時候，賽爾芙醫生就是無法讓觀衆停下掌聲。我也愛你們每一個人。

「我的波士頓犬班蒂，有天晚上我很晚才讓牠出門，結果忘了讓牠回來，因爲我喝醉了。那是在冬天的事。」

掌聲像是落下的大雨，像是成千的手掌相擊。

「第二天早上，我發現牠死在後門外，木門全是牠的爪痕。我可憐的短毛班蒂，牠一定又是發抖又是狂吠，拚命抓門想要進屋子來，因爲天氣太冷了。」凱倫低泣。「我就是這樣才要停止大腦運轉，才不會亂想。他們說，我腦子裡有一些灰白色的什麼區域擴散，還萎縮。做得好，凱倫，我說啊，你殺掉你的大腦，很明顯的。腦子和大白天一樣亮，你看得出我不正常。」她觸摸自己的太陽穴。「就張貼在腦神經科辦公室燈箱上，我那不正常的腦子就和室外一樣空曠。我絕對沒辦法恢復正常的，我快六十歲了，損傷已經形成了，無法改變。」

「對於狗的遭遇，人們通常很難原諒。」賽爾芙醫生說，沉溺在自己的思緒當中。

「我知道我自己就是這樣。要怎麼克服呢？請你告訴我。」

「精神狀況有異的人，頭顱形狀通常會有些特徵。精神錯亂的病患，頭型一般狹窄或變形。」賽爾芙醫生說。「瘋狂的病患，腦子則較爲柔軟。一八二四年，在巴黎曾經進行過研究，發現一些科學資訊，其中一項結論是，在一百個弱智和低能的人當中，只有十四個人擁有正常的頭型。」

「你這是說，我是低能嗎？」

「我所說的，和這邊醫生告訴你的話不一樣嗎？你的頭型多少有些差異，這表示你與他人不同。」

「我低能嗎？我殺了我的狗。」

「這些迷信的觀念和操控的手法已經存在了好幾個世紀。丈量精神病院病患的頭顱，解剖低能和弱智者的腦袋。」

「我低能嗎？」

「在今天，人們把你放進具有神奇魔力的管道中——磁鐵製作的——然後說，你的腦子有異，還要你聽母親說話。」黑暗中一個頎長的人影朝著她們走過來，賽爾芙醫生停止說話。

「凱倫，麻煩你，我得和賽爾芙醫生談談。」班頓．衛斯禮說。

「我是個低能嗎？」凱倫邊說，邊從階梯起身。

「你不是低能。」班頓語氣親切。

凱倫向他道再會。「你一直對我很好，」她對他說。「我要搭飛機回家，不再來了。」她對他說。

賽爾芙醫生邀班頓坐在她身邊的階梯上，但是他不願意。她感覺到他的怒意，這是一項勝利，她再次得勝。

「我感覺好多了。」她對他說。

燈光投下的陰影改變了他的體型。

她從未看過他處身於暗處，這個想法深深地吸引她。

「不知道馬洛尼醫生現在會怎麼說，凱又會怎麼說。」她說。「我想起海灘上的春日假期。年輕女子注意到一名俊俏的青年，接下來呢？他也注意到她了。他們坐在沙灘上，踩在淺灘上互相潑水，盡興玩樂，一直到隔天太陽升起。他們不在乎彼此身上又溼又黏。這個神奇的魔法哪裡去了，班頓？年紀漸長，欲求不滿，你自己也知道再也無法感受到這股魔力。我知道何謂死亡，你也同樣明白。坐到我身邊來，班頓。在我離開之前你來找我聊天，這讓我很高興。」

「我和你的母親講過話，」班頓說，「又一次。」

「你一定很喜歡她。」

「她告訴我一些很有趣的事，讓我要收回對你說過的某些話，賽爾芙醫生。」

「我會接受你的道歉。再怎麼樣，我也料不到你會出口道歉。」

「關於馬洛尼醫生，你沒說錯，」班頓說，「有關你們的性關係。」

「我從來沒說過我和他有過性關係。」賽爾芙醫生打心底涼了起來。「那是什麼時候的事？在我那間觀景房裡嗎？我那時被下了藥。除非是被動，否則我不可能和任何人發生性關係。他對我下藥。」

「我說的不是現在。」

「我昏迷不醒的時候，他脫下我的罩袍，還猥褻我。他說，他愛慕我的身體。」

「因爲他還記得。」

「誰說我和他有性關係？是那該死的賤人說的嗎？她怎麼會知道我登記住院時發生什麼狀況？你一定告訴了她，說我是病患。我會控告你的。我說過，他控制不住自己，耐不住誘惑，然後他就跑了。我也說過，他知道自己的所作所爲是錯的，所以才會跑到義大利去。但是我從來沒說過和他發生性關係，從來沒有對你說過這種話。他對我下藥，占我的便宜，我早該知道他會這樣。他怎麼可能放過機會？」

這件事使她十分興奮，在過去和在當下並沒有不同，而她並不知道會有這種效果出現。當時她出聲斥責，但是並沒有要求他住手。她說：「何必這麼熱心來檢查我？」而他說：「因爲我得知道，這很重要。」接下來她說：「對。你也該知道什麼東西不屬於你。」他邊探索邊回答：「這就像某個你曾經探索過的去處，只是許久不曾再次到訪。你會想知道有沒有什麼改變，是否還能居住。」她說：「你能住嗎？」他接著說，「不能。」隨後他就跑了，這是他最糟的作爲，而且這還不是第一次。

「我說的，是發生在很久以前的事。」班頓說。

水花輕聲拍打。

威爾・藍波划船離開蘇利文島，置身在一片水色和黑夜當中。他將凱迪拉克停放在偏僻的地點，輕鬆走到他借走捕魚船的地方。他曾經借過這艘船，若有需要，還可以使用船外引擎；如果得保持安靜，他則用手划。一片漆黑當中，水花拍動著。

他來到畢安卡白窟，也就是他帶走第一個女孩的地點。所有的感受和親暱的感覺，就像碎片一樣，聚合到他腦海中那個包圍在石鐘乳和石灰岩之間，長著青苔的深穴當中。他帶她走入赫克力斯之柱的後方，進入一個地底世界，在這裡，石廊以礦石為柱，水滴聲響毫無止盡。

在那個如夢似幻的日子裡，他們獨自相處，唯一的例外，是他讓一群蹦蹦跳跳、穿著制服頭戴帽子的學童經過身邊，他對她說：「像一群蝙蝠一樣吵。」她大笑，說自己和他在一起感到十分愉快，握住他的手臂，依偎在他身邊。他感覺到她柔軟的身軀。靜默中的唯一聲響，只有滴落的水聲。他帶著她穿過鐘乳洞中的蛇坑，經過半透明的石簾，來到沙漠迴廊。

「如果你把我丟在這裡，我絕對找不到出路。」她說。

「我怎麼會丟下你？我是你的導遊。在沙漠裡，除非你知道怎麼走，否則沒有導遊是活不下去的。」沙暴捲起，築成一面高牆，他揉著雙眼，試圖不要看見腦海裡的那一天。

「你怎麼認得路呢？你一定很常來。」她說。他於是脫離沙暴，回到洞窟裡來，她如此美麗，皮膚白淨，輪廓鮮明，彷彿是精刻的石英。然而她卻又如此哀傷，只因為愛人離棄，投入別的女人懷抱裡。

「你怎麼會這麼特別，怎麼知道這個地方的存在？」她對威爾說。「地底三公里，又溼又冷的石頭迷宮，如果在這裡迷路，那會有多恐怖。眞不知道是否曾經有人在這裡迷路。幾個小時之後，燈光會熄滅，這裡頭一定就像個伸手不見五指、又冰又冷的地窖。」

他沒辦法看見眼前的雙手，只見到一片鮮紅，沙暴打在手上，他以為自己的皮膚將隨著沙子而剝離。

「威爾！噢，老天！救救我，威爾！」羅傑的叫喊變成前方走道中學童的嬉鬧，沙暴的咆哮停了下來。

水滴落下，他們的腳步踩在水中。「你為什麼一直揉眼睛？」她問。

「即使沒有光線，我也找得到路。我可以在黑暗中辨識，小時候經常來這裡。我是你的導遊。」他人很和善，對她非常溫柔，因爲他知道她無法承擔失去的事物。「看到沒有，石頭在光線下，就像是半透明一樣？石頭是平的，和筋腱一樣強健，而水晶就像是蠟黃色的骨頭。這整條狹窄的米蘭穹頂走道，既潮溼又冰冷，彷彿古老身軀的肌肉和血管。」

「我的鞋子和褲腳都沾到溼的石灰石了，好像白色的塗料。你毀了我的衣服。」她的抱怨激怒他。他帶她觀賞一處天然池水，池底還散落了一些綠色的銅板，他兀自懷疑是否眞有任何人的願望實現。她投擲一個銅板到池中，噴濺水花，沉到池底。

「你可以許下任何願望。」他說。「但是絕對不會實現，如果眞的實現，那麼對你而言，就太可惜了。」

「你這麼說就太可怕了。」她說。「你怎麼能說如果願望實現，對我來說會太可惜呢？你又不知道我許下什麼願望。如果我的願望是和你做愛呢？你不是個稱職的情人嗎？」

他的怒意加深，沒有回答她的問題。如果他們做愛，那麼她會看到他的裸足。他上次做愛是在伊拉克，一名二十歲的女孩一邊尖叫，還一邊用自己的小拳頭敲打他。接下來，她停下動作，陷入昏睡，而他也不再有任何感覺。她嚥了氣，不必期待見到她祖國無盡的毀滅以及不絕的死亡。水滴落下，她的臉孔在他心中逐漸消失。羅傑因爲痛苦難耐而哭喊的時候，威爾的手上握住了槍。

圓頂洞穴內的石頭猶如骷髏一般渾圓，水滴落、落、落，彷彿下過雨，接著出現了昂揚的石筍石柱群，好似發光的蠟燭。他告訴她，不要伸手碰觸。

「如果你去摸，它們會變成煤黑色。」他出言警告。

「正是我生命的寫照。」她說。「我碰的到每一件東西，都變得一文不值。」

「你會感謝我的。」他說。

「怎麼說？」她說。

回歸走廊裡溫暖潮溼，順著牆壁往下竄流的水像是鮮血。他握住手槍，距離最後的清醒自我只剩一步之遙。如果羅傑可以言謝，他絕對會這麼說。

簡單的感謝，多說無益。人們不知感激，帶走所有有意義的事物，接下來就再也不在乎了。這是萬萬不可的。

一座戰後修築的紅白條紋燈塔，孤伶伶地矗立在離岸三百呎之外，不再閃耀明亮的燈光。划船的動作使得威爾肩膀痠痛，坐在玻璃纖維板凳上的屁股發疼。他划得很辛苦，因為承載的重量幾乎與這艘平底船相當，現在離他的地方不遠，不需要用到船外馬達。他從來也不用，馬達的噪音太大，他不想要任何噪音，即使沒人聽得見也一樣。這裡沒有別人。除了天氣好的白天之外，不會有任何人來到此地。即使碰到那種日子，也沒有人知道這個地方屬於他。一座燈塔和一桶沙的愛。有多少小男孩擁有自己的小島呢？一個手套一顆球，一場野餐一次露營，全都消失無蹤。他划著船，穿越孤獨的旅程，來到彼岸。

快樂山丘，詹姆士島和查爾斯頓的燈火都在水的另一邊，佛利海灘就在西南側。明天將會是個溫暖多雲的日子，傍晚時分，潮水會到達低水位。他將小船拉上海灘，拖曳的船底刮擦著牡蠣殼。

15

第二天，也就是星期三的早晨，史卡佩塔出現在法醫攝影研究室裡。

史卡佩塔備妥可能派得上用場的器材，這些並不複雜。她從櫃子和抽屜中取出瓷碗、紙張、保麗龍杯、紙巾、消毒棉花棒、信封、黏土、蒸餾水、一瓶槍枝用鈍藍溶劑（一種用來處理金屬表面的二氧化硒溶劑，處理過後的金屬呈現深藍色或黑色）、一瓶T（四氧化釕）、幾管強力膠，以及一個鋁製小平底鍋。接著她在數位相機上安裝了微距近拍鏡頭和遙控快門，架設在翻拍桌上，再用厚厚的棕色紙張覆蓋另一張桌面。

她雖然有其他選擇，利用其他的混合物，讓隱藏的指紋顯現在其他的無孔表面——比方金屬——之上，但是一般仍採用煙燻的方式。這不是魔術，純粹只是化學作用。強力黏膠的成分幾乎完全是氰基丙烯酸酯，這種丙烯酸樹脂對於胺基酸、葡萄糖、鈉、乳酸以及皮膚毛細孔散發出來的其他化學成分，都會起作用。強力膠蒸發時，會接觸到潛藏的指紋（無法簡單目視），產生化學作用，形成新的化合物——一種持久又起伏分明的白色物質；至少她心裡是這麼期待。

史卡佩塔仔細衡量自己的步驟。DNA取樣——但是不要在這個實驗室裡做，這個程序不應該也不需要最早進行，因為RTX或強力膠都不會破壞DNA。強力膠——她下了決定。她拿出紙袋中的左輪手槍，記下序號，接著打開已經取出子彈的彈筒，用捲起的紙巾塞住槍管的兩端。她從另一個紙袋中取出六發點三八子彈，直立置放在煙燻槽中。這個簡單的煙燻槽裝備，不過就是在玻璃槽中加上個熱源而已。她用橫跨煙燻槽中的鐵絲吊起左輪手槍的扳機護弓，在槽內放入一杯溫水增加溼度，然後將強力膠擠到鋁製平底小鍋上，用罩子覆蓋住煙燻槽，接著就啓動排氣風扇。

史卡佩塔換上新手套，拿起裝著金幣項鍊的塑膠袋。金鍊上極有可能採到DNA，她另外裝起鍊子，標下註記。至於金幣，除了DNA之外也可能採到指紋，她輕輕地拿著金幣邊緣，用放大鏡觀察。這個時候，實驗室前門的生物辨識鎖打了開來。露西走進來，史卡佩塔感覺到露西的不平穩情緒。

「眞希望我們有可以辨認照片的程式。」史卡佩塔說，心裡明白此時不該問露西的情緒及其原因。

「我們是有，」露西說，不願迎向她的目光，「但是你得要有比較的對象。極少數的警察部門有可供搜尋的嫌犯面部特寫資料，但是根本沒有用，一點也不完整。不管這個混蛋是誰，我們可能都要借助別的方式，才能辨認出他的身分。我指的這個人，不見得就是騎著摩托車出現在你家後巷的混蛋傢伙。」

「那麼你是指誰？」

「我指的是戴項鍊拿手槍的人，而且我還要說，你怎麼知道那不是公牛？」

「沒道理。」

「如果他打算充當英雄，或是另外有所打算，就有道理了。你不會知道槍或項鍊究竟是誰的，因爲你根本沒看見東西是誰掉的。」

「除非另有佐證，」史卡佩塔說，「否則我會相信他的話，並且對他爲我挺身而出感到十分感謝。」

「隨你怎麼想。」

史卡佩塔凝視露西的臉龐。「我看，有些事情不太對。」

「我只想指出一點，公牛和騎摩托車傢伙的那場所謂的爭鬥，並沒有目擊證人。就這樣。」

史卡佩塔看看手錶，走向煙燻槽。「五分鐘，應該夠了。」她取下罩子，終止煙燻的程序。「我們得查查左輪的序號。」

露西靠過來，看向玻璃槽內。她戴上手套，伸手到裡面抽開鐵絲，拿起左輪手槍。「出現一點可辨識的起伏細紋，就在槍管這裡。」她上下左右檢視槍枝，然後放在鋪著厚紙的桌面上。她伸手回玻璃槽裡取出彈筒。「部分指紋，我認爲應該足夠。」接著放下彈筒。

「我來拍照，你可以掃描照片，輸入特徵，進入IAFIS指紋辨識系統進行比對。」

史卡佩塔拿起電話，接通指紋實驗室，說明自己正在進行的工作。

「我先和他們一起做，好節省時間。」露西的口氣不甚友善。「取消色頻，用黑白對比，他們才能盡快作業。」

「有事情不太對勁，我猜你會打算告訴我的。」

露西不願聽，生氣地說：「白費力氣，毫無用處的輸入和輸出。」

這是她最愛的冷嘲熱諷。指紋掃描輸入IAFIS系統後，電腦不會知道比對的究竟是石頭還是魚，自動系統沒有思考能力，什麼都不知道，只會將指紋特徵層疊在另一枚指紋上。也就是說，如果特徵不夠明確，或是沒有經過稱職的檢驗人員正確解譯，那麼搜尋的結果極有可能是毫無所獲。問題不在於IAFIS，而是在於人員。DNA比對的道理也相同，只有經過稱職的人員收集處理正確的資料，才會得到有效的結果。

「你知道，正確按捺採得的指紋有多麼罕見嗎？」露西繼續責罵，語氣尖銳。「隨便找個獄警來幫犯人捺指紋卡，用的是老掉牙的墨水壓印方式，然後把資料丟進IAFIS裡，結果卻全是不能用的廢物。如果他們用的是我們這種光學生物辨識掃描，就不會發生這種狀況。但是，監獄沒有錢，這個該死的爛國家沒錢做任何事。」

史卡佩塔用放大鏡檢視透明塑膠袋裡的金幣。「你要不要告訴我，爲什麼你的心情這麼糟？」她擔心聽到答案。

「槍枝的序號是什麼？我好輸入國家犯罪資料中心。」

「寫在桌上的紙條上。你和蘿絲談過了嗎？」

露西拿起紙條，坐在電腦螢幕前方，敲打鍵盤。「打電話給她了，她說，我得看看你好不好。」

「美金一塊錢。」史卡佩塔說的是放大鏡下的金幣，不願提及其他話題。「一八七三年。」接著，她注意到從來沒有在未處理證物上出現的某種東西。

露西說，「我想在水槽裡試射這把槍，把彈道測試資料輸入NIBIN比對。」

NIBIN是全國彈道整合資訊網。

「查證這把左輪槍是否曾經出現在哪個案件裡。」露西說。「儘管你認爲昨晚發生的事件還稱不上犯罪案件，而且不打算通知警方。」

「我解釋過，」史卡佩塔不想讓露西覺得她在辯護，「公牛和他發生扭打，把槍從他手上打掉。」她研究著銅板，調整放大倍數。「我無法證明這個騎摩托車的男人打算傷害我。他並沒有擅入我的產業，只是想要闖入而已。」

「那是公牛的說詞。」

「如果我的認知不足，我會認爲這枚銅板已經用強力膠煙燻處理，採過指紋。」史卡佩塔透過鏡片檢視金幣正反兩面上，看似白色凸紋的東西。

「如果你認知不足是什麼意思？你根本就沒有認知。你不知道有關金幣的任何資料，也不知道它之前在哪裡，只知道公牛在你屋後找到它。至於是誰掉了，就另當別論。」

「看來的確像是殘留的化學聚合物，像是強力膠。我不懂，」史卡佩塔說，將裝著金幣的塑膠袋拿到翻拍桌上，「有很多事情我都不懂。」她抬頭瞥著露西。「我想，如果你打算開口，自己就會說。」她脫掉原來的手套，戴上新手套和面罩。

「看來我們只要拍照就好，鈍藍溶劑和RTX都派不上用場。」露西指的是金幣上的殘留物質。

「最多只會用到黑粉。但是我想，連黑粉都用不到。」史卡佩塔調整架在翻拍桌上的照相機。她操作調整四個燈光的角度。「我來拍照，然後把所有資料送到DNA資料庫去。」

她撕下一截棕色紙張當作翻拍桌面底襯，將金幣從塑膠袋裡取出來，然後人頭面朝上放。接著將保麗龍杯切半，把漏斗形狀的部分放在銅板上方，這個自製光罩降低了反光，凹凸的細紋更是清楚。她伸手操作遙控快門，開始拍照。

「強力黏膠。」露西說。「那麼，這有可能是某個犯罪案件的證物。這麼說吧，不知怎地又出現在犯罪鏈當中。」

「當然可以做此解釋，我不知道這是不是正確的判斷，但是的確可以說明這個情況。」

鍵盤快速敲動。「一塊美金的金幣。」露西說。「美國，一八七三。看看能找出什麼。」她繼續敲打。

「為什麼要服用含可待因的Fiorinal？為了什麼症狀？」

「鎮定劑Butalbital，加上可待因磷酸鹽、阿斯匹靈、咖啡因，」史卡佩塔一邊說話，一邊小心翼翼的將金幣翻面，好拍攝另一側，「強效麻醉止痛劑。通常用在嚴重的緊張性頭痛。」照相機快門一閃。

「爲什麼要問？」

「那麼Testroderm呢？」

「膠狀的男性荷爾蒙睪固酮，直接塗抹於皮膚上就可以吸收。」

「你聽說過史帝芬・賽格嗎？」

史卡佩塔想了一下，完全想不起任何人，完全不熟悉這個名字。「我不記得聽過這個人。」

「Testroderm是他開的處方，他剛好就是夏洛特一個下三濫直腸科醫生，夏洛特也是姍蒂・史路克的老家。就那麼巧，她老爸過去是這個直腸科醫生的病人，也就是說，姍蒂認識他，隨時可以取得處方籤。」

「這張處方籤在哪裡開藥？」

「蘇利文島上的一個藥局，姍蒂就剛好在那裡有一棟價值兩百萬美金的房子，在某個有限責任公司的名下。」露西說，一邊敲著鍵盤。「也許你應當去問問馬里諾，這究竟是怎麼一回事。我覺得我們全都該擔心。」

「我最擔心的，是你的脾氣。」

「我認爲你不知道我眞正發脾氣是什麼樣子。」露西滿懷怒意，快速敲打鍵盤。「馬里諾好相處得不得了，還嗑藥，違法用藥。搞不好把睪固酮膠拿來當防曬乳塗，瘋狂呑藥來解除宿醉，要不然，他怎麼會突然變成又猛又醉的大猩猩？」她大聲敲打鍵盤。「他可能苦於陰莖異常勃起，隨時會心臟病發作，要不然就是飲酒過量之後又嚴重失控。眞的很難相信，短短的一星期內，一個人就可以如此影響另一個人。」

「顯然這個新女友非常糟糕。」

「我說的不是她。你把自己和班頓的事情說了出來。」

「我是得告訴他，而且還告訴你和蘿絲。」史卡佩塔靜靜地說。

「你的金幣價值大約六百塊錢，」露西說，關上電腦上的檔案，「不含項鍊。」

馬洛尼醫生坐在自家火爐前方，他的寓所就在聖馬可大教堂的南邊，教堂的圓頂在雨中顯得毫無生氣。人們——其中大部分是本地人——穿上綠色塑膠雨鞋，而觀光客則穿著廉價的黃雨鞋。再過不久，水位就會上升，淹上威尼斯的街道。

「我只是聽說了屍體的事。」他和班頓通電話。

「怎麼會？一開始，這案子並不重要。你怎麼會聽說呢？」

「奧托告訴我的。」

「你是指波馬隊長。」

班頓十分在意自己和波馬隊長之間的距離，甚至沒辦法直呼隊長的名字。

馬洛尼醫生說：「奧托打電話來是為了別的事，但是電話中提起屍體。」

「他怎麼會知道？剛開始的媒體報導並不多。」

「他之所以會知道，是因為他是國家憲兵隊的人員。」

「這就可以讓他無所不知嗎？」班頓說。

「你對他心懷怨恨。」

「我是滿心困惑。」班頓說。「他是義大利國家憲兵隊的法醫，而這個案子隸屬國家警察，而非憲兵隊的管轄。和所有的案例相同，這是因爲警方率先抵達現場。當我還小的時候，我們說這是踩人地盤，就執法界而言，這叫做前所未有。」

「我還能怎麼說呢？在義大利，事情就是這樣。最先抵達現場的，或是最先接到訊息的人，就有管轄權。但是，這並不是你如此煩躁的原因。」

「我並不煩躁。」

「你正在對一名精神科專家說你不煩躁。」馬洛尼醫生點燃菸斗。「我並非要檢視你的感覺，但是這並無必要。你是很煩躁。告訴我，我如何發現巴瑞地區那具女屍，有什麼重要性？」

「你這是暗指我立場不客觀。」

「我是暗指你覺得受到奧托的威脅。讓我試著來清楚說明事件的先後次序。屍體在巴瑞郊外的高速公路邊被人發現，我當初聽到消息的時候，並沒有什麼特殊感受。沒有人知道女屍是什麼人，大家都以爲是遭人殺害的妓女。警方懷疑這樁殺人案與義大利南部普利亞地區的黑手黨聖冕聯盟有關。奧托說，他很慶幸憲兵隊沒有插手，因爲他一點也不喜歡和黑幫交手。套句他的話，如果受害者和凶手一樣墮落，那麼也沒什麼好拯救的了。我想，他和巴瑞地區法醫部門的病理學家談及此事的第二天，就把事情告訴了我。結果發現受害者是一名加拿大觀光客，死前最後一次有人看見她，是在歐斯圖尼的一處舞廳裡。她當時相當醉，和一名男子一起離開，這名年輕女子與第二天在南部普利亞發現的畢安卡白窟女屍描述相符。」

「波馬隊長又一次無所不知，似乎全世界都要向他報告。」

「又一次，你聽來滿心怨恨。」

「來談談畢安卡白窟吧。讓我們假設這名凶手設計了象徵性的關聯。」班頓說。

「深層的意識。」馬洛尼醫生說。「埋藏的童年記憶，對於創傷和痛苦的壓抑回憶。我們可以將洞窟的探索行程，解釋爲他進入自身秘密。精神官能症、精神疾病和內在恐懼當中的神話歷程。他遭遇過某種可怕的經歷，這件事的發生日期，可能比他自認爲曾經遭遇的可怕經歷要來得早。」

「有關他的外型，你還記得些什麼？有沒有人指證，曾經目擊符合他外型的人和受害者在舞廳、洞窟或是其他地方一起出現？」

「年輕，頭戴便帽，」馬洛尼醫生告訴他，「就這樣。」

「就這樣？人種呢？」

「舞廳和洞窟的光線都很昏暗。」

「在你的病患檔案中——就在我眼前——你的病患提到曾經在舞廳裡和一名加拿大女子見面。他的這些話，是在屍體被發現的隔天說出來的。接下來，你就再也沒有他的任何消息。他是什麼人種？」

「白人。」

「你在檔案中記錄，我來引述。他『將女孩留在巴瑞的馬路邊』。」

「當時還不知道她是個加拿大人，屍體的身分還有待辨認。我說過，大家當初都以爲她是妓女。」

「在發現她是加拿大觀光客之後，你沒有將案子連結起來？」

「當然有，我十分憂慮。但是我沒有證據。」

「對，保羅，要保護病患。沒半個人在乎是否要保護加拿大觀光客，她的唯一罪過，不過是在舞廳裡玩得稍嫌過火，碰到一個顯然是贏得芳心的男人，接著還去信任他。結果她的南義假期最後卻是以墓園的解剖收場，沒被葬在貧民公墓還算她走運。」

「你非常沒有耐心，而且十分沮喪。」馬洛尼醫生對他說。

「現在你的筆記就攤在眼前，保羅，也許你的記憶會醒過來。」

「我沒有將筆記交給你，也無法想像你是怎麼拿到檔案的。」他必須重複說這些話，而班頓也得跟著唱雙簧。

「如果你將病患資料存在醫院伺服器的電腦檔案中，那麼也許就該關閉檔案分享功能。」班頓在電話上說。「因爲，如果有人知道硬碟上有這些機密檔案，就可以直接進入查閱。」

「網路世界實在不牢靠。」

「加拿大觀光客謀殺案發生至今，幾乎快一年了。」班頓說。「屍體的毀損狀況相似。說說看，在珠兒·馬丁的屍首被人發現之後，你怎麼可能沒有想起那樁案件，沒想起你的病患？兩具屍體在相同的部位都被取下大面積的皮肉，渾身赤裸地遭人丟棄在易於發現的場所，手法駭人聽聞，並且現場都找不到證據。」

「他似乎沒有強暴她們。」

「我們不清楚他做了什麼事。特別是他是否強迫她們坐在冰冷的水中，不知爲時多久。我想讓凱一起聽電話。我在打電話給你之前，已經聯絡上她。希望她至少有時間很快看過我傳給她的資料。」

馬洛尼醫生等待著。他瞪視眼前的螢幕，大雨直落，住處後方的運河水位上漲。他打開窗，遠望人行道上已經超過一呎深的積水。他慶幸今天毋需出門，淹水似乎是觀光客的冒險活動，但絕非他所喜愛。

「保羅？」班頓的聲音再次出現。「凱？」

「我在。」

「她有檔案。」班頓對馬洛尼醫生說。「你看到那兩張照片了嗎？」他對史卡佩塔說。「還有其他資料？」

「他對珠兒．馬丁眼睛下的毒手。」她立刻接話。「在巴瑞附近遭謀殺的女人沒有受到這樣的對待。我正在讀她的驗屍報告，用義大利文寫的，我只能盡量。我不懂，在病患——應該稱呼為睡魔——的檔案裡，你怎麼會有驗屍報告呢？」

「顯然他這麼稱呼自己。」馬洛尼醫生說。「從賽爾芙醫生的電子郵件得知的。你讀郵件了嗎？」

「正在看。」

「病患檔案裡為什麼會有驗屍報告？」班頓提醒他。「睡魔的檔案裡。」

「因為我很擔心，但是卻沒有證據。」

「窒息嗎？」史卡佩塔提出問題。「出現瘀斑，並且沒有其他發現。」

「有沒有可能是溺斃？」馬洛尼醫生問道，班頓傳送給他的資料已經列印出來，就放在他的腿上。

「珠兒可能也是，對嗎？」

「不，珠兒絕對不是。她遭繩索勒斃。」

「我會想到溺斃，是因為珠兒的案子裡有個浴池。」馬洛尼醫生說。「現在看到這張最新的照片，黃銅浴缸裡的女人。但是，我沒有說對。」

「你沒說對珠兒死因。但是浴缸裡這名受害者在死前——不幸的是，我們得假設她已經死亡——這點我同意。如果沒有其他證據，我們得考慮溺斃的可能性。我可以向你們確認一點，」史卡佩塔重複說著，「珠兒並非溺斃。但是這並不表示巴瑞的受害者也不是。而我們無法得知黃銅浴缸裡的女人有什麼遭遇。我們甚至還不能確定她是否已經死亡，雖然我擔心這已經是個既成事實。」

「她看來似乎服用了藥物。」班頓說。

「我強烈懷疑這三名女人都有這項共通點。」史卡佩塔說。「首先是巴瑞的受害者，她的酒精濃度是法定標準值的三倍，而珠兒則超過兩倍。」

「先讓她們屈服，接著才能控制。」班頓說。「那麼，沒有任何跡象讓你判定巴瑞的受害者是溺斃的？報告上完全沒有寫？矽藻呢？」

「矽藻？」馬洛尼醫生問。

「顯微鏡才看得到的藻類。」史卡佩塔說。「首先，這要有人檢查才會知道，而看來應該是沒有，因為沒人懷疑到溺斃的可能性。」

「怎麼會有人這麼想呢？她是在路邊被發現的。」馬洛尼醫生說。

「其次，」史卡佩塔說，「矽藻到處都有，水裡有，也可藉由空氣傳播。唯一可以提供重要資訊的檢驗，是骨髓或內臟的檢驗。況且，你沒說錯，馬洛尼醫生，他們何必做這項檢驗呢？至於巴瑞的受害者，我懷疑她應該是隨機犯案的受害者。也許睡魔——從現在開始，我就這麼稱呼他……」

「我們不知道他當時如何稱呼自己，」馬洛尼醫生說，「我的病患從來沒提過這個名號。」

「我稱他為睡魔，比較清楚。」史卡佩塔說。「也許他流連在酒吧、舞廳和觀光景點之間，不幸地，她在錯誤的時間出現於錯誤的地點。反之，我不認為珠兒・馬丁的案子也是如此。」

「關於這點，我們還不知道。」馬洛尼醫生抽起菸斗。

「我認為我知道。」她說。「他在去年秋天開始寫郵件給賽爾芙醫生，並且提起珠兒・馬丁。」

「這要假設他眞是凶手。」

「他傳送給賽爾芙醫生的照片，是在珠兒遇害的幾個小時之前，在浴池裡拍的。」史卡佩塔說，「在我的生死簿裡，他就成為凶手。」

「請告訴我多一點有關她雙眼的細節。」馬洛尼醫生對她說。

「根據我手上這份報告，凶手並沒有取走加拿大受害者的雙眼。珠兒的雙眼被取走，眼窩裡裝滿沙子，眼皮用膠黏了起來。眞是感激，據我所知，這顯然是在死後動的手。」

「不是虐殺，而是有其象徵意義。」班頓說。

「睡魔在你眼前撒把沙，你就會睡著。」史卡佩塔說。

「這就是我要說的神話。」馬洛尼醫生說。「完全符合佛洛伊德學說，或是榮格學說也好。是我們自己忽略了這個案件的深層心理層面。」

「我可沒有忽視任何細節，也希望你沒有忽略你對你病患的一切所知。你擔心他可能與加拿大觀光客謀殺案有關，卻隻字不提。」班頓說。

抗辯，影射錯誤，責難。威尼斯鬧起水患，三方通話繼續進行。稍後，史卡佩塔表示自己正在實驗室進行一項工作，如果他們沒別的事需要她，那麼她得掛掉電話。她離線之後，馬洛尼醫生重拾防衛戰術。

「那樣做無異是侵犯病患隱私。我沒有任何證據，什麼都沒有。」他對班頓說。「你也知道規章。如果每當有病人做出暴力暗示，或是提及暴力事件，我們就在無法相信其真實性的狀況下跑去找警方，那麼事情會如何演變？變成天天要向警方提報病人。」

「我認為你的確該提報這名病患，而且我覺得你該向賽爾芙醫生提出更多關於他的問題。」

「我認為呢，你已經不再是有權逮捕任何人的聯邦調查局探員了，班頓。你是法醫心理學家，在一所精神病醫院工作，身在哈佛大學醫學院的附屬醫院裡。你的首要忠誠必須獻給病人。」

「也許我再也沒有辦法這麼做了。在與賽爾芙醫生相處了兩週之後，我對任何事情都不再抱持相同的看法。包括對你也一樣，保羅。你保護自己的病患，而現在卻至少有兩名女子因他而死。」

「如果是他下的手。」

「就是他。」

「告訴我，當你拿這些照片質問賽爾芙醫生的時候，她的反應如何？珠兒在浴池裡的那張，房間看起來有義大利風格，並且相當老舊。」馬洛尼醫生說。

「一定是在羅馬，或是羅馬近郊。一定是。」班頓說。「我們可以假設她在羅馬遇害。」

「第二張照片呢？」他讀取賽爾芙醫生電子郵件上的第二個檔案，浴缸內的女人，這是個黃銅浴缸。她看起來約莫三十多歲，留著又長又黑的頭髮，嘴唇腫脹出血，緊閉的右眼同樣腫脹。「你把這張睡魔寄來的最新照片給她看時，她做何反應？」

「郵件傳來的時候，她正在磁振檢驗室裡。我稍後給她看時，她才第一次看到照片。她最關心的，是我們駭進——這是她的用語——她的電子郵件信箱，損害她的權益，也違反了ＨＩＰＡＡ醫療保密法案，因爲露西就是那名駭客——這是賽爾芙醫生的指控——這就代表有外界人士知道賽爾芙醫生是麥克連醫院的病患。對了，這件事爲什麼會怪罪到露西頭上？我不懂。」

「我也覺得奇怪，爲什麼會馬上指責她。」

「你有沒有看到賽爾芙醫生張貼在她網站上的東西？據稱是露西的自白書，毫不忌諱地提到罹患腦瘤的事，而且在網路上四處流傳。」

「是露西寫的嗎？」馬洛尼醫生大感驚訝，對於此事一無所悉。

「絕對不是。我只能推想，賽爾芙醫生不知藉由什麼管道，得知露西定期來麥克連醫院進行腦部掃描，於是在貪得無饜慾望的驅使下，在自己的網站上編造了這篇自白。」

「露西做何反應？」

「你認爲呢？」

「賽爾芙醫生對第二張照片，就是在黃銅浴缸裡的女人，還有什麼其他反應？我們完全不知道那是誰嗎？」

「一定有人在賽爾芙醫生的腦海中，將露西侵入她郵件信箱的事植下極深念頭。絕對深刻的想法。」

「黃銅浴缸裡的女人。」馬洛尼醫生再次提起。「當你傍晚在階梯上對她提起這件事的時候，她怎麼說？一定很值得一提。」他等待班頓的回答，再次點燃菸斗。

「我沒有提過地點是在階梯上。」

馬洛尼醫生露出笑容，菸草在菸斗裡燃燒，他吐出一口煙霧。「我再問一次，當你把照片給她看的時候，她怎麼說？」

「她問我，照片上的影像是否是眞的。我告訴她，除非看到傳送者的電腦檔案，否則我無法知道。但是看起來很像是實景。我看不出修改的跡象，比方說少了個影子、角度錯誤，或是不合常理的光線和天候等等。」

「的確，不像造假。」馬洛尼醫生研究螢幕上的影像，百葉窗後方的雨水直落，運河的水波拍打著灰泥牆面。「這是根據我對這種手法的了解。」

「她堅稱這是卑劣的欺騙行爲，是個變態的笑話。我告訴她，珠兒·馬丁的照片就是眞的，而且絕非變態笑話。她死了。我說出自己的憂慮，認爲第二張照片的女人可能也已經死亡。似乎有人逕自對賽爾芙醫生暢所欲言，而且說的還不只是這個案件而已。我眞不知道這個人是誰。」

「然後她怎麼說？」

「她說這不是她的錯。」班頓說。

「如今露西把這個資料傳給我們，她可能知道……」馬洛尼醫生才開口，班頓便搶先說出來。

「資料是打哪裡發出來的。露西解釋過，進入了賽爾芙醫生的郵件信箱，表示可能可以追溯睡魔發件的網路位置，這更證明賽爾芙醫生毫不在乎——她大可自己動手，或找人去查出網路位置，但是她並沒有這麼做。查到的網路位置在查爾斯頓，就在港口。」

「這一點很重要。」

「你不但不吝於表示意見，還相當熱心，保羅。」

「我不確定你這句話的意思：『不吝表示意見，熱心』？」

「露西找港口的資訊工程師談過，這個工程師負責管理所有的電腦和無線網路等等。」班頓說。

「根據她的說法，有一點很重要：睡魔的網路位置與港口的任何MAC毫無相符之處。她所謂的MAC指的是機組位址代碼。不管睡魔使用哪一部電腦來傳送電子郵件，看來都不像是港口的配備，也就是說，他不太可能是港口的員工。露西指出幾種可能性，他可能是經常搭乘渡船或貨船出入港口的人，進港之後，就私自擅用港口的網路。如果是這樣，那麼每當他傳送郵件給賽爾芙醫生的時候，他所工作的渡船或貨船一定停靠在查爾斯頓的港口。每封他傳送給賽爾芙醫生的郵件——露西在她的收件匣裡總共找到二十七封——都是透過港口的無線網路傳送出來的。其中包括她最新收到的這封，黃銅浴缸裡的女人。」

「那麼，他現在應該就在查爾斯頓。」馬洛尼醫生說。「希望你已經找人去監看港口了，這可能是逮住他的方法之一。」

「不管如何，我們都必須謹慎行事，不能現在就找上警方。這會把他嚇跑。」

「一定可以找到渡輪或貨輪的時刻表。有沒有查到任何與他傳送郵件給賽爾芙醫生的日期之間的交集？」

「有，也沒有。某艘渡輪的日期——我說的是入港和出港的日期——的確與他傳送郵件的日期相符。但是其中有一些則不吻合。這讓我十分確定，他會出現在查爾斯頓，絕對是有原因的，他甚至有可能住在那裡，可以攔截港口的無線網路溢波，也許他只需要把車子停在附近，就可以連接上網。」

「你這話我就聽不懂了。」馬洛尼醫生說。「我生活在古老的世界裡。」他再度點燃菸斗。他之所以喜愛抽菸斗，其中一個原因，就在於享受點燃菸斗的樂趣。

「相當於開著配有掃描設備的車子四處跑，監聽手機通訊。」班頓解釋。

「我猜，這同樣也不是賽爾芙醫生的錯。」馬洛尼醫生悲哀地說。「凶手從去年秋天就開始傳送電子郵件給賽爾芙醫生，她其實可以早點知道，然後說出來的。」

「她可能告訴過你，保羅，就在她將睡魔轉給你的時候。」

「她知道查爾斯頓的地緣關係嗎？」

「我告訴她了。我希望這能讓她恢復記憶，或是透露更多有用的資訊。」

「當你告訴她，睡魔一直在查爾斯頓傳送郵件給她的時候，她怎麼說？」

「她說，這不是她的錯，」班頓回答，「然後跳上豪華轎車前往機場，搭私人飛機離開。」

16

掌聲、樂聲加上賽爾芙醫生的話語，這是她的網站。

史卡佩塔閱讀假造的露西自白文字，難掩心裡沉重的感傷。文中提到露西在麥克連醫院進行腦部掃描，她爲何會罹患腦瘤，以及在生命中如何應對這項疾病。史卡佩塔閱讀人物誌部落格，直到無法承受才停止。露西則無法克制自己的想法，阿姨的沮喪可萬萬比不上她自己的親身感受。

「我無計可施，木已成舟。」露西邊說話，邊掃描部分指紋，輸入數位影像系統。「連我都沒辦法收回已經傳送的資料，已經張貼的文字，或已經出現的任何東西。我們這樣看待這件事吧，文章一旦張貼出來，我就再也不必擔心事件曝光。」

「曝光？眞是生動有力的敘述。」

「這是我的定義。身體有問題，比任何曾經出櫃或曝光的事情都要糟糕。所以啦，現在人們終於知道這件事，趕快熬過去，也許還不算太壞。事實帶來解脫。最好不要有所隱瞞，你說是吧？有趣的是，人們知道這件事之後，無異是開啓了各種可能性，意想不到的禮物紛紛出現。在你以爲沒人在乎的時候，卻有人伸出援手，存在於過去的聲音重新出現，其他的聲音則終於靜止下來。有些人終於走出你的生命。」

「你指的是誰？」

「這樣說好了，我一點也不覺得驚訝。」

「不管是不是禮物，賽爾芙醫生都無權這麼做。」史卡佩塔說。

「你應該聽聽自己所說的話。」

史卡佩塔沒有回答。

「你想要把這件事當成自己的錯。你知道的，如果我不是鼎鼎大名的史卡佩塔醫生的外甥女，就不會成爲箭靶。你老是把每件事都當成自己的錯，然後設法彌補。」露西說。

「我沒辦法繼續讀下去了。」史卡佩塔登出網站。

「那是你的缺點，」露西說。「這個缺點讓我很難接受，如果你眞想知道。」

「我們得去找個專精於網路毀謗案的律師來處理。在網路上中傷他人，目無法紀，簡直是無法無天。」

「試試看，你要怎麼證明我沒有寫，看看案子要怎麼成立。不要因爲你不想把焦點放在自己身上，就拿我來做文章。我整個早上都沒有找你麻煩，現在，夠了，我受不了了。」

史卡佩塔動手清理桌面，收拾物品。

「我坐在這裡，聽你鎭定如常，和班頓、和馬洛尼醫生講電話。你怎麼能如此鎭定，沒被否認和躲避的情感給噎住？」

史卡佩塔讓水流入洗眼設備旁邊的不鏽鋼槽裡。她搓洗雙手的方式彷佛剛才結束解剖的工作，而不是一直待在一個除了攝影之外，沒有太多其他活動的乾淨實驗室裡。露西看著阿姨手上的瘀青，史卡佩塔可以想盡辦法遮掩，但根本就藏不住。

「你打算一輩子護著那個混蛋嗎？」露西說的是馬里諾。「好，儘管不要回答。也許他和我之間最大的差異不在於明顯之處。我絕對不會讓賽爾芙醫生指使我做出任何足以害死自己的事。」

「害死自己？希望不會。我不喜歡你說這個字眼的樣子。」史卡佩塔讓自己忙於收拾金幣和項鍊。

「你這是在說什麼？什麼害死自己的。」

露西脫掉罩袍，掛在關上的門後。「我不會任她驅使我做出無法彌補的事。我不是馬里諾。」

「我們得馬上把這些東西送去做DNA檢驗。」史卡佩塔撕下一截封條，貼住信封。「我直接交給他們，保持證物流程的完整性，如果沒碰到什麼不可預見的困難，也許三十六個小時之內吧，或者更短的時間內就可以有答案。我不要這些分析資料放太久，我想你也了解原因，假如又有人帶槍來探望我。」

「我記得在里奇蒙那一次，聖誕節的時候，我帶朋友從維吉尼亞大學回家和你過節。結果他就在我面前調戲她。」

「哪一次？他又不只一次做這種事。」露西從未見過史卡佩塔臉上出現這種表情。

露西的阿姨埋首填寫文件，找來一件件事情做，只要能讓她不必抬頭看向露西，什麼事都好；因為她無法直視露西。露西想不出自己什麼時候曾經看到阿姨感覺憤怒或是羞恥。憤怒也許有過，但是從來沒見過她感到羞恥，於是露西惡劣的情緒越來越糟。

「他試著在某些女人面前力圖表現，卻無法與她們好好相處。結果，他非但沒留下刻意要表現的良好印象，反而讓我們除了知道他無法好好表現之外，還連帶失去對他原有的好感。」露西說。「我們想要和他建立人與人之間的良好關係，結果他又怎麼做呢？竟然就在我面前，對我的女朋友毛手毛腳。當然啦，他當時又是酩酊大醉。」

她從工作檯邊起身走到長桌邊，她的阿姨正忙著從抽屜裡翻出一堆彩色筆，拿掉筆蓋，一枝枝試用，確認墨水尚未用竭。

「我並沒有忍耐。」露西說。「我直接反擊。我當時只有十八歲，大聲斥責，沒採取更進一步的行動是他走運。你還要繼續讓自己忙於雜事，好像這樣就可以讓事情過去嗎？」

露西握住阿姨的雙手，輕柔地拉起袖子。她的雙腕一片鮮紅，深層肌肉組織受傷，好像是被手銬給套住一樣。

「不要說這些。」史卡佩塔說。「我知道你很在乎。」她抽開手，拉下袖子。「但是，露西，請你讓我自己處理。」

「他對你做了什麼事？」

史卡佩塔坐下來。

「你最好把一切都告訴我。」露西說。「我不管賽爾芙醫生是怎麼煽動他的，我們都心知肚明，這個影響力沒有那麼大。他太逾矩，事情已經沒有退路，也不能當作例外。我要處置他。」

「拜託，讓我來處理。」

「你不會，也不願意。你總是替他找藉口。」

「我沒有。但是處罰他並不能解決一切。這會有什麼用呢？」

「究竟發生了什麼事？」露西既安靜又鎮定，但是她的內心一陣麻木。每當她打算行動時，這種感覺就會出現。「他昨天晚上在你家做了什麼？絕對不是你願意的，這個絕對可以確定，否則你也不會有這些瘀青的傷痕。你絕對不會想要他，於是他強迫你，是嗎？他抓住你的手腕，還有呢？你的脖子上有擦傷，還有哪裡？那個狗娘養的東西還幹了什麼好事？他上過那麼多雜碎賤人，誰知道還染上什麼病……」

「沒到那個程度。」

「那麼到哪個程度？他做了什麼事。」露西的語氣不是提問，而是指出事實，要求得到解釋。

「他喝醉了。」史卡佩塔說。「現在我們還知道他可能用了睪酮素，這會讓他非常好鬥，程度依藥量而有所不同，但是他不懂節制。太過量了，你沒說錯，他上個星期的菸酒全都過量。他從來就不善保持距離，現在更糟。我想，這些全是事情的原因。」

「事情的原因？經過這麼多個年頭，你們的關係導致他對你意圖性侵？」

「我從來不覺得他會變成這樣。他變成一個我不認識的人，好鬥又憤怒，完全失去控制。也許我們反而更應該爲他擔心，而不是只想到我。」

「別又來了。」

「請你試著去了解。」

「你先告訴我他做了什麼事，我就會比較了解。」露西的聲音毫無起伏，正是她心裡有所打算時的說話語調。「他做了什麼？你越閃避，我就越想懲罰他，等我眞的下手，事情一定會更糟。你不是不了解我，凱阿姨，最好認眞看待。」

「他只是那樣，然後就停下來，開始哭泣。」史卡佩塔說。

「那樣是怎樣？」

「我說不出口。」

「眞的？假如你報警了呢？他們會問你細節，你也知道流程的。一次受辱不夠，還要經歷第二次，對那些警察敘述事情的經過，然後他們私底下情慾高漲。還有那些踏遍法庭旁聽強暴案的變態，他們只想坐在後面聽細節。」

「你爲什麼會突然離題？這完全與我無關。」

「如果你報警處理，然後馬里諾被控性傷害，你以爲接下來會如何發展？最低程度你也得出庭，老天爺才會知道那會是哪種場景。一堆人擠來聽細節，想像整個過程，就某種程度來說，你就好像在公衆面前被脫光衣服，被當作發洩性慾的對象，完全失去人格。偉大的凱·史卡佩塔醫生渾身赤裸地被粗暴對待，全世界都來看。」

「並沒到那種程度。」

「當眞？拉開你的襯衫。你在隱瞞什麼？我都能看見你頸子上的擦傷。」露西伸手拉史卡佩塔的襯衫，開始解最上面的鈕釦。

史卡佩塔推開露西的手。「你不是法醫護理人員，而且我也聽夠了。別讓我對你發脾氣。」埋藏在露西心底的怒氣開始往外竄，她的心和四肢都感受到憤怒。「我會處理這件事。」她說。

「我不要你處理。很顯然你已經進到他房子裡去搜過了。我知道你怎麼處理事情，我也知道怎麼照顧自己。我最不想見到的，就是你們兩個人起衝突。」

「他做了什麼事？那個酗酒的愚蠢混蛋到底對你做了什麼事？」

史卡佩塔沒有說話。

「他帶那個賤人女友參觀你的工作地點，班頓和我一分一秒地看著他們，他在停屍間勃起的一幕再清楚不過了。難怪，他抹上什麼荷爾蒙膠，挺著命根子走來走去討好那個年紀不到他一半的爛貨。然後他又這樣對待你。」

「夠了。」

「我沒說夠。他到底做了什麼？扯掉你的衣服？衣服在哪裡？那是證物。你的衣服呢？」

「好了，露西。」

「在哪裡？我要看。我要你當時穿的衣服。你把衣服怎麼了？」

「你只會讓事情更糟。」

「你把它們丟了，對不對？」

「算了。」

「性傷害是重罪一條，而你不打算告訴班頓，還是說你可能已經說了，但是你不打算告訴我。蘿絲會說，至少表示自己的懷疑。你到底怎麼了？我以為你是個堅強、有影響力的女人。我這輩子一直都是這麼想。看，這就是缺點，你讓他為所欲為，然後不肯說出來。你為什麼讓他這麼做？」

「原來是這麼一回事。」

「什麼？」

「原來是這樣。」史卡佩塔說。「我們來談談你的缺點。」

「別把矛頭指向我。」

「我大可報警的。當時，我取下他的槍，可以下手殺了他，並且還有正當理由。我可以做的事不少。」史卡佩塔說。

「那麼你為什麼不做？」

「我選擇小惡，一切會過去。其他的選擇就不同了。」史卡佩塔說。「你知道自己爲什麼會有這種反應。」

「我們討論的並不是我的做法，而是你的。」

「全是因爲你的母親——我那可憐的妹妹。帶了一個個不同的男人回家，比依賴男人還糟糕。她對男人上癮。」史卡佩塔說。「你記不記得自己曾經問過我？你問我，爲什麼男人總是比你重要？」

露西握緊拳頭。

「你說，你母親生命中的任何一個男人都比你重要。你沒說錯。還記不記得我是怎麼告訴你的？因爲桃樂絲是個空洞的器皿。這與你無關，問題在於她。因爲家中的經歷，讓你老是覺得受到侵犯……」她的聲音淡去，藍色的眼眸覆上陰影。「是不是發生過什麼事？別的事？是不是她哪個男朋友對你有過不恰當的舉動？」

「我可能想要得到關注。」

「發生過什麼事？」

「別提了。」

「發生過什麼事，露西？」史卡佩塔說。

「別再說了，眼前這件事與我無關，而且我當時不過還是個孩子，而你卻不是。」

「我有可能就是。我怎麼可能抵抗他？」

兩人靜默了好一會兒，緊張的氣氛突然緩和下來。露西不想繼續和她爭吵，對馬里諾的憎恨超過她這輩子對任何人的敵意，因爲他讓她嚴苛對待自己的阿姨。她對自己的阿姨毫不寬容，然而史卡佩塔除了受盡折磨之外，什麼壞事也沒做。馬里諾的作爲造成了永遠不可磨滅的傷害，而露西只是讓事情更沒有轉圜的餘地。

「不公平。」露西說。「眞希望我當時在場。」

「你也一樣，不可能處理或彌補所有的事。」史卡佩塔說。「我們的相似處比差異處多。」

「珠兒．馬丁的教練去過亨利．豪林的葬儀社。」露西改變話題，因爲她們不應該繼續討論馬里諾。「地址存在他那輛保時捷的衛星定位系統裡。如果你不打算和驗屍官碰面，我可以去察看。」

「不，」她說，「也該是我們見面的時候了。」

辦公室內的裝潢品味高雅，擺設著精緻的古董，織錦布幔束扣在窗邊，鑲嵌桃花木面板的牆上掛著亨利．豪林幾位先人的畫像——這些嚴峻的男人，看管著自己的過往。

他的辦公座椅轉向後方，面對著窗外，看向一座景致宜人的查爾斯頓花園，似乎完全沒有注意到史卡佩塔就站在門口。

「你可能會喜歡我的推薦。」他講電話的聲音十分平和，帶著濃濃的南方腔調。「我們有一組骨灰甕正可以符合這項需求，大多數人還不知道這項新產品。可生物分解，可融於水，不過度華麗也不昂貴……是的，如果打算採用水葬……沒錯……把骨灰撒向大海……的確沒錯。直接把骨灰甕浸入水中，可以避免四處飛散。我了解，這可能不一樣。當然，你可以選擇對你有意義的方式，我會盡力配合……是的，對，我是這樣建議……不，你不會想要骨灰到處飛。我要怎麼說才不至於冒犯呢？飄到船上，這就不太好了。」

在幾句同情的言辭之後，他掛上電話。他轉過身子，看到眼前的史卡佩塔，卻似乎一點也不驚訝。他知道她要來，因為史卡佩塔事先打了電話。就算他知道她聽到自己在講電話，也不像在乎的樣子，甚至一點也不覺得被冒犯。在她的假想當中，他的形象一直是貪婪、口蜜腹劍並且自以為重要。

「史卡佩塔醫生。」他面帶微笑，起身繞過整理得一絲不苟的辦公桌，伸手與她相握。

「謝謝你和我見面，尤其是這樣的臨時安排。」她說，挑了張高背沙發坐下，而他則是安坐在長沙發上。他選擇座位的方式別具意義，如果他打算展現強勢來貶低她，那麼他會高姿態地坐在讓人印象深刻的主管桌後，按兵不動。

亨利・豪林儀態優雅，穿著手工剪裁的出色西服，打褶西褲和絲質襯裡的單釦外套，搭配淺藍色的襯衫。一頭銀色的髮絲和絲質領帶顏色相仿，線條分明的臉龐不顯嚴峻，因為笑容而出現的皺紋多於眉間的川字紋，眼神和藹。這使得史卡佩塔十分不安，豪林和她想像中的狡詐政客毫無相似之處，她提醒自己，這就是狡詐政客的通病，這些人在利用他人之前，會先使出愚弄詐騙的手段。

「恕我直言，」史卡佩塔說，「你早就知道我來到此地了，已經將近兩年。我得先把話說出來才能繼續談。」

「我不敢冒昧邀你來此。」他說。

「如果你邀我來，會是個十分體恤的舉動，畢竟我新來乍到，而且我們工作內容相同。或者我該說，應當相同。」

「謝謝你的直率，這正好讓我有解釋的機會。我們查爾斯頓的人比較自我中心，老是慢條斯理等待事情的發展。我想你可能已經注意到了，這裡的節奏並不快。嗯，連走路的速度都不快。」他露出微笑。「所以，我一直在等你採取主動，讓你來做決定，但是我並不覺得你會過來。讓我再繼續解釋好嗎？你是法醫病理學家，我還要加上一句：聲譽卓著。這樣傑出的人士通常對地方選出來的驗屍官不屑一顧。一般說來，我們不是醫生，也不是法醫專家。我認爲你在這裡開業，一定會對我有種防衛的感覺。」

「那麼，看來我們兩人都做了太多假設。」她假設他是無辜的，至少假裝這麼想。

「查爾斯頓的流言蜚語不少。」他讓她想起馬修・布萊迪（譯註：十九世紀著名的美國攝影師，以內戰時期拍攝的名人肖像聞名）鏡頭下的人物——打直腰桿坐定，雙腿交疊，雙手交握地放在腿上。「其中很多都充滿惡意，而且觀念狹隘。」他這麼說。

「我相信，我們可以在專業領域上好好相處。」她對這回事秉持保留態度。

「你和你的鄰居葛林寶太太還熟嗎？」

「我見到她的機會，大都是她透過她家的窗戶看著我的時候。」

「顯然如此。她曾經抱怨過有靈車開進你家後面的巷弄裡。而且還是兩次。」

「我知道的只有一次。」她想不出第二次是什麼時候。「盧修斯・梅迪。因爲我的地址莫名其妙的被擺錯了，我希望這件事已經得到澄清。」

「她打了些電話給某些可能會找你麻煩的人。我在電話裡跟她澄清這件事。我說，我清楚知道你不會讓人把屍體送到家中，一定有什麼誤會。」

「如果我沒恰巧打電話過來，我懷疑你會把這件事告訴我。」

「如果我要找你麻煩，又何必在這件事情上護著你？」他說。

「我不知道。」

「我一向認為死亡和悲劇的件數多到足以分配給大家，但是並非每個人都這麼想。」他說。「南卡羅萊納的每家葬儀社都想搶我的生意，包括盧修斯・梅迪在內。我再怎麼也不會去相信他真的把你的小屋當成停屍間，就算拿到錯誤的地址也一樣。」

「他何必傷害我？我甚至不認識他。」

「這是你的解讀。他並不把你當作收入的來源，因為，根據我的猜測，你並沒有以任何方式協助他。」豪林說。

「我不做市場行銷。」

「如果你同意，我來發個電子郵件給所有的驗屍官、葬儀社，以及你可能會有往來的單位，向他們確認你的正確地址。」

「不需要，我可以自己來。」他越是好心，她越不信任他。

「老實說，由我來發會比較好，這代表我們雙方一起合作。這不正是你來這裡的原因嗎？」

「吉安尼・盧潘諾。」她說。

他的表情一片空白。

「珠兒・馬丁的網球教練。」

「我相信你一定知道，她的案子並非由我管轄。除了新聞報導之外，我沒有其他資訊。」豪林說。

「他曾經來過你的葬儀社，至少一次。」

「如果他來詢問有關她的問題，我絕對會注意到。」

「他一定是爲了某種原因才來訪。」她說。

「可以告訴我你是怎麼知道的嗎？也許你聽到的查爾斯頓流言比我還要多。」

「至少，這麼說吧，他來過你的停車場，」她說。

「我懂了。」他點頭。「我猜，警方或是什麼人檢查過他車內的衛星定位系統，在裡面找到我的地址。這我就得問了，他是這樁謀殺案的嫌犯嗎？」

「我想，每個和她有關的人都已經或即將被約談。你剛剛說『他的車』。你怎麼知道他有車停在查爾斯頓？」

「因爲我剛好就知道他在這裡有一處公寓。」他說。

「大部分的人——包括住在同一棟大樓的人——都不知道他在那裡有公寓，你怎麼會知道？」

「我們有賓客名冊。」他說。「名冊一直都放在教堂的講台上，參加守靈會或是葬禮的人可以簽到。也許他曾經參加過在這裡舉行的葬禮，你可以去查閱那本名冊。或是其他的名冊。回溯多久都可以。」

「過去兩年就好。」她說。

偵訊室內的一張木椅上繫著鐐銬。

梅莉莎·朵雷懷疑，接下來自己是否會因爲撒謊而淪落到偵訊室去。

「很多毒品，什麼都有。」調查員杜金頓說。梅莉莎和艾許里跟在他身後，穿過波佛郡警長辦公室南翼一間間令人心神不寧的隔間。「闖空門、搶劫、謀殺。」

這裡的規模比她想像中來得大，原因在於她從來沒想過西爾頓頂岬也會有犯罪事件。但是根據杜金頓的說法，布羅德河南岸的案件數量多到需要十六名宣誓過的忙碌警員，這其中還包括八名調查員。

「去年，」他說，「我們就處理了超過六百件重大案件。」

梅莉莎心裡暗想，其中不知有多少件是擅入私有財產以及撒謊。

「我說不出自己有多驚訝。」她緊張地說。「我們以為這裡很安全，從來就沒想到要鎖門。」

他帶兩人走進會議室，然後說：「你絕對不會相信，有多少人以為只要有錢，就不會遭遇不好的事情。」

這句話讓梅莉莎十分受用，他一定以為她和艾許里是有錢人。她想不出有任何人曾經這麼想，高興了一下，直到想起自己為何身在此地，才又失去好心情。這個身穿整潔制服的年輕人，隨時都會發現朵雷夫婦的真實經濟狀況。他們在北查爾斯頓租賃的平價公寓遠在松樹林的後方，連海味都嗅不到。杜金頓只要有了地址，絕對可以簡單推理出實情。

「請坐。」他為她拉出一張椅子。

「你說的沒錯。」她說。「金錢的確可以帶來快樂，或是讓人們更好相處。」說話的方式好像她當真明白這個道理。

「你的攝影機還真是好貨。」他對艾許里說。「花了多少錢？起碼一千塊。」他要艾許里將攝影機遞給他。

「我不知道你為什麼一定得拿走我的攝影機，」他說，「為什麼不能看看我拍的東西就好？」

「我還搞不清楚」——杜金頓淺色的雙眼直視梅莉莎——「你一開始是怎麼進到屋裡去的，為什麼會走進那個產業，前面明明就有個『請勿擅入』的看板。」

「她要找主人。」艾許里回答，回答的方式很像是在與桌上的攝影機說話。

「朵雷先生，請讓你的妻子自己回答。根據她的說法，你不是目擊者，當她發現屋裡的狀況時，你人在海灘上。」

「我不懂，你爲什麼得留下攝影機。」艾許里滿腦袋想著就是攝影機，而梅莉莎卻只掛念車內孤伶伶的巴吉度獵犬。

她沒把窗戶關緊，留了一道縫隙，好讓空氣流通，感謝老天爺，外頭並不熱。噢，拜託，別讓牠吠叫，她已經愛上那隻狗兒了。可憐的寶貝。牠受了什麼苦，她想起自己碰到小狗皮毛上黏膩的血水。她不能提起小狗，儘管這可以幫她解釋清楚，她之所以會靠近屋子，只有一個原因，就是去找出飼主。如果警察發現她留下那隻可憐的小狗，一定會帶走牠，而牠會淪落到動物收容所，最後還會遭到安樂死。就像小飛盤一樣。

「找屋子的主人，你說了好幾次了。但是我還不明白你爲什麼要去找屋子的主人。」杜金頓淺色的眼眸再次鎖定她，手上的筆就在筆記本上繼續記錄她的謊言。

「房子太漂亮了。」她說。「我要艾許里拍下來，但是覺得應該要先得到主人的同意。所以我在泳池邊找主人，察看是否有人在家。」

「這個季節，這一帶沒有太多人來，至少在你去的那一區不多。那裡很多房子都是有錢人的次要或第三住宅，所以即使在淡季，也沒有出租。」

「這是眞的。」她表示同意。

「但是你假設裡面有人，因爲你看到烤肉架上有東西？」

「就是這樣。」

「你在海灘上怎麼看得到？」

「我看到煙。」

「你看到烤肉架冒出來的煙，還聞到像是烤肉的味道。」他寫了下來。

「完全正確。」

「什麼東西？」

「什麼是什麼？」

「烤肉架上是什麼東西？」

「肉，可能是豬肉。我猜有可能是倫敦式燒肉捲。」

「然後你就決定走進屋裡去。」他寫下更多記錄，手上的筆沒有遲疑，雙眼依然看著她。「你知道嗎?這就是我想不通的地方。」

這同樣也是她不管費了多大心思，卻仍然想不通的地方。還得撒什麼謊，才能與事實相符?

「就像我在電話裡說過的，」她說，「我在找屋主，接著開始擔心起來，擔心某個有錢的老人在烤肉，突然心臟病發，要不然怎麼會把東西放在烤肉架上，然後人就不見了呢?所以我不斷大聲問：『有人在家嗎？』然後發現洗衣間的門是開著的。」

「你的意思是沒上鎖。」

「是的。」

「窗戶邊的那扇門，你說窗戶上有片玻璃不見了，另一片破掉。」杜金頓調查員說，拿筆記錄。

「然後我走進去，我知道不應該這麼做。但是我腦袋裡想著，如果哪個有錢的老人家中風，倒在地板上怎麼辦？」

「就是這樣，生命中難以抉擇的難題。」艾許里說話了，眼睛交替看向調查員和攝影機。「進去？還是稍後在報紙上讀到某個人過世，而你本來可以幫得上忙，然後永遠不能原諒自己？」

「你拍下房子了嗎，先生？」

「等待梅莉莎回來的同時，我拍了些海豚。」

「我問你有沒有拍攝房子。」

「我想一下。應該有一點吧。稍早和梅莉莎一起在房子前面的時候。但是如果她沒有取得同意，我不會放給任何人看。」

「我懂了。你想要得到主人同意才拍攝屋子，但是在得到同意之前，就已經先動手拍了。」

「如果我們沒有取得同意，就會清除拍下來的畫面。」艾許里說。

「眞的嗎？」杜金頓說，盯著他看。「你的妻子跑進屋裡去，擔心裡面可能有人遭到謀害，而你想的卻是要消除影像，只因爲沒有得到這個可能遭人謀殺的主人同意？」

「我知道這聽起來很奇怪。」梅莉莎說。「但是重點在於，我並沒有惡意。」

艾許里說，「當梅莉莎跑出來，爲了在裡面看到的情形擔心害怕的時候，我急著想撥電話報警，但是又沒有帶手機，而她也沒帶。」

「你們沒想到去用屋裡的電話？」

「在看到裡面的狀況之後？」梅莉莎說。「我感覺到他還在裡面！」

「他？」

「那種感覺很可怕，我從來沒有這麼害怕過。你不會眞的以爲，我在目睹裡面的狀況並且感覺被人監看之後，還能用屋裡的電話吧？」她翻找皮包裡的手巾。

「所以我們急忙趕回公寓裡去。她非常歇斯底里，我得安慰她。」艾許里說。「她哭得像個孩子，結果我們也沒去上網球課。她哭個不停，入夜了還哭。最後我說了：『寶貝，我們何不先睡個覺，然後明天再談。』事實上，我不太相信她。我妻子的想像力很豐富，老是愛看些推理小說和犯罪節目，你也知道的。但是當她哭個不停的時候，我開始擔心了，也許眞的有事。所以我才打電話給你。」

「但是，那是在另一堂網球課程之後了。」杜金頓指出這件事。「她還是很不舒服，但是你們今天早上還是去上了課，接著又回公寓，洗過澡換了衣服，打包行李回到查爾斯頓，最後才打電話給警方？眞抱歉，難道你們要我相信這些話？」

「如果不是眞的，我們何必將假期縮短兩天？我們可是計畫了一整年。」艾許里說。「你覺得我們可以因爲發生了緊急事件，去要求退費嗎？也許你可以幫我們向租屋代理說情。」

「如果這是你打電話給警察的原因，」杜金頓說，「這是白白浪費時間。」

「我不希望你留下我的攝影機。我已經把在屋子前面拍下的段落清除掉了。沒什麼好看的。只是梅莉莎在屋子前面，對她姊姊說幾句話而已。」

「她的姊姊和你們在一起？」

「透過攝影機和她說話。我看不出你怎麼會認爲這個片段有什麼用處，因爲我已經把它清除掉了。」

梅莉莎要他清除這段錄影的原因在於那隻小狗。他拍攝到她拍撫小狗的鏡頭。

「也許我看到你錄下的東西之後，」杜金頓對艾許里說，「我會看到烤肉架上冒出來的煙。你說你在海灘上看到的，對嗎？所以如果你拍下房子，那麼裡面會不會有煙？」

這讓艾許里大吃一驚。「呃，我應該沒有拍到那個畫面，攝影機沒朝那個方向拍。你難道不能看看就好，然後把它還給我？我是說，上面拍的多半都是梅莉莎，還有幾隻海豚，另外就是我在家裡拍的東西。我看不出你爲何得留下我的攝影機。」

「我們得確認，你拍下的東西是否能提供與這件事有關的資訊，有些細節你可能沒有注意到。」

「比方說什麼？」艾許里警覺地說。

「比方說，你太太告訴你她在裡面看到的情景之後，你是不是眞的沒進屋裡去。」杜金頓調查員開始表現出不友善的態度。「我覺得這不尋常，你怎麼會沒有進去裡面檢查，看你太太說的是不是實話？」

「如果她說的是實話，我更沒道理進裡面去。」艾許里說。「如果裡面躲了個凶手怎麼辦？」

梅莉莎想起水聲、血跡、衣物，還有死去的網球選手的照片。她想著一團亂的大客廳、一堆處方藥瓶和伏特加、繼續運轉的投影機以及空白的螢幕。這位警探並不相信她的說法，她這是自找麻煩：闖入他人住宅、偷竊小狗，加上撒謊。不能讓他發現小狗。他們會送牠去安樂死，她愛那條狗，撒謊算什麼，爲了那條狗，她會一路扯謊。

「我知道這不干我的事，」梅莉莎說，鼓起勇氣開口問，「但是你認不認識住在裡面的人？還有，裡面是不是發生了什麼事？」

「我們知道誰住在裡面。我們不能透露這個女人的名字。只是剛好她不在家，她的小狗和車子也不見了。」

「她的車子不見了？」梅莉莎的下唇開始打顫。

「看來她是去了什麼地方，把狗也帶走了，不是嗎？你知道我還怎麼想嗎？你是打算免費參觀她的別墅，然後擔心有人看到你擅自進入，所以才捏造出這個稀奇古怪的故事來掩飾自己的行徑。還眞聰明。」

「如果你費點心思進她的屋裡去看，你就會知道我說的是實話。」梅莉莎語調顫抖。

「我們去查了，女士。我派了幾名警員同事過去察看，他們並沒有發現任何你所謂看到的狀況。洗衣間旁邊的玻璃沒有不見，也沒有破掉的玻璃。沒有血跡，更沒有刀。瓦斯烤肉架開關已經關掉，上面一乾二淨，沒有任何最近曾經使用過的痕跡。而且，投影機也沒有打開。」他這麼說。

史卡佩塔待在豪林和員工與家屬會面的協調室中，坐在一張金米雙色條紋的沙發上，翻閱第二本賓客名冊。

根據史卡佩塔目前所見，豪林是個品味非凡、心思細膩的男人。厚重的大尺寸賓客名冊，以高質感的黑色皮革裝訂著印有線條的奶油色內頁，由於他的業務規模龐大，因此一年得用上兩、三本名冊。翻閱了去年前四個月的資料，並沒有找到吉安尼·盧潘諾曾經來此參加葬禮的證據。

她拿起另一本名冊開始閱讀，手指畫過頁面，認出查爾斯頓幾個望族的姓氏。一月到三月，吉安尼·盧潘諾沒有出現過。四月也沒見到他的名字，史卡佩塔越來越覺得失望。五月、六月，仍然毫無所獲。七月十二日，他似乎出席了荷莉·偉伯斯特的喪禮。這場喪禮的規模似乎不大，名冊上只有十一個簽名。史卡佩塔寫下所有的名字，然後從沙發上起身。她穿過教堂，裡面有兩位女士正忙著將拋光的黃銅棺材四周布置鮮花。她登上桃花心木階，回到亨利·豪林的辦公室。他又一次地背對門口，依然在講電話。

「有些人會比較喜歡把旗幟折成三角形，放在死者的頭部下方。」他用令人寬心並且抑揚頓挫的語氣說話。「這是當然的。我們也可以把旗子鋪在棺材上方。我會怎麼建議？」他拿著一張紙。「你似乎比較喜歡胡桃木加香檳色的緞布。但是還有直徑二十的不鏽鋼……我當然明白。每個人都這麼說……很困難。這種決定眞的讓人很為難。如果你要我老實說，我會選擇精鋼。」

他繼續了幾分鐘，轉過身來，看到史卡佩塔再次站在門口。「有些時候眞的很困難。」他對她說。

「七十二歲的退役軍人，最近才成為鰥夫，極度沮喪，結果對著自己的嘴開了一槍。我們用盡一切方法，但是世上沒有任何修補方法可以讓屍體得以供人觀瞻，我知道你懂我的意思。這種狀況，棺木不可能打開，但是家人不願接受否定的答覆。」

「荷莉·偉伯斯特是誰？」史卡佩塔問道。

「眞是個可怕的慘劇。」他絲毫沒有猶疑。「是那種無法忘懷的案子。」

「你記得吉安尼·盧潘諾是否出席了她的葬禮嗎？」

「我當時還不可能認識他。」他的說法十分奇怪。

「他是家族友人嗎？」

他起身，拉開櫻桃木櫃子的抽屜，檢視裡面的檔案，然後抽出一份資料。

「這些是葬禮的協調細節，比方說收據影本之類的資料，我不能讓你看，因為涉及了家庭隱私。

但是我可以讓你讀這些新聞剪報。」他將資料遞給她。「只要是我經手處理的死亡案件，我都會保留資料。你也知道，法律記錄的唯一來源是負責處理的警方和法醫，驗屍官只負責解剖，因爲波佛郡並沒有設置法醫辦公室。話說回來，你也應當清楚，因爲現在他們把案子都交給你處理。當荷莉過世的時候，他們還沒有開始與你合作。否則，我猜這個令人難過的案子絕對會交到你的手上，而不是落到我這裡來。」

她並沒有察覺任何憎恨的意味，他似乎並不介意。

他說：「這個死亡案件是在西爾頓頂岬發生的，一個非常富有的家族。」

她翻開檔案，裡面的剪報並不多，其中以西爾頓頂岬的《郵訊》最爲詳盡。根據報導，在二〇〇六年七月十日接近中午時分，荷莉・偉伯斯特和她的巴吉度幼犬在露台上玩耍。除非有人監督，否則這孩子不能接近家中奧運標準尺寸的游泳池，但是當天早上，沒有人看著她。報導上寫著，她的雙親出城去了，朋友們留在家中。在文章當中並沒有提及雙親或朋友的名字。接近中午時，有人到外面來找荷莉，通知她吃午飯，卻找不到她的蹤影，小狗在泳池邊來回走，用爪子拍水。小女孩的屍體在池底被發現，又長又黑的頭髮卡在排水管上。附近還發現一根塑膠骨頭，警方猜測，小女孩應該是想要幫小狗撿回骨頭。

另外一份剪報就非常簡短。不到兩個月之後，這名母親莉蒂亞・偉伯斯特出現在賽爾芙醫生的談話節目當中。

「我記得曾經聽說過這個案子。」史卡佩塔說。「事發當時，我應該是在麻薩諸塞州。」

「悲慘的新聞，但並不是頭條。警方盡全力壓下消息。其中一個原因，就是那是個休閒度假的地區，實在不適合出現負面的新聞報導。」豪林伸手拿電話。「我不覺得負責處理的法醫會告訴你任何細節，但是，讓我們試試看。」他停下來，然後說，「我是亨利．豪林……好，好的……你忙得不可開交。我知道，我懂……他們眞的該幫你找些助手……不，好一陣子沒開船出去了……對……我還欠你一次，要帶你出海釣魚。你也還欠我一次演講，來這裡向那些有抱負的孩子們上課，他們以爲死亡事件調查是一種娛樂……爲了荷莉．偉伯斯特的案子。史卡佩塔醫生在這裡，不知道你可否和她稍微談一下？」

豪林把電話交給她。她對南卡羅萊納醫科大學的助理首席法醫說明，她接受委任的一個案件，可能和荷莉．偉伯斯特的溺斃事件有關。

「哪個案子？」助理首席法醫問她。

「非常抱歉，但是我不能說，」她回答，「這是一件正在調查當中的謀殺案。」

「很高興你知道事情運作的程序。我不能和你討論荷莉．偉伯斯特的案子。」

意思是，他不願意。

「我並不是故意爲難。」史卡佩塔對他說。「我只能說到這裡。我會來找豪林驗屍官，是因爲珠兒．馬丁的網球教練吉安尼．盧潘諾曾經出席過荷莉．偉伯斯特的喪禮。我正在了解原因，但是不能說更多了。」

「不熟，沒聽過這個名字。」

「這也是我其中一個問題，不知道你曉不曉得他和偉伯斯特家族有什麼關聯。」

「不清楚。」

「有關荷莉的死，你能不能告訴我一些資訊？」

「溺斃，意外事件，沒有其他的反證。」

「也就是說沒有去調查是否有任何疾病，完全依狀況來判斷。」史卡佩塔說。「應該說，根據她被人發現時的狀況。」

「沒錯。」

「你可不可以告訴我，負責調查案件的警官是誰？」

「沒問題，等等。」電腦鍵盤敲敲打打。「我看看，對，我也是這麼想。波佛郡警長辦公室的杜金頓。如果你需要其他的資料，必須要去找他。」

史卡佩塔再次向他道謝，掛掉電話，對豪林說：「你知道那名母親，也就是偉伯斯特太太，竟然在孩子死後不到兩個月之後，就出現在賽爾芙醫生的節目裡嗎？」

「我沒看那個節目。再也不看她的節目了。那個女人應該要抓去槍斃。」他說。

「知不知道爲什麼偉伯斯特太太會去上那個節目？」

「要我來猜的話，我會說，她一定有一組人馬專門在新聞事件裡搜尋題材，找出整隊的特別來賓上節目。據我看，讓偉伯斯特太太尚未從事件恢復的狀況下，就要她在世人面前掏心剖腹，一定摧毀了她的心理狀態。我知道珠兒．馬丁的狀況也相同。」他說。

「你是指她在去年秋天上賽爾芙醫生的節目？」

「這一帶所發生的事情，不管我想不聽想，都聽了不少。當她來城裡的時候，總是會住在查爾斯頓廣場旅館。但是最後一次，就是不到幾個星期之前，她其實很少在自己的房間裡，當然更沒有睡在那裡。清潔人員進到房裡看到的是沒掀開過的床鋪，除了行李以外——應該說是部分的行李，根本看不出她住在那裡。」

「你怎麼會知道這些？」史卡佩塔說。

「我有個很要好的朋友是旅館的安全主管。每當有過世者的親友來到查爾斯頓，我都會推薦查爾斯頓廣場旅館，假如他們負擔得起。」

史卡佩塔想起門房艾德的話。珠兒在公寓大樓來來去去，總是會塞給他二十塊錢的小費。也許這不是慷慨，也許她是想讓他記住：不可多言。

17

海松林是西爾頓頂岬小島上最獨特的人工栽培林木。

只要花五塊錢，就可以在警衛處買張一日券，穿著藍灰兩色制服的警衛從來不會要求檢視身分證明。史卡佩塔曾經對這件事有諸多抱怨。當時，她和班頓在此地擁有一戶公寓，對於那段日子的回憶，到如今依然令她心痛。

「她在沙凡納買了一輛凱迪拉克。」杜金頓調查員駕駛沒有標幟的警車，搭載史卡佩塔和露西。「白色的車子。這並沒有太大的幫助。你們知道這一帶有多少輛白色的凱迪拉克和林肯轎車嗎？三輛租賃車裡也許有兩輛就是白色的。」

「入口的警衛不記得這輛車？也許在比較特殊的時段出現？攝影機什麼都沒拍到？」坐在前座的露西發問。

「沒什麼有用的資訊，你們也知道的。有個人說也許有看見，另一個則又說沒有。我的看法是他把車子開出去，而不是開進來，所以沒有人去注意。」

「要看車子是什麼時候開出去的。」露西說。「她把車停在車庫裡嗎？」

「通常會看到她把車子停在車道上，所以說，我不太相信他有可能把車子開走一段時間了。怎麼會？」他邊開著車邊看她。「哪有可能他拿了她的鑰匙，開走她的車，而她竟然還不知道？」

「怎知她會去注意哪些事。」

「你還是覺得有慘案發生？」杜金頓開口說。

「對，以事實和常識來判斷。我的確是這麼想的。」從他去機場接來兩人，並且自以爲是地對露西的直升機妄下評語之後，她便以戲謔的語氣和他說話。

他說，直升機簡直就像打蛋器；她則稱他爲盧德分子（譯註：十九世紀，在英國群起破壞機械設備的手工業工人）。他甚至不知道何謂盧德分子，到現在還是不知道，因爲露西沒有加以說明。

「但是這並不排除她遭人綁架的可能性。」露西說。「這並非不可能。我是不相信，但是當然了，可能性依然存在。我們做該做的事，讓每個調查單位都出手協助。」

「眞希望能夠不讓媒體得到消息。貝琪說，他們整個早上不停驅散屋前的人群。」

「貝琪是誰？」

「犯罪現場調查主任。她和我一樣，都兼差擔任緊急醫療人員。」

史卡佩塔不懂這有什麼關係，也許他對於自己需要兩份工作的這件事太過在意。

「我只能說，你不必擔心付不出房租。」他說。

「當然也要，而且我的房租可能還更高一點。」

「是啊，一點點；眞不敢想那些實驗室要花掉你多少錢，還有你名下的五十棟房子和好幾輛法拉利。」

「還不到五十，你怎麼會聽說我有房子？」

「已經有很多機構與你們的實驗室開始合作了嗎？」他問。

「只有一些，還在努力當中，但是我們已經有了基礎，而且名聲不錯。大家可以在南卡羅萊納法務局或我們之間，選擇其一。」

「我們的動作比較快。」她補充道。「如果需要什麼額外的服務，我們在高科技業也有友人，比方說Y—12或橡樹嶺國家實驗室之類。」

「我以為他們是生產核子武器的。」

「不只這樣。」

「你在開我玩笑。他們也做法醫鑑識？舉個例子來聽聽。」他說。

「這是機密。」

「沒關係，我們也請不起你。」

「的確不能。但是這並不表示我不肯幫忙。」

他深色的太陽眼鏡看向後照鏡。也許是因為受夠了露西，他對史卡佩塔說：「你還在後面聽我們說話嗎？」

他身上的套裝是奶油色的，史卡佩塔不禁懷疑，他要如何在犯罪現場保持乾淨。她挑出剛才他和露西談話中的幾個重點，提醒兩人不應有所假設，包括莉蒂亞．偉伯斯特在何時失蹤，因為她顯然很少開車，只是偶爾開車去買個菸酒或食物。悲哀地說，開車並不是個好主意，因為她的能力實在有限。所以，她的車子有可能已經失蹤一段日子了，並且這不見得與小狗的失蹤有關。另外，在睡魔傳送給賽爾芙醫生的照片上，珠兒．馬丁和莉蒂亞．偉伯斯特的拍照場所，似乎都是裝著冷水的浴缸，兩人看來都像是服用了藥物。還有，朵雷太太看見什麼呢？不管實情會是如何，一定先要把這個案子當成謀殺案來處理，因為有很多事情沒辦法重來——史卡佩塔已經花了超過二十年的時間，來講述這個道理。

接著，她回到自己私密的思緒上，她實在無法克制自己，想起上次來到西爾頓頂岬的時候，是爲了搬出班頓的住處。即使在那段最艱困的時間裡，她也從來沒想過班頓的所謂遭人謀殺，其實是設計來讓他躲過那些一有機會就絕對會對他下手的殺手。現在那些殺手呢？難道他們已經對他失去了興趣，認爲他不再造成威脅，不値得下手？她問過班頓，但是他不願回答。她搖下杜金頓的車窗，手上的戒指映著陽光閃爍，但是這消除不了她的疑慮，好天氣維持不了多久，今天稍晚，另一個風暴又將席捲而來。

車子駛經高爾夫球場上蜿蜒的道路，滑過跨越河道和池塘的小橋。一隻美洲鱷就像木塊，滯留在一片河岸草地上，泥地裡的烏龜無聲無息，雪一般的白鷺踩著細瘦的長腿站在淺灘處。前座兩人的對話主題專注在賽爾芙醫生身上，外面的光線轉變成巨大橡樹林蔭下的陰影。長了灰鬚的鐵蘭依舊了無生氣。這裡沒有多大變化，有些地方多了些新的建築。她還記得兩人的漫步，帶著鹽味的空氣和海風，陽台上的落日，以及一切終了的那一刻。她的腦海中，浮現出一具炭黑的屍骸，這是當初在據稱是他死亡地點所看到的景象。在她抵達仍在悶燒的現場時，只見大火肆虐下焦黑屋內的銀色髮絲，和已然化作灰燼的屍骸。他的臉龐無法辨識，只剩下燒焦的骨頭，而他的解剖資料也是假造的。她完全被蒙在鼓裡。她身心俱疲，班頓的這齣戲使她完全變了一個人——馬里諾對她的作爲所造成的影響，簡直無法比擬。

「他們大約一年前買下這個地方，之前的屋主是某個來自杜拜的大亨。」杜金頓打開車門。「眞令人難過。他們才剛剛大肆整修完畢，遷入新居，小女孩就淹死了。我眞不知道在意外之後，偉伯斯特太太怎麼還受得了繼續住下來。」

「有時候就是會難以割捨。」史卡佩塔說。一行人穿過人行道，來到石階上方的兩扇柚木大門前方。「於是人們就深深地嵌在某個地方，沉溺在不滅的鐫刻記憶當中。」

「離婚協議當中，房子歸她嗎？」露西問。

「本來可能會是這樣。」似乎她的死亡已經毋庸置疑。「還在辦理離婚手續。她的丈夫經營投資事業之類的業務，幾乎和你一樣有錢。」

「我們別再說這個好嗎？」露西惱火了。

杜金頓打開前門，犯罪現場調查員已經在屋裡。一扇窗戶前廳的灰牆邊，其中有一塊掉落的玻璃。

「來度假的那位女士，」杜金頓對史卡佩塔說，「梅莉莎．朵雷，根據她的證詞，當她從洗衣間進屋來的時後，看到窗戶的玻璃被移開。這裡的這片。」他蹲下身子，指向窗戶的右下方。「玻璃被取了下來，然後又黏回去。如果仔細看，會發現少許黏膠的痕跡。當警員來巡查過後，我讓她相信我們沒發現破綻。我想看看她會不會改變說詞，所以我告訴她，窗戶沒有破。」

「你們大概還沒有用泡沫處理玻璃。」史卡佩塔說。

「我聽說過這個方法。」杜金頓說。「我們得動手了。我的推論是，如果朵雷太太沒說錯，在她離開後，屋子裡發生了某些事。」

「在將玻璃包起來運走前，我們來做泡沫處理，」史卡佩塔說，「好保護破掉的玻璃。」

「請自便。」他走向客廳，裡面有一名調查員正在爲咖啡桌上凌亂的物件，以及從長沙發上拿開的靠枕拍照。

史卡佩塔和露西打開自己帶來的黑色箱子，戴上鞋套和手套，這時一名穿著運動褲，馬球衫背後還印著粗體字「鑑識科」的女人從客廳後方走了過來。她大約四十多歲，有一雙棕色的眼睛以及短短的深色頭髮。她個頭嬌小，史塔佩塔實在很難相信，如此嬌小苗條的女人，怎麼會想進入執法單位。

「你一定是貝琪。」史卡佩塔招呼，並且為自己和露西做自我介紹。

貝琪指著牆邊的窗戶，然後說：「右下方的那片玻璃。湯米一定解釋過了。」她指的是杜金頓，接著她伸出戴著手套的指頭。「用了玻璃刀，然後又把玻璃黏回去。我為什麼會注意到？」她很為自己感到驕傲。「膠裡頭夾雜著沙子，看到了嗎？」

兩人觀察，也發現了。

「那麼，在朵雷太太進來尋找屋主的時候，」貝琪對她們說，「玻璃顯然有可能是被切了下來，而且放在地上。我覺得她的話可信度很高。她嚇得跑出去，然後凶手才好好整理一番。」

露西將兩個加壓容器插入攪拌槍的套子上。

「想到就讓人心裡發毛。」貝琪說。「那個可憐的女人進來的時候，他可能就在這裡。她說她覺得有人看著她。那是黏膠槍嗎？我聽說過。可以固定住破掉的玻璃。材料是什麼？」

「主要是聚胺甲酸酯和壓縮氣體。」史卡佩塔說。「你們拍好照片、擇過指紋、做了DNA取樣了嗎？」

露西不管手邊有沒有刻度尺，還是將窗戶拍下做記錄。

「照片、取樣都做了，沒有找到指紋。DNA得再瞧瞧，但是我不相信能找出什麼，清潔溜溜的。」貝琪說。「他顯然清理了整扇窗戶。我不知道窗戶一開始怎麼會破，看來可能是被鳥撞到吧，鵜鶘或是紅頭鷲之類的。」

史卡佩塔開始做筆記，記錄下玻璃毀損的部分，並且動手丈量。

露西在窗框貼上膠帶，問道：「你想，會是哪一面？」

「我在想，這是從裡面破的。」史卡佩塔說。「我們可以轉過來嗎？得在另外一面噴霧。」

她和露西小心地將玻璃拿起來翻面，然後將玻璃靠在牆上，拍下更多照片，寫下更多筆記，貝琪避到一旁觀看。

史卡佩塔對她說：「我需要一點協助，你可以站過來這裡嗎？」

貝琪站到她的身邊。

「把破掉的玻璃放在本來的位置上，讓我看看。等一下，我會去看你把玻璃取下的地方，但是現在我想要先有個概念。」

貝琪碰著牆壁。「對啊，我個子很小。」她說。

「大概在我頭部的高度。」史卡佩塔說，研究破損的玻璃。「這個破損的外觀和車禍所見到的十分相似。沒繫安全帶，頭去撞到擋風玻璃的那種。這不是被擊破的。」她指著玻璃上的破洞。「只是被撞到，我敢說，地上一定有一些玻璃碎片，在洗衣間裡。也許窗台上也會有。」

「我把玻璃碎片收集在一起了。你認爲會是某個人的腦袋去撞到玻璃嗎？」貝琪說。「如果是這樣，不會有血跡嗎？」

「不一定。」

露西拿棕色的包肉用紙黏在窗戶的一側。她打開前門，要史卡佩塔和貝琪到外面去，因爲她要噴霧。

「我見過莉蒂亞．偉伯斯特一次。」貝琪繼續說話，兩人站在門廊上。「那是在她小女兒溺死的時候，我來拍照。我實在沒辦法形容這件事對我的影響，因爲我自己也有個小女兒。我現在仍然清晰記得荷莉當時的樣子，穿著小小的紫色游泳衣，頭髮卡在排水口上，頭上腳下地在水下飄浮。順道一提，我們拿到莉蒂亞・偉伯斯特的駕駛執照，已經發出全境通告，但是別指望會有什麼消息回傳。她身高與你相仿，有可能就是她去撞到玻璃。我不知道湯米是怎麼告訴你的，但是她的皮夾就在廚房裡，看起來不像有人動過。我認爲，不管我們現在討論的是什麼人，他的動機都不在搶劫。」

即使人在外面，史卡佩塔也能聞到聚胺甲酸酯的味道。她看向外頭披覆鐵蘭的橡樹，以及松樹枝外側的高高水塔。兩名單車騎士緩緩行進，盯著屋子看。

「你們可以進來了。」露西站在門口，脫掉護目鏡和面罩。

破掉的玻璃片覆著一層黃色的泡沫。

「我們要拿這東西怎麼辦？」貝琪問著，她的眼睛盯著露西。

「我想包起來帶走。」史卡佩塔說。

「要檢查什麼？」

「上面的膠，任何附著在上面的微物證據，以及基本化學成分。在找出來之前，不會知道自己要找些什麼的。」

「想在顯微鏡下看窗戶，那可要先祝你們好運了。」貝琪開起玩笑。

「我還要你收集起來的碎玻璃。」史卡佩塔說。

「採樣呢？」

「任何你想要讓我們在實驗室裡檢測的東西。我們可以看一下洗衣間嗎？」史卡佩塔說。

洗衣間就在廚房旁邊。洗衣間裡，在門的右邊，窗戶被移開的地方已經貼上一張棕色的紙張。史卡佩塔謹慎地靠向這個被她認爲是凶手入內的途徑。她用一貫的處理方式，站在外面往裡面看，仔細檢視每一吋地方。她開口詢問，洗衣間裡是否也已經拍過照了。答案是肯定的，並且也檢查過是否有腳印、鞋印和指紋。牆邊有四座昂貴的洗衣機和烘乾機，對面的牆邊則是一個空空的狗籠，室內還有幾個儲藏櫃和一張大桌，角落裡的一個柳條編織洗衣籃裡堆了些髒衣服。

「你們到的時候，門是鎖上的嗎？」史卡佩塔指的是通往外面的雕刻柚木門。

「沒有，朵雷太太也說門沒有鎖，所以她才能直接走進屋裡來。我的想法是他拆下一片窗玻璃，然後把手伸進來。你可以看到」──貝琪走到原來是窗戶，現在則用紙張貼起的地方──「如果你移開這片玻璃，很容易就可以碰到裡面的門閂。就是因爲這樣，我們才一直告訴大衆，不要在玻璃旁邊安裝不必用鑰匙就可以開啓的門閂。當然，如果有設定防盜警鈴……」

「我們能確定警鈴沒有設定嗎？」

「當朵雷太太走進來的時候，是沒有設定。」

「但是，至於他進來的當時，我們就不知道了？」

「我也想過這個部分。看來是有設定的，玻璃上有防盜器。」貝琪開口，然後又想了一下。「嗯，我猜切開玻璃應該不會啓動防盜器，因爲這種防盜器是偵測出聲音才會啓動。」

「也就是說，另一片玻璃破掉的時候，警報系統沒有響。除非，玻璃是早些時候破的，這點我非常懷疑。」

「我也很懷疑。」貝琪表示同意。「如果早就破了，一定會找人來修補，以免雨水和蚊蟲飛進來。尤其是她還在這裡養了一條狗。我不知道她是否和他掙扎拉扯，想要從門口逃跑。事發的前一天晚上，她自己觸動了警報系統，不知道你曉不曉得這件事。這經常發生，因爲她老是喝醉酒，忘了警報系統已經啓動，然後推開落地窗，結果立刻觸動警鈴。在保全公司打電話過來的時候，她老是記不得密碼，所以我們會派人過來。」

「在那次之後，有沒有警鈴被觸動的記錄？」史卡佩塔說。「你看到保全系統公司的記錄沒有？比方說，警鈴最後一次是在什麼時候啓動的？最後一次設定和解除的時間是在什麼時候？」

「我剛剛提的狀況，就是警鈴最後一次的啓動時間。」

史卡佩塔說，「接到通知過來的警員，還記不記得是否看到她的凱迪拉克？」

貝琪的答案是否定的。警員不記得車子是否還在，但是車有可能停在車庫裡。她補充說：「星期一，大概就在天剛黑的時候，她設定了警鈴。接下來在大約九點左右解除，然後重設。在第二天凌晨四點十四分再次解除，也就是昨天。」

「之後沒有重設？」史卡佩塔說。

「沒有。這純粹是我的看法，但是如果一個人酗酒又嗑藥，很難維持正常的生活作息。白天睡睡醒醒，起床的時間和別人不同。所以，也許她在四點十四分解除警鈴，帶狗出門，抽根菸什麼的。然後，那個男人也許正看著她，可能觀察她好一陣子了。我的意思是，盯梢。我們只知道他有可能早就切開玻璃，埋伏在黑暗當中伺機而動。屋子的這一側種了竹子和樹叢，鄰居也都不在家，所以即使有照明燈，他還是有可能躲在後面，沒有任何人看得見。倒是狗的失蹤比較奇怪，究竟哪裡去了？」

「我已經派了人去調查。」史卡佩塔說。

「也許牠可以作證，然後我們就可以破案。」她在開玩笑。

「如果狗跑了，一定會有人看到牠。」貝琪說。「巴吉度獵犬又不是天天可以看到的狗，這附近的人一定會注意到垂著大耳朵的狗。另外一件事，如果朵雷太太所言屬實，那麼他一定和偉伯斯特太太待了好幾個小時，留她活口。警鈴在昨天的四點十四分解除，朵雷太太發現血跡和其他東西的時間大約是在午餐左右，也就是八個小時之後，他可能還在屋子裡。」

史卡佩塔檢查洗衣籃裡的髒衣服。最上面是一件隨便折起的恤衫，她戴著手套拿起恤衫，整件衣服鬆鬆地在眼前攤開來，潮溼的恤衫沾染一道道的污痕。她起身，看向水槽內部，不鏽鋼上噴濺著水漬，排水口四周還有少許的積水。

「我猜他可能拿衣服來擦窗戶。」史卡佩塔說。「恤衫還有點溼，而且有髒污，好像被當作抹布。麻煩用紙袋封起來，交到化驗室。」

「要在上面找什麼？」貝琪又問了相同的問題。

「如果他用手拿，上面可能會有他的DNA，或是可追溯的證物。我認爲我們得決定一下，要交到哪個化驗室去。」

「南卡羅萊納法務局很不錯，但是要耗上很長的時間。你們的實驗室可以幫忙嗎？」

「實驗室就是爲了這個目的才設置的。」史卡佩塔看向警鈴設定裝置，就設在通往走廊的門邊。

「也許他進來的時候，解除了設定。我們先不要假設他沒有動手。液晶觸碰式面板，不是按鈕，更容易採指紋，也許還有DNA。」

「如果解除設定的人是他，表示兩人認識。也有道理，想想看，他在屋子裡待了多久。」

「這代表他對這個地方很熟悉，但是不代表他認識她，」史卡佩塔說。「密碼是什麼？」

「我們所謂的一二三四傻瓜密碼。也許這是原始設定碼，只是她沒費心思去變更。讓我們先確定一下要和哪個化驗室配合，再把東西送過去。我得問問湯米。」

他和露西在門廳裡，貝琪詢問他有關化驗室的問題，他說現在一切私人化的程度令人驚訝，有些部門甚至還僱請私人警察。

「我們就有。」露西說著，遞給史卡佩塔一副黃色鏡片的護目鏡。「我們在佛羅里達的時候就是這樣。」

貝琪對地板上的硬殼箱子相當好奇。她看著五個像是手電筒的鑑識用高亮度光源儀、九伏特的鎳電池、護目鏡和多孔插槽。「我一直拜託警長配給我們一個那種攜帶式的犯罪現場光源儀，每個波寬都不同，對嗎？」

「紫光、藍光、藍綠、還有光譜綠。」露西說。「這個手拿的寬波頻白光」——她拿了起來——「還有可替換的藍色、綠色和紅色濾鏡，好增強對比效果。」

「好用嗎？」

「可以找出體液、指紋、藥物殘留、纖維或是微物證據。的確很好用。」

露西選出紫色光源，調整波長在四百到四百三十奈米的範圍內，和貝琪與史卡佩塔一起走進客廳。所有的窗簾都拉了開來，外面就是荷莉·偉伯斯特溺斃的黑底泳池，再過去是沙丘、海生野麥和沙灘。海面一片寧靜，跳動在波浪上方的陽光彷彿銀色的小魚。

「裡面有不少腳印。」她們四處觀看，貝琪主動說出來。「光腳的、穿鞋的，全都小小的，應該是她的。這很奇怪，因為沒有任何證據顯示他在離開之前曾經清掃過地板，反之窗戶就清理過，所以直覺認為裡面應該可以找到腳印。這種亮面的石材是什麼？我從來沒看過，像大海一樣。」

「本來就是要營造這種效果。」史卡佩塔說。「納礦藍大理石，也許是青金石。」

「眞是不簡單。我以前有過一只鑲青金石的戒指，實在很難相信，有人用來鋪在整面地板上。效果很好，不顯髒，」她說，「但是顯然很久沒打掃了，一堆灰塵之類的，整間屋子都是。拿手電筒照照角落，就知道我的意思了。眞不懂，爲什麼他好像沒留下半個腳印，連他進到屋裡的路徑，也就是洗衣間裡，全都沒有。」

「我要四處看看。」露西說。「樓上呢？」

「我想她應該沒有使用二樓，我懷疑他會上去，沒人動過的痕跡。上面只有客房、畫廊和遊戲室。從來沒看過這樣的房子，住在這裡一定很好。」

「對她則不然。」史卡佩塔說，望著地板上長長的深色髮絲，沙發前方桌上的空酒杯和伏特加酒瓶。「我不認爲她在這個房子裡享受過任何快樂的時光。」

梅莉莎回到家還不到一個小時，門鈴就響了。

換成在過去，她才懶得開口問來者是誰。

「是誰？」她站在鎖上的門後問道。

「法醫辦公室調查員，彼德．馬里諾。」這個低沉的聲音帶著北方口音，她聯想起北軍。

梅莉莎擔心自己的懷疑成眞——西爾頓頂岬的女人死了，否則怎麼會有個法醫辦公室的人員在這裡出現？她眞希望艾許里沒有一回到家就忙著公務，在她經歷過那件事之後，還把她一個人丟在家裡。她側耳傾聽巴吉度獵犬的聲音，感謝老天爺，牠安安靜靜地待在客房裡。她打開前門，著實嚇壞了，眼前身形魁梧的男人，穿著一身機車暴走族的裝扮。他是殺害那個可憐女人的怪物，現在又跟蹤她到家，接下來就是要殺了她。

「我什麼都不知道。」她說著，一邊想關上門。

暴走族用腳擋住門，直接就走進屋內。「放輕鬆。」他對她說，接著打開皮夾，把徽章給她看。「我說過的，我叫做彼德・馬里諾，法醫辦公室派來的。」

她手足無措。如果她試圖打電話報警，他一定會立刻殺了她。現在這種時代，任何人都可以買到警徽。

「我們坐下來聊一下吧。」他說。「我剛聽說你去了一趟西爾頓頂岬的波佛郡警長辦公室。」

「誰說的？」她感到踏實了些。「那個調查員和你聯絡了嗎，他這又何必？我把知道的事全都說了出來，他又不相信我。誰告訴你我住在這裡？這個我就擔心了。我保持合作，結果當局卻透露我家地址。」

「我們對你的故事有點疑問。」彼德・馬里諾說。

露西透過黃色護目鏡，盯著史卡佩塔看。

她們在主臥室裡，窗簾已經拉下。在高亮度紫光下，棕色的絲質床罩上出現好幾處螢光綠色的污點。

「可能是精液，」露西說，「也可能是別的東西。」她將光線照射在床上。

「唾液、尿液、分泌的油脂、汗水。」史卡佩塔說。她靠向一處較大的螢光斑點。「沒有聞到味道。」她補充一句。「燈光穩住不要動。問題是，看不出這些污斑是什麼時候留下來，也不知道上次清洗的時間。對典型的憂鬱患者來說，清理家務絕對不是優先要務。把床罩帶回化驗室，還有咖啡桌上的酒杯。」

「後面的階梯上有個裝滿菸屁股的菸灰缸。」露西說。「要找到她的DNA絕對不成問題，她的腳印、指紋也很簡單。問題是，找不到他的。他很清楚要如何行事。現在任何人都是專家。」

「不，」史卡佩塔說，「他們自以為是專家。」

她脫掉護目鏡，床罩上的螢光綠斑點消失無蹤。露西關掉犯罪現場光源儀，也脫下自己的護目鏡。

「你在做什麼？」她說。

史卡佩塔在研究一張照片。她們一踏進臥室，她就注意到這張照片了。賽爾芙醫生坐在客廳沙發組上，留著棕色長髮的美麗婦人就坐在她對面。電視鏡頭拉近，面帶笑容的觀眾拍著手。

「那是在她上賽爾芙醫生節目的時候，」史卡佩塔對露西說，「但是我就沒料到還有這一張。」

莉蒂亞和珠兒．馬丁之外，還有一名膚色黝黑的男人，史卡佩塔猜測這就是珠兒的網球教練吉安尼．盧潘諾。三個人面帶微笑，在陽光下瞇起眼睛，就站在丹尼爾島家庭盃網球中心球場上，這個地方離查爾斯頓市中心只有幾哩的距離。

「嗯，那麼交集在哪裡？」露西說。「我猜猜看，自我中心的賽爾芙醫生。」

「不是剛舉行過的這場比賽。」史卡佩塔說。「看看照片上的差異。」她指向兩人照片中的莉蒂亞。

「老化，看看她的眼睛就知道。」

露西打開臥室的電燈。

「這張在家庭盃球場上的照片，莉蒂亞的外貌看起來絕對不像歷經了長期酗酒和服藥。」她說。

「也沒有扯掉自己的毛髮。」露西說。「我眞不懂，怎麼會有人做這種事。頭髮、陰毛，到處都是。那張她在浴缸裡的照片，頭髮看來只剩一半，睫毛和眉毛也是。」

「拔毛癖。」史卡佩塔說。「是一種強迫症。她焦慮又憂鬱，簡直是活在地獄裡。」

「如果賽爾芙醫生是交集所在，那麼那個在巴瑞遭到殺害的女人呢？就是那名加拿大觀光客。沒有任何跡象顯示她曾經出現在賽爾芙醫生的節目中，或是認識她。」

「我猜那次應該是他的初體驗。」

「體驗什麼？」露西問道。

「體驗殺害老百姓的滋味。」史卡佩塔說。

「這仍然無法解釋賽爾芙醫生在其間的關聯。」

「將照片傳送給她，代表他爲自己的犯罪行爲創作出精神層面和儀式，同時也成爲一項遊戲，其中一定有所目的。這可以將他從自己的作爲中移除，因爲面對自己殘酷地將痛苦和死亡加諸在他人身上，可能會超過他的承受範圍，所以他必須賦予某種意義，也必須要有熟練的技巧。」她從鑑識裝備箱裡取出一個完全不科學，卻十分實際的工具：便利貼。「頗有宗教意味。以上帝之名行事絕對是正確的，比方說，拿石頭丟人致死、處以火刑或是審判異端。例如十字軍，去鎭壓不同於自己的人。他對自己的作爲賦予了一個意義。但是以上純屬我的個人看法。」

她拿白亮的光源儀照射床鋪，然後用便利貼沾有黏膠的一面貼起纖維、毛髮、灰塵，或是眼前所見到的沙子。

「那麼你不覺得，對這個傢伙而言，賽爾芙醫生本人並不具特殊意義？只是整齣劇中的道具？只是圖個便利，因為她有節目，家喻戶曉？」

史卡佩塔把便利貼放到塑膠證物袋中，用黃色的封條貼住，並且用簽字筆寫下標題和日期。隨後和露西動手折疊床罩。

「我認為這屬於極度私人的關係。」史卡佩塔回答。「如果不涉及私人，不可能會把某個人放入精神戲劇或是遊戲的基礎當中。我悟不出道理。」

露西從紙捆上撕下一大張棕色紙張，發出響亮的撕裂聲。

「舉個例子，他可能從來沒有見過她，那些盯梢的人也是這樣。但也許他見過。」史卡佩塔說。

「我們猜測，他上過她的節目，要不就是曾經與她相處過。」

她們將折起的床罩放在紙張中間。

「沒錯，不管他有沒有見過她，都絕對涉及個人。」露西下了定論。「也許他在巴瑞殺害了那個女人，對馬洛尼醫生做出告白，也許他認為賽爾芙醫生會知道這件事。嗯，她不知道。那麼，接下來呢？」

「他覺得比以前更受到忽視。」

「然後呢？」

「逐步擴大事端。」

「如果一名母親忽視自己精神的極度不穩定以及受到傷害的孩子，接下來會發生什麼事？」史卡佩塔一邊問，一邊包起床罩。

「我想想看，」露西說，「孩子長大後就會變成我？」

史卡佩塔剪下一段黃色封條，說：「多可怕，虐殺出現在你節目中的女人，只為贏得你的注意。」

六十吋平面電視螢幕對馬里諾而言別具意義。他看見切入點。

「那是電漿電視嗎？」他開口問。「我從來沒看過這麼大的尺寸。」

她的體重過重，眼皮肥厚，牙醫也應該好好幫個忙，她的齒列讓他想起白色的圍籬，而她的髮型設計師則該被抓去槍斃。梅莉莎坐在花卉圖樣的沙發上，雙手十分不自在。

她說：「我先生和他的一堆玩具。我不知道那是什麼，只曉它又大又貴。」

「用來看比賽一定不得了，換作是我，可能就黏在前面，什麼事也不做。」

他可能就是這樣，坐在電視機前面，像個活殭屍。

「你喜歡看些什麼節目？」他問。

「犯罪推理節目，因爲我通常很快可以想通。但是有了之前的經歷，我不確定還會不會再看任何與暴力有關的節目。」

「那麼你可能很了解法醫鑑識，」馬里諾說，「既然你這麼愛看犯罪推理節目。」

「大概一年前，我去擔任陪審員，對於法醫鑑識的了解比法官還多。不是說法官有什麼不好，而是說我了解一些事。」

「影像復原呢？」

「聽說過。」

「我指的是復原被清除的照片、影帶和數位錄影。」

「你要不要喝點冰茶？我去幫你拿。」

「現在不必。」

「艾許里要去吉米丹蓋特餐廳買外帶。你吃過他們的炸雞嗎？他馬上就到家了，要不要吃一點？」

「我想要你別再改變話題了。瞧，有了影像復原技術，要完全清除硬碟或隨身碟上的數位影像幾乎是不可能的。你可以花個一整天來清除影像，但是我們隨時可以找回來。」這並非全然是事實，但是馬里諾撒謊從來也不必打草稿。

梅莉莎彷彿受到驚嚇的老鼠。

「你知道我打算說什麼，對吧？」馬里諾說。他將梅莉莎誘上鉤，但是對此並不舒坦，況且他也不確定自己要她說些什麼。

當史卡佩塔稍早打電話給他，說杜金頓對於朵雷先生清除掉的影像有些存疑，因爲後者在談話當中不停提到這一點。馬里諾決定找出答案作爲回答。他現在最想做的事，無非就是取悅史卡佩塔，讓她覺得他還有存在的價值。對於她會打這通電話給他，馬里諾感到十分驚訝。

「你爲什麼要問我？」梅莉莎說著哭了起來。「我說過了，我把知道的事全都告訴那個調查員了。」

她繼續看向馬里諾身後自己這個黃色小屋的深處。黃色壁紙，黃色地毯；馬里諾從來沒有看過這麼多黃色，室內設計師彷彿在朵雷夫婦家中四處撒尿。

「我之所以會提起影像復原技術，是因爲我知道你丈夫清除了部分在海灘上拍下的錄影段落。」馬里諾說，完全不爲淚水所動。

「那只是取得主人同意前，我站在屋子前面的片段錄影，只清除了這個段落。我當然沒有得到同意，怎麼可能會有呢？我又不是沒去試過，我很有禮貌的。」

「我才不在乎你，或是你的禮貌。我在乎的是你對我和其他人隱瞞了些什麼。」他坐在活動躺椅上的身子往前傾。「媽的，我知道你沒有對我老實說。我怎麼會知道？就是因爲科技。」

他對科技一無所知，也不知道是否當眞可以復原被清除的數位攝影機影像。如果眞的可行，過程也是十分艱辛，並且要花上一些時間。

「拜託，請你不要這樣。」她懇求他。「我很抱歉，但是請你不要帶他走，我這麼愛他。」

馬里諾摸不著頭緒，他以爲她指的是自己的丈夫，卻又不確定。

他說：「如果我不帶他走，接下來會怎麼發展？有人問起的時候，我要怎麼解釋自己空手而回？」

「假裝你不知道這件事。」她哭得更厲害了。「那會有什麼差別？他什麼也沒做。噢，可憐的寶貝。誰知道他受了什麼苦。他不但抖個不停，身上還沾了血。他只是害怕地逃出屋外而已，如果你帶他走，你也知道會發生什麼事。他們會讓他安樂死。噢，拜託，讓我把他留下來。拜託！求求你！」

「他身上爲什麼會有血跡？」馬里諾問。

史卡佩塔在主要浴室裡，用手電筒以不同的角度照射虎眼石色調的縞瑪瑙地板。

「光腳的腳印。」她在門口說。「腳印不大，也許是她的。更多的頭髮。」

「如果梅莉莎．朵雷的話可以相信，他應該曾經在裡面走動。這就奇怪了。」貝琪說。露西帶著一只藍黃兩色的小箱子和一瓶無菌水過來。

史卡佩塔踏入浴室，拉開虎斑花色的浴簾，照亮黃銅浴缸。裡面沒有東西，但是她注意到某樣物品，她在白色肥皂和一只掛在浴缸旁邊的小碟之間，拿起一件刻意擺放在這裡、看似白陶瓷碎片的東西。她仔細檢視，掏出珠寶匠使用的放大鏡。

「一小塊牙套。」她說。「不是瓷材，應該是一片破掉的臨時牙套。」

「不知道其他部分會在哪裡。」貝琪說，蹲在門口盯著地板看，用自己的手電筒照向每一處角落。「除非這東西有段時間了。」

「有可能流進出水口了，我們得檢查排水管的彎管，可能流到任何地方去。」史卡佩塔在這個幾乎可以確定是門牙的半個牙套上，看到應當是乾掉的血跡。「我們有沒有辦法知道莉蒂亞最近是否看過牙醫？」

「我可以去查，島上沒幾個牙醫。除非她到別處就診，否則不難找出來。」

「要最近的資料，很接近的時間。」史卡佩塔說。「不管多麼不注意個人衛生，絕對不會無視於破掉的牙套，尤其是門牙。」

「有可能是他的。」露西說。

「那更好。」史卡佩塔說。「我們需要一個小紙袋。」

「我去拿。」露西說。

「我沒看見任何東西，如果牙套是在這裡打斷的，也沒看見其他的部分。我猜有可能還在牙齒上。我曾經弄斷過牙套，部分殘缺的牙套仍然黏在牙齒上。」貝琪看向史卡佩塔身後的浴缸。「說到史上最大的誤判，」她補充道，「這會在書本上寫下新紀錄。這是我少數幾次會用到發光胺試劑來檢驗血跡的機會，但是那個該死的浴缸竟然是黃銅材質。嗯，我們乾脆放棄。」

「我已經不再使用發光胺了。」史卡佩塔的說法，似乎不把這種氧化劑當成忠誠的戰友。

一直到最近爲止，這一直是主要的鑑識方式，而她也從未猶豫地使用發光胺來檢測肉眼看不見的血跡。如果血跡經過沖洗，或甚至被油漆蓋住，最好的檢測方式，就是噴上發光胺，然後看哪裡會產生螢光，但是隨之而來的問題不少。就像是對所有鄰居猛搖尾巴的小狗一樣，發光胺不只對血紅素有反應，很不幸地，對於油漆、塗料、漂白劑、通廁劑、蒲公英、薊草、桃金孃以及玉米等等也大有反應。當然，其中還有一項：黃銅。

露西從一個小盒子中取出Hemastix試條進行初步檢測，檢視是否有清洗過的血跡殘留。初步檢測的結果顯示可能有血跡，於是史卡佩塔打開Bluestar Magnum犯罪現場鑑識裝備，拿出一個棕色玻璃瓶，一個錫箔包，以及噴霧罐。

「效能更強，也更爲持久，不必在完全漆黑的狀況下使用。」她對貝琪解釋。「不含過硼酸納，所以無毒。可以使用在黃銅表面，因爲反應出來的濃度不同，會有不同的色譜出現，和血液檢測顯示出來的持久度也不同。」

她還必須去察看主臥室。不管梅莉莎怎麼說，主臥室裡明亮整齊。但是這已經不再令人訝異了，到目前爲止，所有的跡象都顯示出在梅莉莎逃出屋外之後，凶手極其細心地清理打掃。史卡佩塔選出噴罐的適用噴嘴，在罐內倒入四盎司的無菌水，之後加入兩顆錠劑。她輕輕地用滴管攪動了幾分鐘，然後打開棕色的玻璃瓶，倒入氫氧化鈉溶劑。

她動手噴灑，房間內的斑點、污痕出現鮮藍色的螢光反應。貝琪拍下照片。過了一會兒，在史卡佩塔自己清洗過，收拾起犯罪現場鑑識箱之後，她的手機響起，露西實驗室裡的指紋鑑識員來電。

「你不會相信的。」他說。

「除非你當眞這麼想，否則別用這句話做開場白。」史卡佩塔不是開玩笑的。

「金幣上的指紋，」他十分興奮，說話的速度很快，「比對到了——就是上星期被人發現，身分還有待確認的小男孩。那個西爾頓頂岬的孩子。」

「你確定嗎？不可能，這沒道理。」

「很多事都沒有道理，但是這絕對確定。」

「除非你當眞，否則也不要說這種話。我的第一個反應就是哪裡出了錯。」史卡佩塔說。

「沒有。我比對過馬里諾在停屍間採印的指紋卡，還用眼睛確認過。毫無疑問的，金幣上採到的部分指紋，與尚待辨認男孩的右手大拇指紋相符。不會有錯。」

「在金幣上找到用強力膠煙燻出來的指紋？我不懂這怎麼可能。」

「相信我，我和你站在同一陣線。我們都知道，青春期之前的孩童指紋印不可能存在太久，因爲成分大多是水份，汗水多過於油脂、胺基酸，以及其他青春期後出現的物質。但是，這枚指紋是那個孩子的，而且孩子正在你的停屍間裡。」

「也許事情並非如此。」史卡佩塔說。「也許那枚金幣從來就沒有經過強力膠煙燻處理。」

「一定有，留下的凸紋像是來自強力膠，和煙燻過後產生的效果相同。」

「也許是他手上沾著膠去觸摸金幣，」她說，「然後留下指紋。」

18

晚上九點，滂沱大雨打在馬里諾那棟釣魚小屋門前的街道上。

露西渾身溼透，打開僞裝成iPod的無線迷你光碟錄音機。六分鐘之後，史卡佩塔會打電話給馬里諾。現在，他正在和姍蒂爭吵，暗藏在他電腦隨身碟裡的多向麥克風收錄下兩個人的每一句話。

他的腳步沉重，冰箱門打了開來，罐頭咻一聲拉開，可能是罐啤酒。

姍蒂憤怒的聲音在露西的耳邊響起。「……不要對我扯謊，我警告你。就這麼突然？你突然就決定放棄這段兩人都許下承諾的關係？還有，是誰說的，我對你有什麼承諾？你唯一應該要承認的鳥事，就是你該去他媽的神經病院。也許大老闆的未婚夫可以替你在醫院裡找個折扣病房。」

他之前已經對她透露史卡佩塔與班頓訂婚的消息，姍蒂猛踩馬里諾的痛處，表示她明白弱點在哪裡。露西心裡猜想，不知道她利用這個痛處對他施加了多少打擊和嘲弄。

「我不屬於你。你因爲開始覺得不受用，才想到你根本沒擁有我，那麼也許是我要先拋棄你。」他又吼又叫。「你對我沒有幫助，要我塗那個見鬼的狗屁荷爾蒙，我到現在還沒中風或發生其他問題，還眞是他媽的奇蹟。這不過是一個星期而已，如果用了一個月，誰知道會怎麼樣，啊？你選好了什麼爛墓園啦？還是說，我最後會失控，做出什麼蠢事，然後被關進他媽的監獄去？」

「也許你已經做了什麼事了。」

「見鬼了。」

「我何必對你這個又老又胖的蠢蛋許下什麼承諾？如果沒有狗屁荷爾蒙，你甚至還不舉。」

「閉嘴，姍蒂。我受夠了你的羞辱，懂嗎？如果我這麼一無是處，那你幹嘛待在這裡？我需要一點空間和時間來思考。現在所有的事都一塌糊塗。工作一團亂，我抽菸，沒去健身房，飲酒過量，還服用藥物。所有的事情都見了鬼，你的所作所爲只會讓我更糟，陷入更嚴重的麻煩裡。」

他的手機響起，他沒有接聽，鈴聲響個不停。

「接電話！」露西在雨中大聲說。

「喂！」他的聲音傳入她的耳機。

感謝老天。他靜了一下，聽著電話，然後對另一條電話線上的史卡佩塔說：「不可能這樣。」

露西聽不到史卡佩塔在電話的另一端說了什麼，但是她知道內容，史卡佩塔正告訴馬里諾，不管在NIBIN彈道資料或IAFIS指紋系統中，都無法比對出公牛在她家後巷找到點三八口徑柯爾特手槍的序號，或者在槍枝彈筒內找到的指紋或部分指紋。

「那他呢？」馬里諾問。

他指的是公牛。史卡佩塔無法回答這個問題。公牛的指紋不會存在IAFIS系統當中，因爲他從來沒被判定過任何罪狀，幾個星期前被逮捕的那次也不能算在內。如果這把柯爾特是他的槍，但卻不是偷竊而來的贓物，或是沒有使用於任何犯罪案件當中，只是單純在後街上撿來的，那麼也不會出現在NIBIN資料庫當中。她已經告訴過公牛，爲了排除他的嫌疑，最好是留下指紋來比對，但是還沒機會做這件事。除非她與他聯絡上，否則沒辦法再提醒他。她和露西在離開莉蒂亞·偉伯斯特家之後，都打過電話找公牛，公牛的母親表示他駕船外出去撿拾牡蠣去了。水勢這麼大，他爲何還去採牡蠣？

「嗯、嗯。」馬里諾的聲音傳到露西耳中，他走來走去的，顯然是對自己在姍蒂面前的言語特別謹慎。

同時，史卡佩塔也會將金幣上的部分指紋一事告知馬里諾。也許她現在就在講這件事，因爲他發出驚訝的聲音。

接著，他說：「謝謝你告訴我。」

接下來又是一片沉默。露西聽到他踱步的聲音，他靠向電腦，接近隨身碟，接著傳來椅子擦過木頭地板，似乎是他坐了下來。姍蒂很安靜，可能試著想聽懂他和誰在說什麼事。

「那好，」他終於說，「我們稍晚再解決這件事好嗎？我正在處理事情。」

不行。露西十分篤定，阿姨會強迫他跟她說話，要不至少也要聽。除非開口提醒馬里諾，他這個星期以來，一直佩帶著一塊美金的摩根古董銀幣之前，她不會掛掉電話。這枚銀幣和史卡佩塔冷藏間裡的男孩所佩戴的金幣項鍊也許無關，但是馬里諾這枚華麗的銀幣是打哪兒來的呢？如果她開口問，他也不會回答。他無法回答，因爲姍蒂就在旁邊聽著。露西站在暗夜暴雨當中，大雨浸溼她的帽子，滲入防水雨衣的領口，她想到馬里諾對阿姨的所作所爲，這股感覺再次出現——無懼，冷漠。

「是啊，對，沒問題，」馬里諾說，「簡單得很，像是爛蘋果從樹上落下來。」

露西猜想，阿姨大概是向他道謝。多諷刺，她竟然向他道謝，有什麼見鬼的事情好讓她向他道謝的？露西知道原因，但是仍然感到反感。史卡佩塔感謝他去找梅莉莎，她懺悔地說出自己帶走了巴吉度獵犬，接著將沾了血漬的短褲交給他。血漬來自小狗身上，梅莉莎在短褲上擦手；這表示她在有人受傷或遇害不久之後便抵達了現場，因爲狗身上的血還是溼的。馬里諾取走短褲，讓她留下小狗。馬里諾告訴她，他會說是凶手偷走了狗，可能還把狗給殺了，然後埋在某處。他竟然會如此善待一個素昧平生的女人，還眞是令人訝異。

無情的大雨冷冷地打在露西頭上，她走動著，如果馬里諾或姍蒂靠近窗邊，才不至於暴露行蹤。天色雖然昏暗，但是露西絕不冒險。馬里諾這時掛掉電話。

「你以爲我笨到聽不出來你是和什麼人在講話嗎？媽的，你還故意要讓我聽不懂？打著啞謎，」姍蒂音調尖銳，「好像我蠢到會被騙。還會有誰？根本就是大老闆！」

「和你一點該死的關係都沒有。你要我說多少次才會懂？我高興和誰說話就和誰說話。」

「每件事都和我有關！你和她過夜，你這個扯謊的下三濫！第二天一大早，我看到你的摩托車就在那裡！你當我是笨蛋嗎？結果你滿意嗎？我知道你想她想了大半輩子！滿意嗎？你這個又肥又胖的混帳傢伙！」

「我不知道是誰告訴你這個寵壞的富家女，說什麼事都和你有關。但是你給我聽好了，與你無關。」

在吐出更多的髒字眼、褻瀆和威脅之後，姍蒂衝出來，甩上門。露西從自己的藏身處看著姍蒂滿懷怒氣地走下釣魚小屋，來到自己的摩托車旁，光火地穿過馬里諾屋前的小塊沙地，然後轟然高速騎向班・索耶大橋。露西等了幾分鐘，側耳傾聽，確認姍蒂不打算回頭。沒有摩托車聲，只有遠處的車流和滂沱大雨直直落的聲響。她來到馬里諾的前廊，伸手敲門。他拉開門，憤怒的臉龐突然出現一片空白，接著是滿臉的不自在，臉上交替出現不同的表情。

「你在這裡幹嘛？」他開口問，眼光投向她的身後，似乎擔心姍蒂會回頭。

露西走進這處骯髒的避難所，她對此地的了解多過於他的想像。她注意到他的電腦，以及仍然插在上面的隨身碟。她的假iPod和耳機就塞在雨衣口袋裡。馬里諾關上門，在門前站了一下，當她在散發出霉味的格子布沙發上坐下，才露出較爲自在的表情。

「聽說，我和姍蒂在停屍間的時候，你在監看，活像是長了腿的愛國者法案。」他先開炮，可能以爲這是她前來此地的原因。「你到現在還不知道，別在我身上耍這種花樣嗎？」

他可笑地想要嚇唬她，其實他心知肚明，打從露西還小開始，就沒有被他給嚇倒過。即使到了青少年時期，就算馬里諾對她的行事爲人百般揶揄嘲弄，情況仍然相同。

「我已經和醫生談過這件事了。」馬里諾繼續說。「沒別的話好說，所以別再提了。」

「只有這樣？你只和她說話？」露西傾身向前，掏出腳踝上的葛洛克手槍對準他。「幫我找個好理由，讓我不要射殺你。」她的語調中沒有任何情感。

他沒有答話。

「一個好理由。」露西重複。「你剛剛和姍蒂吵得很凶，我在街上都聽到她的尖叫。」

她從沙發上起身，走向桌邊，拉開抽屜。她拿出前一晚看到的點三五七口徑史密斯威森左輪手槍，坐回沙發上，然後把葛洛克塞回腳踝的槍套裡。她用馬里諾自己的槍瞄準他。

「這裡到處都是姍蒂的指紋，我猜也可以找到不少DNA。你們兩個吵了架，她射殺你，然後騎著車跑掉。眞是個可悲的醋缸子賤人。」

她拉開左輪手槍的擊錘。馬里諾絲毫沒有退縮，一副不在乎的樣子。

「一個好理由。」她說。

「我沒有好理由。」他說。「動手吧。我也要她下手，但是她沒辦法。」他說的是史卡佩塔。「她應該要這麼做的。但是她沒有，所以，你下手吧。我才不在乎事情會不會落到姍蒂頭上。我甚至還可以幫你。我的房裡有內衣，你自便，去找她的DNA。他們會在槍上發現DNA，這樣就夠了。酒吧裡的每個人都知道她什麼德行，去問傑絲就夠了，沒有人會感到意外。」

接著他閉上嘴，兩個人好一陣子動也沒動。他站在門前，雙手下垂，露西坐在沙發上，左輪瞄準他的腦袋。她不需要更大的目標，比方說他的胸膛，他也清楚。

她放低槍管。「坐下。」她說。

他坐在電腦旁的椅子上。「我早該猜到她告訴了你。」他說。

「你早該知道她沒說，對任何人都沒提起。她還繼續保護你，了不起吧？」露西說。「你看到自己在她手腕上留下的傷痕嗎？」

他布滿血絲的雙眼突然泛出淚光，這就是他的答案。露西從來沒見過馬里諾落淚。

她繼續說：「蘿絲注意到才告訴我。今天早上我們在實驗室裡，我自己也看到凱阿姨手腕上的瘀傷。我剛說過了，你打算怎麼辦？」

她試圖摒除自己腦中想像出來的畫面。他對她阿姨下手。想到他看到阿姨，碰觸到她，這個念頭讓露西覺得就算自己是受害者也不會如此不堪。她瞪視他粗大的雙手和手臂，看向他的嘴，試圖推開想像。

「覆水難收。」他說。「事情就是這麼簡單。我承諾過，我以後絕對不會在她身邊，或你們任何人的身邊出現。或者是，你也可以照剛剛說的方法射殺我，然後走人，反正你從來也沒被逮到過。假如你決定要躲，根本不會有人抓得到你的把柄。動手吧。如果有人像我一樣對待她，我會殺了那個人；他老早就沒命了。」

「可憐的混蛋。你至少也要向她道歉，而不是一走了之，或是讓警察設計你去自殺。」

「告訴她又能如何？事情已經結束了。一直到事實出現在眼前，我才發現。沒人通知我到西爾頓頂岬出勤。」

「少孩子氣了。凱阿姨要你去找梅莉莎．朵雷。我簡直不相信，簡直令人反胃。」

「她再也不會對我開口了，因爲你來過這裡。我不要你們任何人再向我開口。」馬里諾說。「全結束了。」

「你記得自己做了什麼事嗎？」

他沒有回答。他記得。

「說你很抱歉。」她說。「告訴她，你沒醉到記不得自己做了什麼事。告訴她你記得，而且向她道歉，這件事無法抹滅，但是你很抱歉。看看她會怎麼說。她不會對你開槍，甚至不會要你走人。她比我好太多了。」露西鬆掉握槍的手。「爲什麼？告訴我究竟是爲什麼。你從前又不是沒有喝得醉醺醺地待在她身邊。你和她單獨相處的機會起碼超過百萬次，甚至還一起待在旅館的房間裡。爲什麼？你怎麼下得了手？」

他點菸，雙手劇烈顫抖。「太複雜了。我知道，沒有任何藉口。失心瘋吧，太複雜了，我知道這不重要。她戴著戒指回來，我不知道。」

「你知道。」

「我不該傳郵件給賽爾芙醫生，她把我搞得一團亂。然後，姍蒂接著出現；藥物、酒精，好像我身體裡有個怪物。」馬里諾說。「我不知道這怪物打哪裡來的。」

露西厭惡地站起身子，把左輪手槍丟在沙發上。她穿過他的身邊，走向門口。

「聽我說。」他說。「姍蒂給我那個鬼東西，我絕對不是第一個用她那些東西的男人，上個傢伙勃起了整整三天，她還覺得很有趣。」

「什麼東西？」儘管知道，她還是開口問他。

「荷爾蒙膠，簡直把我搞瘋了，害我想上每個人、殺任何人。對她來說，沒有任何事情是適可而止的，我從來沒有和這種慾求不飽的女人在一起過。」

露西靠在門上，叉起雙手。「這種睪固酮膠，是某個夏洛特的低級直腸科醫生開的藥方。」

馬里諾一臉困惑。「你怎麼……」他沉下臉色。「噢，我懂了。你進來看過。媽的，早該猜到。」

「那個騎摩托車的混蛋東西是什麼人，馬里諾？差點在躍馬酒吧停車場裡被你幹掉的渾球是誰？就是這傢伙要凱阿姨去死，要不然就滾出城去。」

「要是知道就好了。」

「我認為你知道。」

「這是實話，我發誓。姍蒂一定認識他，她就是那些想把醫生趕出城外的人之一。媽的，醋罈子賤人。」

「或者，可能是賽爾芙醫生。」

「我怎麼會知道。」

「也許你該去調查你那個醋罈子賤人。」露西說。「藉著傳送郵件給賽爾芙醫生，來讓凱阿姨忌妒，就像拿棍子逗蛇一樣。但是，我猜你光是搞睪固酮性交、強暴我阿姨，就已經忙不過來了。」

「我沒有。」

「那你怎麼稱呼自己做的事？」

「這輩子最爛的作爲。」馬里諾說。

露西不肯移開視線，仍然盯著他看。「你頸子上那條銀幣項鍊是打哪兒弄來的？」

「你知道打哪兒來的。」

「姍蒂有沒有說過，在她搬來這裡沒多久之前，她那個薯片老爸的房子才被人闖了進去？事實上是在死後立刻被搶。他死前收藏了一些錢幣，還有些現金，全被搶光了。警察懷疑有內賊，但是沒有證據。」

「是公牛找到那枚金幣的。」馬里諾說。「她從來沒提過。我只看過這枚銀幣。你怎麼知道不是公牛掉的？找到孩子的人是他，而且金幣上還有孩子的指紋，不是嗎？」

「如果說，金幣是從姍蒂的老爸那裡偷來的呢？」露西說。「這讓你想到什麼？」

「她沒殺害那孩子。」馬里諾的語氣有些懷疑。「我是說，她從來沒提過自己是否生過小孩。如果金幣與她有關，她可能交給了什麼人。當她把這枚銀幣給我的時候，她還大笑著說，這塊狗牌是要讓我記得我是她手下的士兵；我屬於她。那時候我並不知道她真的有這個意思。」

「取她的ＤＮＡ，這個念頭不壞。」露西說。

馬里諾起身離開，回來的時候拿著她的紅色內褲。他把內褲放在裝三明治的袋子裡，然後交給露西。

「這不尋常吧，你連她住在哪裡都不知道。」露西說。

「我對她了解不深，這是真的。」馬里諾說。

「我可以告訴你她住在哪裡，就在同樣這座島上。一個水上人家，挺舒服的，很羅曼蒂克。噢，對了，我忘記提，當我去察看的時候，剛好就注意到那裡有輛摩托車。一輛老舊的摩托車，還掛了個紙牌充當車牌，停在車棚裡還蓋了起來。沒人在家。」

「我竟然沒發現。我以前不是這樣的。」

「他不可能再接近凱阿姨了，我已經去處理了，因爲我不信任你會做得好。他的摩托車很老舊，根本就是配備掛鉤手把的垃圾。我覺得那輛車不安全。」

馬里諾不願看向她，他說，「我以前不是這樣的。」

她拉開前門。

「你何不乾脆滾出我們的生命？」她淋著雨，站在門廊上說，「以後，我不可能再把你看在眼裡了。」

班頓面前是一棟老磚塊砌成的建築物，窗戶破了好幾扇，像是空洞的眼睛。這個廢棄的雪茄工廠沒有燈光，停車場一片黑暗。

他將筆記型電腦放在腿上，搖搖晃晃地攔截港口的無線網路系統，坐在露西黑色的速霸陸休旅車裡面等著。通常不會有人將這輛車與任何執法單位聯想在一起。班頓不時看向擋風玻璃外面，看著對街空蕩船塢的鐵絲網圍籬，以及外型猶如破爛火車廂的廢棄貨櫃。

「沒有動靜。」他說。

露西的聲音透過耳機傳出來。「我們就等著，看看能熬多久。」

他們使用的是安全無虞的無線電頻道。露西在科技方面的能力勝過班頓，而他並非全然無知。他知道她有能力保密防竊聽，而且對於自己可以竊聽他人，卻無人可以反制，感到十分得意。他希望她沒錯，不管是針對這項科技，更要加上許多其他的事情，包括她的阿姨。當他要露西把計畫傳給他看的時候，他說，他不要讓史卡佩塔知道。

「爲什麼？」露西問。

「因爲我可能得要整晚坐在停妥的車裡，觀察該死的港口。」他說。

如果她知道他就在這裡，離她家只有幾哩遠，絕對會讓事情更糟。她可能會堅持和他一起坐在這裡，露西則表示，他會這樣想簡直是瘋了。史卡佩塔不可能和他一起待在港口邊監看。露西的意思是，這可不是她阿姨的工作。她不是秘密探員，雖然知道怎麼用槍，卻不怎麼喜歡槍枝，而且她寧願去處理受害者，然後把其他的人交給露西和班頓來照顧。其實露西眞正想說的是，待在港口可能會有危險，而她不願意史卡佩塔身陷險境。

有趣的是，露西沒有提到馬里諾，也沒有要他來幫忙。

班頓坐在漆黑的速霸陸休旅車內，聞到一股新車——新皮革的味道。他看著外面的雨，望向對街，一邊注意自己筆記型電腦的螢幕，察看睡魔是否攔截了港口的無線網路。但是睡魔要怎麼做呢？他的位置不在這片停車場內，也不在對街，因爲他不可能把車停在路中間，坐著傳送另一封毫無人性的郵件給賽爾芙醫生——她現在可能已經到了紐約，坐在自己位於中央公園西側的頂樓公寓中。這著實令人惱怒，毫無公理可言。到了最後，即使睡魔沒能躲過謀殺的罪名，賽爾芙醫生卻顯然仍能自保。然而比起睡魔，她應該負起更大的責任，因爲她坐擁資訊卻不願去追究、毫不在乎。班頓厭惡這個女人。他希望自己不致如此，但是在這輩子當中，他從來沒有如此憎恨過一個人。

大雨敲打休旅車的頂篷，遠處路燈罩上一層霧氣，他分不清天地，也看不清港口和天堂的界限。碰到這種天氣，他什麼也搞不清楚，直到他看到有東西在移動。他坐直身子，心臟狂跳；一個黑影慢慢地順著對街的圍籬移動。

「這裡有動靜了。」他與露西通話。「有人登入了嗎，我這裡看不見。」

「沒有。」她的聲音透過耳機傳來，她確認睡魔並沒有登入港口的無線網路系統。「什麼樣的動靜？」

「籬笆邊，大約三點鐘方向，現在不動了。保持在三點鐘位置。」

「離我的位置大約十分鐘，可能還不用這麼久。」

「我要出去。」班頓說，慢慢打開車門，車內燈沒亮，仍然一片黑暗，雨水的聲音好像更響了。

他伸手到外套裡掏出手槍，而且沒將車門關上，沒有發出任何聲響。他知道該如何行動，執行活動的次數多過記憶能及。他猶如鬼魅一般移動，無聲無影無息，穿過水坑，走在雨中；每踏出一步就停一下，確認對街的人沒看到他。他在做什麼？光是站在圍籬旁邊，一動也不動。班頓靠得更近，發現他根本不動。在滂沱大雨中，班頓幾乎什麼看不到，耳邊盡是傾瀉的雨聲。

「你還好嗎？」露西的聲音出現。

他沒有回答。他在電話線桿後停下來，聞到木餾油的味道。圍籬旁的人影往左側移動，前進到一點鐘方向，接著開始穿越街道。

露西說，「你收得到訊號嗎？」

班頓沒有回答，人影太靠近了，他看見模糊的面孔和帽子的線條，接著看見擺動的四肢。班頓跨出來，舉起手槍對準他。

「不准動。」他以命令的語氣鎮定地說。「我手上有一把九釐米槍枝對準你的腦袋，給我站好。」

這個男人——關於這點，班頓非常確定，雕像似地立刻站定，完全沒有發出聲音。

「離開街道，但是不要直接向我走過來，向你的左邊去。慢慢地。好，現在跪下來，把手放到頭上。」接著他對露西說，「逮到他了，你可以過來。」

好像她就在咫尺之外。

「撐住。」她的音調緊繃。「撐住就好，我來了。」

他知道她還在遠處，如果出了問題，根本幫不上忙。

男人的雙手放在頭上，跪在龜裂又潮溼的柏油路上，他說，「請別開槍。」

「你是誰？」班頓問。「說，你是誰。」

「別開槍。」

「你是什麼人？」班頓抬高音調，壓過雨聲。「你在這裡做什麼？告訴我你是誰。」

「別開槍。」

「該死，告訴我你是誰。你在港口做什麼？別讓我再開口問你。」

「我知道你是誰，我認出來了。我的手放在頭上，所以沒必要開槍。」嘩啦啦的雨聲當中傳出這個聲音，班頓注意到他的腔調。「我來這裡逮凶手，就和你一樣。我沒說錯吧，班頓．衛斯禮？請把槍拿開。我是奧托．波馬，來這裡的原因和你相同。我是奧托．波馬隊長，請你把槍拿開。」

坡家酒館距離馬里諾的釣魚棚屋只有幾分鐘的摩托車程，他想來點啤酒。

黑色的街道又溼又亮，雨的味道以及大海和沼澤的氣息隨風迎面襲來。他騎著Roadmaster穿過漆黑雨夜，心情平靜下來，他知道自己不該喝酒，但卻不知如何停止，反正，這又有什麼差別？自從事情發生之後，他就精神委靡，心情惡劣。他體內的惡魔一躍而出，一向埋藏在心中的恐懼就在面前現身。

彼德·馬里諾不是個正直的人。如同遭他逮捕的每名罪犯一樣，他相信在生命當中自己少有過錯，並且秉性善良英勇過人，然而事實卻大相逕庭。他自私、變態，而且惡劣。不但惡劣，還簡直是惡劣透頂。他的妻子就是因此離開他，事業跌入谷底。為了這一點，露西憎恨他，他就這樣毀去自己曾經擁有的美好世界。他和史卡佩塔之間的關係就此毀滅，是他自己下手殘暴地斬去這段關係。他為了她無法改變的事實，而去一再地背叛她。她從來沒想要過他，也從來沒有為他所吸引，她怎麼可能會呢？於是他懲罰了她。

他將摩托車切換到高速檔，催下油門。他的速度太快，雨水刺痛皮膚。馬里諾來到蘇利文島上，這個被他稱之為好去處的的狹長地帶。四處都停有車子，放眼望去，附近除了他之外，沒有別的摩托車：天氣太過惡劣。他渾身發冷，手指僵硬，既痛苦又羞愧，一絲怨恨的怒意更是夾雜在這些難以忍受的感覺之間。一無是處的大腦上還戴著安全帽，他解開扣帶，掛在把手上，然後鎖住摩托車的前叉。他走進餐廳，雨衣沙沙作響；餐廳的原色木頭地板破破爛爛，頭頂掛著個吊扇，牆上滿是裱了框的烏鴉圖片，以及愛倫·坡所有被拍成電影作品的劇照。酒吧裡人聲鼎沸，他的心跳猛烈，猶如振翅狂拍的鳥兒，因為他看到姍蒂·史路克站在兩名男人之間，其中那個戴著頭巾的男人，正是幾天前差點被馬里諾槍殺的傢伙。她和他說著話，身子欺向他的手臂。

馬里諾站在門邊，雨水滴落在磨損的地板上，眼睛盯著看，體內的傷痛膨脹，狂跳的心臟彷彿奔馳在頸際的馬匹。他不知應當如何反應。姍蒂和那名男子喝著啤酒，呑嚥龍舌蘭，一邊吃著沾辣乳酪醬的玉米片，正是她和馬里諾來此時必點的飲料和點心。或者應該說，以前一起來此地的時候。他今天早上沒有塗抹荷爾蒙膠，就在他體內黑暗處的邪惡怪物出聲嘲笑的時候，他心不甘情不願地把荷爾蒙膠給丟棄了。馬里諾簡直無法相信，姍蒂竟然如此厚顏無恥地和那個傢伙一起走進這個地方，這太明顯了。她要那個傢伙去威脅醫生。姍蒂賤，他糟糕，兩個人在一起其爛無比，但是馬里諾更惡劣。

他們對醫生所做的事，與他的舉動相較，根本算不了什麼。

他走向酒吧，完全無視於他們的存在，還假裝沒看見，心裡不明白為什麼早先沒有看見姍蒂的BMW。她可能停在對街，因爲她老是擔心有人破壞車門。他納悶不知戴頭巾的破摩托車哪裡去了，然後才想起露西的話：車子看來不太安全。她一定是動了什麼手腳，下一個目標可能就是馬里諾的摩托車。

「你要來點啥？最近如何，啊？」酒保看起來大概只有十五歲，最近馬里諾眼中的年輕人大概就是這種年紀。

他不但沮喪，並且心煩意亂，完全記不起她的名字，應該是雪莉吧，卻又不敢叫出口。搞不好是凱莉。「百威淡啤。」他靠向她。「不要看，那個男人和姍蒂一起來的嗎？」

「是啊，他們以前來過。」

「什麼時候開始的？」馬里諾問道。她推來他的生啤酒，他則把五塊錢推了過去。

「要五毛給一塊，那還要一杯啊。噢，老天爺。從我在這裡工作起就開始啦，他們就斷斷續續會過來，去年吧，我猜。私下說啊，這兩個人我都不喜歡。別問我他叫什麼名字，我也不知道啦。她不只會和他一起來，我猜她結婚了。」

「見鬼了。」

「希望你和她出去啊，只是吃吃飯之類的，啊。」

「我和她吹了，」馬里諾說，喝起啤酒，「沒什麼大不了的。」

「我猜啊，還惹來一身腥。」雪莉，或是凱莉這麼說。

他感覺到姍蒂的目光射過來。她不再和那傢伙說話了，馬里諾現在不得不懷疑，她是否一直也和那個男人上床。馬里諾懷疑起偷來的錢幣以及她的錢財來源。也許她老爸根本沒留下任何東西給她，所以她只好動手偷。馬里諾開始懷疑很多事情，希望自己不至於到今天才產生這些疑問。她瞪著他拿起滿是冰霧的杯子，喝下大口啤酒，閃亮的雙眼看似半瘋半狂。他想要走到她的座位旁邊，但是又無法勉強自己。

他知道，這兩個人什麼也不會說，他們絕對會恥笑他。姍蒂用手肘去碰戴頭巾的傢伙。他看著馬里諾，扮著笑臉，他一定覺得整件事太可笑，他就貼在姍蒂身邊，心裡明白她從頭到尾就不曾是馬里諾的女人。她還和哪些傢伙上過床？

馬里諾一把扯斷脖子上的銀幣項鍊，丟到啤酒裡，銀幣撲通一聲沉到杯底。他把啤酒杯推過吧檯，杯子在兩人不遠處停了下來，接著他起身走出去，希望會有人跟過來。雨小了些，街燈下的人行道上起了煙霧，他坐在摩托車溼濘的坐墊上等待，等著看有沒有人跟出來。他看著坡家酒館的門口，滿懷希望地等待。也許他可以幹場架，也許他們能解決這件事。他希望自己的心跳能緩和下來，胸口不要這麼痛。他可能會心臟病發，他這麼惡劣，心臟病的確該發作一下。馬里諾等待，看著門口，望向明亮窗戶的另一側。大家都很快樂，除了他以外。他一邊等待，一邊點燃一根菸，穿著雨衣坐在溼答答的摩托車上，邊抽菸邊等待。

他眞是一無是處，沒辦法惹毛別人，沒辦法找人幹架，眞是廢物一個。坐在雨夜中，抽菸，看門，希望姍蒂或戴頭巾的傢伙或兩人一起出來外面，讓他覺得自己還有些剩餘價值。但是門沒有打開，他們根本不在乎，更不害怕，把馬里諾當成個笑話。他邊等邊抽菸。接著他打開前叉的鎖，發動引擎。

他猛催油門，橡膠輪胎發出刺耳的尖銳聲響，急速奔馳。他把摩托車停在釣魚棚屋前，把鑰匙留在鎖孔上，因爲他再也不需要摩托車了。他要去的地方，不會需要摩托車的。他快步疾行，但是腳步比不上心跳的速度；在一片黑暗當中，他攀上階梯來到自己停靠船隻的渡口，心裡想著姍蒂，想到她如何嘲笑他破舊搖晃的渡口，還說又長又窄的渡口碼頭活像不舉的陽物。他第一次帶她來這裡的時候，還覺得她的用語有趣又聰明，當晚他們就搞上床去了。十天前，就只有十天。他得好好想想，自己是不是遭她設計——在小男孩被人發現的當天晚上，她就勾搭上他，這絕對不是巧合。也許她想要利用馬里諾來取得消息，而他竟然隨她擺布。全都是爲了一只戒指。醫生戴了一只戒指，結果馬里諾開始抓狂。他的大靴子重重地踏在防波堤上，腐朽的木板在他的重量之下搖來晃去，小小的蚊蟲像在卡通片當中一樣，群起圍到他的身邊。

他在防波堤的盡頭停下腳步，氣喘如牛，感覺自己遭到無情的啃噬，淚水狂洩，胸口劇烈起伏。他曾經看過施打毒液的受刑人，在臉色轉青斷氣之前，他們的胸口就是這樣起伏。天色陰暗，烏雲密布，水天連成一氣，腳下的緩衝墊撞擊出聲，海水緩緩拍打樁基。

他放聲嘶吼，這個聲音不像來自他的體內。馬里諾將手機和耳機奮力往外擲，擲到遠處，甚至聽不到落地的聲響。

19

史卡佩塔在Y—12國家安全基地的檢查哨前停下租來的車子，檢查哨的周圍盡是混凝土護牆，鐵絲網圍籬頂端還安裝尖銳的刺條。

她搖下車窗，出示名牌。這已經是五分鐘以來第二次的檢查了。一名警衛進到亭內打電話，另一名警衛則檢查汽車後置物箱。史卡佩塔一個小時之前在諾斯維爾機場降落，到了赫茲租車櫃檯才不滿意地發現，等在眼前的是一輛道奇Stratus轎車，而當初訂的是休旅車。她從來不開紅色的車子，甚至連紅衣服都不穿。警衛們的警覺性比過去更高，儘管他們已經夠警惕了，但車輛仍然讓他們十分提防。Y—12是美國最大的濃縮鈾貯存處，安全措施嚴密，除非史卡佩塔某項特殊需要的層級到達她所謂的「臨界質量」等級，否則她不會輕易來打擾此地的科學家。

她的後座放著莉蒂亞．偉伯斯特的洗衣間窗戶，以棕色紙張包覆，以及一只小盒子，盒裡的金幣留有那名遭人謀殺、身分待查小男孩的指紋。基地尾端有一棟看似與其他屋舍無異的紅磚建築，但是裡面存放的是全球最大的掃描式電子顯微鏡。

「你可以把車停在這裡。」警衛指點著。「他馬上過來，你可以跟著他進去。」

她往前開去，然後停妥車子，等待材料科學實驗室主任法蘭茲博士所駕駛的黑色雪佛蘭Tahoe。她總是跟他的車進基地，不管來過多少次，她仍然找不到路，也不敢隨便嘗試。在生產核子武器的機構裡迷路，可不是開玩笑的事。Tahoe在她面前迴轉，法蘭茲博士把手伸出窗外揮舞，要她跟車前進。她跟在他後方，穿過一些以難解名稱來命名、而且不知如何形容外觀的建築物，穿過一片迴然不同、種植林木的寬廣空地之後，最後才來到名爲「科技二〇二〇」的平房實驗室，整個布局假意營造出鄉村風格。史卡佩塔和法蘭茲博士雙雙下車，她取出後座上以安全帶繫緊，並且用棕色紙張包覆的窗戶。

「你每次都帶來相當有趣的東西。」他說。「上次是一整扇門。」

「而且我們還找到靴印，不是嗎——根本沒人想到會在門上找到。」

「入寶山，不可能空手而回。」這是法蘭茲博士的座右銘。

法蘭茲博士的年齡與她相仿，身穿馬球衫搭配一件牛仔垮褲，光看他的外表的確很難讓人連想到他會是一名核子金屬工程師，成天就只耗在顯微鏡前，觀察極其精密細小的工具零組件、噴絲頭，或是太空梭和潛水艇碎片。史卡佩塔跟在他身後走進看似無奇的實驗室裡，只是光支撐這個巨大金屬實驗室的四隻減阻柱腳，就與樹木一般粗大。VisiTech公司的這款大型掃描式電子顯微鏡室LC—SEM，足足有十噸重，光是安裝就需要藉助四十噸的推高機。簡單來說，它是世上最大的顯微鏡，但是原始用途並不在於法醫鑑識科學，而是用來作爲武器金屬材質的失效故障分析。但是對史卡佩塔而言，科技就是科技，到現在，Y—12實驗室對她大膽的要求也習以爲常了。

法蘭茲博士拆開窗戶的包裝紙，將窗戶和金幣放在一個三吋厚的精鋼轉盤上，然後開始校準，將足足有一枚小型飛彈大小的電子槍，以及電子槍後方的檢視器，盡可能地接近沙子、膠水以及破碎的玻璃。他透過遙控軸來調整物體的角度，機器先是發出嗡嗚，然後卡喀一聲，在最尾端的終止位置停了下來，避免寶貴的物件或零組件互相碰撞，或甚至掉落。他關上顯微鏡室的門，解釋道，如此一來，室內的眞空度才能到達十的負六次方Torr。他說，接著他會回充到十的負二次方Torr，這時即使動手去拉門，都不可能拉開，一邊還拉門讓她看。基本上，這大概就是外太空的環境條件：沒有溼氣，無氧，只有這樁犯罪案件的分子。

眞空幫浦發生聲響，溫度漸高的無塵潔淨室裡有一種電子機械的氣味。史卡佩塔和法蘭茲博士離開，關上外側的門，回到實驗室內。一排紅黃綠白的燈光似乎提醒人類不可停留在顯微室內，因爲此舉無非自尋死路。套句法蘭茲博士的說法，就像一場不穿太空衣的太空漫步。

法蘭茲博士坐在電腦操作檯前，眼前有好幾個大型的扁平螢幕。他對史卡佩塔說：「讓我們來看看。要多大的放大倍率？我們可以放大到二十萬倍。」他們的確是可以，但他這個問題純粹是開玩笑。

「把一粒沙放到和地球一樣大，也許我們還能在裡面找到迷你居民。」她說。

「我正是這麼想。」他敲敲打打，點入選單。

她坐在他身邊，眞空幫浦的聲響讓她想到磁振造影掃描機，接著渦輪幫浦停了下來，隨後一片安靜，最後才傳出空氣乾燥機斷斷續續，好比鯨魚長嘆的聲響。他們等了一會兒，直到綠燈亮起，才開始觀看，究竟這個儀器藉由電子光束的掃描，在窗戶玻璃上發現了些什麼東西。

「沙子，」法蘭茲博士說，「還有這是什麼鬼東西？」

在不同形體、尺寸各異，彷彿石頭碎片的沙粒之間，出現看似小隕石和月球的球體。分析儀確認，除了沙子的矽土之外，還發現了鋇、銻以及鉛。

「這個案子當中，有槍擊的事件嗎？」法蘭茲博士說。

「據我所知是沒有，」史卡佩塔回答，然後補充說，「和羅馬的案子一樣。」

「有可能是大環境或工作場所的微粒物質。」他推測。「首先當然是矽，接下來是鉀、鈉、鈣，還有不知道為什麼出現的鋁。我要先排除背景，也就是玻璃。」他是在對自己說話。

「這很像——非常像我們在羅馬發現的東西。」她再次說。「在珠兒．馬丁眼窩裡找到的沙子。同樣的沙，我對自己反覆地這麼說，因為簡直令人難以相信。我當然沒辦法理解，這看來似乎是火藥殘留物。這些黑色的區域？」她指出來。「這些組織層呢？」

「膠。」他說。「我敢說，沙子並不是來自羅馬本地，或是附近區域。珠兒．馬丁的案子呢？你已經說過，事發地的區域並沒有玄武岩，沒有任何火山活動的跡象。那麼就是說，他把自己的沙子帶到羅馬去？」

「我知道的是我們從來沒假設過沙子來自當地，至少不是出自奧斯提亞一帶的海灘。我不明白他是怎麼做的，也許沙子是一種象徵，有其意義。但是我看過放大的沙粒和塵土，就是沒看過這種狀況。」法蘭茲博士放大對比，調高放大比率。他說，「這就更奇怪了。」

「會不會是上皮細胞？皮膚嗎？」她詳細檢視螢幕上的東西。「珠兒．馬丁的案子當中沒有提到這一點，我得打電話給波馬隊長。這全要看哪些東西被當作是重點，或者有沒有人注意到。不管警方的化驗室裝備多好多精準，也不可能配備研發品質的儀器，絕對不可能有這個東西。」她指的是LC—SEM，大型掃描式電子顯微鏡室。

「嗯，我希望他們沒有用質譜儀，把所有的樣本都以酸劑檢測，否則不會留下任何可供再次檢驗的樣本。」

「不是，」她說，「他們用的是固相X光分析，拉曼光譜儀。任何沙子裡的皮膚細胞都還在，但是，就如同我剛剛說過的，我完全不知道。報告上沒有提，也沒有任何人提起。我得聯絡波馬隊長。」

「羅馬現在已經是晚上七點了。」

「他在這裡。應該說，在查爾斯頓。」

「現在我可糊塗了，我以爲你說過，他隸屬義大利國家憲兵隊，而不是查爾斯頓警局。」

「他的出現的確出人意表，在昨天晚上抵達查爾斯頓。別問我，我比你還更不清楚。」

她仍然感到有些受傷。昨天晚上，當班頓帶著波馬隊長突然出現在她家時，她雖然驚訝，但並不高興。有那麼一下子，她驚訝到說不出話來，在咖啡和熱湯下肚後，這兩人竟然又和來時一樣地唐突離去。之後她沒再看到班頓，心裡不但不高興，還十分受傷，不確定自己在下次見到他時該說些什麼話——暫且不管那會在什麼時候。在她今天早晨飛來此之前，她一度考慮摘下戒指。

「ＤＮＡ。」法蘭茲博士說。「所以我們不能用漂白水，會毀掉ＤＮＡ的。但是，如果這是我想的東西，那麼去除皮膚碎片和油脂，效果會更好。」

這很像在觀察群星，這像動物星座還是北斗七星？月亮上有臉孔嗎？她眞正看到了些什麼？她摒除腦海中的班頓，集中思緒。

「沒有用漂白水。爲了確認，我們絕對該檢視ＤＮＡ。」她說。「雖然在火藥殘留中常會見到上皮細胞，但那是因爲嫌犯的雙手觸碰到雙面碳帶才可能留下。所以，擺在我們眼前的如果是皮膚，那麼除非皮膚細胞來自凶手的雙手，否則就沒有道理。或是說，這些細胞老早就已經存在窗玻璃上？但是關於這個推論，最特殊的地方在於窗戶已經被清理過，我們甚至還看得見殘留在上面的纖維。這些白色的棉纖和洗衣籃裡的髒恤衫相符，但是這又能代表什麼呢？眞的不多。洗衣間裡塡滿了微細纖維。」

「在這樣的放大顯示下，任何物質的分量都很多。」法蘭茲博士點擊滑鼠，操作控制，重新定位，電子光束照到破玻璃的一個區塊上。

在乾燥後變成清澄的聚胺甲酸酯泡沫下方，放大過後的裂縫彷彿一道峽谷。螢幕上的模糊白色形體可能是更多的上皮細胞，線條和細孔應當是身體某部分撞擊玻璃之後留下來的痕跡。另外，還看到頭髮的碎片。

「有人撞到玻璃？」法蘭茲博士說。「也許玻璃就是這麼破的？」

「撞擊的部分不是手也不是腳掌，」史卡佩塔指出來，「沒有凸脊紋。」她不斷想到羅馬。她說，「如果火藥殘留不是來自手上，那麼可能是來自沙子。」

「你是說，在他碰到玻璃之前？」

「有可能。珠兒．馬丁並非遭到槍殺，這是確認的事實，然而卻在她眼窩的沙子裡發現鋇、銻還有鉛。」她重新審視重點，希望能理出頭緒。「他把沙子塡進眼窩，然後用膠黏起來。所以，這些疑似火藥殘留的物質有可能從他的手轉移到沙子中，因爲他一定碰到了沙子。但是，如果火藥殘留之所以會出現，是因爲老早就存在了呢？」

「這是我第一次聽到有人會做這種事，他活在哪個世界裡？」

「我希望這是我們最後一次聽到這種作法。這輩子當中，我不斷地在問同一個問題。」她說。

「這個火藥殘留早已存在的論點，我沒話反駁。」法蘭茲博士說。「那麼，就這個案子來說，」他指著螢幕上的影像，「就是膠上的沙，還是沙上的膠？是他手上的沙，還是碰到沙子的手？提到羅馬的膠，你說他們並沒有使用質譜儀。但是，他們用傅立葉轉換紅外線光譜儀（ＦＴＩＲ）檢測過嗎？」

「應該沒有。我只知道膠的成分是氰基丙烯酸酯。」她說。「我們何不用ＦＴＩＲ來看看能檢測出什麼分子?」
「好。」
「檢測窗戶上的膠，再加上金幣上的膠?」
「當然。」
傅立葉轉換紅外線光譜儀的運作原理，其實比長長的名稱要簡單許多——利用分子吸收光波而產生的獨特光譜來進行分析。剛開始他們並沒有令人驚訝的發現。用在窗玻璃和金幣上的膠具有同樣的光譜：兩者都是氰基丙烯酸酯，但卻不是史卡佩塔或法蘭茲博士所熟悉的氰基丙烯酸酯。分子結構與日常使用強力膠的乙基氰基丙烯酸酯有所不同。
「二氰基丙烯酸辛酯。」法蘭茲博士說。這時白晝流逝了大半，已經是下午兩點半了。「除了知道這顯然是一種黏著劑之外，完全沒有其他的了解。羅馬的膠呢?分子結構是什麼?」
「不知道有沒有人問過這件事。」她說。

柔和的燈光探照在城市的古蹟建築上，聖麥可教堂的白色尖塔直指明月。
從賽爾芙醫生華麗房間的窗口望出去，她找不到港口和天際的界限，因爲天上沒有星星。雨停了，但是不會歇太久。
「我愛極了那座鳳梨噴泉，但是從這裡是看不到。」她看著窗外閃爍的城市，這遠比與姍蒂談話令人舒服。「在海邊，過了市場。許多低下階層的孩子，會在夏天去那裡玩水。我說啊，如果你是那一帶豪宅的業主，這些噪音絕對會壞了你的心情。聽，我聽到直升機的聲音。你聽到了嗎?」賽爾芙醫生說。「是海岸巡防隊，還有空軍的那些大型飛機，像是飛行的戰鬥機器，沒兩分鐘，頭頂就有一架飛機經過，你也知道這些大飛機的，白白浪費納稅人的錢。」

「早知道你不付我錢，我就不會告訴你了。」姍蒂坐在窗邊的椅子上說，她對外面的景色毫不在意。

「用來支付更多的揮霍，更多死亡。」賽爾芙醫生說。「這些年輕男女們回家會有什麼遭遇，我們全都知道。我們太了解了，不是嗎，姍蒂？」

「把我們剛剛說的東西給我，也許我會放你一馬。我所要的和每個人都一樣，這沒什麼不對。我才不在乎什麼狗屁伊拉克。」姍蒂說。「也沒興趣在這裡坐個幾小時，聽你談你的政治觀。想要聽眞正的政治觀嗎？去酒吧晃晃吧。」她的笑聲不甚友善。「嗯，這不過是個想法罷了，你去上酒吧，去上隻大豬哥。」她搖晃杯裡的冰塊。「布希國度的灌木野戰英雄。」

「也許你還是矮樹。」

「我們厭惡阿拉伯人和同性戀，不同意把孩子沖下馬桶或拿他們的器官來做醫學實驗。我們愛的是蘋果派、辣雞翅、百威啤酒和耶穌基督。噢，對了，還有性交。把我要的給我，然後我會閉嘴，乖乖回家。」

「身爲精神科醫生，我總是說去了解自我。但是對於你呢，親愛的，我建議你盡可能不要去了解你自己。」

「有件事情是不必懷疑的。」姍蒂語氣惡毒。「馬里諾在對我上下其手的時候，絕對是把你忘在一邊的。」

「他的所作所爲都在我的意料之內。他用錯誤的腦子思考。」賽爾芙醫生說。

「你也許和歐普拉一樣，有錢又有名，但是就算集全世界的權力和榮耀於一身，也沒辦法像我這樣讓男人慾火焚身。我年輕甜美，知道男人想要什麼，他們能撐多久我都能配合，而且還能讓他們爽到超過自己的夢想。」姍蒂說。

「你說的是性交，還是肯塔基賽馬？」

「我說的是，你老了。」姍蒂說。

「也許我該邀請你上節目，有那麼多絕妙的問題可以問你。男人究竟在你身上看到了些什麼，你究竟散發出什麼神奇的氣味，讓他們簡直就像你那對豐臀一樣黏在你身後？我們會讓你以現在這個造型上鏡，黑色貼身緊繃皮褲，牛仔夾克裡面什麼也不穿。當然，還要搭配你的靴子，加上主菜：火焰頭巾。客氣地說來，頭巾不新，但卻是你那剛遭遇意外的可憐朋友的東西。你這會讓我的觀眾很感動的，把他的頭巾圍在頸子上，還表示除非他好轉，否則不會取下來。但是我不得不告訴你，如果腦袋像蛋殼一樣裂了開來，腦子還暴露在外，甚至流到人行道上，那麼狀況眞是十分嚴重。」

姍蒂飲酒。

「我猜想，將近一個鐘頭之後——這種內容應該沒辦法以系列的方式播出，不過是我節目裡的一個單集罷了——我們會做出結論，你的確誘人又漂亮，柔軟度和魅力都不容否認。」賽爾芙醫生說。「你現在可以靠低下的嗜好得逞，但是等你到我這個被你認爲很老的年齡時，地心引力會讓你誠實面對。我會在節目裡怎麼說呢？地心引力會拉倒你的。生命就是一條走向殞落的道路，不慢也不快，就是等你對號入座。但是像馬里諾這樣倒下，還跌得眞重。當他蠢到先來找我，然後我又鼓勵你去找他的時候，這個探底的力道似乎不大。看看，親愛的，你眞是會惹麻煩哪。馬里諾跌得眞是重，但是話說回來，他從來也沒有攀高到任何程度。」

「把錢給我。」姍蒂說。「還是說，我其實應該付錢給你，以後才不必聽你訓話？難怪你——」

「別提。」賽爾芙醫生面帶微笑地對她擰了擰指頭。「我們都同意了，不去討論某些人，也絕對不可以提起那些名字。這是爲了你自己好，千萬別忘了自己的角色。你的煩惱比我來得多。」

「你應該感到高興。」姍蒂說。「事實上呢，我這是幫你一個大忙，因爲你現在不必怕我糾纏，你喜歡我的程度不亞於你對菲爾醫生的熱愛。」

「他上過我的節目。」

「那好，幫我向他要個簽名。」

「我並不高興。」賽爾芙醫生說。「我眞希望你沒有打那通電話，告訴我令人作嘔的消息，此外，還要我付你錢，幫你不至被逮進牢裡。你是個聰明的女孩，你去坐牢對我沒有好處。」

「我眞希望我沒打電話。我不知道你會不再寄支票給我，這全是因爲……」

「因爲什麼？我何必付錢？我原來付錢的原因已經不存在了。」

「我不該告訴你的。但是你老是要求我誠實。」

「如果我有這麼要求，還眞是白費脣舌。」賽爾芙醫生說。

「你不明白……？」

「我不明白你爲什麼要打破規矩，來找我麻煩。有些事，我們不能提。」

「我可以提起馬里諾，而且也提過了。」姍蒂假意嘻笑。「我告訴過你了嗎？他還想上那個大老闆。這會惹你煩心吧？因爲你們的年齡差不了多少。」

姍蒂朝前菜進攻，把目標當成肯德基炸雞。

「如果你好聲相求，他說不定會讓你爽一下。但是如果他有得選，絕對會把她排在我前面，你能想像嗎？」她說。

如果波本威士忌是空氣，那麼屋裡不會剩下任何呼吸的空間。姍蒂在貴賓樓層的會客室裡狂掃了一堆小瓶裝威士忌，服務生還得幫她拿托盤來裝。賽爾芙醫生給自己沖了杯甘菊茶，將頭別到一側。

「她一定很特殊。」姍蒂說。「難怪你這麼厭惡她。」

這是隱喻的說法。姍蒂這個人，和她的一言一行，都讓賽爾芙醫生看向他處。就是由於她分神過久，才沒能及早發現迎面而來的碰撞。

「我們就這麼做。」賽爾芙醫生說。「你得離開這座漂亮的城市，永遠不要回來。我知道你會懷念你的海灘小屋——我稱它是你的小屋，不過是客套的說法罷了——我相信你很快就會克服的。在你開始收拾之前，你要先把房子清理得一乾二淨。你記得戴安娜王妃公寓的故事嗎？在她死後房子的結果如何？地毯和壁紙全都撕下來，甚至連燈泡都拔掉，她的車子壓成廢鐵。」

「沒人可以動我的BMW和摩托車。」

「你今天晚上就開始動手。擦洗，油漆，用漂白水，燒東西——我不在乎你怎麼做。但是別留下任何一滴血跡、精液或是唾液，也不可以留下衣服，連頭髮、纖維，甚至一口食物都不能留。你應該回夏洛特，你屬於那個地方。去教堂參加禮拜，或是去運動酒吧走走，爲你拿到的錢好好感謝上帝。你那過世的父親比我明智，什麼也沒留給你，但是我當然會留下東西給你，就在我口袋裡。接下來，我等於擺脫你的糾纏。」

「是你說我應該來住在查爾斯頓，才能……」

「我現在想法不同了。」

「你什麼鳥事也不能勉強我。我管你是誰，而且我受夠你教我什麼能說、什麼不該說。」

「我就是我，而且高興叫你做什麼你就照做。」賽爾芙醫生說。「你現在最好讓我開心一點，你要我幫忙，我就來了。我只是教你怎麼做才能擺脫罪過。你應該說『謝謝』，或是『讓我來實現你的願望』，以及『我絕對不會再惹你煩心，或造成你的不便』。」

「那就把錢給我。波本威士忌喝完了，我也迷糊了。你讓我覺得自己根本是患了失心瘋。」

「沒這麼快，我們的爐邊談話還沒結束。你對馬里諾做了什麼？」

「他瘋言瘋語的。」

「瘋言瘋語，你畢竟念過書。最貼切的實情就是虛構的想像，聳動的瘋言瘋語比事實還要接近事實。唯一的例外是戰爭，因爲將我們帶到那步田地的正是虛構的想像。而這也讓你有了今天的所作所爲，十惡不赦的可怕作爲。想想，這眞令人驚異。」賽爾芙醫生說。「你之所以在這個時候坐在這張椅子上，全是因爲喬治・布希總統。我會坐在這裡，也是由於他的緣故。聽你說話有失我的身分，這眞的是我最後一次出手搭救你了。」

「我會需要另一棟房子。我沒辦法就這樣拍拍屁股搬走，然後落得無家可歸。」姍蒂說。

「我不確定自己是不是能忘記這些諷刺的話語。我要你去耍馬里諾玩玩，是因爲我想要耍你口中的大老闆。我並沒有要你做其他的事，也不知道其他究竟有什麼事。那好，現在我知道了。比我聰明的人不多，而我也從來沒見過比你惡劣的人。在你打包、清理妥當、離開這裡、前往你這種人會去的地方之前，我有最後一個問題。你曾否為這件事情感到難過，甚至是一分鐘的時間？我們說的不是可悲地去控制衝動，親愛的。不是在這個骯髒事件毫不間斷發生的時候。你怎能一天又一天目睹這回事？我連小狗受虐都看不下去。」

「把我來這裡要的東西給我就好了，好嗎？」姍蒂說。「馬里諾走了。」她克制自己，別再說出「瘋言瘋語」這個字眼。「我已經完成你交代的事……」

「我可沒交代你逼得我不得不來查爾斯頓，何況我有更值得做的事情等在後面。除非我確定你離開，否則我也不走。」

「你虧欠我的。」

「我們要不要加總一下，看看這幾年你花掉我多少錢？」

「是啊，你虧欠我，因為我不想留，是你逼我的。我厭倦活在你的過去當中，做些鳥事，只因為這會讓你對自己搞下的爛攤子感覺好一些。你隨時可以從我手上接過去，但是你自己也不要，我到最後才終於了解這回事，你也不想要。那我又何必受苦？」

「你知不知道這間舒適的旅館是在密丁街上，如果我的套房面北，而不是東邊，我們幾乎就可以看到停屍間？」

「她是個納粹分子，我相當確定他搞過她了，不是想想而已，而是真的做了。他對我撒謊，好在她那裡過夜。這讓你有何感受？她一定很火辣，絕對不會錯。他對她迷戀到可以隨她差遣學狗叫。你逼得我不得不去忍受這一切，是你欠我的。如果不是你耍詐，對我說：『姍蒂嗎？有個蠢蛋警察，你要不要幫個忙？』這些事也不會發生。」

「你這是幫你自己的忙。你有一些消息，而我本來不覺得你會有需要，」賽爾芙醫生說，「所以我當時才會提出建議，但是你絕對不會是爲了我才接受。那剛好是個機會，你一直很善於利用機會。事實上，我還會稱讚你精於此道。好，現在回頭來說這樁不可思議的大揭密。你花了我這麼多錢之後，也許這就是我的報酬。她出軌了嗎？凱．史卡佩塔醫生是不是不忠？我眞想知道她的未婚夫知不知情。」

「那麼，我呢？那個渾球對我不忠。從來沒有人這麼做，我要的男人絕不失手，而那個肥仔渾球竟敢背叛我？」

「來，你去這麼做。」賽爾芙醫生從紅色絲袍的口袋裡拿出一個信封。「你去告訴班頓．衛斯禮。」

「你還眞有一套。」

「讓他知道，以示公平。在我忘了之前，來，這是你的支票。」她拿起信封。

「那麼，你現在又要跟我要花樣了。」

「噢，這不是花樣，親愛的。只是我剛好有班頓．衛斯禮的電子郵件信箱，」賽爾芙醫生說，「我的筆記型電腦就在桌上。」

在史卡佩塔的會議室裡。

「沒什麼不尋常的，」露西說，「就和往常一樣。」

「一樣？」班頓問道。「怎麼一樣？」

四人聚在小圓桌旁。原來使用這個擺放小圓桌角落的人，很可能是個名叫瑪麗的年輕女奴隸，在南北戰爭後，得到解放的瑪麗依然留在這個家中。史卡佩塔花了許多心血探索這個建築物的歷史，而現在她卻只希望當初沒有出手買下這個地方。

「我再問一次，」波馬隊長說，「他有沒有遭遇什麼困難？也許是工作上的問題？」

露西說：「他做什麼工作沒碰過問題？」

馬里諾音訊全無。史卡佩塔打了不下五、六通電話給他，但是他一直沒回電。露西來辦公室之前，去他的釣魚棚屋看過。他的摩托車停在架高的棚屋下方，但是貨卡不見蹤影。馬里諾沒有應門，根本不在家。露西聲稱自己透過窗戶往裡看過，但是史卡佩塔心知肚明。她了解露西。

「對，我也這麼想。」史卡佩塔說。「我認爲他一直不快樂，想念佛羅里達，對於搬來這裡有些遺憾，而且還可能不高興爲我工作。我們現在別光是討論馬里諾的麻煩事吧。」

她感覺到班頓向她看過來，於是在筆記本再次檢視自己先前寫下的筆記，閱讀早已熟知的實驗初步報告。

「他沒有搬走。」露西說。「就算他搬走了，也把所有的東西都留了下來。」

「你光從窗戶外面看，就知道這麼多？」波馬隊長說，對於露西感到十分好奇。

打從大夥兒聚在這個小會議室裡開始，波馬隊長就一直在注意她，感覺她十分有趣，因爲她的反應似乎是刻意要忽視他。另外，他凝望史卡佩塔的方式，與在羅馬的時候毫無不同。

「透過窗戶好像可以得知不少訊息。」他對史卡佩塔說。事實上，這句話是衝著露西而來的。

「他也沒登入電子郵件信箱。」露西說。「他可能懷疑我會監看，和賽爾芙醫生間並沒有郵件往來。」

「換句話說，」史卡佩塔說，「他憑空消失，沒留下任何蹤影。」

她站起身來拉下窗簾，天已經黑了。從露西到諾斯維爾接她回來開始，雨又落個不停，山巒間濃霧氤氳，絲毫看不出原來的風貌。露西不得不低飛繞道，順著溪流，盡量找低處飛行。沒有發生意外，除了運氣，也許還要加上老天爺眷顧。搜尋莉蒂亞．偉伯斯特的行動只保留地面搜索，其他的行動都先行中止，但是仍然毫無所獲，完全無法掌握她是生是死。另外，也沒有人發現她的凱迪拉克。

「我們重新來審視一下。」史卡佩塔這麼說，因為她不想繼續談論馬里諾。她擔心班頓會感覺到她的情緒。

罪惡感與怒意交雜，並且越來越擔心。馬里諾似乎從人間蒸發，跳上貨卡一走了之，沒有留下隻字片語，也不打算彌補他造成的傷害。他一向不擅言詞，也從來沒費心去探討自己複雜的情感。這一回，他必須收拾的局面遠超過能力所及。她試圖不去想他、不要在乎，但是他就像一陣瀰漫的濃霧。想起他，周遭的一切都會受到遮蔽，然而謊言需要更多的欺騙來圓謊。她告訴班頓，她的瘀傷是因為休旅車的後方斜背車門突然夾住手腕而造成的，並且沒有在班頓面前更衣。

「讓我們把既得資訊整理一下。」她對在座的人說。「我想先討論沙子：矽土——或石英，石灰岩，在高倍顯微後看到珊瑚和貝類的碎片；亞熱帶地區的典型沙子。然而最引人注意，並且令人費解的部分，是在於沙子當中含有火藥殘留物。事實上，我之所以會稱之為火藥殘留物，是因為找不出別的解釋來說明為什麼海灘的沙子中會發現鋇、銻以及鉛的成分。」

「如果這沙子來自海灘，」波馬隊長說，「也許不是。馬洛尼醫生口中的病患正好從伊拉克歸來。伊拉克的許多地區都可能有火藥殘留，也許他把沙子從伊拉克帶回來，是因為他在那邊才產生錯亂的狀況，而沙子是一種提示。」

「我們沒有發現石膏的成分，沙漠的沙子通常會含有石膏。」史卡佩塔說。「但這完全得看是伊拉克的哪個區域，而且我不認爲馬洛尼醫生會有答案。」

「他沒有告訴我確切的地點。」班頓說。

「他的筆記呢？」露西問。

「上面沒寫。」

「伊拉克不同地區的沙子，會有不同的成分和形態，」史卡佩塔說，「完全要看沉積是如何形成的，而且，即使沙子的含鹽分高，也不能證明沙子來自於海灘。我們手上的兩種樣本，從珠兒·馬丁的屍體上，和莉蒂亞·偉伯斯特家中取得的沙子，都含有很高的鹽分。」

「我認爲重點在於，沙子對他有什麼重要性。」班頓說。「沙子透露出關於他的什麼資訊？他自稱睡魔，也就是說能讓人入睡？也許。黏膠可能與某種形態的安樂死有關，也許是某種醫療成分？」

黏膠的成分是二氰基丙烯酸辛酯，外科用黏膠，主要用於整型外科，以及醫療小切口或外傷的黏合，在軍隊中則用來黏合摩擦的創傷。

史卡佩塔說，「使用醫療外科用黏膠，可能是因爲他所從事的行爲及他的身分，而不只是象徵意義。」

「有沒有任何好處？」波馬隊長問道。「外科用膠和強力黏膠的差別在哪裡？我對整型外科並不熟悉。」

「外科用膠具有生物分解的特性。」她說。「並且不會致癌。」

「健康黏著劑。」他對她微笑。

「可以這麼說。」

「他會不會認爲自己從痛苦中解救他人？這是有可能的。」班頓重拾話題，似乎無視於兩人的對話。

「你說過，與性有關。」波馬隊長指出這一個觀點。

波馬隊長一身深藍色西裝，搭配黑色的襯衫和領帶，彷彿剛從好萊塢的電影首映典禮走出來，或是亞曼尼精品的活廣告。再怎麼看，他都與查爾斯頓格格不入，班頓對他的好感，比起在羅馬見面的時候，並沒有增加一絲一毫。

「我並沒有說純粹只與性有關，」班頓回答，「我說有性犯罪的成分在內。我還認爲他自己可能沒有察覺，而且我們也不知道他是否曾經性侵受害者，只知道他凌虐她們。」

「我不確定我們可以證實這一點。」

「你也看到他寄給賽爾芙醫生的照片了。如果有人強迫一個女人赤裸地坐在浴缸的冷水當中，甚至可能將她們泡在裡面，你會怎麼稱呼這種行爲？」

「我不知道我會怎麼稱呼，因爲他動手的時候我並不在場。」波馬隊長說。

「如果你在場，我們也不必聚在這裡，因爲案子早就結了。」班頓眼神鋒利。

「你認爲他拯救受害人脫離苦痛，這個想像十分古怪。」波馬隊長對他說。「尤其是如果你的理論無誤，他還凌虐受害者。與其說解脫，不如說給她們帶來痛苦。」

「顯然他是帶來了痛苦，但是我們手上嫌犯並非神智清明，只能說他井然有序。他經過精密的計算，並且深思熟慮，既聰明又複雜，知道如何侵入住宅且不留下痕跡。他甚至還可能吃人肉，可能相信自己與受害者一體，所以讓她們成爲他的一部分，做爲他與受害者關係匪淺，並且寬容慈悲的表現。」

「有關證據。」露西對於證據比較有興趣。「你們認爲他會知道沙子當中有火藥殘留物的存在嗎？」

「有可能。」班頓說。

「我十分懷疑這一點。」史卡佩塔說。「極度懷疑。即使沙子來自某個戰場，這麼說好了，來自某個對他有意義的地方，並不表示他知道沙子的成分。他怎麼會知道呢？」

「有道理。我會說，很可能他把沙子帶來，」班頓說，「很可能他帶著自己的切割工具。不管他帶了些什麼，絕對不光是實用而已。他的世界當中充滿象徵意義，只有在了解這些象徵意義的道理之後，才能明白他這種衝動下行動的意義。」

「我才不在乎他的什麼象徵意義。」露西說。「我最在意的，是他和賽爾芙醫生之間的郵件往來，就我看來，這才是關鍵所在。爲什麼找上她？爲什麼要攔截港口的無線網路？爲什麼爬過鐵絲圍籬——我們先這樣假設，把自己當成貨物似地使用貨櫃？」

露西秉持本性，在今晚稍早時攀過船塢的鐵絲網四處察看，這全出於她的預感。在哪裡攔截無線網路溢波，才不會被人看見呢？她在一只碰撞得凹凸不平的大貨櫃裡找到答案，裡面擺著桌椅和網路ＩＰ分享器。這讓史卡佩塔不停地想著公牛，有關他決定在貨櫃附近抽大麻，結果遭人砍傷的那個夜晚。睡魔當時在場嗎？是公牛靠得太近嗎？她想好好問他，但是從兩人在後巷裡找到槍枝和金幣的那天開始，就沒再看到他了。

「一切都還保持原來的狀況。」露西說。「希望他不至於發現我去過，但是他有可能發現，我不敢保證。他今天晚上沒有從港口發送郵件，但是他也有好一陣子沒這麼做了。」

「天氣呢？」史卡佩塔說，沒有忘記時間。

「大概在午夜左右就會轉好。我會先去趟實驗室，然後再去機場。」露西說。

她站起身，波馬隊長也跟著站起來。班頓依然坐著，史卡佩塔與他四目交望，心中的恐懼再次浮現。

他對她說，「我得和你談談。」

露西和波馬隊長離開，史卡佩塔關上門。

「也許我該先開始。你在查爾斯頓現身，事先完全沒有通知，」她說，「連電話都沒打，我好幾天沒聽到你的消息，結果你竟然在昨天晚上莫名其妙地和他一起走進來……」

「凱，」他伸手拿手提箱，放在腿上，「我們實在不該在現在討論這些。」

「你根本連『討論』都沒有。」

「我們能不能……」他開始說話。

「不能，我們不能稍後再談，我幾乎沒辦法專心。我得去蘿絲的公寓，有好多事要做，太多了，每件事都毫無條理，而且我知道你想要和我說些什麼。我沒辦法告訴你我的感受，也許眞的不行。如果你有別的決定，我不會怪你。我絕對可以了解。」

「我並不是要稍後再談，」班頓說，「我只是打算提議，不要再打斷彼此的話。」

他眼底的一絲神情讓她很是困惑。她一直以爲他眼底埋藏的神情唯她所擁有，然而現在她卻害怕實情並非如此，將來絕對不可能如此。他看著她，但是她卻移開視線。

「你想要和我談什麼，班頓？」

「他。」

「奧托？」

「我不信任他。他是等睡魔出現來傳送郵件嗎？他在黑夜的雨中走路過來？他有沒有告訴過你說他要過來？」

「我猜一定有人告訴他事情的進展，告訴他珠兒・馬丁的案子和查爾斯頓西爾頓頂岬的關聯。」

「也許馬洛尼醫生和他有聯絡。」班頓一邊思考。「不知道，他像個幽靈一樣。」他說的是波馬隊長。

「到處都看到他。我不信任他。」

「也許你不信任的人是我。」她說。「也許你應該直接說出來，做個了斷。」

「我一點也不相信他。」

「那麼你就不該花這麼多時間和他待在一起。」

「我沒有。我不知道他在哪裡、做什麼。除了一點，我認爲他是爲了你才來到查爾斯頓的。顯然這才是他所想要的：充當英雄，讓你印象深刻，和你溫存。我實在不怪你，連我都承認他既英俊又迷人。」

「你爲什麼對他這麼忌妒？比起你，他根本什麼也算不上。我從未鼓勵過他，是你自己住到北邊去，把我一個人丟在這裡的。我可以了解，你不想繼續這段關係，說出來，做個了斷。」史卡佩塔看著自己的左手，盯著戒指。「我應該要摘掉戒指嗎？」她開始脫掉戒指。

「不要這樣。」班頓說。「請不要，我不相信你想要這樣做。」

「這和我想不想要沒有關係，而在於我有沒有資格。」

「任何男人愛上你，或是想帶你上床，我都沒話說。你知不知道是怎麼一回事？」

「我應該把戒指還給你。」

「讓我把事情說出來。」班頓說。「你也該知道。當你父親過世的時候，一部分的你也隨他而去。」

「請你不要這麼殘忍。」

「因爲他鍾愛你。」班頓說。「他怎麼可能不愛呢？你是他美麗、聰明，又善良的小女兒。」

「不要這樣傷害我。」

「我這是實話，凱，很重要的。」他的眼底又發亮了。

她無法直視他。

「從那一天開始，你內心裡的某個部分就下了決定，如果有人愛慕地看著你，或對你產生性慾，你絕對不能注意，因爲那太危險。如果他愛慕你，然後死去，要怎麼辦？你相信自己無法再次承受。如果對你起了慾念呢？如果警察或檢察官私底下幻想你的光裸身子，你要怎麼和這些人一起工作？」

「停。我不必聽這些話。」

「你從來就不聽。」

「因爲我選擇不去注意，並不代表我就得承受他的作爲。」

「絕對不必。」

「我不想住在這裡了。」她說。「我該把戒指還給你，這是你曾祖母的。」

「然後逃離家園？就像當時留下你母親和桃樂絲那樣？你能跑開，卻沒有去處，迷失在學習和成就之間。跑得很快，卻沒有時間去感受。然後，現在你只想和馬里諾一樣逃開。」

「我根本不該讓他進到屋裡來的。」

「二十年都可以了，爲什麼那天晚上就不行？更何況他醉醺醺的，可能會對自己造成傷險。別的不提，你的好心絕對不落人後。」

「蘿絲告訴你的，還是露西？」

「從一封賽爾芙醫生的郵件中間接知道的。上面說，你和馬里諾有私情。我從露西那裡得知其他的情形。直視我，凱，我正看著你。」

「答應我，你不會對他做出什麼事，那只會讓事情更加難以收拾，因爲那會使你變得與他相同。這就是你避著我、不告訴我你要前來查爾斯頓，並且不打電話給我的原因。」

「我沒有避著你。從何說起呢？事情實在太多了。」

「還有什麼事？」

「我們有個病人，」他說，「賽爾芙醫生和她相當友善——我這話的標準寬鬆。基本上，她稱呼這位病人『低能』，出自賽爾芙醫生的口中，這絕對不只是個稱呼，或是玩笑話，而是個批判和診斷。事情就糟糕在賽爾芙醫生先說出這種話，然後病人接著就回到沒有人看護的家中。這名病患進了眼前能找到的第一間酒店，喝下將近五分之一瓶的伏特加，然後上吊自縊。我忙著處理這件事，加上其他你不曉得的事情。就是這樣我才會比較冷淡，在過去幾天裡沒能和你多聊聊。」

他打開手提箱的鎖頭，拿出筆記型電腦。

「我一直不太想用醫院裡的電話和他們的無線網路，在許多方面都非常謹慎，即使在家也一樣。這是我想離開那裡的一個原因。你現在打算要開口問我究竟是什麼事，而我也正要告訴你。這和保羅的電子檔案有關。露西侵入這些檔案去搜尋，因爲保羅毫無保留的把這些資料存放在隨便任何人都可以輕易瀏覽的地方。」

「要輕易瀏覽，也得先知道去哪裡看。露西並不是隨便的任何人。」

「她也綁手綁腳的，因爲她得從遠端遙控進入他的電腦，相對的，還得進到目標中的機器。」他啓動電腦，將光碟放入。「靠過來一點。」

她把椅子挪向他身邊，好看他究竟在做什麼。沒多久，資料便出現在螢幕上。

「我們已經看過這些筆記了。」她說，認出露西找出來的電子檔案。

「不盡然，」班頓說。「這話對露西沒有不敬的意思，但是我還認識其他幾個聰明人。沒她那麼機靈，但是稍加施壓之後，表現也可以很傑出。我們現在讀到的檔案稍早被刪除，然後又修復過。這不是你之前看到的檔案，那個露西從喬西那裡套出密碼，然後找出來的東西。那份筆記是之後從這個檔案複製過去的幾份資料。」

她敲打鍵盤往下閱讀。「看起來一樣。」

「差異不在於文字，而是這個。」他指著螢幕上方的檔案名稱。「喬西第一次給我看的時候，我注意到一個地方，你看到了嗎？」

「喬西？我希望你能信任他。」

「我是信任他，理由很充分。他和露西做了相同的事，進到某處不該進入的地方，同類相聚。還好他們是站在同一邊的，而且他還原諒她能騙倒他。事實上，他還深表佩服。」

「檔案名稱是MSNote 102106。」史卡佩塔說。「由此推斷，我會假設MSNotes是馬洛尼醫生對病人和筆記的代號。而數字則代表二〇〇六年十月二十一日。」

「你剛剛自己說了，你說MSNotes，然後說檔案名稱是MSNote。」他再次指著螢幕。「一個經過至少一次複製的檔案，檔案名稱一定會有系統默認值的變動；比方說排版一樣，我不知道正確的說法是如何。要不然，就是故意修改檔案名稱，這樣他才不會一直複製在相同的一篇檔案上。有時候，我自己在修改先前擬好的草稿時，也會這麼做。重點是，當喬西復原了每個被刪除的，有關這名病患的檔案時，同時也發現了幾星期之前寫下的草稿。」

「也許那只是他存放在某個特定硬碟中，較早的草稿？」她提議道。「或者以爲是他開啓了兩個星期前的舊檔，然後儲存了檔案，這也可能使檔案的日期有所變動。但是如此一來，我想我們就得問他爲什麼會在我們知道睡魔是他的病患之前，就先檢視那些筆記？在馬洛尼醫生前去羅馬之前，我們根本就沒聽說過睡魔。」

「這是其中一點。」班頓說。「另外，還牽涉到編造檔案，因爲這根本是編造出來的。沒錯，保羅在去羅馬之前才寫下這些筆記，而日期正是賽爾芙醫生四月二十七日住進麥克連醫院的當天。事實上，是在她抵達醫院的前幾個小時。我可以合理地這麼推論，是因爲保羅也許清理了系統裡的資源回收筒，但是被刪除的資料還是被喬西給找了出來。」

他開啓另一個檔案，史卡佩塔認出這是筆記的初稿，但是在這個版本中，病患的縮寫並非MS，而是WR。

「在我看來，賽爾芙醫生一定先打過電話給保羅。我們就先這麼假設好了，因爲她不可能就這麼突如其來的在醫院裡出現。不管她在電話裡告訴他些什麼，都讓他靈思乍現，開始寫下這些筆記。」史卡佩塔說。

「另外一個編造的痕跡，」班頓說，「就是拿病患的名字縮寫來當檔案名稱。我們不會這樣做的。

就算他違反醫療條例，又沒有發揮良好的判斷力，眞的拿名字縮寫作爲檔案名稱，但是去修改病患的縮寫卻是毫無道理可言。爲什麼要這麼做？去幫他改名，爲什麼？讓他有個代號？保羅另有打算。」

「也許這名病患並不存在。」史卡佩塔說。

「你現在明白我想讓你知道的情況了。」班頓說。「我根本不認爲睡魔曾經是保羅的病患。」

20

史卡佩塔走進蘿絲公寓所在的大樓，卻不見門房艾德的蹤影。外面下著毛毛細雨，濃霧散去，雲朵急匆匆掠過天際，隨著鋒面飄向大海。

她走進艾德的辦公室，四處張望。辦公桌上東西不多：名片盒、一本封面註記「住戶」的手冊、一疊打開了的郵件——收件人是艾德和其他兩名門房、幾枝筆、釘書機、個人雜物——其中有鑲著小鐘的小徽章、釣魚俱樂部的獎章、手機、一串鑰匙，以及一個皮夾。她察看皮夾，是艾德的。今天晚上他值班，身上帶著名下僅剩的三塊錢。

史卡佩塔走出辦公室，到處尋找，仍然不見艾德。她回到辦公室裡翻看住戶手冊，看到吉安尼・盧潘諾的公寓位在頂樓。她搭電梯到頂樓，在門外側耳傾聽，裡面傳出音量不太大的樂聲，於是她按下電鈴，聽到有人走動。她再次按鈴，然後敲門。腳步聲來到門口，下一秒鐘，史卡佩塔與艾德面對面相視。

「吉安尼・盧潘諾人呢？」她走過艾德身旁，進入山塔那環繞的樂音當中。清風透過客廳敞開的窗戶，往內徐徐吹來。

艾德眼神惶恐，慌慌張張地說：「我不知道怎麼辦，太可怕了，我不知道該怎麼辦。」

史卡佩塔望著敞開的窗戶。她往下看，在黑暗中什麼也看不清楚，只見濃密的灌木叢和人行道，以及後方的街道。她往後退，看著布置奢華的公寓：大理石和粉彩漆面，裝飾細緻的飾板，義大利皮質家具，以及風格突出的大膽藝術品。書架上擺滿了做工精緻，可能是設計師從二手拍賣場買來的古書；相較於狹小的室內空間，成爲視覺中心的整面牆壁可謂過度裝飾。

「發生什麼事？」她問艾德。

「我大概二十分鐘前接到電話。」艾德情緒激動。「一開始他說：『嗨，艾德，你發動過我的車子嗎？』，然後我說：『是啊，爲什麼要問？』我對這件事很緊張。」

史卡佩塔注意到沙發後方大約有五、六把還裝在套子裡的網球拍靠在牆上，另外還有一堆鞋盒仍在的網球鞋。義大利玻璃底座上方的玻璃咖啡桌上也擺著一疊網球雜誌。最上面一本雜誌的封面人物，是正要擊出高吊球的珠兒・馬丁。

「緊張什麼？」她問。

「年輕的露西小姐，她發動他的車子，要查些東西，我擔心會被他發現。但是他並不是爲了這件事，我這可不是猜測，因爲他接著說：『嗯，你一直都把車子照顧得很好，我把車子留給你。』我說：『什麼？你這是在說些什麼，盧潘諾先生？我不能收下車子。你爲什麼要把這麼漂亮的車子送人呢？』然後他說：『艾德，我會用張紙寫下來，大家才會知道我把車子給了你。』所以我急急忙忙盡快上到這裡來，發現門沒有鎖，好像要方便讓人進來。接著我發現窗戶敞開著。」

他走向窗邊用手指，好像史卡佩塔自己沒辦法看清楚似的。

她打電話報警，兩人跑向走廊。她告訴總機，有人疑似從窗戶跳樓，然後給了地址。在電梯裡，艾德依然不著頭緒地訴說自己如何在盧潘諾的公寓裡四處尋找，他在床上找到那張紙條，但是留在原處沒有拿，然後不斷呼喊盧潘諾的名字，正打算打電話報警的時候，史卡佩塔就出現了。

大廳裡，一名老婦人一路敲著拐杖穿過大理石地板，史卡佩塔和艾德匆匆經過她的身邊，來到大樓外面。兩人在一片黑暗當中跑步繞過街角，停在盧潘諾敞開的窗戶正下方，頂樓的這扇窗戶光線明亮。史卡佩塔穿過高高的樹籬，斷裂的樹枝劈啪作響，隨後她就發現了心裡正在擔心的狀況。光裸的屍體扭曲變形，碰撞大樓磚瓦的四肢和頸部呈現出不自然的角度。她用兩隻手指靠在頸動脈上測量脈搏，將屍體擺平，開始施以心肺復甦術。她抬起他的頭，擦去臉上嘴上的血漬。救護車的笛音傳來，藍紅兩色的燈光打照著整個東海灣。她站起身來，推開樹籬。

「過來，」史卡佩塔對艾德說，「來看看這是不是他本人。」

「他是不是……？」

「看看就是了。」

艾德推開樹籬，接著往後擠了回來。

「老天爺。」他說。「噢，不會吧。噢，天哪。」

「是不是他？」她問道，艾德點頭表示確認無誤。史卡佩塔心底深處對於剛才自己在毫無保護的狀況下，就直接做口對口的人工呼吸，感覺十分不妥。「在他打電話給你，提到保時捷跑車之前，他人在什麼地方？」

「就坐在我的辦公桌後。」艾德嚇壞了，眼光閃爍不定，不但出汗，還不停潤著自己的嘴唇並且清喉嚨。

「大概在那個時候，或是就在他打電話給你之前，有沒有別人進到大樓裡來？」

警笛響亮，警車和救護車在街上停下來，紅藍兩色的燈光照著艾德的臉。「沒有。」他說，除了幾名住戶之外，他沒看到別人。

車門關上，無線電嘰喋作響，轟隆隆的柴油引擎聲不絕於耳。警察和緊急醫療救護人員從車上走下來。

史卡佩塔對艾德說，「你的皮夾就放在桌上。也許你把皮夾拿出來之後才接到電話，是不是這樣？」接著她對一名便衣警察說。「在這裡。」她指向樹籬。「從那上面往下跳。」她指著頂頭敞開的明亮窗口。

「你是新來的法醫？」警探看著她，似乎不太確定。

「是的。」

「是你要來進行死亡宣判嗎？」

「那是驗屍官的工作。」

警探邁步走向樹叢，她一邊確認當事人——應該是盧潘諾——已經死亡。「我會需要你的證詞，別走開。」他回頭對她說，接著撥開樹叢穿過樹籬，發出一陣窸窣聲響。

「我完全不懂我的皮夾是怎麼一回事。」艾德說。

史卡佩塔站到一旁，讓抬著擔架和裝備的急救醫護人員通過。他們朝大樓遠端角落過去，以便避開樹籬，不必直接穿越。

「你的皮夾在桌上，辦公室的門沒關。你有這種習慣嗎？」她問艾德。

「我們可以到裡面去談嗎？」

「我們先把證詞給那位警探，」她說，「然後我們再到裡面去談。」

她看到有人在人行道上朝他們走過來，一個穿著家居服的女人。這個女人看來十分眼熟，結果竟然是蘿絲。史卡佩塔急忙攔下她。

「別過去。」史卡佩塔說。

「誰？」

「好像還有我沒看過的狀況似的。」蘿絲抬頭看向頂樓明亮的窗戶。「那是他住的地方，是嗎？」

「在這些事情之後，你還能怎麼想？」她邊咳嗽邊說話，之後深吸了一口氣。「他沒救了吧？」

「應該是早晚的事。」

「也許是因為莉蒂亞．偉伯斯特，新聞報個不停。你我都知道她絕對死了。」蘿絲說。

史卡佩塔聽著蘿絲說話，大惑不解。蘿絲怎麼會以為盧潘諾會受到莉蒂亞．偉伯斯特的遭遇所影響？蘿絲怎麼會知道他死了？

「我們初次見面的時候，他很自滿。」蘿絲說，走向窗戶下方的陰暗樹叢。

「我不知道你們見過面。」

「只有一次。一直到艾德說了些話，我才知道那就是他。我很久之前看過他，在艾德的辦公室裡和他說話，長相很粗獷。我以為他是維修人員，完全沒想到他是珠兒．馬丁的教練。」

史卡佩塔看向一片昏暗的人行道，艾德正在和警探說話。醫療人員將擔架抬進救護車裡，緊急照明亮起，警察拿著手電筒四處照射。

「珠兒．馬丁一輩子就只出現這麼一次，他還剩下些什麼呢？」蘿絲說。「也許一無所有。一無所有的人們是會選擇這條路。我不怪他們。」

「好了，你不應該出來，這裡太潮溼。我陪你回到裡面。」史卡佩塔說。

她們繞過屋角，這時亨利．豪林踏下正門的階梯。他沒有看向兩人的方向，走得很快，似乎自有目的。史卡佩塔看著他順著海堤融入暮色中，朝東海岸街走去。

「他比警察早到？」史卡佩塔說。

「他住處離這裡只有五分鐘，」蘿絲說，「他在貝特萊一帶有處豪宅。」

史卡佩塔瞪視豪林離開的方向。遠處的港口海平面上，有兩艘亮著燈光的船隻，彷彿是樂高玩具。天氣轉好，她看到幾顆明星。她沒對蘿絲提起這位查爾斯頓郡驗屍官從死屍旁邊走過，卻沒有費心去看屍體一眼。沒有宣判死亡，什麼都沒做。她陪著蘿絲走進大樓，進了電梯，蘿絲雖然刻意表現出不想要史卡佩塔相陪的樣子，卻十分不成功。

「我很好。」蘿絲說，推著電梯的門，電梯不能上下。「我得回床上去了，我確定外面那些人會想找你說話的。」

「那不是我的案子。」

「人們總是想找你說話。」

「我要先確認你安全回到公寓裡。」

「既然你在這裡，也許他以為你會接手。」蘿絲說話的時候，史卡佩塔關上電梯門，按下她住處的樓層。

「你指的是驗屍官。」史卡佩塔並沒有提起他，也沒有說出他竟然沒有處理屍體，就令人難解地離開。

兩人順著走廊走向公寓，蘿絲太喘，無法說話。她站在門前，拍撫史卡佩塔的手臂。

「打開門，我再走。」史卡佩塔說。

蘿絲拿出鑰匙，她不想在史卡佩塔面前打開門。

「進去裡面。」史卡佩塔說。

蘿絲不肯。她越是遲疑，史卡佩塔就越是堅持。最後，史卡佩塔從她手中取走鑰匙，打開門，兩人一起入內。窗邊拉來了兩張椅子，俯瞰著港口，椅子中間有張小桌，上面擺放兩個酒杯和一盤堅果。

「和你約會的人，」史卡佩塔說，自己進到屋內，「是亨利．豪林。」她關上門，凝視蘿絲的雙眼。「就是這樣，他才急忙離開。警察打電話給他，告訴他盧潘諾的情況，然後他告訴了你，接著他先離開，稍後再回來，以免有人知道他早就已經在這裡了。」

她走到窗邊，似乎可以看到他走在街上。她再往下看，蘿絲的公寓離盧潘諾的住處有段距離。

「他是公眾人物，所以必須謹慎。」蘿絲坐在沙發上，筋疲力盡，臉色蒼白。「我們並不算私情，他的妻子已經過世了。」

「這就是他會如此偷偷摸摸的原因？」史卡佩塔坐在她身邊。「很抱歉，但是我看不出個所以然來。」

「為了保護我。」蘿絲深吸了一口氣。

「不受誰的傷害？」

「如果話傳了出去，驗屍官和你的秘書約會，絕對會有人拿來炒作的，到最後絕對會變成新聞。」

「我懂了。」

「不，你不懂。」蘿絲說。

「只要你快樂，我就高興。」

「在你去拜訪他之前，他一直以為你厭惡他。這對事情沒有幫助。」蘿絲說。

「這麼說來，沒給他機會，是我的錯囉？」史卡佩塔說。

「我沒辦法讓他有別的看法，對吧？你一直認為他是個糟糕的人，他對你也有相同的誤解。」蘿絲奮力呼吸，情況卻越來越糟。癌症就在史卡佩塔的眼前糟蹋著蘿絲。

「現在，情況不同了。」她對蘿絲說。

「你去見他，他眞的很高興。」蘿絲說，伸手拿紙巾，一邊咳嗽。「他今天晚上就是為這件事過來的，告訴我見面的經過，什麼別的也沒說。他眞的很喜歡你，也希望你們能一起合作，而不是互相對抗。」咳嗽更猛，紙巾上斑斑血跡。

「他知道嗎？」

「當然，一開始就知道。」她的表情痛苦。「就在東海灣的小酒店裡，一見鍾情。我們接下來碰面，開始聊起勃根地與波爾多兩個產區葡萄酒的差異，好像我還眞的有所了解似的。突然間，他建議我們不妨一起品個酒。他當時並不知道我在哪裡工作，所以與這個無關，之後，我才讓他知道。」

「他知道些什麼並不重要，我不在乎。」

「他愛我，我叫他不要。他說，如果你愛上一個人，就會如此表現，而且有誰能知道我們其中哪個人還會活多久？這是亨利的解釋方式。」

「那麼，我是他的朋友。」

她留下蘿絲，看見豪林正和警探在發現屍體的樹叢邊說話。救護車和消防車都離開了，除了沒有標幟的警用車和一輛警車之外，附近沒有停放別的車輛。

「我以爲你躲開了。」警探對走過來的史卡佩塔說。

她對豪林說：「我剛剛只是確認蘿絲安全地回到公寓裡。」

「我來簡要報告一下。」豪林說。「屍體正運往南卡羅萊納醫科大學，明天早上會進行解剖。如果你想要來，歡迎你全程參與，不勉強。」

「到目前爲止，沒有別的證據顯示有自殺之外的可能。」警探說。「讓我比較難以理解的是，他並沒有穿衣服。如果他是跳樓，何必把衣服全給脫掉？」

「毒物測試或許可以提供解答。」史卡佩塔說。「艾德說，盧潘諾死前不久和他通過電話，聲音聽起來十分激昂。我認爲，我們看得應該都夠多，知道人在決定自殺之前的狀況，他們可能會毫無邏輯，甚至是抱著猜疑的心態。你們在屋內有找到可能是他脫下來的衣物嗎？」

「我們派了幾個人去找，現在正在裡面。衣服都在床上，牛仔褲、襯衫，這方面沒什麼特別的。找不到他跳樓時有人陪伴的跡象。」

「艾德有沒有說到大樓今晚有什麼不尋常的地方？」豪林問她。「或是有人突然造訪盧潘諾？我可以告訴你，艾德放人進去的標準十分嚴苛。」

「我沒和他談這麼多。」史卡佩塔說。「我倒是問過他，怎麼會把皮夾就放在桌上，大家都看得到。他說，那是因爲他接到盧潘諾的電話，匆匆忙忙趕上樓去。」

「他訂了比薩。」警探說。「他是這麼告訴我的。盧潘諾打電話的時候，他正從皮夾裡掏出一張百元大鈔。艾德的確有訂比薩，向媽媽咪亞比薩店訂的，結果比薩送來的時候沒人在，送貨員就離開了。我對這個部分存疑，他說到他有張百元大鈔。你們認為比薩送貨員有辦法找得開嗎？」

「也許你該問問是誰先打的電話。」

「好主意。」豪林說。「眾所皆知，盧潘諾生活方式奢華闊綽，品味昂貴，帶著現金四處跑。如果他在艾德當班的時候回到住處，艾德絕對會知道的。他打電話訂比薩，結果發現自己只有三塊零錢和一張百元大鈔。」

史卡佩塔不想說出昨天露西進到盧潘諾的車裡，察看衛星定位系統。

她說，「事情的經過可能是這樣：艾德打電話給盧潘諾，問他是否有零錢。就在這時候，盧潘諾醉醺醺的，也許還吸食了毒品，腦袋不清楚了。艾德開始擔心，於是上樓察看。」

「或者也可能是他上樓去換衣服。」豪林說。

「這仍然表示艾德先打了電話。」

警探走開，然後說：「我去問他。」

「我有種感覺，你我之間有話要說明白。」豪林對她說。

她凝望天際，心裡想要馳騁翱翔。

「找個安靜的地方私下談談好嗎？」他說。

過街就是白岬公園，佔地數畝，裡面除了內戰時期的紀念建築之外，還有一整片生氣蓬勃的橡樹，以及對準桑姆特碉堡的大砲。史卡佩塔和豪林在長椅上坐下。

「我知道蘿絲的事了。」她說。

「我猜你可能會發現。」

「我只希望你能好好愛護她。」

「你在這方面做得很好。今晚稍早的時候，我嚐了你做的燉牛肉。」

「就在你離開又回來之前吃的吧，這樣才不會有人發現你已經在大樓裡了。」史卡佩塔說。

「那麼，你不會介意。」他說話的方式，似乎自己需要她的許可。

「只要你眞心對她好。因爲如果你不是，我會出面干涉的。」

「我相信。」

「我得問你有關盧潘諾的事。」她說。「我在想，在我離開你的葬儀社之後，你是否和他有聯絡。」

「我可以問你爲什麼會這樣猜測嗎？」

「因爲我們談起他，我問過你，他爲什麼會出現在荷莉・偉伯斯特的喪禮上。我猜你應該知道我在想什麼。」

「你認爲我會問他。」

「你問了嗎？」

「問了。」

「新聞上提到莉蒂亞・偉伯斯特失蹤，並且假設已經死亡。」史卡佩塔說。

「他認識她，很熟。我們聊了一下，他相當沮喪。」

「他會在這裡保留一處公寓，是不是爲了莉蒂亞？」

「凱——希望你不介意我這麼稱呼你——我很清楚盧潘諾在去年夏天出現在荷莉的喪禮上，我當時不能告訴你，因為這無異違背委託人的信任。」

「我對人們和他們的保密信任越來越厭煩了。」

「我並不想妨礙你，只是，如果由你自己去發現……」

「我也受夠自己去找答案。」

「如果你自己發現他參加了荷莉的葬禮，那麼就沒什麼好苛責的了。所以，我讓你去查閱訪客名冊。我了解你的挫折感，但是你也會和我一樣這麼做的。你不會違背任何人的信任，對吧？」

「我正打算下決定——視情況處理。」

豪林看著公寓大樓明亮的燈火。他說：「我現在卻得擔心自己得負起部分責任。」

「那還談什麼信任？」史卡佩塔問。「既然我們都已經說到他們了，你依然還是保留秘密。」

「幾年前，當家庭生活歪還在西爾頓頂岬舉行的時候，他就認識了莉蒂亞．偉伯斯特了。他們有段情，也就是這樣，他才會在這裡保留一戶住處。然而在那年的七月，他們遭到了懲罰。他和莉蒂亞就在臥室裡，其他的部分你自己想。沒有人注意到荷莉，她就這麼淹死了。兩人隨後分手，她的丈夫離開她，莉蒂亞徹底崩潰。」

「然後他開始和珠兒上床？」

「天知道他和多少人上過床，凱。」

「如果他和莉蒂亞的感情已經破局，那麼他為什麼還留著這戶公寓？」

「也許是為自己和珠兒保留一個私密的愛巢，假借訓練的名義。也許是因為像他說過的，明亮的綠意，美好的天氣，鑄鐵欄杆和灰泥牆面的住家，都讓他懷想起義大利。他和莉蒂亞依然維持朋友關係

——這是他的說法，偶爾會去探望她。」

「上次去看她是什麼時候？他有沒有提過？」

「幾個星期之前。他在珠兒贏得大賽之後就離開查爾斯頓，之後又回到這裡。」

「也許我沒有把事情好好拼湊起來。」史卡佩塔的手機響起。「他爲什麼回來？他爲什麼沒和珠兒一起去羅馬？還是說，其實他去了？她接下來還要參加義大利公開賽和溫布頓。我一直不能了解，她怎麼會和朋友跑去玩，而不是加緊訓練，爲事業中最重要的球賽做準備。所以，她去了羅馬，不是爲義大利公開賽受訓，而是去狂歡？我不懂。」

史卡佩塔沒有接電話，甚至沒去看是什麼人來電。

「他告訴我，珠兒在這裡贏得比賽之後，他就去了紐約。還不到一個月，簡直難以相信。」

她的電話鈴聲停掉。

豪林說：「吉安尼沒有和珠兒一起去，因爲她剛開除他。」

「開除他？」史卡佩塔說。「大家都知道嗎？」

「不知道。」

「她爲什麼會這麼做？」她的電話又響了。

「因爲賽爾芙醫生要她這麼做。」豪林說。「他就是爲了這件事才去紐約，去和她對質，想要改變珠兒的心意。」

「我最好看一下是誰打來的電話。」史卡佩塔接了電話。

「在你去機場之前，得順道過來一趟。」露西說。

「這並不順路。」

「再過一個小時，或一個半小時，我們應該就可以出發了。到那個時候，天氣應該已經轉好。你得來趟實驗室。」露西告訴史卡佩塔到哪裡和她碰面，然後補充道，「我不想在電話裡說。」

史卡佩塔表示自己會過去一趟，然後她對亨利．豪林說，「我猜，珠兒並沒有改變決定。」

「她不肯和他討論。」

「賽爾芙醫生呢？」

「他的確找到了她，就在她的公寓裡。你要記得，這些都是他告訴我的話。她向吉安尼表示，他對珠兒有害無益，會帶來負面的影響，而且她會繼續建議珠兒離他遠一點。他對我說這些話的時候，越來越煩躁憤怒，現在想想，我應該早就要知道的。我應該立刻過來，和他坐下來談談，盡點力。」

「他和賽爾芙醫生之間還發生了其他什麼事？」史卡佩塔問道。「珠兒去了紐約，接著第二天又去羅馬。就在不到二十四小時之後，她便失去蹤影，最後慘遭謀殺，下手的人很可能也殺害了莉蒂亞。可是我得去機場了，歡迎你和我一起去，如果我們運氣夠好，可能會需要你的幫忙。」

「機場？」他從長椅上起身。「現在？」

「我不想再拖延任何一天。她的屍體狀況只會越來越糟。」

兩人邁步向前。

「現在？我就這樣半夜隨你離開，而且還完全不知道你在說些什麼，」豪林困惑不已。

「熱感應訊號。」她說。「紅外線。任何熱度變化在黑暗中都會更清晰，而蛆會將腐爛屍體的溫度提高到最多攝氏二十度。已經超過兩天了，因為當他離開她家的時候，我相當確定她已經喪命，但是這並不是基於我所找到的證據。賽爾芙醫生呢？盧潘諾有沒有告訴你別的事？」

他們幾乎已經走到了她的車邊。

「他表示自己遭到嚴重的羞辱。」豪林說。「她對他百般羞辱，並且不願說出珠兒在哪裡。在他離開之後，他再次打電話給賽爾芙醫生。這本應是他事業的最高峰，然而卻毀在她手上，接著就是最後的致命一擊：她告訴吉安尼，珠兒和她在一起。當他苦苦哀求賽爾芙醫生收回建議的同時，珠兒就在賽爾芙醫生的公寓裡。我不一起去了，你不會需要我的協助，而我呢，也想要去看看蘿絲。」

史卡佩塔打開車鎖，想到了時間點。珠兒先是在賽爾芙醫生的頂樓豪宅過夜，第二天飛去羅馬。隔了一天，也就是十七日，她就失去音訊；十八日，屍體被人發現；二十七日，史卡佩塔和班頓到羅馬調查珠兒的謀殺案；同一天，賽爾芙醫生入住麥克連醫院，馬洛尼醫生編造出他接待病患——也就是睡魔——的檔案，班頓認為這完全是謊言。

史卡佩塔滑入駕駛座，豪林十分有風度，在她啓動引擎鎖上車門之前，不願先行離開。

她對他說：「當盧潘諾在賽爾芙醫生的公寓裡時，有沒有別人在場？」

「珠兒在。」

「我是說，盧潘諾是否看到任何人？」

他想了一會兒，然後說：「可能有。」他猶豫不決。「他說自己在她的公寓裡用餐，我想應該是午餐。而他似乎對賽爾芙醫生的廚師頗為讚賞。」

在法醫鑑識實驗室裡。

21

在法醫鑑識實驗室裡。

主建築物的外牆是紅磚混凝土，大大的窗戶貼了隔熱防曬紙，呈現鏡面效果；因此站在外面的世界只能看見自己的倒影，也阻斷了窺探的眼光和陽光所帶來的傷害。另外一棟較小的建築尚未竣工，放眼望去只見一片泥漿。史卡佩塔坐在車內，面前一大扇捲門往上捲起，心裡暗自希望自己的鐵門不會發出這麼尖銳的噪音。如果鐵捲門發出吊橋般淒厲刺耳的刮擦聲，會讓停屍間更顯不祥。

建築物內部一切嶄新，光線充裕，髹上白灰色調的油漆。她經過幾間實驗室，有些內部還空蕩蕩的，也有部分裝備齊全，但桌面相當整齊，工作空間也是一塵不染，她期待人員忙進忙出的日子能早些到來。當然，現在已經是下班時間，但就算在上班時間，這裡最多也不過二十餘名工作人員，其中半數都跟著露西離開之前的佛羅里達實驗室而來到此地。有朝一日，露西終將擁有全國最優秀的私人鑑識機構，而史卡佩塔心裡明白這為何會讓露西猶豫的程度高於快樂。就工作而言，露西的成就非凡，但是她的生命並非快樂圓滿，史卡佩塔亦然。她們都不善處理或維持人際關係，一直到現在，史卡佩塔仍舊拒絕承認兩人有這個共通點。

班頓雖然十分和緩，但是他的一番言談只是益發提醒史卡佩塔，為何她會需要聽這番話。他的論點正確，但卻令人沮喪。五十年來，她疲於奔命，面對千奇百怪的各種問題，使得她必須去處理隨著這些問題而來的苦難和壓力，除了這項非比尋常的能力之外，她實在少有其他的成就。對她而言，做好工作，把光陰完全投注在忙碌冗長又空虛的空間中，是一項比較容易的選擇。事實上，如果她誠實檢視自己，那麼她會發現，在班頓把戒指交給她的時候，她既沒有快樂的感受，也不覺得安穩。戒指代表了她內心的恐懼，他既然能付出，就能在發現自己並非眞心之後，再將戒指收回。

難怪馬里諾最後會爆發。的確，他酩酊大醉，因爲使用荷爾蒙而興奮異常，再加上姍蒂和賽爾芙醫生可能也有推波助瀾的效用。但是如果史卡佩塔在這幾年之間好好去照顧他，這項互相侵犯行爲理當可以避免。她同樣也侵犯了他，因爲她不是個眞誠的朋友，不值得信賴。她沒有勸阻他，讓狀況一發不可收拾，而她早該在二十年前就把話說明白。

馬里諾，我並不愛你，將來也不會。你不是我的理想對象，馬里諾，並非我比你優秀，只是我沒辦法愛上你。

她在心裡爲這番二十年前就該說的話打草稿，然後自問，當時爲什麼沒這麼做。他可能會離開她，對她而言，這意味失去馬里諾有時候可謂煩人的日常陪伴。她可能將自己刻意躲避的兩件事，排擠以及失落，都加諸於他身上。結果她現在兩者兼備，他也好不到哪裡去。

電梯門在二樓打開，她沿著空無一人的走廊走去，經過幾間以金屬鎖和氣密鎖分別密閉的實驗室。在一處外頭的隔間裡，她穿上白色的拋棄式罩袍、髮網、帽子、鞋套、手套以及面罩，接著穿過另一個紫外線潔淨處理的密閉區域，然後進入到全自動化實驗室——這裡就是處理DNA採樣與複製的實驗室，從頭到腳也是一身潔白的露西稍早來電，就是要她來這裡，但尚未將原因告訴她。露西坐在燻蒸罩的旁邊，正在和某個科學家說話，後者同樣穿著全套裝備，因此無法一眼就辨識出他是什麼人。

「凱阿姨？」露西說。「我相信你一定記得艾隆，他是我們的代理主任。」

塑膠面罩後方的臉孔露出微笑，立刻熟悉起來，接著三人坐下。

「我知道你是法醫鑑識專家，」史卡佩塔說，「但是我可不知道你的新職稱。」她問起前任實驗室主任出了什麼狀況。

「辭職了，全為了賽爾芙醫生刊在網路上的東西。」露西說話的時候，眼中燃燒著憤怒的火光。

「辭職？」史卡佩塔困惑地問。「就這樣？」

「他以為我就要死了，所以急忙跑去找別的工作。反正他是個混蛋，我老早就想擺脫他了。眞諷刺，那個賤人反而幫了我的忙。但這不是我們來這裡要討論的主題。我們的實驗有了結果。」

「血液、唾液、上皮細胞，」艾隆說，「從莉蒂亞・偉伯斯特的牙刷上，還有地板上的血漬採得的。我們知道她的DNA，以便將她排除在外，或是到最後可以讓我們去辨識她。」似乎她的死亡毋庸置疑。「從洗衣間破窗戶上的沙子和黏膠上還發現了不同的皮膚細胞。另外就是在警鈴設置面板和洗衣籃裡的髒恤衫也是，這三件物件上都採到她的DNA，這一點絲毫不足為奇。重點是，我們還取得了另一個人的採樣。」

「梅莉莎・朵雷的短褲呢？」史卡佩塔問。「上面的血漬？」

艾隆說，「和剛剛提到的三項物件一樣，來自同一個人。」

「我們認為就是兇手，」露西說，「否則就是闖進屋裡的人。」

「說話要謹慎，」史卡佩塔說，「屋子裡曾經有其他的人，包括她的丈夫在內。」

「不是他的DNA，我們等一下就會把原因告訴你。」露西說。

艾隆說，「我們是順著你的想法去做的。超脫出原有的窠臼，除了比對DNA整合索引系統之外，還加上你和露西討論過的ＤＮＡ指紋圖譜分析技術平台——也就是利用直系和旁系血親的分析，來找出可能的比對關係。」

「第一個問題，」露西說，「她的前夫怎麼可能把血跡留在梅莉莎・朵雷的短褲上？」

「好，」史卡佩塔表示同意，「這一點很重要。如果血漬來自睡魔——爲了清楚起見，我就這麼稱呼他——那麼他一定是不知怎麼的傷了自己。」

「我們可能知道原因，」露西說，「而且我們可能還知道是誰。」

艾隆拿起一個檔案夾，將裡面的報告交給史卡佩塔。

「有關身分不明的小男孩和睡魔，」艾隆說，「我們知道，雙親在孩子身上大約各留下一半的基因。我們可以這麼預期，來自父母和孩子的採樣，可以表現出兩者的關係。在睡魔和身分不明的小男孩之間，我們發現非常密切的親屬關係。」

史卡佩塔看著檢驗報告。「我要說的話，和我們稍早發現指紋相符的時候相同。」她說。「我們能確定沒有出錯？比方說，採樣有沒有遭到污染？」

「我們不會出錯。不會犯這種錯誤。」露西說。「樣本只有一件，錯了等於全毀。」

「男孩是睡魔的兒子？」史卡佩塔想再確認。

「我會希望依據資料進行調查，但是我的確會這麼猜想。」艾隆回答。「至少就像我剛剛說的，兩人有非常密切的親屬關係。」

「你剛剛提到他受傷，」露西說，「有關短褲上睡魔的血。你在莉蒂亞・偉伯斯特浴缸找到的破碎牙套上，也找到同樣的血漬。」

「也許她咬了他。」史卡佩塔說。

「很有可能。」露西說。

「我們回頭看小男孩。」史卡佩塔說。「如果要說睡魔殺了自己的兒子，我實在不知道應該要怎麼去思考。傷痕顯示虐待已經爲期好一陣子了，如果我們手上的資料正確無誤，那麼當睡魔在伊拉克或在義大利的時候，有人接手照顧孩子。」

「嗯，我還可以將這名母親的資料告訴你。」露西說。「我們有這個比對對象。除非說，姍蒂·史路克內衣上的DNA不是她的。也許就是因爲這樣，她才會那麼熱中於參觀停屍間，還想知道你對案情的發現，想知道馬里諾有什麼了解。」

「你告訴警察了嗎？」史卡佩塔說。「我應該要知道你是怎麼拿到她的內衣嗎？」

艾隆露出微笑。史卡佩塔也發現了這個問題會怎麼被解讀，有趣之處從何而生。

「從馬里諾那裡拿到的。」露西說。「我還敢擔保那不是他的DNA。我們有他的採樣，也有你我兩人的，原因相同——爲了將自己排除於比對對象之外。除了馬里諾家地板上的內衣褲之外，警察需要更多的資料才能繼續調查，但即使她沒將自己的兒子毒打致死，她至少也應該知道原因。」

「我懷疑馬里諾是否知道。」史卡佩塔說。

「你看到他們倆在停屍間的錄影監視了，」她說，「依我看，他根本毫無所悉。此外，他的個性可能不穩定，但是絕對不會保護一個對孩子下手的人。」

還有其他的吻合比對，全都指向睡魔，並且還揭露另一項驚人的事實：珠兒·馬丁指甲內採得的DNA有兩個來源，睡魔以及某個與他極爲親近的親屬。

「男性。」艾隆解釋。「根據義大利方面的分析，百分之九十九的可能性是歐洲人。也許是另一個兒子？也許是睡魔的兄弟，或是父親？」

「三個DNA的來源都出自同一個家庭？」史卡佩塔十分訝異。

「還外加另一件罪行。」露西說。

艾隆將另一份報告遞給史卡佩塔，然後說：「與一樁懸案的生物樣本吻合，沒有人將珠兒、莉蒂亞或其他案子和這個懸案連結在一起。」

「二〇〇四年的一件強暴案。」露西說。「顯然這個傢伙除了闖進莉蒂亞·偉伯斯特家中，並且可能也殺害了珠兒·馬丁之外，三年前，更在威尼斯強暴了一名觀光客。根據我們搜尋的結果，這個案子的DNA檢體和證據都保留在義大利當局。當然，嫌犯沒有找到，因為他們到今天還沒能找出符合比對資料的人。也就是說，我們手上沒有名字，只有精液。」

「眞是天經地義，保護強暴犯和謀殺犯的隱私。」艾隆說。

「新聞當中的描述非常模糊。」露西說。「威尼斯這名受害者是二十歲的學生，參加暑期藝術進修課程。她在深夜走出酒吧，在步行回到位於嘆息橋附近的旅館途中遭人攻擊。到目前為止，我們對這個案子只有這些認識。但是既然案子由國家憲兵隊負責，你的隊長朋友應該可以貢獻一己之力。」

「這可能是睡魔的第一件暴力犯罪。」史卡佩塔說。「至少在他仍然是平民的時期——這要先假設他眞的在伊拉克服役過。通常初犯者都會留下證據，然後才越來越狡猾。這傢伙很聰明，犯罪模式發展迅速。他對可能留下的證物非常謹慎，固守儀式，而且越來越暴力，在他犯案結束時，受害者不可能還留下一口氣來說出經過。還好，他沒想到會因為外科黏膠而留下DNA。班頓知道了嗎？」她問道。

「知道，她也知道我們在處理金幣時碰到一些問題。」露西正要說明。「金幣和鍊子上的DNA也是睡魔留下的，這就表示，當你和公牛在後巷找到槍的那天晚上，他人就在那裡。我不得不質疑公牛在這裡面扮演的角色是什麼，項鍊有可能就是他的，這個問題我之前早就提過。我們沒有公牛的DNA來澄清這一點。」

「你是說，他是睡魔？」史卡佩塔完全不相信。

「我只是說，我們沒有他的DNA。」露西說。

「那麼槍呢？彈筒呢？」史卡佩塔問。

「上面的採樣都證明不是睡魔。」露西說。「但是這並不一定有任何意義。他的DNA出現在項鍊上是一回事，留在槍枝上則得另當別論。他有可能從別人手中取得這把槍。他可能非常謹慎地刻意不在上面留下任何DNA或指紋，就像他告訴你的故事，掉槍的是那個威脅你的人，而我們無法確認那個人是否靠近過你的住家。全都是公牛的一面之詞，只因為整件事沒別人看到。」

「你是說，公牛——假設他是睡魔好了，我一點也不相信——可能故意掉槍，這是引述你的話，但卻不是故意弄丟項鍊。」史卡佩塔說。「這實在沒什麼道理。兩個原因。第一，他的項鍊為什麼會斷掉？第二，如果他不知道項鍊斷了，是事後才發現，那麼他為什麼還要我去看？他何不直接放進自己的口袋裡？我還可以加上第三個原因：我很難想像一開始那條金幣項鍊會是他的，因為那讓我想起姍蒂送給馬里諾的銀幣項鍊。」

「如果有公牛的指紋就好了，」艾隆說，「能有他的採樣更好，他的失蹤的確讓我感覺不太對勁。」

「到目前為止，大概就是這樣。」露西說。「我們正在研究如何複製他的DNA，準備用培養皿複製殺人犯，好看看他是誰。」她的說法頗為滑稽。

「我記得從前——其實也沒那麼久，我們比對DNA資料得等上好幾個星期，甚至好幾個月。」史卡佩塔為那段時日感到難過，痛苦地想到，就是因為無法及早比對出暴力犯罪者，而導致多少人無辜受虐或送命。

「雲層高度三千呎，能見度三哩。」露西對史卡佩塔說。「我們要目測飛行，在機場碰面。」

馬里諾辦公室內，保齡球獎盃的輪廓映在牆面上，氛圍空洞。

班頓關上門，沒有開燈，在一片黑暗當中，坐在馬里諾的辦公桌上。這是他第一次真正明白，不管自己說了些什麼話，他從來未曾正視馬里諾，也沒有特別把他當作自己人看待。如果班頓真誠面對，會發現自己一直把馬里諾當成史卡佩塔的夥伴，這個學識不高、心胸狹窄的魯鈍警察，不屬於現代世界，再加上其他的因素，使他不易相處，而且不盡然有所助益。班頓對他一直採取忍耐的態度。他在某個層面低估了馬里諾，在其他層面有完整的認識，然而卻未能辨認出最明顯的重點。當他坐在馬里諾那張幾乎如新的辦公桌上，瞪視窗外查爾斯頓通明的燈火時，只希望自己曾經對他，以及對每件事，都付出更多的關照。他所需要知道的一切其實唾手可得，一直都在。

威尼斯當地時間已經接近凌晨四點，保羅・馬洛尼不只離開了麥克連醫院，現在也離開了羅馬。

「你好。」他接起電話。

「吵醒你了嗎？」班頓問道。

「如果你在意，就不會撥這通電話。你為了什麼事會在這種不合宜的時間打電話給我？案情有所進

從之意。

「又是怎麼一回事？」馬洛尼醫生的音調中有一股沉潛的不情願，或者也可能是班頓耳中聽到的順

「不算什麼好消息。」

展嗎？」

「你的那名病患。」

「我全告訴你了。」

「你只說出自己想講的部分，保羅。」

「我還能怎麼幫你？」馬洛尼醫生說。「除了我說的話之外，你還讀了我的筆記。我一直很友善，沒問你是怎麼拿到筆記的，比方說，我也沒有責怪露西。」

「你也許應該責怪自己。你認爲我還沒發現，希望我們進到病患檔案中的人，其實就是你嗎？你把檔案存放在醫院的網路上，還開啓資源分享，這代表只要想得出資料在哪裡，就可以輕易閱讀檔案。對露西而言，沒錯，的確是輕而易舉，對你來說也不算犯錯。你夠聰明。」

「那麼你承認露西侵入我的機密電子檔案。」

「你知道我們會想看你的病患資料，所以在離開羅馬之前，並且在知道賽爾芙醫生馬上要入院成爲麥克連醫院的病患之後，就全都安排妥當了。順道一提，這比你原先計畫的時間來得早。這件事經過你的同意，如果你不同意，她也無法住進亭閣分館。」

「她發狂了。」

「她自有計畫。她知道嗎？」

「知道什麼？」

「不要對我撒謊。」

「有趣，你怎麼會認爲我要撒謊？」馬洛尼醫生說。

「我和賽爾芙醫生的母親說過話。」

「她依舊令人不悅嗎？」

「我猜她沒有變。」班頓說。

「像她這樣的人，很少會改變，只是有時候隨著年齡增長，精神會耗盡。就她的個案來說，則可能會更糟。瑪莉蓮也是一樣的，其實她現在已經如此了。」

「我猜她也沒有多大改變，雖說她母親將女兒的人格障礙怪到你頭上。」班頓說。

「我們明白情況並非如此。她並沒有罹患『因保羅而起』的人格障礙，而是本性如此。」

「這不好笑。」

「當然不好笑。」

「他在哪裡？」班頓問。「你知道我說的是誰。」

「在很久很久之前，某個人還只是個十六歲的未成年人。你懂嗎？」

「而你二十九歲。」

「二十二。葛萊蒂刻意把我說老，只是想侮辱我。你應當可以了解我爲什麼會離開。」馬洛尼醫生說。

「離開還是逃開？如果你去問賽爾芙醫生，她會用後者來形容你幾個星期前的離去。你對她做出不恰當的舉止，然後逃到義大利。他在哪裡，保羅？別這樣對待自己，也不要對別人做這種事。」

「如果我說，是她對我有不恰當的舉止，你會相信我嗎？」

「這不重要，我才不在乎。他在哪裡？」班頓說。

「他們會把那件事說是依法得懲處的強暴案。你知道嗎，她的母親拿這個來威脅我。事實上，她想要我相信瑪莉蓮不會隨便和春假時偶遇的男人發生性關係。她甜美可人、獻上童貞，我只是接受。當時，我的確愛著她，也的確從她身邊逃開。在那個時候，我就發現她會毒害他人。但是我並沒有如她所相信的，回到義大利。我回到哈佛完成醫學院的學業，而她也不知道我一直都在美國。」

「我們比對了DNA，保羅。」

「孩子出生之後，她還是不知道。我寫信給她，但是從羅馬寄出。」

「保羅，他在哪裡？你的兒子在哪裡？」

「我求她不要墮胎，因爲這違背了我的宗教信仰。她說，如果孩子生下來，我得撫養。我盡了全力，結果卻得到一個罪大惡極的高智商惡魔。他大部分的日子都在義大利度過，一直到十八歲之前，也偶爾與她相處。二十九歲的人是他。也許葛萊蒂又在玩老遊戲……嗯。在許多方面看來，他不屬於我們任何一方，並且憎恨我們兩個人。儘管在我上次見到他的時候，十分憂慮自己的安危，但是他對瑪莉蓮的恨意又深於我。我以爲他會拿一件古董雕刻攻擊我，但是我設法安撫他。」

「那是什麼時候的事？」

「就在我抵達義大利之後，他人在羅馬。」

「當珠兒．馬丁被謀殺的時候，他就在羅馬，在某個時間點上才又回到查爾斯頓。我們知道他就在西爾頓頂岬。」

「我能說些什麼呢，班頓？你也知道答案。照片上的浴池就在我位於納佛那廣場的家中，但是你並不知道我住在納佛那廣場。如果你知道，對我的住處距離發現珠兒・馬丁屍體的建築工地十分接近這件事，可能早就提出疑問了。我在這裡就是駕駛黑色蘭吉雅轎車，對於這項巧合，你也會有所懷疑。他可能在我的住處裡殺了她，然後用我的車載到不太遠，也許就在一個街區之外的地方。事實上，我確定他一定就是這麼做的。所以，如果他那時當眞拿起古董石雕的腳座敲我的頭，我可能還會好過一些。他的作爲簡直是令人無法想像，絕對必須接受指摘。然而，他是瑪莉蓮的兒子。」

「是你的兒子。」

「他身爲美國公民，不願進入大學就讀，卻愚蠢地加入美國空軍，擔任你們那場法西斯戰爭的攝影師，也因此負傷。他的腳，我猜，在他對著朋友的腦袋開槍以解除他的痛苦之後，是他對自己下的手。不管如何，如果說他在從軍之前就開始錯亂，那麼回來之後，無論是在認知或心理層面，都已經無法辨識。我承認自己不是好父親，沒有盡到應盡的責任。我寄補給品給他，有工具、電池和醫療用品，但是在事情結束後並沒有去探望他。我也承認自己並不關心。」

「他在哪裡？」

「我承認，在他加入空軍之後，我就沒有再理會他。他一文不值。我做了這麼大的犧牲，讓他能存活在世上，而瑪莉蓮當初卻可能會做出完全相反的決定。在這一切的付出之後，他卻毫無價值，想想，這有多麼諷刺。我留下他的性命，只因爲教堂說墮胎無異謀殺，看看他現在又做出什麼事——他殺人。他在戰場上殺人，是盡自己的職責，而現在則是爲了瘋狂而動手。」

「他的孩子呢？」

「全是瑪莉蓮和她的模式。當她有了模式之後，就會試著去破壞。她要孩子的母親留下他，就像我要瑪莉蓮留下我們的孩子一樣。這也許是個錯誤，儘管我們的兒子十分愛自己的小孩，卻無法適任父親的角色。」

「他的小男孩死了。」班頓說。「飢餓，並且凌虐致死，屍體就留在溼地，慘遭蛆和螃蟹啃噬。」

「這件事讓我很難過，我從來沒看過那個孩子。」

「你眞有同情心，保羅。你的兒子在哪裡？」

「我不知道。」

「你一定了解這有多嚴重，難道你想被關進監獄裡？」

「上次他在這裡時，我們出去散步，走在街上我覺得比較有安全感，也才能把話說出口。我告訴他，我再也不想見到他。當時，在珠兒的屍體被發現的那個建築工地上有一些觀光客，許多人獻上花束和塡充玩偶。我看著這一切，要他離開，再也不要回來，如果他沒辦法達成我的願望，我會直接聯絡警察。接下來，我把公寓完全清空，把車子處理掉，然後打電話給奧托，自願提供協助，因爲我必須知道警方掌握了什麼線索。」

「我不相信你不知道他的下落，」班頓說，「也不相信你不曉得他的住處，特別是現在這個時候的藏身之處。我不想去找你的妻子，我猜她會有線索。」

「請不要把我的妻子牽扯進來，她什麼都不知道。」

「也許你知道這件事。」班頓說。「你那個死去孫子的母親，她還和你兒子在一起嗎？」

「這就如同我和瑪莉蓮之間的關係一樣，人們有時會爲了享受一時的快感，而付出終生的代價。這些女人刻意懷孕，你也曉得，好拴住對方。這很奇怪，她們這麼做不是爲了要小孩，而是爲了套住男人。」

「我不是問這些。」

「我從來沒見過她。瑪莉蓮告訴過我，她的名字是姍蒂，或是姍迪之類的，不但是個浪蕩的女人，而且非常愚蠢。」

「我的問題是，你兒子還和她在一起嗎？」

「他們有個兒子，這是唯一的共通點。老調重彈，爲人父者的罪過，事件不斷重演。我現在只能老實說，眞希望我從來就沒生下這個兒子。」

「瑪莉蓮顯然認識姍蒂，」班頓說，「我這就得提到馬里諾了。」

「我不認識他，也不明白他與這件事有什麼關聯。」

班頓將一切告訴馬洛尼醫生，只省略掉馬里諾對史卡佩塔所做的事。

「那麼，你是要我來分析，」馬洛尼醫生說，「以我對瑪莉蓮的認識，以及你剛剛所說的情況作爲根據。我大膽假設，馬里諾寄郵件給瑪莉蓮是個嚴重的錯誤，這會引發各種可能性，但是這與她入住麥克連卻沒有關聯。她現在可以報復她一心憎恨的人，也就是凱。還有什麼比虐待她所愛的人更好的方法呢？」

「馬里諾之所以會遇見姍蒂，全是因爲凱的關係？」

「這是我的猜測。但是，這並非姍蒂對馬里諾產生興趣的所有原因，這與小男孩有關，然而瑪莉蓮卻不知道這一點。或者她當時並不知道，現在就不一定了，否則她會告訴我。做這種事的人，不會讓瑪莉蓮產生興趣。」

「她付出同情的能力與你旗鼓相當。」班頓說。「順道一提，她人就在這裡。」

「你是說，在紐約。」

「在查爾斯頓。我收到一封匿名郵件，我不打算和你討論內容，但是我查到發件的網路位置就在查爾斯頓廣場旅館，根據機器代碼查到的。猜猜看，誰住在那裡？」

「我先提醒你，對她說話要謹慎。她並不知道威爾的事。」

「威爾？」

「威爾．藍波。當瑪莉蓮越來越出名之後，他把自己名字由威亞爾．賽爾芙改成威爾．藍波。他選了藍波這個不錯的瑞典姓氏，但卻與藍波完全沒有相似之處，這也是他的一個問題。威爾個頭很小，這男孩長相俊秀，但是不高。」

「當她收到睡魔的郵件時，她完全不知道那是自己的兒子嗎？」聽到睡魔被當成個男孩，班頓感覺十分刺耳。

「她不知道，沒有意識到。據我所知，她仍然不知情，但是對於她深層的心理層面，我又能說些什麼呢？當她住進麥克連，告訴我有關電子郵件和珠兒．馬丁的照片時……」

「她告訴了你？」

「當然。」

班頓只想跳到電話的另一頭，掐住馬洛尼的喉嚨。他應該進監獄，更該下地獄。

「現在回想起來，事情的確是令人難過地清楚。當然，我一直都有所懷疑，但是沒有對她提起。我是說，當她打電話給我，表示要將病人轉給我的時候開始。威爾清楚她會這麼做。他絕對會有她的郵件地址，瑪莉蓮對不定時傳送郵件給她，而她有沒時間去一一會見的人十分慷慨。他於是傳送一些詭異的郵件，也知道這會蠱惑她，因爲他的狀況嚴重，因此更能清楚明白她的想法。我確定，當她把威爾轉給我的時候，他一定覺得很有趣。他打電話到我羅馬的辦公室來約時間見面，結果當然了，這個會面演變成一頓晚餐。我對他的精神狀況感到十分憂慮，但是從來沒料到他會殺人。當我聽到發生在巴瑞的那樁觀光客謀殺案時，我完全拒絕接受。」

「他還在威尼斯犯下另一樁強暴案，也是觀光客。」

「我不驚訝。我猜猜看，應該是在戰爭開始的時候，每次移防，他的狀況就更糟。」

「這麼說，你的病患記錄不是出自你與他的面談。顯然他是你的兒子，而不是病患。」

「我編造那些筆記，希望你能夠參透道理。」

「爲什麼？」

「然後你就會這麼做——自己將他找出來，因爲我絕不可能舉報他。我需要你來發問，然後才能回答，我現在正是這麼做。」

「保羅，如果我們不盡快把他找出來，他還會再次下手。你一定還知道些什麼別的事。你有沒有他的照片？」

「沒有近照。」

「把你有的照片傳給我。」

「空軍應該有你所需要的資料，比方說指紋和DNA，當然還有照片。你最好從他們那裡取得這些資料。」

「等我穿過層層關卡拿到資料之後，」班頓說，「一切都已經該死地太遲了。」

「順便告訴你，我不會回去了。」馬洛尼醫生說。「我相信你不會試圖要我回去，而會讓我好好留在這裡的，因爲我對你表示出尊重，你也應該如此待我。再說，如果你打算這麼做，也只是徒勞無功，班頓，」他說，「我在這裡有很多朋友。」

22

露西進行起動前的檢查。

落地燈、開關、單引擎失效限定、油閥，再檢查飛行儀器指示燈、設定高度儀、啓動電源。她發動了第一個引擎，史卡佩塔正好從地勤服務中心出來，走過柏油路面。她拉開直升機的後艙門，把犯罪現場鑑識箱和照相器材放在地上，然後拉開左前方的艙門，接著踩在起落架上進到機艙裡。

一號引擎鎖定地面空轉位置，露西接著發動二號引擎。渦輪的聲響越來越大，史卡佩塔繫上四點式安全帶。一名地勤人員小跑步穿過停機坪，揮舞指揮杖，史卡佩塔戴上耳機。

「噢，拜託。」露西對著麥克風說。「嘿！」似乎地勤人員聽得到她的聲音。「我們不需要幫忙。他看來會在那裡站上好一下子了。」露西拉開艙門，揮手示意，要他走開。「我們又不是飛機。」他根本聽不見她的話。「不需要幫忙就可以起飛了，你可以走了。」

「你眞是緊張。」史卡佩塔的聲音傳到露西的耳機裡。「有沒有其他搜索人員的消息？」

「什麼都沒有。還沒有直升機飛進西爾頓頂岬上空，那裡還是一片霧氣。地面搜尋也沒有下文。FLIR紅外線熱像儀已經準備就緒。」露西啓動頭頂的開關。「大概需要八分鐘左右才能冷卻。然後我們就走了。嘿！」她似乎以爲那名地勤人員也戴了耳機，可以聽到她的聲音。「走開，我們很忙。該死，他一定是新來的。」

地勤人員仍然站著，橘色的指揮杖垂在身側，並不打算指揮任何人前往任何地方。塔台告訴露西：

「有重量級的C17要下降……」

這輛軍用噴射運輸機彷彿一簇又大又亮的燈火，幾乎定住不動，巨大的形體就掛在空中，露西透過無線電回話，表示知道狀況。「重量級C17」和它的「翼端渦流」根本就不會有影響，因爲露西想進城區，朝著庫柏河大橋——也就是小亞瑟．拉維尼大橋前進，朝任何她想去的地方去。如果她想要，也可以在空中畫個8字表演特技，或是貼著地面或水面飛行。因爲她駕駛的不是飛機。她在無線電裡不是這麼解釋，但這就是她的意思。

「我打了電話給杜金頓，」接著她對史卡佩塔說，「讓他了解狀況。班頓打了電話給我，所以我猜你已經先和他通過話，他也把手邊的消息告訴了你。他應該馬上就到了，最好是這樣。我可不打算一輩子坐在這裡。我們知道那個混蛋東西是誰。」

「我們只是不知道他在哪裡。」史卡佩塔說。「我猜我們也還不知道馬里諾在哪裡。」

「如果你想聽我的意見，我們要找的應該是睡魔，而不是屍體。」

「再過幾個小時，每個人都會開始找他。班頓已經通知警方以及本地軍方。總要有人去找她，這是我的工作，而我也打算這麼做。你沒沒有帶貨網來？我們有沒有馬里諾的任何消息？」

「貨網我帶了。」

「袋裡有應有的裝備嗎？」

班頓這時正走向地勤人員，掏給他小費，露西不由得笑出來。

「我想，只要我一提到馬里諾，你就不打算理我。」史卡佩塔說，班頓越走越近。

「也許你應當對即將結婚的對象坦承相告。」露西看著班頓。

「你爲什麼覺得我沒有？」
「我不會知道你做了哪些事。」
「班頓和我談過這件事。」史卡佩塔看著她說。「你沒錯，我應該要坦承相告，我也的確這麼做了。」
班頓拉開後艙門，進到直升機裡。
「那敢情好。因爲你越信任某個人，謊話就更嚴重。疏漏也要算在內。」露西說。
班頓戴上耳機，傳出一陣嘶吵的雜音。
「我得克服這件事。」露西說。
「我才是得克服這件事的人。」史卡佩塔說。「而且我們現在沒辦法談。」
「我們不能談什麼？」班頓的聲音出現在露西的耳機裡。
「凱阿姨的千里眼。」露西說。「她相信自己知道屍體的下落。我帶了除污用的裝備和化學製品，以備不時之需。另外還帶了屍袋，萬一要吊掛的時候可以派上用場。抱歉，我沒那麼心軟，休想讓我把屍體放在後艙裡。」
「不是千里眼，是火藥殘留物。」史卡佩塔說。「而且他希望有人找到她。」
「那麼他就應該讓屍體好找一點。」露西說，一邊控制油門。
「火藥殘留物怎麼了？」
「我有個想法。想想看，這附近的哪種沙子會有火藥殘留。」
「老天爺，」露西說，「那傢伙會被吹飛，看看他，光拿個三角錐站在那裡，就像個橄欖球賽裡的殭屍裁判。我眞高興你拿了小費給他，班頓。可憐的傢伙，他那麼努力。」

「是啊，小費，可不就是張百元大鈔。」史卡佩塔說，露西等著使用無線電頻道。

空中流量繁忙，因爲一整天所有的航班都被耽擱了，塔台沒辦法追上原有的航班進度。

「當我離家去維吉尼亞大學就讀的時候，你當時是怎麼做的？」露西對史卡佩塔說。「偶爾寄個一百美金給我。你在支票下方總是寫著，『不需任何理由』。」

「那算不上什麼。」史卡佩塔的聲音直接傳到露西耳中。

「書、食物、衣服、電腦用品。」

透過聲控麥克風，人們的話語精簡。

「嗯。」史卡佩塔說。「你做得眞好，對艾德這樣的人來說，那是一大筆錢。」

「也許我那是在賄賂他。」露西靠近史卡佩塔，檢視FLIR紅外線熱像儀的錄影螢幕。「就位，等待指示。」她說。「只要你們放行，我們隨時可以起飛，」好像塔台在和她說話似的。「我們不過是直升機，拜託，根本不需要跑道。而且也不需要導航。我快被搞瘋了。」

「也許你過於暴躁，不該飛行。」班頓在說話。

露西再次聯絡塔台，最後終於得到放行許可，朝西南邊飛去。

「運氣好就得順勢。」她說，降落架上方的機身輕盈起來。地勤人員指揮引導，彷彿要她們停機。「也許他應該去找個像交通號誌錐這樣的工作。」這架三又四分之一噸重的直升機升高盤旋。「我們先順著亞胥黎河走，然後往東，沿著海岸線朝佛利海灘過去。」她在滑行道的交叉點上方盤旋。「啓動FLIR紅外線熱像儀。」

她將控制鈕從待機轉到開始，螢幕出現一片布著白亮光點的深灰色影像。C17運輸機轟隆隆地降落又離開，引擎後方冒出尾翼般長長的白色火焰。地勤服務中心明亮的窗戶，跑道上的指示燈，在紅外線下，一切超乎寫實。

「低飛，慢飛，我們可以掃描出沿路的一切。用棋盤式搜索？」

史卡佩塔從架子上拿起系統控制裝置，操作探照燈和紅外線熱像儀，她關掉探照燈；她左膝旁邊的螢幕上，出現灰色的影像和白熱光點。她們飛越港口區，不同顏色的貨櫃堆疊得有如建築，停放的吊車像是夜色下伺機掠食的螳螂，直升機緩緩掠過城市的光影，彷彿漂浮其上。前方的港口一片漆黑，天上沒有星星，炭黑的月亮躲在猶如厚實鐵砧的雲層深處。

「我們究竟是朝哪個方向去？」班頓說。

史卡佩塔操作紅外線熱像儀的調整鈕，移動螢幕上的影像。露西將飛行速度降到八節，保持五百呎的低空高度。

史卡佩塔說，「想像一下，我們拿硫磺島上的沙子來做顯微分析。先決條件是，沙子必須在這幾年來都保留原有的狀態。」

「避開浪花，」露西說，「找沙丘之類的地方。」

「硫磺島？」班頓的聲音帶著諷刺的意味。「我們要飛到日本去？」

史卡佩塔的艙門外面就是貝特萊一帶的豪宅，紅外線熱像儀上出現白亮的光點。她想到亨利．豪林，還有蘿絲。靠近詹姆士島海岸時，燈光的間隔較為遙遠。直升機緩緩掠過詹姆士島的上方。

史卡佩塔說：「從內戰之後，就沒有再與外界有所接觸的海灘環境。像這樣的地方，如果沙子還保留原貌，就可能找到含有火藥殘留物的沙子。我相信這就是答案。」她對露西說，「就快到了。」

她減低到幾乎是盤旋的速度，在莫利斯島的最北端下降到三百呎的高度。這個島上無人居住，只有藉由直升機或是小船才有辦法抵達，否則就得等潮水真的降到讓人可以從佛利海灘涉水穿越的高度。她看著下方八百畝的荒蕪保護區，在內戰時期，這處戰場的砲火猛烈。

「比起一百四十年前，可能沒有太大的改變。」史卡佩塔說，露西又下降了一百呎。

「非裔美軍兵團，也就是麻薩諸塞州第五十四兵團，就是在這裡遭到屠殺。」班頓的聲音傳來。「根據這個史實拍攝的電影叫什麼名字？」

「看看你那一側，」露西對他說，「看到什麼就說，我們再打開探照燈下降繞回去檢查。」

「電影叫做《光榮戰役》。」史卡佩塔告訴他。「還不要用探照燈。」她加上一句。「會干擾紅外線。」

螢幕上出現遍布斑點的灰色地面，以及起伏的水面，閃爍的海水像是一片熔化的鉛，順著海岸打上沙灘，點綴出白色的褶襉飾邊。

「除了漆黑沙丘的輪廓之外，我什麼也看不到。那個可惡燈塔的光線還跟著我們跑。」史卡佩塔說。

「客氣點，還好他們修復了燈塔指示燈，才不至讓我們這些人撞上去。」露西說。

「聽了你這話，我的感覺好多了。」這是班頓。

「我要開始棋盤式搜尋。速度六節，高度兩百呎，下面的每吋土地都清清楚楚。」露西說。

他們的棋盤搜尋沒有進行太久。

「你可以盤旋過去嗎？」史卡佩塔指著露西剛剛也看到的地方。「我們剛剛經過的那裡，海灘區。不是，回去另一邊。有明顯的熱度變化。」

露西將直升機掉頭。在她艙門後方，港口外那座低矮堅固的燈塔遍布紅外線，圍困在澎湃的鉛色海水當中。燈塔後方一艘郵輪彷彿鬼船，燈火是白亮的光點，甲板上一道長長的羽狀光影。

「在那裡，那座沙丘左側二十度的位置，」史卡佩塔說，「我看到有東西。」

「我看到了。」露西說。

在一片暗灰色斑點的底色中，白光影像出現在螢幕上。史卡佩塔調整焦距放大目標，猶如明星一般亮度驚人的白色形體，逐漸呈現出一具人體的外型，溪流出海處閃亮如明鏡。

露西關掉ＦＬＩＲ紅外線熱像儀，打開彷彿一千萬燭光的探照燈。直升機下降，海生野麥倒地，狂沙齊舞。

螺旋葉片速度放慢，捲起了一陣風，一條黑色領帶隨之飄揚。

史卡佩塔看向窗外，在遠處的沙地上，探照燈照亮了一張咧出白牙的面孔，屍體腫脹，無法辨識性別。如果不是看到西裝和領帶，她一點頭緒也摸不著。

「這是怎麼一回事？」她的耳機裡傳出班頓的聲音。

「不是她。」露西一邊說話，壓下按鈕。「不知道你們怎麼想，但是我的槍可是準備好了。事有蹊蹺。」

她關掉電力，三人拉開艙門走出來，腳下踩著柔軟的沙地；一直走到了上風處，才擺脫瀰漫的惡臭。他們拿著手電筒，也備妥手槍。直升機彷彿停在漆黑沙灘上的笨重蜻蜓，他們耳邊只有浪花拍打的聲響。史卡佩塔的手電筒光線沿著一道寬大的拖曳痕跡，照到一座沙丘前方。

「有人有船，」露西說，移向沙丘，「平底船。」

沙丘四周長了些海生野麥以及其他植物，放眼望去一路延伸到海邊。史卡佩塔想到發生在此地的戰役，這些與南方命運息息相關，早已消逝的生命、奴隸制度的禍害，以及遭到殲滅的北軍黑皮膚兵士。在她的想像當中，她聽到了長草間的呻吟和低語。她告訴露西和班頓，不要走得太遠。手電筒光束劃過漆黑的區域，猶如閃閃發光的長刃刀。

「這裡。」露西在兩座沙丘之間的一片漆黑當中。「老天，」她說，「凱阿姨，拿出面罩！」

史卡佩塔打開行李艙，拿出一只大型的犯罪現場鑑識箱放在沙地上，翻找面罩。露西會開口要面罩，可見狀況之糟。

「該死，我們到底遭遇到什麼人？」露西說。「你們聽到了嗎？」

「沒辦法把他們兩個人都弄出去。」班頓的聲音飄在方中。

遠處的沙丘傳來霹啪的拍打聲。

史卡佩塔朝另外兩人的手電筒光線靠去，腐臭味更是刺鼻。濃烈的臭味使得空氣停滯，她的雙眼刺痛，遞出面罩，同時自己也因為呼吸困難戴上一具。露西和班頓在沙丘之間的一處窪地上，史卡佩塔前去加入兩人。這個地點位置較高，在海灘上根本無法看見。赤裸的女屍由於暴露在外已有數天之久，因此嚴重腫脹，屍體上出現許多蛆，面孔早已遭到啃噬，看不見雙唇和雙眼，牙齒直接暴露在外。史卡佩塔的手電筒照亮齒列一處植入的鈦質鑄心，牙套原來應該就是套在此處。頭蓋骨上的頭皮脫落，頭髮散在沙地上。

露西穿過海生野麥和雜草，朝史卡佩塔剛才也聽到了的霹啪聲響前進。史卡佩塔不知應當做些什麼事，想起了火藥殘留物和沙子以及這個地方，這些東西對睡魔的意義仍是難以理解。他製作出自己的戰場——如果史卡佩塔沒有因爲手上的線索，鋇、銻和鉛——這些他可能一無所知的物質——而發現這個地方，不知還會有多少具屍體將要橫布在此。她感受他的存在，他變態的精神似乎就飄蕩在空氣中。

「有一頂帳篷。」露西大聲說，他們朝她靠過去。

她在另一座沙丘的後方。一座座的沙丘猶如串串波浪，雜草和矮樹叢交雜其間。他——或是另有其人——搭起帳篷當作住處。鋁材營柱加上防水帆布，風吹過下垂帆布的開口處，發出霹啪的聲響。帳篷小屋內擺了張床墊，上面整整齊齊地擺著毯子，另外還有個提燈。露西用腳踢開一個小冰櫃，裡面的水有好幾吋深，她伸手試探，水是涼的。

「直升機後面有個擔架。」她說。「凱阿姨，你打算怎麼處理？」

「每樣東西都要拍照、丈量，我們得立刻要警察過來。」太多事情得做。「我們有沒有辦法一次吊掛兩具屍體？」

「只用一個擔架，沒辦法。」

「我要仔細檢查這個地方。」班頓說。

「那我們只好用屍袋，而且你一次只能帶一具屍體。」史卡佩塔說。「你打算把他們放在哪裡，露西？某個隱密一點的地方，不可能放在地勤服務中心，你那位勤勞的地勤人員可能還在指揮蚊子大隊。我來打電話給豪林，看可以派誰來接手。」

接著三人靜下來，耳邊只聽見充當住處的帳篷霹啪作響，草聲窸窣，以及浪花輕聲拍打。燈塔看似個巨大陰暗的馬前卒，身邊環繞著黑色的洶湧海水。他依然逍遙法外，一切荒誕不經。一名命運多舛的軍士，然而史卡佩塔無法寄予同情。

「就這麼做。」她說完話，試著撥打手機。

當然，沒有任何訊號。

「你升空後試著與他聯絡。」她對露西說。「也許可以試著撥給蘿絲。」

「蘿絲？」

「去試試看就是了。」

「為什麼？」

「我猜她會知道怎麼與他聯絡。」

他們拿出擔架、屍袋、塑料床單，以及其他處理生物有害物質的裝備。他們從她開始。她的屍體鬆垮，屍僵現象出現過後屍體再次軟化，似乎倔強地抗議死亡一事，昆蟲和螃蟹之類的生物於是接手，吞噬屍體柔軟的組織和傷口。她的臉孔浮腫，身體則因為細菌代謝產生的氣體而腫脹，血管的枝狀分布在皮膚下出現墨綠色的紋路，左臀和大腿後側遭到切割，傷口參差不齊，除此之外並沒有其他明顯的傷口或凌虐的痕跡，並且找不出致死的原因。他們抬起她的屍體，先放在床單中央，接著再裝進屍袋中，史卡佩塔拉緊拉鍊。

他們接著將注意力轉向沙灘上的男屍，緊咬的齒列上有一個透明的牙套，右手腕套著橡皮筋，身上的套裝和領帶都是黑色的，白色的襯衫上沾染了潑灑的液體和血液。他外套的前胸和後背處都有好幾處狹窄的裂口，這代表重複施加的利刃攻擊。傷口上有蛆，並且還一路爬進衣服的下方，以及盧修斯・梅迪褲袋中的皮夾。看來凶手對於信用卡或現金並沒有什麼興趣。

在拍下更多照片、寫下更多筆記之後，史卡佩塔和班頓將裝入屍袋的女屍——也就是莉蒂亞・偉伯斯特——綑在擔架上，這時露西則從直升機的後座取出一截五十呎長的繩索以及貨網，然後把槍交給史卡佩塔。

「你比我更需要這把槍。」她說。

她爬進直升機裡，發動引擎，螺旋葉片達達出聲拍動空氣。燈光亮起，直升機慢慢掉頭，非常緩慢地上升，拉直繩索，以貨網綑住的屍袋離開沙地。露西駕著直升機離開，下方的垂吊物猶如鐘擺。史卡佩塔和班頓回到帳篷處。如果現在是白晝，那麼蒼蠅絕對會成群出現，惡臭也絕對刺鼻。

「他睡在這裡，」班頓說，「雖說不見得每天都如此。」

他用腳輕輕踢動枕頭。枕頭下方是毯子的邊緣，再下面就是床墊。睡魔把火柴放在密封袋裡防潮，但是書籍對他似乎就沒這麼重要了。書頁潮溼，幾乎黏在一起，全是些冒險故事和浪漫愛情小說，是人們偶爾想要看書卻不在乎內容時，到藥妝雜貨店裡隨手就可以買到的書籍。帳篷的外側有處煤炭營火，周邊的石塊上還架著生鏽的烤架，麥根沙士空罐四處散落。史卡佩塔和班頓什麼也沒碰，回到稍早直升機降落的地點，沙地上依然留著腳架深陷的痕跡。天上出現了一些星星，瀰漫在空中的腐臭味稍微褪去。

「剛看到時，你以爲是他。我看到了你的表情。」班頓說。

「我希望他沒事，也沒做什麼傻事。」她說。「如果眞是那樣，就要爲賽爾芙醫生添加一筆罪狀。

她毀了我們曾經擁有的事物，離散大家的凝聚力。你還沒告訴我你是怎麼知道的。」新仇舊恨讓她越來越憤怒。

「她的拿手絕活，就是離間人們的感情。」

他們在海灘邊等待，置身在盧修斯．梅迪的上風處，讓海風帶走腐臭。史卡佩塔嗅著海風的氣味，聽著風兒輕撫上岸的聲音。地平線一片漆黑，燈塔沒有為任何人發揮警示作用。

一會兒之後，遠處出現閃爍的光線，露西駕著直升機返回，沙灘上的兩人把臉轉開，閃避直升機降落時捲起的風沙。在用貨網將盧修斯．梅迪的屍體綑綁妥當之後，直升機便帶著他起飛，前往查爾斯頓。停機坪上警方的燈火閃動，亨利．豪林和波馬隊長就站在一輛敞篷小貨車的旁邊。

史卡佩塔走到兩人面前，怒氣驅動她的雙腿。她幾乎無法平心靜氣去聆聽各方的談話。盧修斯．梅迪的靈車在豪林的葬儀社被發現，鑰匙就插在鎖孔上。把靈車留在葬儀社的人，只可能會是兇手，或是姍蒂。波馬隊長稱呼這兩個人是鴛鴦大盜。接下來隊長提起公牛，後者究竟在哪裡？他可能掌握了什麼資訊？公牛的母親表示他尚未返家，幾天來秉持相同的說法。馬里諾同樣也還沒出現，警方已經加入搜尋。豪林則表示，方才尋獲的兩具屍體會直接送到停屍間——不是史卡佩塔的停屍間，而是南卡羅萊納醫科大學的停屍間。兩名法醫病理學家在整夜處理吉安尼．盧潘諾的屍體之後，仍在南卡羅萊納醫科大學的停屍間待命。

「如果你願意，歡迎來幫忙。」豪林對史卡佩塔說。「屍體是你發現的，假如你不介意，理當要繼續處理。」

「警方得前往莫利斯島封鎖現場。」她說。

「快艇已經出發了，我最好告訴你怎麼去停屍間。」

「我以前去過。你之前提過，那位安全警衛主任，」她說，「在查爾斯頓廣場旅館的那一位朋友，叫什麼名字？」

他們談了起來。

豪林說，「盧潘諾是自殺，墜樓撞擊致死，沒有證據指向謀殺，除非你能夠指控唆使自殺，如果是這樣，那麼這個人會是賽爾芙醫生。我在旅館的那個朋友名叫若施。」

地勤服務中心燈火通明，史卡佩塔走進盥洗室，洗淨雙手、臉孔和鼻腔。她對空噴灑了大量的空氣清香劑，然後跨近香氣之內，接著再刷了牙。當她走出來的時候，班頓正等著她。

「你該回家去。」他說。

「我又睡不著。」

敞篷小貨車駛離，班頓跟在史卡佩塔身後，豪林正在和波馬隊長以及露西說話。

「我得去處理一件事。」史卡佩塔說。

班頓讓她離開，她獨自走向自己的休旅車。

若施的辦公室在廚房附近，旅館的廚房正是竊盜最嚴重的地點。尤其是蝦子，狡猾的竊賊會假扮成廚師。若施滔滔不絕地說著一個個有趣的故事，史卡佩塔專心聆聽，因爲她心有所求，而達成目的的唯一方法，就是扮演安全主任的聽衆。若施歲數不小，十分優雅，雖是國民警衛隊隊長，但外貌卻比較像是賢淑的圖書館員。事實上，她和蘿絲有些相像。

「但是，你總不會是來聽我說這些的。」若施坐在辦公桌後面說話，這張桌子看起來就像旅館的剩餘物資。「你想探聽珠兒・馬丁的事。也許豪林先生告訴過你，她上次來這裡的時候，幾乎沒有待在自己的房間裡。」

「他的確這麼說過。」史卡佩塔說，看著若施的毛呢外套，不知她是否攜帶佩槍。「她的教練來過這裡嗎？」

「他偶爾會來用餐，老是點相同的東西，魚子醬和Dom Pérignon香檳。倒是從來沒聽說過她在餐廳裡用餐，但是我也很難想像，職業網球選手會在比賽前一天吃這麼油膩的東西或喝香檳。就如同我所說的，她顯然另有去處，很少出現在這裡。」

「你們還有另一位名人入住。」史卡佩塔說。

「這裡時常都會有名流出現。」

「我可以一間間去敲門詢問。」

「想要到保全樓層，要有鑰匙，那上面有四十間套房，門可還不少。」

「我想先知道她是否還在這裡，而且我猜，她並不是用自己的名字訂房，否則我可以直接打電話給她。」史卡佩塔說。

「我們提供二十四小時全天候的客房服務。我的辦公室就這麼近，餐車經過都可以聽得見。」若施說。

「那麼，她已經起床了，好極了。我可不想吵醒她。」怒意從史卡佩塔的雙眼開始，一路燃燒到全身。

「每天早上五點得送咖啡。她給的小費不多，我們並不特別喜歡她。」若施說。

賽爾芙醫生下榻於旅館八樓的邊間套房，史卡佩塔將磁卡插入電梯，幾分鐘之後，便到達這個樓層。她可以感覺到賽爾芙醫生透過房門的窺視孔往外看。

賽爾芙醫生打開房門，一邊說著：「看來有人不懂保護隱私。你好啊，凱。」

她身上穿著鮮紅色的絲袍，腰際鬆鬆繫起，腳上則踏著黑色的絲質拖鞋。

「真是驚喜。你怎麼會知道呢？請進。」她側身讓史卡佩塔入內。「好像命中注定似的，他們送來兩個咖啡杯，還多一壺咖啡。讓我來猜猜，你究竟是怎麼在這裡找到我的？我說的還不只是找到這房間。」賽爾芙醫生坐在沙發上，盤起雙腿。「一定是姍蒂。看來我把她想要的東西給了她，卻讓自己失去籌碼。無論如何，在她可悲的看法當中，必定是這樣。」

「我沒有和姍蒂碰過面。」史卡佩塔坐在窗邊的一張高背沙發上，從這個角度可以看到查爾斯頓的舊城區。

「你是說，沒有面對面見面，」賽爾芙醫生說。「但是我相信你一定看過她。比方說，她那趟停屍間參觀行程。我回想起法庭裡那段不愉快的時光，凱，我常在懷疑，如果世人認清你的眞實面貌，事情會有多大的差異。你這種人，會帶人參觀停屍間，把死屍拿來展示，尤其是剝了皮又開腸剖肚的小男孩。你爲什麼要挖出他的眼珠？你得製造多少傷害，才能找出他的死因？眼睛，天哪，凱。」

「誰告訴你有人去參觀？」

「姍蒂到處吹噓。想想看，陪審團會怎麼說。再想想看，當時佛羅里達的那個陪審團要是看到你的眞面目，又會怎麼說。」

「他們的判決並沒有對你造成傷害。」史卡佩塔說。「沒有任何事情足以比擬你一手對他人所造成的傷害。你有沒有聽說，你的那個朋友凱倫在離開麥克連還不到二十四個小時之後，就自殺身亡？」

賽爾芙醫生的臉色明亮。「這個結局正好符合她的故事。」她直視史卡佩塔的雙眼。「別以爲我會虛情假意。如果你告訴我凱倫又回到醫院裡等死，才會讓我難過。容我引用梭羅的名言：一群人就那麼活在安靜的絕望當中。班頓也是那個世界的一部分，但是你卻住在這裡。你們結婚之後要怎麼調適呢？」她的眼光游移到史卡佩塔左手的戒指上。「你們會度過這一切嗎？你們兩人都不善承諾。嗯，至少班頓是這樣的。他在北方處理的事務是一種截然不同的承諾。他的小小實驗挺好玩，但是我不能透露內容。」

「佛羅里達的那件訴訟案，除了金錢之外，並沒有剝奪你任何其他東西，而那筆錢，恐怕也是由你投保的誤診保險來給付。保險費想必索費高昂，的確也應該如此。我很驚訝，竟然有任何保險公司願意爲你承保。」史卡佩塔說。

「我得打包行李了，要回紐約上節目去。我有沒有告訴過你？那是有關犯罪心理的新節目。別擔心，我不會邀你擔任來賓的。」

「姍蒂可能殺害了自己的兒子，」史卡佩塔說，「我不知道你要怎麼處理。」

「我盡可能避開她。」賽爾芙醫生說。「和我對你的處理方式十分相似，凱。我又不是不認識她，怎麼可能會願意與長了毒觸手的人糾纏不清？我聽到自己的聲音，怎麼說都是建議我去開新節目。知道自己手邊節目一個接著一個開，實在是又累人又讓人興奮。馬里諾應該最清楚，他頭腦簡單。你有沒有他的消息？」

「你既是開端，又帶來毀滅。」史卡佩塔說。「你何不放他一馬？」

「是他先和我聯絡的。」

「那些電子郵件出自於一個極度不快樂又恐懼的男人。你曾經是他的心理醫生。」

「那是好幾年前的事了，我幾乎記不得。」

「你是最了解他的人之一，竟然還利用他，而這麼做只是因爲想要傷害我。我不在乎你是否傷害我，但是你不該去傷害他。然後你又再次出手，是嗎？想去傷害班頓。這是爲什麼？爲了報復佛羅里達的事情嗎？我認爲你有更多的事情可以做。」

「我現在無路可退了，凱。姍蒂罪有應得，到了現在，保羅也該和班頓談過話了，我沒說錯吧？保羅當然打了電話給我，我也拼湊出事件的部分片段。」

「打電話告訴你睡魔是你的兒子，」史卡佩塔說，「保羅爲了這件事打電話給你。」

「姍蒂是一個部分，威爾又是另一個片段。還有另一個就是小威爾——我一直是這麼稱呼他的。我的威爾走出戰場，卻踏入另一場更殘暴的戰爭。你認爲這沒有使他一步步走進絕路嗎？我會第一個跳出來說，即使套用我的療程，也無法對他有所幫助。這大概是一年或一年半以前的事了，凱，他走進家中，發現自己的兒子處於半飢餓狀態，身上滿是瘀傷，還遭到毆打。」

「是姍蒂。」史卡佩塔說。

「不是威爾下的手。不管他現在做了什麼事，他都沒有對小威爾下手。我的兒子絕不會傷害孩子。姍蒂可能把虐待小孩當作運動，只爲了證明自己的能力。她會告訴你，對她而言，他不過是個麻煩，患有疝氣，又愛哭鬧。」

「她竟然有辦法把他藏在世人看不見的地方？」

「威爾在空軍服役。在她父親過世之前，她一直把孩子留在夏洛特。我鼓勵她搬到這裡來，也就是在這時候，她才開始虐待他，下手毫不留情。」

「她趁夜裡把他的屍體棄置在沼澤溼地？」

「憑她？不太可能的。我無法想像。她甚至連船都沒有。」

「你怎麼知道要用船？我不記得這件事已經被當成事實公布出來。」

「她不可能了解溪流和潮水，也不可能在夜裡去到那個地方。告訴你一個小秘密，她不會游泳。顯然她是找了人幫忙。」

「你兒子有船嗎？對溪流潮水了不了解？」

「他曾經有艘船，而且很喜歡帶他的小男孩去『探險』和野餐，或是在沒人的島上露營，父子倆去尋訪夢幻小島。充滿想像力又滿懷希望。眞的，威爾自己也是個孩子。似乎是上次他移防的時候，姍蒂把他的很多東西給賣了。那個女人還眞周到。我認爲他現在連車子都沒有。但是他很有辦法，手腳很快，而且懂得躲躲藏藏。也許是在那裡學來的。」她指的是伊拉克。

史卡佩塔想到馬里諾的平底小船，小船強有力的船外引擎、拖釣馬達以及槳櫓。馬里諾有好幾個月沒有用船了，而且好像連想都沒想過這回事。尤其在最近，在遇到姍蒂之後更是如此。就算兩人沒有一起駕船出遊，她也絕對會知道馬里諾有艘小船。也許威爾借用了馬里諾的船，應該要進行搜索。史卡佩塔不知自己要如何向警方解釋這件事。

「誰會幫姍蒂處理她小小的不便之處，也就是屍體呢？我的兒子該怎麼做？」賽爾芙醫生說。「事情就是這樣，不是嗎？他人的罪過成爲你的負擔。威爾疼愛自己的兒子，但是當爸爸從軍去時，媽咪就得身兼父職。結果在這個時候，媽咪卻成了怪物。我一向看不起她。」

「你給她金錢資助。」史卡佩塔說。「我還可以補充，金額不小。」

「瞧瞧，你知道這件事？我來猜，是露西侵犯了她的隱私，可能還知道她銀行帳戶現在和過去的狀況。如果姍蒂沒打電話給我，我也不會知道我孫子死了。我想那是在屍體被發現的當天，她需要錢，也需要我的建議。」

「你是不是爲了姍蒂和她所說的話，才來這裡？」

「這幾年來，姍蒂勒索我的工夫十分老道。人們不曉得我有兒子，當然更不可能知道我有孫子。如果這些事情被公諸於世，輿論會把我當成一個不盡責的可怕母親，還是個糟糕透頂的祖母。我的母親就是這樣批判我。在我成名之後，想要去抹煞先前刻意營造的距離，已經太遲了。我別無選擇，只能保持現況。親愛的媽咪——我這是說姍蒂——幫我保密，換取現金支票。」

「現在你要拿什麼來交換這樁秘密？」史卡佩塔說。「她凌虐自己的兒子致死，你希望她能躲開刑責，是想要換取什麼？」

「依我看，陪審團一定很想看她在你停屍間和冷凍間裡，目睹自己兒子模樣時的錄影帶。謀殺犯就在你的停屍間裡。想想看，這會造成多大的轟動。讓我保守的說吧，凱，你的事業即將毀之一旦。你只要想到這一點，就應該要感謝我。我的隱私可以確保你的秘密。」

「我只能說，你不了解我。」

「我忘了請你喝咖啡，這是兩人份的。」賽爾芙醫生面帶微笑。

「我不會原諒你的所作所爲，」史卡佩塔邊說話，一邊起身，「你對露西、對班頓、對我所做的事。我也不確定你對馬里諾究竟下了什麼手。」

「我則是不確定他對你下了什麼手。但是我所知道的已經足夠，班頓如何面對？」她加滿自己的咖啡。「要考慮如此特殊的事件。」她往後依著靠枕。「你知道嗎，當馬里諾在佛羅里達來找我的時候，一定得抱著我，扯掉我的衣服，眞是再明顯不過了——戀母情結，可悲啊。他想要和自己的母親——也就是他生命中最重要的人——上床，並且這一輩子永遠會追尋自己的戀母之愛。他和你上床沒什麼大不了的，但是，等得可久了，我爲他喝采。他竟然還沒自殺，眞是奇怪。」

史卡佩塔站在門邊，瞪著她看。

「他是怎樣的愛人？」賽爾芙醫生問。「我可以想像班頓，但是馬里諾呢？我有好些天沒聽到他的消息了，你們兩人找到方法了嗎？班頓怎麼說？」

「如果不是馬里諾告訴你的，那麼是誰？」史卡佩塔很快地問。

「馬里諾？喔，不是他，當然不是。他沒把你們的那段風流韻事告訴我。他一路從那間酒吧——叫什麼名字來的——被跟蹤到你家。姍蒂手下的另一個惡棍，這傢伙的任務，就是要你認眞思考離開此地。」

「果然是你的主意，我早就料到。」

「是爲了幫助你。」

「你的人生難道如此匱乏，只能以這種方式來壓制他人？」

「查爾斯頓對你沒有好處，凱。」

史卡佩塔走出去，關上門。她離開旅館，走在人行道上，經過馬匹雕像噴泉，進入旅館的停車場。太陽尚未升起，她應當打電話給警察，但是她腦中只能想到這個人所帶來的災害。在空無一人的停車場內，她坐在車上，心裡湧現一陣驚慌，想到了賽爾芙醫生的話。

他竟然還沒自殺，眞是奇怪。

她這是預言、是說出自己的期待，或是暗示另外一樁她老早心知肚明的秘密？史卡佩塔現在什麼也不能想，更不能打電話給露西或班頓。老實說，他們對他沒有同情，甚至希望他飲彈自殺或開車墜橋，她想像馬里諾死在自己的貨卡內，沉落在庫柏河底深處。

她決定打電話給蘿絲，拿出手機，但是沒有訊號，於是她走出自己的休旅車，隱約注意到一輛白色的凱迪拉克就停靠在附近，也注意到車子後方保險桿上有張橢圓形的貼紙，認出代表西爾頓頂岬的ＨＨ字母。史卡佩塔在事情發生之前就先有了感覺。就在波馬隊長從水泥柱後方衝出來的時候，她轉過身子，感覺到身後的風撲聲——或者應該是聽到——他向前衝，她轉身，同時感覺到有東西掐住自己的手臂。有那麼一瞬間，她的眼前有一張臉孔，一名年輕男子，理著短髮，一隻耳朵腫脹發紅，眼神狂亂。他撞上她的車門，刀子落到她的腳邊，波馬隊長對著他又是揮拳又是大吼。

23

公牛用雙手捧著帽子。

他彎身坐在前座，小心地不去挺直腰桿，以免撞到車頂。他可不打算這麼莽撞。即使剛從監獄爲一樁與自己無關的案件保釋外出，公牛仍然爲自己感到十分驕傲。

「眞的感謝你來搭載我，凱醫生。」他開口道謝，她把車子停在自家門口。「很抱歉，給你添了麻煩。」

「別再繼續道歉了，公牛。從離開監獄的那一秒鐘開始，你就道歉個沒完。我已經氣到幾乎要出口罵人了。下次再碰到這種事，如果你還不立刻打電話給我，我可就要生你的氣了。」

「我可不希望這樣。」他搖動龐大的身軀。史卡佩塔突然發現，他幾乎和她一樣頑固。

這是個漫長的一天，充滿痛苦的影像、幾乎成眞的疏漏，更別提腐臭，還要加上蘿絲來電。史卡佩塔正忙於處理莉蒂亞．偉伯斯特腐爛的屍體時，豪林出現在解剖檯邊，表示自己帶了消息過來，而且她一定得聽。蘿絲不知如何發現了自己有個鄰居認識史卡佩塔的一名鄰居，而這位史卡佩塔並不認識的鄰居聽到個謠言，史卡佩塔認識的另一個鄰居——也就是葛林寶太太——指控公牛擅闖私有土地，意圖行竊，他因而遭到逮捕。

公牛躲在史卡佩塔門廊左方的海桐樹後，葛林寶太太從窗口往外看的時候，正好就瞥見他，當時是深夜。史卡佩塔無法責怪鄰居會因為這個景象而心生警覺，但這名鄰居偏偏就是葛林寶太太。她打電話報警還嫌不夠，為了加強自己的故事效果，竟然聲稱公牛躲藏在她的產業上，而非史卡佩塔的門口。最後的結果，就是先前已經被逮捕過的公牛，又在這個星期當中再次進了監獄，如果不是蘿絲打斷了驗屍過程，公牛可能還要在裡面待上一陣子。在驗屍之前，史卡佩塔還在停車場裡遭到攻擊。

如今，待在監獄裡的是威爾・藍波，而不是公牛。

如今，公牛的母親也可以鬆了一口氣，不必繼續撒謊，說兒子是出門採牡蠣，或是剛好就不在家之類的話。因為她實在不想看到兒子又被老闆開除。

「我解凍一些燉肉。」史卡佩塔打開前門的鎖。「份量不少，我可以想像到你前幾天吃的食物絕非美味。」

公牛跟在她身後走進門廳，她看到雨傘架，停下腳步，又開始難過起來。她伸手到傘架裡，掏出馬里諾的摩托車鑰匙和葛洛克手槍的彈匣，接著又在抽屜裡取出手槍。她心神不寧，感到一陣噁心。公牛什麼話也沒說，但是她知道他納悶不解，為什麼她會在傘架裡拿出那些東西，最早又是怎麼會放到裡面去的。過了好一下子，史卡佩塔才有辦法開口說話。她將鑰匙、彈匣和手槍放進擺放氯仿的金屬盒裡。

她將燉肉和自製麵包加熱，在桌上擺放一份餐具，倒了一大杯桃香冰茶，還在裡面撒入新鮮薄荷葉。她要公牛坐下享用，她和班頓就在樓上的陽台，如果有任何需要，隨時可以叫他們。她提醒公牛，別給月桂樹澆太多水，否則撐不了一個星期就會枯萎，另外，還得幫三色堇摘掉枯萎的花頭。公牛坐下，她為他上菜。

「我真不知道為什麼還要告訴你這些，」她說，「你比我懂園藝。」

「提醒沒什麼不好。」他說。

「也許我們應該在前門種些月桂樹，讓葛林寶太太享受一些香氣。這或許會讓她容易相處一些。」

「她只是做了正確的事。」公牛打開餐巾塞入領口。「我不應該躲躲藏藏，但是自從那個騎摩托車的男人帶槍來到後巷，我就一直留意著。我有種感覺。」

「我認爲相信感覺是正確的做法。」

「我就很相信。這些感覺其來有自，」公牛說，一邊喝茶，「而且我的感覺要我當天晚上躲在樹叢裡。我監視你的前門，但是好笑的是我其實應該去看後巷。因爲你剛剛告訴我，在盧修斯被殺的時候，靈車可能就在後巷裡，也就是說，凶手在後面。」

「我很高興你人不在那裡。」她想到了莫利斯島，以及他們在那裡發現的屍體。

「嗯，我倒希望我在。」

「如果當時葛林寶太太打電話報警，說出有關靈車的事情就好了，」史卡佩塔說。「她有工夫送你進監獄，卻沒有費心報警，舉報深夜有靈車停在後巷。」

「我看到他被送進拘留所。」公牛說。「他們把他鎖起來，但是他一直抱怨耳朵痛，一名警衛問他是怎麼一回事，他說是狗咬的，有感染現象，必須就醫。有關他的流言不少，其中提到了他開的凱迪拉克和偷來的車牌，我還聽到一名警察說，那傢伙用烤架把某個女士烤來吃。」公牛喝著冰茶。「我一直在想，葛林寶太太應該看到了那輛凱迪拉克，但卻什麼也沒說，就和靈車一樣。她沒對警方提起這件事。眞有趣，人們認爲自己看到的某些事很重要，某些事卻又無關緊要。你可能會想，夜裡如果有靈車停在後巷，應該就是有人過世，也許要去關心一下。如果是自己認識的人呢？她不會想要出庭的。」

「沒有人喜歡。」

「嗯，她絕對非常不喜歡。」公牛說，拿起叉子，但是非常拘謹，在兩人談話的時候不敢動手吃燉肉。「她覺得自己比法官聰明。如果這場戲上演，我還眞會買票去看。好幾年前，我還在這個花園工作時，看到她用一桶水潑躲在她家屋角的貓，那隻貓會在那裡，是因爲剛生下小貓。」

「別再說了，公牛，我受不了了。」

她上樓，穿過臥室，走到可以俯瞰花園的小陽台。班頓正在講電話。從她上次看到他到現在，他可能一直沒有離線。他換上了卡其褲和馬球衫，渾身散發出清新的味道，頭髮還帶著溼氣。他身後有一排用銅管搭起的棚架，她搭起這個棚架的用意，是打算讓西番蓮能順著往上攀，像個情人一樣來到她的窗口。陽台下方是鋪著石板的走道，再過去就是她用既老舊又漏水的水管加滿水的淺池。隨著四季變化，她的花園也交織出不同的姿色；紫薇、山茶花、美人蕉、風信子、繡球花、黃水仙以及大理花，另外還有許多海桐樹和月桂樹，她愛極了香味迷人的植物。

太陽西下，突然間，她感到疲倦，眼前一片朦朧。

「是那位隊長，」班頓說，把電話放在玻璃桌面上。

「你餓了嗎？我幫你端些茶過來好嗎？」她問道。

「讓我來幫你端茶如何？」班頓看著她。

「摘掉眼鏡，這樣我才能看到你的眼睛。」史卡佩塔說。「我現在不想看你的墨鏡。我好累，不知道爲什麼會這樣，一時還很難習慣疲倦。」

他摘下眼鏡，折起鏡腳，放在桌上。「保羅辭職了，而且不會離開義大利回到這裡。我認爲他不會有事。醫院的理事無計可施，只能設下停損點，因爲我們的朋友賽爾芙醫生剛上霍華·史登的節目接受訪問，談論到和瑪麗·雪萊筆下《科學怪人》如出一轍的實驗。我眞希望他問起她的胸圍，順便問是否是眞材實料。當我沒說，她可能早就告訴他，或乾脆亮給他看過了。」

「我猜，馬里諾還是沒有消息。」

「凱，給我一點時間，我不會辜負你的。我們一路走到這個階段了，我想要觸碰你，但是不要想到他。瞧，我說出口了。沒錯，這件事對我造成困擾。」他伸手拉她。「因爲，我覺得自己得負起一部分的責任，也許比一部分還要來得多。如果我人在這裡，事情就不可能發生。除非你不願意，否則我打算改變這個情況。」

「我當然希望有所改變。」

「我希望馬里諾別再出現，」班頓說，「但是我也不希望他受什麼傷害，同時還會試著去接受你爲他說話、爲他擔心、仍然在乎他。」

「植物病理學家大概一個小時之後會過來，我們這裡有小蜘蛛。」

「我以爲我只有頭痛。」

「如果他出了什麼事，特別是如果他對自己做出什麼傻事，我絕對沒辦法接受的。」史卡佩塔說。

「也許這是我最大的問題。我原諒我在乎的人，然後他們也許還會再犯。拜託，請找到他。」

「每個人都在盡力，凱。」

在一陣長長的靜默當中，只聽見鳥語啁啾。公牛來到花園，拉開捲起的水管。

「我得沖個澡。」史卡佩塔說。「我好丟臉，沒在那裡先洗個澡。那邊的更衣室是共用的，而且我也沒帶換洗的衣服。我眞不明白你爲什麼要這麼容忍我。別再擔心賽爾芙醫生了，在監獄裡待上幾個月對她有益。」

「她會預錄節目，然後多賺個好幾百萬，還會找個獄友來充當女奴，幫她編織圍巾。」

公牛爲三色菫花床澆水，水管噴灑出的水霧當中出現彩虹。

電話再次響起。班頓說，「老天爺。」然後接起電話。他光是聽，因爲他十分善於聆聽，如果說他有什麼値得苛責的地方，就是他說得不多，史卡佩塔在感覺寂寞的時候，便會這麼對他說。

「不，」班頓說，「我心領了，但是我認爲我們沒必要出席。我沒辦法替凱發言，但是我認爲我們只會礙事。」

他掛掉電話，對她說：「又是隊長，你那名身披閃亮盔甲的武士。」

「不要這樣說話，別這麼諷刺，他沒犯著你，而且你應當要感激。」

「他正要去紐約，準備搜索賽爾芙醫生在紐約的頂樓公寓。」

「找什麼？」

「珠兒飛去羅馬的前一天就住在她那裡。還有誰在呢？可能就是賽爾芙醫生的兒子，也就是豪林提起的廚師。最爲人知的答案，通常也最貼近事實。」班頓說。「我查過班機，義大利航空。猜猜看珠兒和什麼人搭同一班飛機？」

「你是說，她在西班牙階梯等的人就是他？」

「絕對不會是那個塗著金漆的默劇藝人。那不過是個幌子，因爲她等的人是威爾，而且不想讓朋友知道。以上是我的推測。」

「她才結束和教練的一段情。」史卡佩塔看著公牛為小池塘加水。「賽爾芙醫生給她洗腦，要她這麼做。還有別的推測嗎？威爾想要見珠兒，結果他的母親沒有合理推想出他就是借用睡魔名義，傳送那些妄想郵件給她的人。她在不知不覺中撮合了珠兒和凶手。」

「我們永遠無法知道細節。」班頓說。「人是不會說實話的。過了一陣子之後，連自己也不記得實情了。」

公牛彎下身子，摘除三色堇枯萎的花頭。他抬頭往上看的時候，葛林寶太太正好從自家二樓窗口往下望。公牛把裝葉片的袋子拉近身邊，專注在自己的工作上。史卡佩塔看到這位多管閒事的鄰居，正拿起電話靠向耳邊。

「眞是夠了。」史卡佩塔邊說話邊站起身子，面帶微笑揮動雙手。

葛林寶太太往他們的方向看過來，拉起窗戶，班頓面無表情，而史卡佩塔仍然繼續揮動雙手，似乎有急事要說。

「他才剛出獄，」史卡佩塔用力喊，「如果你再送他進去，我就燒掉你的房子。」

窗戶迅速往下拉，葛林寶太太的臉孔消失在玻璃後方。

「不會吧，你不會眞的這麼說吧？」班頓說。

「我高興說什麼就說什麼。」史卡佩塔說。「我住這兒。」